KB142031

죽은 남편이 돌아왔다 1

죽은 남편이 돌아왔다

1

제인도
장편소설

팩토리나인

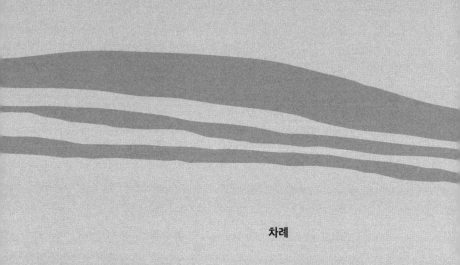

차례

사망 선고

오늘, 남편의 사망 선고가 내려졌다. 딱 5년 만의 일이다. 이제는 자유다.

주민센터의 회전문을 밀고 나오면서 나는 속으로 씩 웃었다. 그동안 기다렸던 애태움이 단번에 사라지는 듯했다. 마음만큼이나 발걸음이 가볍고 머리칼을 날리는 바람마저 상쾌했다. 가정법원에서 받은, 남편의 실종선고 심판 판결문을 반으로 곱게 접어 엊그제 산 토리버치 토트백에 조심조심 넣었다. 그 안에는 사망신고 때 사용했던 인감증명서와 인감도장도 들어 있었다. 모든 게 끝났다고 생각하니 속이 후련했다. 이제 보험사를 찾아가 죽은 남편의 생명보험을 청구하면 된다. 성의 없이 대충 쓴 A4 한 장짜리 유서만 달랑 남기고 사라진 남편이었지만, 오늘

따라 그게 눈물 나게 고마웠다.

주민센터 주차장에는 필주 씨가 기다리고 있었다. 제때 차를 닦지 않아 지저분해진 차창 너머로, 핸들에 한쪽 손을 올린 채 미소 짓는 그의 모습이 보였다. 필주 씨의 낡은 소렌토 문을 열고 차에 올라탔다. 그가 미리 열선으로 따뜻하게 데워놓은 보조석에 앉으니 비로소 긴장이 풀리는 것 같았다.

"보험금은 어떻게 할래? 지금 바로 신청하러 갈까?"

나는 고개를 가로저었다. 이런 눈치 없는 남자 같으니라고. 지금은 돈보다는 축배를 들 때야. 돈은 곧 어마어마하게 들어올 텐데 서두를 필요 있겠어?

대꾸를 하지 않자 그제야 필주 씨는 눈을 가늘게 뜨고 내 눈치를 살핀다. 내 기분이 어떤 상태인지 애써 가늠하려는 모습이 얼굴에 다 드러난다. 비위를 맞추려는 그의 모습에 나도 모르게 그만 피식 웃음이 나왔다.

내가 웃자 필주 씨도 이유 없이 따라 웃는다. 그 바람에 그의 왼쪽 입꼬리가 살짝 들려 올라갔다. 매끈하게 빠진 턱과 그 미소는 내가 미치도록 좋아하는 그의 표정이었다. 그 얼굴을 보는 순간 내 몸은 뜨거워진다.

"오늘은 아니야. 적어도 몇 달은 죽은 남편을 그리워하는 마누라 행세를 해야지. 보는 사람 눈도 많고 시어머니 눈치도 있으니까. 어쩌면 상을 치러야 할지도 몰라."

"장례식을? 에이, 설마? 이제 와서 그걸 해서 뭐 한다고?"

"엄마의 마음은 아무도 모르는 거야. 그 여우 같은 노인네가 뭘 바랄지 어떻게 알겠어? 사망 선고가 내려졌다고 하면 거창하게 뭔가 하고 싶어 할지도 몰라. 일단 좀 맞춰주다가 슬슬 거리를 두려고. 그리고 적당하다 싶을 때 신청을 해야지, 피곤한 일 생기기 전에 미리 조심해서 나쁠 건 없잖아?"

"하긴 당신 시엄마가 보험금에 대해 알면 가만히 있지 않을 거야."

"같이 먹자고 덤벼들겠지……. 내가 그 꼴을 어떻게 봐?"

난 입가에 쓸쓸한 미소를 지으며 시어머니 난희를 떠올렸다. 60세가 넘은 나이에도 짙은 아이라이너와 속눈썹을 길게 붙이고 자신의 여성성을 지나치게 과시하고 다니는 시어머니는 만만치 않은 여자였다. 죽은 아들한테 생명보험금이 있다는 사실을 알게 된다면 분명 호들갑을 떨며 달려들겠지. 립스틱을 붉게 칠한 탐욕스러운 입으로 보험금을 반반씩 나누자고 당당하게 말해올 거다. 그리고 자신의 요구를 들어주지 않으면 보험사에 이의를 제기하겠다고 협박할 것이 분명했다. 사실이든 거짓이든 반박 자료를 어떻게든 만들어 그럴싸하게 꾸며대면서 말이다. 시어머니 난희는 그런 여자였다. 아……, 처음부터 그녀와 엮이질 말았어야 했는데.

시어머니 얼굴이 떠오르자 갑자기 초조해져 나도 모르게 손톱을 물어뜯고 말았다. 손톱 가에 있던 거스러미가 떨어지면서 피가 살짝 배어 나온다. 내 눈치를 살피던 필주 씨는 차 시동을 걸고 기어를 드라이브 모드로 변경했다. 가속 페달을 밟자 차가 천천히 앞으로 나간다.

법원을 빠져나와 올림픽대로를 탈 때까지 나는 아무 말도 하지 않았다. 너무도 깊은 생각에 잠긴 나머지 관자놀이 부근에 두드러진 파란 힘줄이 예민하게 꿈틀거린다.

내 옆얼굴을 연신 힐끔대며 운전하던 필주 씨가 조심스럽게 입을 열었다.

"잠깐 쉬다 갈까? 어젯밤에 잘 못 잤다며?"

그의 제안에 난 고개를 끄덕였다. 머리가 아플 때는 잊어버리는 게 최선이다. 그러려면 보험금이나 시어머니와 상관없는 다른 무엇인가에 몰두해야 했다. 답은 하나, 섹스였다.

"아무 곳이나, 가장 가까운 데로 가자."

필주 씨가 대답 대신 가속 페달을 밟아 속도를 올린다. 창밖으로 도로 주변 풍경이 빠르게 지나가기 시작했다.

난 창밖을 보며 여전히 손톱을 물어뜯었다. 좀 전만 해도 몸이 뜨겁게 달아오르는 듯싶었는데, 시어머니를 떠올린 후에는 몸이 차갑게 식어버렸다. 좋지 않은 예감이 든다. 잊자. 잊어버리자. 불안함을 떨쳐버리기 위해 필주 씨와 모텔 방에 들어가는 상상을 한다. 뜨거운 물이 담긴 욕조에 들어가 몸을 따뜻하게 데운 다음, 폭신한 이불 속에서 마음껏 뒹굴어야지. 섹스는 그다음이다. 며칠 동안 긴장했던 몸과 마음을 그렇게라도 풀면 좀 나아질 거다.

아니, 잠깐. 갑자기 토트백 안에 든 종이 한 장이 머릿속에 스쳤다. 실종선고 심판 판결문, 남편이 사망했다고 인정받은 공식적인 확인서다. 그 얘긴, 지금부터 난 싱글이고 더 이상 필주 씨와의 관계가 불륜이 아니라는 말이다. 앞으로 주변의 시선을 의식하지 않고 그를 집에 들일 수 있다. 그런데 굳이 모텔에 갈 이유가 있을까?

"자기야, 차 돌려. 집으로 가자."

"집? 그래도 돼?"

"왜 안 돼?"

"너무 급한 거 아니야? 재수 없게 옆집 여자가 보기라도 하면 어떡해? 뭐라고 안 하겠어?"

"옆집 따윈 신경 쓰지도 마. 이제 난 자유의 몸이래도."

필주 씨가 불안해할까 봐 난 일부러 크게 소리 내어 웃었다. 내 웃음소리에 그도 안심이 됐는지 목적지를 서둘러 우리 집으로 바꿨다. 그런 그가 너무 귀여워 난 그만 마음에도 없는 소리를 하고 말았다.

"오늘, 집에서 자고 갈래?"

"오, 오늘? 그럴까? 그래도 괜찮아?"

"당연하지. 나 오늘부턴 싱글이야."

뭐, 하룻밤 정도는 필주 씨를 집에 들여도 괜찮겠지. 난 그의 귀밑이 살짝 붉어지는 것을 보면서 피식 웃고 만다. 들뜬 하루를 그와 함께 보내는 것도 괜찮겠다는 생각을 하면서 말이다.

좁은 비탈길을 지나 삼거리에서 오르막길로 접어들자 일정한 간격을 두고 드문드문 서 있는 주택이 나타났다. 말이 좋아 전원주택이지, 이건 겉만 그럴싸한 농가라 해도 과언이 아닐 것이다. 실제로 주민들은 퇴직 후 소일거리로 농사를 짓는 어르신들이 대부분이었다.

우리 집은 막다른 언덕길 끝에서 두 번째 터에 자리 잡고 있었다. 듀플렉스 공법으로 지은, 흔히 말해 땅콩집 형태의 2층집이었는데, 남편이 결혼 전 분양받았다고 했다.

옆집에는 어린이집에 다니는 아이를 둔 여자가 살았다. 이웃이라고 치대지 않는 점이 마음에 들었는데, 남편의 생명보험 역시 그녀의 권유로 들었던 터라 지금은 매우 감사하게 생각하고 있다. 언제 케이크라도 하나 들고 찾아가 인사라도 해야지. 그녀가 몰고 다니는 해치백 스타일의 빨간 티볼리가 집 앞에 주차된 것을 보면 벌써 아이가 어린이집에서 돌아온 듯하다.

필주 씨는 주차하는 내내, 옆집에 주차된 차가 신경 쓰이는지 주변을 힐끔거렸다. 소심한 그의 태도에 웃음이 나왔다.

"옆집 눈치 볼 거 없어."

내 말에 필주 씨가 쑥스러웠는지 뒷머리를 살짝 긁는다. 차에서 내려 현관문에 들어서자 그가 뒤에서 부드럽게 끌어안았다.

"이제 겨우 현관이야. 계단은 올라가야지. 왜 이렇게 급해?"

"눈치 보지 말라며?"

필주 씨의 손이 블라우스 안으로 들어오더니 내 가슴을 움켜쥐었다. 난 몸을 돌려 누가 먼저랄 것도 없이 그와 진한 키스를 나눴다. 내 옷 속에서 느릿느릿 움직이는 그의 손길이 황홀하다 못해 짜릿했다.

하지만 그 순간에도 나는 죽은 남편을 떠올렸다. 지긋지긋했었지……. 자기가 잘난 줄 알았던 멍청이. 죽은 남편은 덩치만 커다랬지, 여자를 만족시킬 줄은 모르는 남자였다. 관계도 고작 한두 번뿐이었고, 그 후로는 나에게 손조차 대려 하지 않았다. 한동안 내가 여자로서 매력이 없나 고민을 했을 정도다. 그럴 걸 왜 결혼하자고 그토록 졸라댔는지 아무리 생각해도 미스터리다.

그러나 모든 게 끝났다. 아아, 시원하다…….

가슴을 애무하고 있던 필주 씨의 손길이 조금 더 거칠어졌다. 내 잡념을 모두 없애버릴 작정인지, 집요한 그의 손과 혀는 몸의 이곳저곳을 동시다발적으로 공격해온다. 그가 팬티 끈을 들어 올려 손을 밀어 넣자 난 그의 손목을 잡았다.

"아, 그만. 피곤해. 목욕부터 하고 싶어."

"그래? 뭐, 급할 건 없지. 물 받아줄까?"

"응. 2층 침실에 욕조 있어."

"같이 해도 돼?"

내가 입을 열기도 전에 그가 내 몸을 다시 끌어안았다.

"욕조가 작을 텐데? 같이 들어갈 수 있을까?"

그는 아쉽다는 듯, 포옹을 풀고 내 얼굴을 잠시 들여다보더니 성큼성큼 계단을 올라갔다. 나도 그를 따라 천천히 계단을 올라 거실로 향했다.

2층에서 물 트는 소리가 들려왔다. 내 말이라면 순순히 다 들어주는 착한 필주 씨. 난 그가 다음 남편감으로 괜찮을지를 생각해본다. 소극적이고 통이 작긴 하지만 뭐, 누구와 결혼해도 전 남편보다는 낫겠지.

　죽은 남편을 생각해서 그런지, 거실 한쪽에 그가 고이고이 모셔뒀던 와인병들이 눈에 들어왔다. 평소라면 손도 대지 않을 와인이었지만 오늘은 특별한 날이라고 생각하니 한 병은 마셔줘야 할 것 같았다.

　"술 한잔할래?"

　난 목청을 높여 2층을 향해 큰 소리로 말했다. 곧바로 필주 씨의 대답이 되돌아왔다.

　"좋지."

　"와인인데 괜찮아?"

　"기왕이면 샴페인 마시자. 오늘을 기념할 겸."

　좋은 생각이었다. 나는 그동안 한 번도 열지 않았던 남편의 와인셀러를 열어 투명한 병에 든 샴페인을 꺼냈다. 루이 로드레. 죽은 남편이 애지중지했던 샴페인이다. 생긴 것은 뭣같이 생겼어도 입맛만큼은 고급이었던 그. 땡큐 남편, 앞으로 이 와인들을 내가 대신 실컷 마셔줄게. 냉장고를 열어보니 안주로 먹을 만한 마땅한 게 없었다. 할 수 없이 샴페인잔만 꺼내 쟁반에 올려 침실이 있는 2층으로 올라갔다.

　침실로 들어가 침대 옆 탁자에 샴페인이 든 쟁반과 토트백을 내려놓았다. 욕실 쪽을 바라보니 필주 씨는 이미 상의를 탈의한 채로 욕조에 물을 받고 있었다. 그가 내 기척에 뒤를 돌아보며 미소를 지어 보였다.

　"욕조가 작긴 작네."

왠지 아쉬워하는 그의 표정에 난 어깨를 으쓱했다.

"샴페인 딸까?"

"내가 할게. 욕조에서 마실 거야?"

난 대답 대신 고개를 끄덕이며 지체 없이 옷을 벗었다. 밝은 대낮에, 그에게 내 전신을 보인다는 부끄럼은 없었다. 우린 이미 볼 거 다 본 사이였으니까.

따뜻한 물이 반쯤 찬 욕조에 들어가 느긋하게 누워 있으니 기분이 다시 평온해진다. 그가 좁고 긴 잔에 따른 샴페인을 들고 왔다. 나와 필주 씨는 건배하고 단숨에 잔을 비운다. 그가 다시 잔에 샴페인을 가득 채웠다.

"다시 싱글 된 기분이 어때? 좋아?"

"아직은 실감이 안 나지. 얼마나 됐다고."

"우리 여행이나 갈까? 기분 전환하게?"

"여행? 좋지. 하지만 일단 집부터 바꾸려고. 가구부터 싹 버릴 거야. 아니, 인테리어를 다시 할까? 자기도 봤지? 이런 우중충한 곳에서 더 이상 살기 싫어."

"이사 가는 건 어때?"

"그것도 괜찮지. 이제 여긴 내 집이니까. 그런데 이렇게 외진 곳을 누가 사겠어?"

"업자 알아봐 줘?"

"응. 되도록 빨리. 하루라도 빨리 여길 떠나고 싶어."

"그래. 집 팔리면 우리 멀리 가자."

"나도 확 실종돼버릴까 봐."

"그건 또 뭔 소리야? 혹시 시엄마 때문에?"

"시어머니와 연락을 끊을 수만 있다면 무슨 일이라도 하겠어. 지긋지긋해."

"좀만 더 기다려. 5년을 기다렸는데 그걸 더 못 기다리겠어?"

이런저런 얘기를 하다 보니 그새 샴페인 한 병을 다 비웠다. 고급 샴페인이라 그런지 도수가 높아 온몸이 바로 후끈해졌다. 덩달아 내 몸속 깊은 곳도 다시 뜨거워진다.

"문에 걸린 가운 좀 꺼내줘. 이제 나가야겠어."

내가 욕조에서 일어나니 필주 씨가 냉큼 가운을 가져온다. 그는 가운으로 내 몸을 감싸 안더니 나를 번쩍 들어 안고 침대로 갔다. 방바닥에 물이 뚝뚝 떨어졌지만 나도 그도 개의치 않았다. 그가 나를 침대에 누이고 몸을 포갠다. 혀와 혀가 엉키고 전라 상태의 내 몸이 고스란히 드러났다. 그가 서둘러 바지를 벗기 시작했다.

삐리리- 삐리리-. 한창 뜨거워지려는 참에 눈치 없이 휴대폰이 울렸다. 모르는 번호였다. 수신을 거절했다. 그러나 전화는 곧바로 다시 울리기 시작한다. 또 거절했다. 하지만 발신자는 포기를 모르는 듯 또다시 휴대폰 벨 소리가 울린다.

"뭐야, 짜증 나게."

"받지 마. 울리다 말겠지."

필주 씨가 나를 달래며 몸을 밀착해왔지만 이미 흥은 깨진 뒤였다. 한껏 오른 분위기에 찬물을 끼얹은 전화에 화가 났다.

"자기야, 잠깐. 나 한마디 해야겠어."

나는 불쾌감을 감추지 않았다. 침대에 내려서서 발신자에게 욕지거리를 쏘아줄 요량으로 통화 버튼을 눌렀다.

"여보세요."

나는 상대의 목소리를 듣기도 전에 날카롭게 전화를 받았다. 그러나 휴대폰 너머로 예상치 못했던 저음의 목소리가 흘러나왔다.

[정효신 씨 되십니까? 경기 북부지방 경찰청 남양주서 이윤세 경장입니다.]

"경찰청이요? 경찰이 왜 저를?"

[남편분 성함이 김재우 씨, 맞죠?]

"네? 그렇긴 한데……."

[김재우 씨를 찾았습니다.]

뭐, 뭐라고? 남편을 찾았다고? 아니야, 그럴 리가……. 그럴 수가 없어.

[정효신 씨, 듣고 계십니까? 실종된 남편분을 찾았다고요.]

말도 안 돼. 남편은 죽었는데, 내가 이 손으로 죽여버렸는데……, 어떻게?

효신 이야기 #2 **남편이 살아 있다고?**

[정효신 씨, 듣고 계십니까?]

나는 아득해지는 정신을 가까스로 가다듬었다.

"……네. 듣고 있습니다."

[실종 신고하셨던 거 맞죠?]

그래, 실종 신고는 했지. 하지만 그건 5년 전 일이라고. 남편은 이미 사망 선고를 받았어. 법적으로 죽음을 인정받았다고. 나는 토트백 안에 넣어뒀던 남편의 실종선고 심판 판결문을 떨리는 손으로 꺼냈다. 그 종이에는 분명히 남편의 실종을 선고한다는 판사의 의견이 적혀 있었다. 이것 봐, 이건 남편이 죽었다고 나라에서도 인정한 거라고. 주민센터에서도 이걸 보고 사망신고 접수를 바로 받아줬다니까. 그런데 왜?

"그가, 그가…… 정말 맞나요?"

[네. 맞습니다. 저희 측에서 신분을 먼저 확인했습니다. 마지막으로 배우자분의 확인이 필요합니다. 지금 댁이십니까?]

"네……. 한데 그건 왜?"

[잘됐네요. 지금 경찰서로 와주실 수 있습니까?]

"네? 지금이오?"

나는 얼빠진 목소리로 대답했다. 경찰서로 오라는 말이 무섭게만 들린다. 갑자기 어질어질하고 몸이 가늘게 떨리기 시작했다.

심상치 않은 분위기를 느꼈는지 필주 씨가 옆으로 다가왔다. 내 몸은 그가 부축하기도 전에 바닥으로 무너져 내렸다. 그 바람에 힘없이 들고 있던 남편의 실종선고 심판 판결문이, 손에서 바닥으로 떨어져 내렸다.

[김재우 씨가 발견됐다고 신고된 곳으로 바로 출동할 겁니다.

같이 가서 신원을 확인해주셨으면 하는데요. 괜찮으십니까?]

　나는 고개를 흔들었다. 아니, 괜찮지 않다. 괜찮을 수가 없다. 남편이 살아 있다니 그걸 어떻게 믿으라는 말인가. 휴대폰에서 무언가를 얘기하는 경찰의 목소리가 계속 흘러나왔지만 내 귀에는 아무 소리도 들리지 않았다. 뭐라고 말했는지도 모른 채 간신히 경찰과의 통화를 끝냈다.

　바닥에 주저앉아 부들부들 떠는 나를, 필주 씨가 꼭 안아준다.

　"왜 그래? 무슨 일이야?"

　"남편이, 죽은 남편이…… 살아 있대."

　"뭐? 말도 안 돼."

　"그렇지? 말도 안 되지?"

　"아마 경찰이 다른 사람과 착각했을 거야. 그 자식은 분명히 죽었어. 우리가 똑똑히 봤잖아."

　"그래도…… 그가…… 진짜 살아 있는 건 아닐까?"

　"아니야. 그럴 리가 없어. 설령 그때 살아 있었다 하더라도 몸 위로 시멘트 한 통을 다 쏟아 부었는데 지금까지 어떻게 살아 있겠어?"

　"경찰이 뭔가 눈치챈 건 아니겠지?"

　"아니야. 그날 우릴 본 사람은 아무도 없었어. 경찰이 알 리 없대도."

　"정말 괜찮은 거지? 그렇지?"

　"걱정하지 마. 이건 무슨 착오일 거야. 걸리려면 벌써 5년 전에 걸렸어야지. 안 그래?"

그래, 필주 씨 말이 맞다. 경찰이 지금 나를 시험하는 것이라면 남편을 죽인 5년 전에 그랬어야 했다. 시멘트 기둥이 되어버린 그를, 경찰이 무슨 수로 찾았겠는가.

"일단 옷이나 입자. 경찰서로 바로 가야 하는 거지?"

나는 고개를 힘없이 끄덕였다. 필주 씨가 내 몸을 일으켜 세워 침대에 앉혔다.

"커피 타줄까? 한 잔 마시고 나면 진정이 될 거야."

난 계속 고개를 주억거리며, 나도 모르게 흐르는 눈물을 손등으로 훔쳐냈다.

"울지 말고. 금방 갔다 올게."

그는 이마에 입을 맞추더니 옷을 들고 뛰다시피 아래층으로 내려갔다. 곧이어 커피 머신의 굉음이 들렸다. 난 옷 입을 생각도 하지 못하고 전라의 몸으로 침대에 앉아 눈물만 흘렸다.

어떻게 할까? 어떻게 하지? 경찰서에 가는 게 너무 무섭다. 남편을 찾았다는 경찰의 말이 착오일 수도 있다는 게 누가 봐도 합리적인 추론이지만, 그래도 모르지 않는가? 경찰서로 유인해 나를 자백하게 만들려는 덫일지도 모른다. 무섭다……. 무섭다……. 남편을 죽였을 때보다 더 무섭다.

자꾸 눈물이 났다. 멈추지 않고 흐르는 눈물을 난 계속해서 닦아낸다. 아마 얼굴과 두 눈덩이가 퉁퉁 부었을 것이다. 한참을 울고 있는데, 어디선가 향기로운 커피 향이 느껴졌다.

고개를 들어보니 필주 씨가 머그잔을 내 얼굴 앞에 들이밀고 있었다. 난 그가 가져온 커피를 받아 들고 한 모금 마신다. 뜨거운 커피가 몸속으로 들어오자 다행히도 마음이 진정되는 느낌이 들었다.

"자기야, 정신 단단히 붙들어 매야 해. 아무 일 없을 테니까. 경찰 앞에서 쫄지 말고. 알지?"

나는 커피를 마시며 그의 말에 고개를 끄덕였다. 마음은 좀 차분해진 것 같은데, 이상하게도 손은 아직 떨리고 있었다.

"경찰서까지 데려다줄까?"

"음주로 걸릴 일 있어? 우리 둘이 샴페인 한 병을 다 비웠다고. 이거 도수도 꽤 높은 건데."

"그럼 택시 불러줄게. 그거 타고 가."

"자기는?"

"나? 글쎄……. 난 어쩌지?"

나에 비해 침착한 모습을 보였던 필주 씨가, 막상 자신의 문제에 봉착하자 당황하기 시작한다. 음주 상태라 운전을 할 수 없고 그렇다고 이곳에 차를 두고 갈 수도 없다. 이곳에서 낯선 외지인의 차를 보면 마을 사람들이 의심할 게 분명하기 때문이다. 게다가 혹여 시어머니나 경찰이 집에 오기라도 한다면 뭐라 둘러대야 할까? 나와 필주 씨는 한동안 서로를 마주 보고 멍하니 있었다.

그사이 내 눈물도 멎었다. 그의 말대로 정신을 단단히 차려야 했다. 난 머그잔에 남아 있던 커피를 마지막 한 방울까지 모두 마셨다.

"마을 어귀 삼거리 근처에 공터가 하나 있어. 거기에 주차하고 큰길까지 걸어가는 게 나을 것 같아. 차는 나중에 찾으러 오고. 큰길까지 나랑 같이 택시 탈래?"

"혼자 갈게. 괜히 같이 있다간 의심받을지도 몰라. 조심, 또 조심해야지."

"좋아. 택시는 내가 알아서 부를게. 자긴 먼저 가."

"괜찮겠어?"

"어쩌겠어? 견뎌내야지……. 지금 가는 게 좋겠다. 난 화장 좀 고치고 택시 부를래."

"그래. 먼저 갈게. 자기야, 힘내고 경찰 유도신문에 넘어가지도 말고. 알지?"

"응. 자기도 내가 연락할 때까지 기다려. 먼저 전화하지 말고."

난 필주 씨에게 웃어 보이려 애썼다. 그도 그런 내 모습에 조금 안심이 됐는지 나를 한번 꼭 끌어안더니 바로 나가버렸다. 계단을 내려가는 그의 발걸음 소리, 현관문 여는 그의 기척을 들으며 휴대폰으로 택시를 호출했다. 곧바로 20분 후 도착 예정이라는 메시지가 돌아왔다.

20분이라……. 난 서둘러 옷을 입고 화장대에 앉았다. 거울을 보니 예상대로 눈과 얼굴이 부어올라 흉측해 보였다. 코 아래에는 콧물까지 허옇게 말라붙어 있었다. 물티슈로 얼굴을 대충 닦아내고 스킨과 로션을 발랐다. 날씨가 건조해서 화장품을 발랐는데도 피부는 여전히 푸석푸석해 보였다.

얼굴이 초췌했다. 파운데이션을 찍어 얼굴에 바르려는 순간,

곱게 화장한 모습보다 오히려 이런 얼굴을 보여주는 게 상황에 더 유리하겠다는 생각이 들었다. 남편을 그리워하던 아내가 그를 찾았다는 얘기에 혼비백산해서 경찰서를 찾는다는 설정이 꽤 그럴듯하지 않은가? 난 손에 묻은 파운데이션을 닦아내고 잡티가 살짝 드러나게 옅은 비비크림만 얼굴에 발랐다. 립스틱도 일부러 피부색과 비슷한 톤의 컬러를 골랐다. 그 상태로 거울을 보니 살짝 병약하고 슬퍼 보이는 것 같다. 거울을 본 김에 나는 슬픈 표정도 지어본다. 그럴싸하다. 이 정도면 경찰도 측은하게 여길 것이다.

시계를 확인하고 창밖을 내다보니 벌써 택시가 도착해 기다리고 있었다. 서둘러 화장대를 정리하고 집 밖으로 나갔다. 손에 든 토트백에는 남편의 사망 선고를 인정하는 '실종선고 심판 판결문'이 들어 있었다.

택시를 탔다.

"경찰서로 가신다고요? 남양주요?"

"네, 빨리 가주세요."

"어휴, 급하신가 보네. 무슨 일 있습니까?"

"별일 아니에요. 업무 때문에⋯⋯."

"업무? 경찰이신가 보네."

"아, 그건 아니고요. 아무튼 빨리 가주세요. 얼마나 걸리죠?"

"글쎄요⋯⋯. 한 25분 걸리려나? 빨리 달려보지요."

택시 기사는 말이 끝나기 무섭게 차를 거칠게 몰기 시작했다. 비포장도로라 차가 심하게 덜컹거렸다. 난 조용히 안전띠를 매고 문 위에 있는 손잡이를 잡는다. 택시가 흔들려서인지 아니면 아직도 불안한 건지 손끝이 부들부들 떨렸다. 초등학교 이후로는 교회에 가지 않았지만 부디 최악의 사태를 맞지 않기를, 속으로 기도하고 또 기도했다.

택시는 마을 어귀 삼거리를 지나 큰길 가는 쪽으로 접어들었다. 공터에 차를 주차하고 천천히 걸어 내려가는 필주 씨의 모습이 보인다. 여윈 어깨를 웅크린 채 고개를 푹 숙이고 걷는 그의 뒷모습이 한없이 초라했다. 아무 일 없을 거라고 나를 위로했던 그. 하지만 난 안다. 사실 그도 두려운 거다. 어떻게든 이 상황에서 벗어나려고 속으로는 발버둥 치고 있을 거다. 만약 그가 경찰의 연락을 받았다면 나보다 더 떨지 않았을까?

아, 필주 씨, 우린 샴페인을 너무 일찍 터트렸어……. 난 스스로를 자책하며 흔들리는 택시 안에서 눈을 감았다.

택시 기사의 말은 정확했다. 난 25분 뒤 경찰서에 도착할 수 있었다. 도저히 발걸음이 떨어지지 않았지만, 택시 기사가 나를 수상하게 볼까 두려워 성큼성큼 정문으로 향하는 계단을 올랐다.

경찰서에 들어서서 어디로 가야 할지 막막해 두리번거리고 있는데, 어디선가 귀에 익은 목소리가 들려왔다.

"효신아, 정효신!"

세상에, 맙소사. 가늘고 높은 저 목소리는 시어머니다. 대체 그녀가 왜 경찰서에 와 있는 것일까? 난 애써 웃는 얼굴로 뒤를 돌아 시어머니를 바라봤다.

"어머, 어머니도 연락받으셨어요?"

"그럼 받았지. 그래서 급한 일 다 제쳐두고 달려온 거잖니."

붉게 칠한 입술을 삐죽거리며 시어머니는 없는 공치사를 둘러댄다. 자세히 보니 머리를 공들여 세팅한 티가 났다. 급한 일은 무슨. 어디서 수다나 떨다가 왔겠지. 뒤늦게 술이 올랐는지 나는 괜스레 욱하는 마음이 들었다. 하지만 이 상황이 나한테는 불리하다는 것을 상기하면서 시어머니의 비위를 거스르지 않기 위해 어색한 웃음을 지었다.

하지만 그녀는 나에게 다가오는 순간 미간부터 찌푸렸다.

"어휴, 술 냄새. 애, 너 대낮부터 술 마셨니?"

"네. 맨정신에 오늘을 도저히 못 보낼 것 같아서요. 그래서 좀 마셨어요."

그녀의 질책에 나는 속이 부글거렸다.

"설마…… 너, 재우 얘기 먼저 들었어? 알고 있었던 거야?"

"아뇨. 제가 그런 걸 어떻게 알겠어요……. 어머니, 오늘이 무슨 날인지 아세요?"

술이 올랐는지 헛소리가 나왔다. 입을 틀어막고 싶었지만, 나도 모르게 이야기가 술술 쏟아졌다.

"너 왜 그러니? 무슨 일 있어?"

"어머니 오늘은요, 그이 실종선고 심판 판결을 받은 날이에요. 죽었다고 인정받아서 아침에 사망신고까지 했다고요."

"그게 무슨 소리야? 사망이라니?"

시어머니의 목소리가 찢어질 듯 높아졌다. 아차 싶었지만, 나는 될 대로 되라는 기분이 들었다. 참아왔던 울분이 내 안에서 폭발하는 것 같았다.

"좀 솔직해지세요. 벌써 5년이 지났어요. 그동안 연락 한번 없었다고요. 어머니도 그가 살아 있다고 생각한 적 없잖아요. 안 그래요?"

"애가……. 난 우리 아들 죽었다고 생각한 적 없어."

"그래요? 그래서 아들이 실종됐는데 하루하루가 그렇게 즐거우셨어요? 어머닌 걱정 한번 안 하셨잖아요?"

"애가 대체 무슨 소리를 하는 거야? 너 단단히 취했나 보구나? 정신 차려. 그리고 그게 뭔 소리야. 사망신고라니. 그거 누가 한 거야? 나 몰래 네가 한 거니?"

"실종 신고한 지 5년이 지나면 법적 절차를 거쳐 사망 선고를 받을 수 있습니다."

내가 입을 열려는 순간, 뒤에서 굵직한 저음의 목소리가 들려왔다. 아까 휴대폰을 통해 들었던 그 목소리다. 고개를 돌려보니 경찰로 보이는 한 남자가 서 있었다. 낯선 남자의 등장에, 난 갑자기 긴장이 풀어져 엉엉 울고 말았다.

시어머니는 조금 누그러진 듯 목소리를 낮추고 의심스러운 눈초리로 그에게 물었다.

"누구시죠?"

"남양주서 이윤세 경장입니다. 김재우 씨 어머니 되십니까?"

"아, 네……."

시어머니가 꼬리를 내리자 이윤세 경장이라는 사람이 이번에는 나를 돌아봤다.

"김재우 씨 배우자인 정효신 씨죠?"

"네……."

"두 분 모두 놀라신 것은 이해합니다만 흥분은 가라앉혀주십시오. 여긴 경찰섭니다."

"죄송합니다."

괜한 위압감을 느낀 나와 시어머니는 동시에 그에게 사과했다.

이윤세 경장은 키가 작고 땅딸한 데다 인상이 친근했다. 눈빛은 날카로웠지만 나를 막다른 데로 몰아붙일 것 같은 그런 이미지는 아니었다. 내게 눈물을 닦으라며 휴지까지 건네는 것을 보면 친절한 사람이 분명했다. 그렇게 생각하자 안도감이 들면서 떨렸던 마음이 가라앉았다. 이윤세 경장은 안정을 찾은 우리에게 옅은 미소를 지어 보였다.

"말씀드렸다시피 실종된 김재우 씨를 찾았습니다. 저희와 같이 가서 확인해주시죠."

단호한 이윤세 경장의 말에 나는 조용히 고개를 끄덕였다. 그러나 시어머니는 안절부절못했다.

"저, 저는요?"

"어머니도 같이 가시죠. 확인은 철저할수록 좋으니까요. 자, 차로 가실까요?"

이윤세 경장의 말에 시어머니의 얼굴이 환하게 밝아진다. 그녀는 나에게 보란 듯, 경장에게 말을 붙이며 그의 뒤를 바짝 따랐다. 어이가 없었지만 나도 어쩔 수 없이 그들의 뒤를 쫓는다.

　이윤세 경장은 후문 주차장에 세워둔 스타렉스 앞으로 가더니 문을 열고 뒤에 타라는 눈짓을 보냈다. 이미 차 안에는 경찰로 보이는 남자 두 명이 타고 있었다. 시어머니와 나는 그들과 가볍게 인사를 나누고 맨 뒤 열에 나란히 앉았다. 좀 전의 언쟁으로 시어머니에게 감정이 상한 나는 그녀를 외면하고 무심히 창밖으로 고개를 돌렸다.

　이윤세 경장이 앞 보조석에 올라타자 차는 출발했고 곧 고속도로에 진입했다. 경찰차는 쉬지 않고 한참을 달렸다. 햇살은 따사롭고 좌석은 안락했다. 앞에서는 낮게 코 고는 소리가 들려온다. 그러나 내 마음은 여전히 불안했다.

　남편이 살아 있을 리가 없어. 경찰의 착오겠지. 다른 누군가와 남편을 착각한 걸 거야. 그렇게 생각하면서도 난, 설마 하는 생각에 지옥행 급행열차를 탄 것만 같았다.

효신 이야기 #3 **그 사람이 아니야**

　"한 시간 이상 온 것 같은데……. 얘, 도착할 때 되지 않았니?"

　답답한 침묵을 깨고 먼저 입을 연 것은 시어머니 난희였다. 난 그녀를 쳐다보지 않은 채 모르겠다는 의미로 고개를 좌우로 흔들었다. 내 반응에 기분이 누그러졌는지 시어머니는 몸을 바짝 붙이더니, 앞자리에 앉은 경찰 눈치를 보며 나직하게 묻는다.

"경찰에게 얘기 좀 들었니?"

"뭘요?"

나는 퉁명스럽게 되물었다.

"아니, 그 왜…… 재우. 걔가 어떻게 됐다는 건지, 경찰이 얘기 안 해? 못 들었어?"

"모르겠어요. 경황이 없어서."

"그래. 정신없을 만도 하다. 나도 지금 혼이 쏙 나갔어. 갑자기 재우를 찾았다니 깜짝 놀랐잖아. 우리가 그렇게 찾을 때는 소식도 없더니 이게 웬일인가 몰라. 어째 어젯밤 꿈이 뒤숭숭하다 했어."

시어머니는 어떻게 한 시간 동안이나 수다를 참은 걸까? 아까 나와의 언쟁은 잊은 듯 쉴 새 없이 말을 걸어온다. 쉬지 않고 재잘거리는 그녀의 말소리에 머리가 아팠다. 제발, 제발 그 입 좀 다물어줬으면.

"근데 얘……, 재우에게 무슨 일이 있는 것은 아니겠지? 건강하겠지? 왜 연락을 안 했던 걸까? 난 걱정 돼서 도무지 가만있지 못하겠다."

시어머니의 안절부절못하는, 아니, 묘하게 신이 난 듯한 모습에 난 짜증이 치밀어 올랐다. 그대로 있다가는 남편이라고 나타난 작자를 만나기도 전에 시어머니의 수다에 치여 내가 죽을 것만 같았다. 난 지끈거리는 관자놀이를 주무르며, 될 수 있는 한 정중하게 부탁한다.

"죄송한데요, 제가 지금 두통이 와서……. 대화는 이따가 하면 안 될까요?"

"어머, 머리가 아파? 이런……, 취기가 오르나 보네. 그래, 알았어. 아프면 할 수 없지, 뭐. 근데 넌, 뭔 술을 대낮부터 그렇게 마셨다니?"

내 부탁에도 시어머니의 대화는 멈추지 않았다. 작게 한숨을 토해냈다. 시어머니는 그제야 내 눈치를 보더니 입을 다물었다. 난 혹시라도 그녀가 말을 이어갈세라 아예 눈을 감아버렸다. 그녀와의 인연을 이어온 나 자신을 탓하면서 말이다.

사실 남편을 알게 된 것은 시어머니 난희를 통해서였다. 6년 전, 난 광교의 어느 오피스텔 분양관에서 일하고 있었다. 당시 오피스텔과 상가를 몇 채씩 구입하는 우리의 VIP 고객 중에 김호중 사장이 있었다. 그가 분양관에 잠시 들렀는데, 그때 시어머니가 그와 함께 왔던 것이다. 시어머니는 김호중 사장과 연인 사이로 보였기에 난 잘 보이려 애를 썼다. 그 덕에 김호중 사장은 호기롭게 오피스텔을 추가 계약했고, 나에게 관심을 보였던 시어머니는 자신의 아들을 소개해준 것이다. 부담스러웠지만 VIP가 엮인 소개 건이기에 난 조심스러울 수밖에 없었다.

남편 재우의 첫인상은 신경질적이고 병약하며, 무기력해 보였다. 골격은 큰 편이었지만 아마도 피부가 창백하다고 할 만큼 하얘서 그런 느낌을 받았던 것 같다. 한마디로 호감이 가는 외모는 아니었다. 그도 내가 딱히 마음에 든 것 같지 않았다. 하지만 시어머니의 적극적인 지지와 김호중 사장에게 잘 보여야 한다는 생각이 맞물려, 어찌어찌하다 보니 결혼까지 이르게 된 것이다.

내가 미쳤지. 결혼을 그렇게 쉽게 결정짓는 게 아니었다. 쉽게 한 선택은 사람의 인생을 쉽게 망친다.

그렇게 1~2시간을 더 달려 경찰차가 도착한 곳은 청송의 정신요양원이었다. 인적이 드문 산속에 있는 이곳은 말이 좋아 요양원이지, 정신병원이나 마찬가지로 보였는데, 시설은 모르겠지만 공기 하나만큼은 끝내주게 좋았다.

우리는 경찰이 이끄는 대로 차에서 내려 요양원 안으로 들어갔다. 이윤세 경장이 요양원 원장과 사무장을 만나는 동안, 난 대기실 내부를 둘러봤다. 대기실에는 환자의 도주를 막기 위해서인지 창문마다 쇠창살이 끼워져 있었다.

잠시 후, 장발의 남자 간호사가 휠체어를 밀고 들어왔다. 내 시선은 자연스럽게 휠체어를 탄 남자에게로 향했다. 휠체어를 타기에는 너무도 건강한, 까무잡잡한 피부의 한 남자가 보였다.

"재우야!"

시어머니는 그를 보자마자 새된 소프라노로 남편의 이름을 부르며 달려갔다.

뭐? 재우? 잠깐, 저 사람이 내 남편이라고? 그게 무슨 소리야? 얼굴이 전혀 다르잖아. 설마 시어머니는 그를 재우 씨라 생각한다는 거야? 말도 안 돼. 저 사람은 내 남편이 아니라고. 당신들은 모르겠지만 내 남편은 죽었어. 이미 5년 전에. 역시 경찰의 착오였어.

그러나 휠체어를 탄 남자에게 달려간 시어머니는 그의 발치에 쓰러져 다리를 부둥켜안고 울기 시작했다. 눈물 한 방울 흘리지 않으면서 목 놓아 울었다. 눈물겨운 모자의 해후에, 난 실소가 나올 것 같아 입을 막고 고개를 돌려버렸다.

"아이고, 재우야, 연락이라도 하지 그랬니? 그동안 이 어미가 얼마나 애타게 찾았는지 알아? 이 불효자식! 그래도 살아 있으니 됐다. 무사하니 됐어."

시어머니의 오버에 소름이 끼쳤다. 당장이라도 연극을 그만하라고 외치고 싶었다. 하지만 저 남자는 내 남편이 아니라는 말을 꺼내기에는 분위기가 너무도 진지했다.

이윤세 경장이 내 옆으로 왔다. 그는 내가 급작스러운 사태에 놀란 줄 아나 보다. 마치 정신을 차리라는 듯, 내 어깨를 살짝 건드렸다.

"남편분, 안 반가우세요?"

이윤세 경장의 말에 난 고개를 세차게 흔들었다. 그가 내 남편이 아니라는 강한 부정의 표시였다. 어쩌나 기가 막히는지 말도 안 나왔다.

"얘, 아가야……. 재우가, 우리 재우가 살아 있었어……. 이리 와서 좀 보련. 어쩌면 하나도 변한 게 없니."

이번에는 시어머니가 나를 보며 울부짖기 시작한다. 참, 입장이 난처하다. 내가 멈칫하고 있으려니 이윤세 경장이 내 등을 떠밀었다. 어쩔 수 없이 난, 주춤대며 남자에게로 다가갔다. 시어머니를 보고 있던 남자도 고개를 들어 내 얼굴을 바라본다. 번뜩이며 속을 꿰뚫어 보는 듯한 그의 눈빛에 기분이 좋지 않았다.

"김재우 씨, 사모님 알아보시겠어요?"

휠체어를 밀고 나온 남자 간호사가 물었지만 그는 아무 대답도 하지 않았다. 그저 나에게서 시선을 떼지 않고 있을 뿐이다. 남자 간호사는 괜히 미안한 마음이 들었는지 나에게 그의 변명을 대신 늘어놓는다.

"최근 기억이 아예 없으세요. 아마 사모님은 못 알아볼지도 몰라요."

"어머니는 알아보는 겁니까?"

어느새 내 뒤로 다가온 이윤세 경장이 대화에 끼어들었다.

"7, 8년 전 기억까지는 있습니다. 그래서 어머니는 기억하는 것 같네요."

"그럼 최근 6년 기억만 사라졌다는 겁니까?"

"2년 전에 기억상실 상태로 입소하셔서 그 이상은 저희도 모릅니다. 그나마도 옛 기억이 돌아온 것은 최근 일이에요. 당연히 저희는 신고할 생각도 못 했고요."

"그런데 어떻게 김재우 씨인 걸 알고 연락하셨죠? 그가 먼저 자신의 이름을 댔나요?"

"그건 아니에요. 우연히 김재우 씨 실종 신고 전단을 보고 연락한 거죠. 김재우 씨가 그동안 기억이 없어서 아마 자신을 밝혔다 해도 우리는 그의 신원을 신뢰하지 않았을 겁니다."

"흐음, 알았습니다……. 오래된 전단인데 눈썰미가 좋으시네요. 어쨌거나 다행입니다. 자세한 것은 사무장님께 마저 듣도록 하죠. 정효신 씨, 괜찮으십니까?"

남자 간호사와 대화를 마친 이윤세 경장은 나를 걱정스럽게 들여다보며 묻는다. 그의 말에 나는 흠칫 놀랐다. 괜찮을 리가 없지 않은가.

"이제 마지막 확인 절차만 거치면 퇴원하실 수 있습니다."

"네? 퇴원이오?"

너무 놀라서 나도 모르게 큰소리로 외쳤다. 정신요양원 대기실에 있던 모든 사람의 시선이 나에게로 쏠렸다.

"왜 그러십니까? 무슨 문제라도?"

"저 사람은…… 제 남편이 아니에요."

"뭐라고요?"

"아니, 얘, 그게 무슨 소리니? 우리 재우가 맞잖아."

"아니에요. 저 사람은 제 남편이 아니라고요! 어머니는 저 사람이 재우 씨로 보이세요?"

"재우잖니. 그새 얼굴을 잊은 거야?"

"어머니, 그이가 아니라고요! 왜 자꾸 이상한 소리를 하세요?"

"너야말로 이상하다, 얘. 재우더러 재우가 아니라니. 너 혹시 머리가 어떻게 된 거 아니야? 아니면 눈이 안 보여?"

"저 멀쩡하고요, 저 사람은 재우 씨 아니에요. 신원 확인을 다시 해야 한다고요!"

"정효신 씨, 왜 김재우 씨가 아니라고 생각하시는 겁니까?"

굵직한 이윤세 경장의 목소리에 난 간신히 정신을 차렸다. 시어머니와 설전을 벌일 필요가 없다. 그와 얘기하자. 그게 더 옳고, 더 빠를 것이다. 난 자신을 타이르며 애써 침착함을 유지했다.

"그이와 너무 달라요."

"다르……다니요?"

"얼굴도 다르고 몸집도 전혀 달라요. 그이는 피부가 하얬다고요. 이 사람보다 더 말랐고요."

"그 정도의 외모 변화는 5년 동안 충분히 있을 수 있는 거 아닙니까?"

"아니요. 성형하고 태닝을 했어도 이렇게 바뀔 수가 없어요. 절대 그이가 아니에요."

"말씀을 입증할 만한 자료나 사진 같은 거 있습니까?"

아뿔싸. 이윤세 경장의 말에 나는 허를 찔린 기분이 들었다. 그와 찍은 몇 안 되는 사진을 이미 버렸기 때문이다. 남편의 시체를 유기한 후, 그를 떠올리는 게 두려웠던 나는 닥치는 대로 눈에 보이는 그의 물건을 모두 처분해버렸다. 그런데 그게 패착이 될 줄이야. 집에 남편과 관련된 것은 더 이상 없다. 아, 그가 남편이 아니라는 것을 어떻게 증명해야 할까?

난 남편이라는 사람을 힐끗 봤다. 그는 마치 자신의 일이 아니라는 듯 무심히 나를 보고 있었다.

"아, 신분증! 주민등록증이나 여권을 확인하면 될 거예요."

"지금 갖고 계십니까?"

"아니 그건……."

"혹시 몰라서 내가 갖고 왔어요."

시어머니가 들고 있던 백에서 초록색 여권을 내밀었다. 이윤세 경장은 여권을 받아들더니 말없이 들여다보고만 있다. 난 궁금함을 참지 못해 그가 들고 있던 여권을 빼앗아 들여다보고 또 들여다봤다. 여권에는 지금 남자의 사진과 함께 주민등록번호가 똑똑히 찍혀 있었다. 죽은 남편의 주민등록번호였다.

아니, 이럴 수가……. 그럴 리가 없다. 이상하다.

"주민등록증은요? 거기엔 지문이 있어요. 지문을 확인해주세요."

"갖고 계십니까?"

"아니요……."

난 또다시 고개를 흔들었다. 아마도 그의 신분증은 이제는 차가운 벽이 된 그의 주머니 안에 있을 것이다. 그날 밤, 너무 어두웠고 또 너무 서둘렀던 터라 소지품을 미처 확인하지 못하고 그를 벽 틈에 넣고 시멘트로 덮어버렸다.

"어머니는요?"

"없습니다. 재우가 맡긴 건 이것뿐이라서……."

"그럼 지문 확인은 경찰서에 가서 하시죠."

내가 고개를 끄덕였다. 시어머니는 괜한 짓을 한다는 듯, 나에게 눈치를 보낸다.

"애가 번거롭게 일을 벌이네. 경장님 귀찮으시게."

"아닙니다, 어머니. 확인은 철저히 해두는 게 낫죠."

이윤세 경장은 원장, 사무장과 얘기 중이던 동료 경찰 쪽을 돌아봤다. 경찰들은 그새 퇴원 수속이 끝났는지 잡담을 하고 있었다.

"마침 퇴원 수속도 끝난 것 같네요. 바로 올라가시죠."

그의 말이 끝나기 무섭게, 시어머니는 간호사의 도움을 받아 남자를 휠체어에서 일으켰다. 그가 일어서니 도무지 환자라고는 믿기지 않을 정도로 건강한 에너지가 전해진다. 환자복 아래 숨겨진 탄탄한 근육이 느껴질 정도였다. 시어머니는 그를 부축해 경장의 뒤를 따라가면서 들으라는 듯 혀를 끌끌 찼다.

"남편도 못 알아보는 마누라가 어디 그게 마누라니?"

난 그녀의 질책을 못 들은 척했다. 남편을 못 알아보는 것은 내가 아닌 시어머니다. 나를 바보로 만들려고 작정하지 않았다면 꿍꿍이가 있는 게 틀림없다. 무슨 생각인지 모르겠지만, 좋아, 상대는 해드리지. 이렇게 생각하니 전의가 타올랐다.

나도 그들의 뒤를 따라 잰걸음으로 정신요양원을 나섰다. 성가신 이 하루가 빨리 저물기를 바라면서.

효신 이야기 #4 **다시 집으로**

집으로 돌아가는 길은 생각대로 유쾌하지 않았다. 나와 시어머니 그리고 남편이라는 사람이 차 뒷좌석에 나란히 앉았는데, 폭이 2미터가 채 안 되는 비좁은 공간에 성인 세 사람이 꾸역꾸역 앉아 있다는 것 자체가 난센스였다. 앞자리에는 경찰이 반쯤 누워 자는 상태였기 때문에 자리가 더 비좁았지만 차마 앞으로 옮기겠다고는 말하지 못했다. 할 수 없이 난 데면데면하게 창밖만을 내다본다.

고속도로에 접어들자 곧 해가 질 때가 되어서인지 하늘이 붉게 물들어간다. 저무는 저 해가 마치 내 신세처럼 처량하게 느껴져서 왠지 센티해졌다. 이 낯선 남자를 어떻게 해야 할까? 남편도 아닌데 주변에서 남편이라 몰아가는 상황을 어쩌지 못하는 나 자신이 안타깝다. 내 마음을 아는지 모르는지, 옆자리에서는 애틋한 모자간의 연기가 한창이다.

"재우야, 기억을 찾았으면 전화를 해야지. 왜 그동안 연락을 안 했어? 엄마 걱정하는 거 몰라?"

"머리가 뒤죽박죽돼서 연락하는 거 생각도 못 했어."

"그래. 내 아들이 연락 안 할 사람이 아니지. 이 엄마를 얼마나 끔찍이 여기는데. 그래도 무사하니 다행이다. 이렇게 멀쩡히 살아 돌아온 게 어디야? 엄만 너 죽은 줄 알고 밤마다 울었다. 하도 울어서 내가 죽을까 봐 주변에서 얼마나 노심초사했는데."

난 속으로 코웃음을 친다. 아니, 어머니, 밤마다 우셨다는 분이 어떻게 그렇게 혈기가 좋으세요? 오히려 5년 전보다 회춘하신 것 같은데. 그 와중에도 보톡스와 필러 맞을 정신은 있으셨나 보죠?

"미안해, 엄마."

"이제 다 지난 일인데, 뭐. 그래, 요양원은 어땠어? 지낼 만했어?"

"몰라. 매일 약 먹고 잠만 자서 기억이 가물가물해."

"약? 무슨 약?"

"신경안정제지, 뭐. 거기가 정신병원이잖아."

이 사람, 정신병원에 입원해 있었어도 정신만은 멀쩡한 사람이군. 남자의 솔직함에 난 하마터면 호감을 느낄 뻔했다.

"같은 말을 해도 정신병원이 뭐니? 요양원이라는 단어가 있는데. 어디 다른 아픈 데는 없고?"

"없어."

"그래, 돌아왔으니 됐다. 그나저나 이게 뭔 일이라니?"

"엄마, 피곤해. 약 기운이 퍼졌나 봐. 나 좀 자도 될까?"

"그래, 우리 아들. 피곤하면 자야지. 엄마 어깨에 기댈래?"

남자는 했던 말을 자꾸 반복하는 시어머니가 지겨웠나 보다. 그는 자연스럽게 시어머니의 말을 끊었다. 그리고 그녀의 권유와는 반대로 꼿꼿하게 몸을 세운 채 눈을 감았다. 시어머니는 무료해졌는지 휴대폰을 꺼내 들더니 여기저기 카톡을 보내기 시작했다. 덕분에 차 안은 조용해졌다.

나도 눈을 감았다. 잠이나 자두자. 차에서 내리면, 또 긴장할 일들이 벌어질지도 모른다.

얼마나 좋았을까? 자다가 눈을 떠보니 주변이 모두 어두워졌다. 차 안은 여전히 조용했고, 운전하는 경찰을 제외하고는 모두 잠이 든 것 같았다. 다시 잠을 청하려는 찰나, 난 허벅지에 이상한 감촉을 느꼈다. 남자의 탄탄한 허벅지가 내 다리에 닿아 있었다. 자연스럽게 늘어진 그의 손은 내 허벅지에 반쯤 걸쳐져 있었다.

난 다리를 급히 오므렸다. 그 바람에 그의 손이 자동차 시트에 툭 떨어졌다. 하지만 그는 아무 일도 없었다는 것처럼 팔짱을 끼더니 오히려 다리를 더 벌려 허벅지를 밀착해온다. 어? 이것 봐라? 난 어이가 없었다. 기가 막혀 그를 쳐다보니 어둠 속에서도 가만히 나를 보는 시선이 느껴진다. 차라리 웃기라도 했다면 화라도 냈을 텐데, 그는 그저 멀뚱히 보고만 있다. 뭐야, 이 사람. 진짜 정신이 이상한 거 아냐? 우린, 그럴 사이가 아니라고.

낯선 남자와 다툴 기력이 없었던 난, 들고 있던 토트백을 그와 나 사이에 끼워 넣었다. 토트백이라는 든든한 방어벽이 생기자 안심이 됐다. 그도 그 이상은 수상쩍은 짓을 시도하지 않았다.

차창 밖을 내다보니 퇴근 시간이어서 그런지 차가 밀리고 있었다. 내 머릿속에는 빨리 경찰서로 가서 남자의 신원을 확인하고, 내 남편이 아니라는 사실이 밝혀졌으면 좋겠다는 생각뿐이었다. 필주 씨가 보고 싶었다. 따뜻한 그의 품에 안겨 오늘 있었던 끔찍한 일들을 말끔히 씻어내고 싶었다.

경찰서에는 예상보다 훨씬 늦게 도착했다. 좁은 자리에 끼어온 탓에 차에서 내리니 다리가 저릿저릿했다. 그러나 남자의 신원을 확인하는 과정을 지체할 수는 없었다. 우리는 이윤세 경장을 따라 사무실로 갔다. 경장은 남자의 지문을 채취하더니 대조

작업에 들어갔다. 자주 하는 일인 듯 마우스를 움직이는 경장의 손놀림은 빠르고 정확했다. 결과는 바로 나왔다.

"김재우 씨가 맞는데요?"

이윤세 경장이 저음의 목소리로 말했다.

남편이 맞는다고? 저렇게 다르게 생겼는데? 목소리까지 다른데? 난 어이가 없어 피식 웃었다.

"네? 그럴 리가 없어요. 다시 확인해보세요."

"100퍼센트 일치합니다. 김재우 씨가 확실해요."

"그거 봐라. 재우가 맞대잖니!"

시어머니가 이윤세 경장을 옹호하고 나섰다.

남편이라는 사람은 나를 재밌다는 듯 보고만 있다. 이 사람들이……. 이 남자가 진짜 내 남편이 맞는다고? 이젠 경찰도 믿을 수가 없다. 마지막까지 잡고 있었던 끈이 툭, 하고 끊어진 느낌이다. 마음 깊은 곳에서 불안감이 스멀스멀 피어올랐다. 그렇다면 이 사람은 누구지? 난 누구와 결혼을 했던 거야?

이윤세 경장이 난처한 표정으로 나를 봤다.

"왜 남편분이 아니라고 생각하시는 겁니까?"

"말씀드렸잖아요. 얼굴이 다르다고. 피부색도 다르고 몸집도 달라요. 목소리까지도요."

"하지만 객관적인 자료가 이분이 김재우 씨란 것을 증명하고 있습니다. 어머니 말씀도 그렇고요."

"경장님, 얘가 요즘 정신이 없어서 그럴 거예요. 효신아, 너 요즘 일이 많다더니 너무 무리했던 거 아니니?"

난 절망적인 상황에 고개를 푹 숙였다. 더 이상 부정해봤자 먹히지 않는다는 것을 깨달았기 때문이다. 아, 앞으로 이 남자를 남편이라고 생각하고 살아야 한다는 말인가? 언제까지? 눈앞이 캄캄했다. 내가 진짜 남편을 죽인 사실이 드러날까 두려워 더 이상 이의를 제기하지도 못했다. 젠장, 이건 완전히 막다른 코너에 몰린 생쥐 꼴이다.

이윤세 경장이 이번에는 남자를 돌아보며 말했다.

"그런데…… 김재우 씨."

경장의 부름에, 마치 남의 일처럼 오고 가는 대화를 듣고만 있던 그가 살짝 긴장하는 모습을 보였다. 흥, 찔리는 게 있기는 한가 봐? 내 부정에 반박하지 않고 가만히 듣고 있는 걸 보면 뭔가 켕기는 게 분명해. 난 삐딱한 시선으로 남자를 노려봤다.

"현재 사망신고가 된 상태입니다. 당연히 주민등록도 말소됐고요."

경장의 말을 듣고 그가 나를 물끄러미 바라본다. 난 그의 시선을 피했다. 뒤돌아보지 않았지만, 뒤에서 나를 노려보는 시어머니의 따가운 눈빛도 느껴졌다.

"이른 시일 내에 법원에 가서 무효 신청을 하셔야 할 것 같습니다. 오늘은 이만 돌아가시고요, 저희가 사건 정리하면서 궁금한 거 있으면 다시 연락드리겠습니다. 괜찮으시죠?"

우리 셋은 동시에 고개를 끄덕거렸다.

이 자리를 빨리 벗어나고 싶었다. 낯선 남자와 집으로 함께 가는 게 진저리 날 정도로 싫었지만, 얘기를 더 나누다가는 혹시나 경찰이 내가 남편을 죽인 사실을 밝혀낼까 두려워 피하고만 싶었다. 인사를 마치고 서둘러 경찰서를 나섰다. 뒤에서는 연거푸 경찰에게 감사를 표하는 시어머니의 소프라노 목소리가 들려왔고, 성큼성큼 나를 따라오는 남자의 기척도 느껴졌다. 이 남자와 언제까지 같이 있을지는 모르겠지만 그와 함께하는 한, 내 집이 결코 편한 곳이 되지 못할 거로 생각하니 우울해졌다.

콜택시를 타고 집으로 향했다. 뒷좌석에는 남자와 시어머니가 앉았다. 앞자리 보조석에 앉은 나는 그와 단둘이 집에 있을 것을 생각하니 너무도 끔찍해서, 마음에도 없는 소리를 시어머니에게 늘어놓았다.

"어머니, 오늘 집에서 주무시고 가시겠어요?"

"어휴, 됐어. 오랜만인데 너희들끼리 오붓한 시간을 보내야지."

"그래도요. 오늘은 기념할 만한 날이잖아요. 그렇게 보고 싶어 했던 아드님인데, 같이 주무셔야죠."

"얘, 내가 그렇게 눈치 없는 시어미는 아니다. 안 그러니, 재우야?"

"내가 내일 연락할게."

"그래. 오늘 밤도 조심해서 보내고."

"정말 괜찮으시겠어요, 어머니?"

"진짜래도. 너희 내려주고 난 이 차 타고 바로 갈 거야. 콜 부르는 것도 일이다, 너."

시어머니의 고집에, 난 그들과 대화를 이어가는 게 지겨워서 입을 다물었다. 정신병자일지도 모르는 이 남자와 오늘 밤을 함께 보내야 한다니, 암담했다.

뒷좌석에 남자와 나란히 앉은 시어머니는 내 속도 모르고 신이 나서 끊임없이 수다를 떤다.

"너 옷도 좀 사야겠다. 5년 전 옷이 맞겠어? 내일 몸 괜찮으면 같이 쇼핑이나 가자. 맛있는 것도 사줄게. 우리 아들, 갈비 좋아했지?"

"됐어."

"왜? 차 타고 오랜만에 드라이브도 하고 좋잖니? 그 갑갑한 곳에 갇혀 있었으니 이젠 바람도 쐬야지. 참, 주민등록 말소돼서 운전면허가 없는 건가? 에그, 운전은 안 되겠네. 애, 효신아, 넌 내일 시간이 어떻게 되니?"

"현장에 나가야 해요."

"하루 휴가 내면 안 돼?"

"제가 하는 일이 일반 사무직이 아니잖아요. 빠질 수 없어요."

난 하기 싫은 대꾸를 억지로 지어내면서, 눈으로는 마을 어귀에 세워뒀던 필주 씨의 차가 치워졌는지 확인했다. 다행히 차는 안 보였다. 나는 살짝 안도의 숨을 내쉬었다.

잠시 후, 택시가 집에 도착했다. 남자와 내가 택시에서 내리자 기사는 가로등 하나 없는 어둡고 좁은 길에서 차를 바로 돌린다. 시어머니는 자신이 말한 대로 차에서 내리지 않았다. 대신 창문을 열고 명랑하게 말했다.

"아들, 오늘은 푹 자고 내일 연락하자. 너희들 모두 그동안 고생 많았어. 잘 자."

너희들 모두 그동안 고생 많았어? 그게 뭔 말이람? 어머니가 모르시나 본데, 남편이 없는 5년 동안이 내겐 천국이었다. 시어머니가 못마땅한 나에게는 그녀가 하는 모든 말이 비꼬아 들린다. 그러나 웃는 표정으로 그녀에게 작별 인사를 했다.

시어머니가 탄 택시가 떠나자, 난 바로 현관문을 열고 집 안으로 들어왔다. 그 역시 조용히 내 뒤를 따랐다. 난 그의 동작 하나하나를 신경 쓰면서 2층 침실로 향했다. 침실은 내가 떠날 때 그대로, 급한 당시의 상황을 말해주기라도 하듯 옷가지가 어수선하게 널려 있었고 빈 샴페인 병과 잔도 그대로 남아 있었다.

그의 시선이 두 개의 샴페인잔에 날아와 꽂힌다. 난 속으로 뜨끔해서 서둘러 방을 치웠다. 남자는 침대 옆 탁자에 놓인 빈 샴페인 병을 들더니 한참을 들여다본다. 그리고 처음으로 내게 말을 걸었다.

"이걸 마신 거야?"

남편이 아닌 주제에 그 술은 기억이 나나 보지? 난 남편인 척하는 그가 꼴 보기 싫었다.

"왜? 안 돼? 아……, 그거 당신이 아끼는 술이었던가? 당신이 그리워서 내가 마셨어."

나는 뻔뻔하게 나가기로 했다. 좋아. 그쪽이 남편인 척을 한다면 나도 부인인 척을 해주지.

"잔은 두 갠데?"

"하나는 당신 거지. 마시긴 내가 다 마셨지만."

그가 나를 노려봤다. 나는 태연하게 그의 눈을 똑바로 바라본다.

"그리고 잊었나 본데, 우리 각방 쓰고 있었잖아. 기억 안 나? 그건 기억하지?"

나는 차갑게 말을 내뱉었다. 기억이 없다는 핑계로 은근슬쩍 이 집에 눌러앉으려나 본데, 그렇게는 안 될 거야. 나도 만만하지 않거든. 당신이 시어머니와 함께 무슨 속임수를 쓰고 있는지는 모르겠지만, 당하고만 있지는 않을 거야.

그렇게 생각하니 나도 모르게 입가에 웃음이 살짝 번진다. 동시에 그의 미간이 살짝 찌푸려졌다. 그는 내 말의 속내를 헤아리려는 듯 내 눈동자를 뚫어지게 바라본다.

"미안하지만 나가줬으면 좋겠어. 여긴 내 방이야."

"나는…… 어디서 자야 하는 거지?"

"당신 좋을 대로. 미안하지만 당신이 쓰던 지하 방은 다 치웠어."

그는 뭔가 말하려는 듯하더니 이내 입을 다물고 체념한 듯 방에서 나갔다. 난 그의 뒤로, 방문을 쾅 소리가 나게 닫았다. 속이 시원했다. 이대로 그가 영영 사라져줬으면.

나는 혹시 몰라 방문을 잠그고 침대에 누웠다. 이불의 폭신한 감촉이 온몸을 감싸자 왠지 위로받는 느낌이 들었다. 아, 일단 한고비를 무사히 넘겼다. 오늘은 천국과 지옥을 오가는 다사다

난한 하루였다. 내일 무슨 일이 벌어질지 걱정되지만, 그래, 내일 일은 내일 생각하자. 오늘은 무사하지 않은가.

그렇게 스스로를 위로하고 누워 있다가 나는 까무룩 잠이 들었다.

첫날

누군가 나를 보는 듯한 시선이 느껴져 잠에서 깼다. 눈을 떠 주변을 두리번거리니 다행히 방안에는 나 혼자다. 방문도 어젯밤 걸어 잠근 그대로였다. 하지만 왠지 찜찜하다. 자고 있을 때 누군가, 아니 남편이라 사칭하는 낯선 남자가 날 보고 있었을지도 모른다는 생각을 하니 소름이 쪽 끼친다. 밤마다 문단속을 단단히 해둬야겠다.

이미 아침이 밝아 창문을 통해 햇살이 가득 들어오고 있었지만 일어나기가 싫었다. 나는 이불 속으로 다시 기어들었다. 몸을 잔뜩 웅크린 채로, 오늘을 어떻게 버텨내야 할지 생각하고 또 생각했다. 어떻게 해야 저 남자와 시어머니에게서 벗어날 수 있을까? 어떤 핑계를 대고 집을 나가지?

그때 불현듯, 어젯밤 시어머니와 나눈 대화가 떠올랐다. 참, 나 좀 봐. 오늘 현장 나간다고 시어머니에게 거짓말을 했잖아! 집 밖으로 나돌 묘수가 떠오르자 난 속으로 쾌재를 불렀다. 그와 얼굴을 마주치지 않아도 된다고 생각하니 마음이 조금 놓인다.

목표가 생기자 난 주저 없이 침대에서 일어났다. 한시라도 빨리 집에서 나가고 싶다는 마음에, 급히 욕실로 가서 샤워를 하고 머리를 감았다. 평소대로라면 느긋하게 반신욕을 즐길 터이지만 오늘은 그럴 여유가 없었다.

드라이어로 머리를 말리니 20분 정도가 지났다. 이제 메이크업을 할 차례. 파운데이션을 바르고 블러셔를 더한 다음 아이라이너에 하이라이트까지 칠하니 얼굴에 생기가 돌았다. 마지막으로 립스틱을 바른 나는, 검은 슬랙스에 흰 셔츠를 받쳐 입고 회색 코트를 꺼내 입었다. 봄이라고 하지만 아직 날씨가 쌀쌀해서 이 정도는 입어줘야 하루를 견딜 수 있을 것 같았다.

가방은 어제 들었던 토트백 대신 큼직한 쇼퍼백을 골랐다. 혹시 몰라 법원에서 발급받은 실종선고 심판 판결문을 찾아 백 안에 넣었다. 외출 준비가 끝났다.

이제 방문을 열고 현관문을 거쳐 밖으로 나가면 되는 거다. 난 큰 숨을 들이쉰 다음 조심스럽게 문을 열었다. 그가 집에 없기를 간절히 바랐다. 방 밖은 의외로 조용했다. 다른 방에서 혹시 그 남자가 나올까 귀를 기울여봤지만, 인기척은 느껴지지 않았다. 설마 벌써 나간 건가? 난 안도하는 마음으로 천천히 계단으로 향한다.

1층에서 커피를 내린 냄새가 희미하게 풍겨왔다. 나도 모르게 식욕이 돌아 침을 꿀꺽 삼킨다. 들킬세라 조심조심 계단을 내려오는데 창가 쪽에서 남자의 목소리가 들려왔다.

"나가는 거야?"

급작스러운 그의 목소리에 내 몸은 얼어붙었다. 난 계단에 선 채로 그를 뚫어지게 본다. 그는 창가에 있는 테이블에 앉아 커피를 마시고 있었다. 그의 등 뒤로 햇살이 가득 쏟아져 들어와 한없이 평온하게 보였다.

"커피 마실래?"

헐……, 뻔뻔하긴. 대체 언제 봤다고 반말을 하는 거야? 실례잖아, 초면에. 그런데 생각해보니 저 남자, 어제부터 계속 내게 반말을 쓰고 있다.

"뭐 해? 이리 와 앉아."

그는 주방 아일랜드로 천천히 걸어가더니 커피 머신에서 커피를 따르며 나를 보고 싱긋 웃는다. 묘한 호기심이 발동했다. 그가 제정신인지 궁금했고 한편으로는 피하고 있다는 인상을 주기 싫었다. 난 고개를 빳빳이 쳐들고 테이블에 가서 앉았다. 그가 내 앞에 커피잔과 토스트를 담은 접시를 내려놓았다. 의외였다.

"안 늦었으면 먹고 나가."

속으로는 거절하고 싶은 마음이 간절했다. 하지만 배 속에서 눈치 없이 꼬르륵거리는 소리가 들려왔다. 그도 그 소리를 들은 듯, 나를 보고 다시 한번 싱긋 웃는다.

할 수 없이 난 토스트 조각을 집어 들고 입에 넣었다. 토스트 겉면의 부드러운 버터와 달콤한 설탕 알갱이가 입안에 퍼지자 위가 요동치기 시작한다. 맛있다. 난 부지런히 토스트를 먹으며 그를 관찰했다.

그는 내 맞은편에 앉아 간간이 커피를 마시며 TV로 뉴스를 보고 있었다. 이 집에 계속 살고 있었던 사람이라도 되는 것처럼 그 모습은 매우 자연스러웠다. 그리고 어제는 경황이 없어 자세히 얼굴을 보지 못했는데, 이렇게 마주 앉아 있으려니 그는 꽤 멀쩡한 사람으로 보였다. 아마 모르는 사람이 우리를 본다면, 어제 처음 본 사이라는 것을 믿지 못할 것이다.

"여전히 빵을 좋아하는구나?"

그의 말에 나는 흠칫 놀란다. 어떻게 내 식성을 아는 걸까? 진짜 내 남편이라도 된다는 말인가? 내가 놀란 눈을 하고 바라보자 그가 재밌다는 듯, 낮게 소리 내어 웃었다.

"그렇게 놀랄 것까지야. 오늘 많이 늦어?"

"……모르겠어. 왜?"

"오랜만인데 부부끼리 오붓하게 만찬을 즐겨야 하지 않을까 해서."

"시어머니 만나기로 했잖아?"

"약속한 것은 아니야. 굳이 만날 필요도 없고. 난 당신과 시간을 보내고 싶은데. 어때?"

그의 급습에 난 당황한다. 이럴 때 뭐라고 받아쳐야 무리 없이 넘어갈 수 있을까? 이런 상황에 대처할 말을 미리 준비해두지 않은 나 자신을 힐책했다.

"지금 대답하기 곤란하면 일 보고 전화 줘."

"당신…… 휴대폰 없잖아?"

"아, 그랬지. 그럼 어떻게 할까? 퇴근 시간이 몇 시지?"

그의 말에서 묘한 이질감을 느꼈다. 그러나 너무나 당황했던 난, 상황을 모면하고자 하는 마음에 그의 말을 그냥 흘러버렸다. 바보같이.

"집에 들어오면 8시가 넘을 거야."

"8시라……. 좋아. 그때까지 안 먹고 기다릴게."

"더 늦을지도 몰라."

"괜찮아. 우리의 첫날인데 그 정도는 참아야지."

세상에나. 느끼한 말을 저렇게도 자연스럽게 쏟아내는 것을 보면 그도 만만한 사람은 아닌 듯하다. 이대로 있다간 그에게 말려들 것 같아 난 자리에서 일어나기로 했다.

"늦었어. 이만 가볼게."

"수고하고, 이따 봐."

우리는 평범한 부부처럼 자연스럽게 인사를 한다. 하지만 난 혹시라도 그가 배웅할까 봐 빠른 걸음으로 현관문을 나섰다. 그리고 집 앞에 주차해둔 차에 올라타 시동 버튼을 누르고 드라이브 모드로 바꾼 다음, 급히 가속 페달을 밟아 집을 벗어난다. 그가 거실 창문을 통해 내 일거수일투족을 감시하는 것 같아 좁은 길에서도 속도를 늦출 수가 없었다.

드디어 큰길로 나오니 살 것 같았다. 난 길에 잠시 차를 세우고 블랙박스를 껐다. 내가 어디를 가고, 누구를 만났는지 증거를 남기고 싶지 않았기 때문이다. 블랙박스 전원이 꺼지자 나는 그제야 안도의 한숨을 쉬며 도로를 천천히 달리기 시작한다.

이제 어디로 갈까? 어디로 가서 오늘 하루를 보내야 할까? 남편의 사망보험금을 받을 생각에 일을 그만둔 터라 딱히 갈 곳이 없었다. 필주 씨에게 전화하고 싶은 마음이 간절했지만 당분간은 참아야 했다. 한동안 고심한 끝에 무료로 주차할 수 있는 근처의 대형 쇼핑몰로 향했다.

그곳까지 운전하는 동안, 남편 노릇을 하는 낯선 남자에 대해 곰곰이 생각해본다. 그는 나에 대해 알고 있었다. 속속들이 알 리는 없지만 대략적인 것은 파악하고 있는 듯했다. 하지만 난 그에 대한 정보가 전혀 없다. 불리한 싸움이다. 난 괜히 초조해져 손톱을 물어뜯었다. 마치 안개 너머의 적과 마주한 느낌이었다.

쇼핑몰에 도착한 나는 주차를 한 다음 사람이 가장 없는 카페를 골라 들어갔다. 그리고 아이스 아메리카노 한 잔을 주문해 구석진 자리에 앉았다. 여기서 2~3시간은 버틸 요량이었다. 한참을 멍하니 있다가 시계를 보니 채 30분도 지나지 않았다.

아, 어떻게 시간을 보내나⋯⋯. 난 괜스레 휴대폰을 뒤적거리며 인터넷을 검색하고 예전에 지인들과 나눴던 카톡을 확인한다. 별 쓸데없는 문자를 왜 이리도 많이 주고받았는지. 문득 그들의 근황이 궁금해진 나는 친구 리스트를 검색했다. 거기에서 1년 전 함께 일했던 분양대행업체 소장의 이름을 발견하자 구세주를 만난 듯한 기분이 들었다. 그 낯선 남자가 집에 있는 한, 나는 정당한 구실을 대고 집 밖으로 나가야 한다. 그러려면 진짜로 일을 구해야 하는 게 맞다. 소장에게 전화를 해보자. 요즘 불경기이지만 일이 아예 없는 것은 아닐 테고, 또 운이 좋다면 지방 출장도 가능할 테니까. 주소록에서 소장의 전화번호를 찾아 주저 없이 버튼을 누른다.

신호음이 가자마자 그가 전화를 받는다.

"안녕하세요, 소장님. 저 효신이에요. 정효신. 기억하세요?"

[아, 효신 씨, 잘 지내? 왜 그동안 연락이 없었어?]

"뭐 이것저것 바빴죠. 일은 잘 되시죠?"

[죽겠어. 분양이 돼야 말이지. 근근이 풀칠하고 있어.]

"맨날 그러신다. 업계 톱 찍으시는 분이."

[요즘은 진짜야. 분양관에 파리 날린다니까. 여기 빨리 마무리 지어야 다른 데도 가는데 말이야.]

"워킹 자리는 안 구해요?"

[워킹? 왜? 부르면 올래? 그러잖아도 우리가 프로가 없어서 더 고전하고 있어. 효신 씨가 온다면야 좋지. 기본급에 인센티브는 어때?]

"전 일 페이가 좋은데."

[에이, 일 페이는 요즘 없지. 불경기잖아. 일이 있는 게 어디야? 다행히 자리가 비었으니까 그냥 와.]

"위치가 어디인데요?"

[일산. 현장은 파주인데 분양관은 일산에 있어. 어디 산댔지?]

"남양주요."

[집에서 멀어서 좀 그런가?]

"소장님이 불러주신다는데 멀어도 가야죠."

[아, 그리고 그때 누구였지? 왜 자기랑 친했던 남자 신입 있잖아?]

"민호 씨요?"

[아니, 아니, 그 사람 말고. 신입이 아니라 5~6년 차 정도 됐던가?]

"아, 필주 씨?"

[그래, 이필주. 그 친구와 연락하고 지내?]

소장 입에서 갑자기 필주 씨 얘기가 나오자 난 더럭 겁이 났다. 혹시 이 사람, 뭔가 들은 게 있는 것은 아닐까? 필주 씨와 내가 사귀고 있다는 소문이 업계에 퍼졌다면 곤란한데⋯⋯. 나는 경계하며 묻는다.

"몇 번 연락하기는 했는데, 왜요?"

[그 친구는 요즘 무슨 일 해?]

"잘 모르겠어요. 연락한 지 좀 돼서."

[아⋯⋯, 그래? 별일 안 하면 같이 오라고 하려고 했지. 그 친구 일 잘하잖아. 손발이 잘 맞더라고. 필주 씨 전화번호는 알아?]

필주 씨와 함께 일한다라⋯⋯. 반가운 제안이었지만 선뜻 승낙하기에는 내 상황이 좋지 않았다. 당분간 그와는 연락해서는 안 된다. 지금은 몸을 사려야 할 때다.

[왜, 연락하기 곤란해? 그럼 내가 전화할까? 번호만 줘. 난 지

난번처럼 우리가 같이 일했으면 좋겠어.]

"찾아보고 있으면 문자로 찍어드릴게요."

[오케이. 분양관에는 며칠 내로 나올 수 있는 거야?]

"지금도 가능해요."

[효신 씨 급하구나. 이렇게 서두르는 거 처음 봤어. 하지만 우리도 일정을 조율해야 하니까 체크해보고 이따 연락 줄게.]

"고맙습니다, 소장님."

[연락해줘서 내가 고맙지. 자기 같은 프로 만나기가 쉽지 않잖아. 오늘이 18일이던가? 며칠 내로 보자고.]

"네. 그때 뵙겠습니다, 소장님. 들어가세요."

소장과 통화를 끝내고 나니 답답했던 나의 미래에 한 줄기 빛이 비치는 것 같았다. 기본 수당에 계약할 때마다 인센티브로 받는다는 조건이 마음에 안 들었지만 일단 집에서 나올 수 있다는 데 만족하기로 했다.

카페에서 나와 쇼핑몰을 돌아다니다가 점심은 분식으로 간단히 해결했다. 그러고도 시간이 많이 남아 영화 두 편을 연달아 봤다. 로맨스물과 호러물이었는데, 머릿속이 복잡해서인지 영화 내용은 그다지 머리에 남지 않았다.

시간은 꾸역꾸역 흘렀고 그렇게 집으로 돌아갈 시간이 됐다. 시간을 거스를 수 없는 난, 어쩔 수 없이 집으로 향한다.

집으로 가는 길. 막히길 바라던 나의 마음과 달리 도로는 시원하게 뚫렸고 평소보다 빨리 집에 도착했다. 딱 8시다. 헤드라이트에 비친, 어두운 비탈길에 있는 나의 보금자리를 올려다보니 똑같은 형태의 두 집이 나란히 있는 모습이 오늘따라 기괴해 보인다. 두렵다. 저 집에 있을 낯선 남자를 어떻게 상대해야 할까? 그는 어떤 무기를 가지고 나를 맞이할까?

이런저런 생각으로 머리가 복잡해진 난, 주차를 하다 울타리에 범퍼를 살짝 긁었다. 예감이 좋지 않았다.

효신 이야기 #6 **위험한 동거**

현관문을 열고 집 안으로 들어서자 맛있는 냄새가 풍겨왔다. 낮은 계단을 지나 거실과 주방이 있는 1층으로 올라가니 테이블 위에는 파스타와 샐러드 등이 차려져 있었다. 낯선 남자, 남편을 사칭 중인 그는 스테이크를 구워 막 접시에 담는 중이었다.

"제때 왔네? 배고프지? 앉아."

남자는 고기가 담긴 접시를 테이블 위에 놓으며 말했다. 난 예상치 못한 상황에 더 불안해진다. 그가 무슨 의도로, 어떤 목적을 가지고 나에게 친절을 베푸는지 짐작할 수 없기 때문이다.

"와인 한잔할까? 루아르산 피노 누아인데, 어때?"

남자는 익숙하게 코르크를 따고 미리 세팅해둔 와인잔에 술을 따랐다. 그러면서 멍하니 서 있는 나를 보고 싱긋 웃는다. 아침에 봤던 그 미소다.

"고기 식겠다. 빨리 와서 먹어."

그의 재촉에, 어쩔 수 없이 테이블에 앉았다. 맞은편의 남자는 나를 향해 와인잔을 들어 보인다. 내가 탐탁지 않은 표정으로 와인잔을 들자, 그가 몸을 반쯤 일으켜 테이블 위로 와인잔을 부딪쳐온다. 크리스털 와인잔 특유의 쨍- 하는 소리가 들렸고, 우리는 얼결에 건배를 했다. 난 무의식적으로 잔을 입으로 가져가 한 모금 마신다.

"이 와인 어때? 내가 직접 골랐는데."

와인에 문외한인 내가 그 맛을 알 리 없다. 난 그냥 분위기를 맞추기 위해 고개를 끄덕였다. 그의 얇은 입술 끝에 묘한 웃음이 서리더니 곧 사라진다.

"파스타도 먹어봐."

접시를 내려다보니 명란을 올린 크림 파스타였다. 평소 좋아했던 음식이라 입에 침이 고인다. 난 가볼 때까지 가보자, 하는 심정으로 그가 권유한 대로 파스타를 둘둘 말아 입에 넣었다. 역시 맛있다. 내가 양 볼 가득 파스타를 넣고 우물거리자 남자가 만족스러운 표정을 짓는다. 불쾌했다.

"집에 있던 면이 오래됐던데, 어때? 그래도 먹을 만하지?"

그도 기분 좋게 파스타를 먹기 시작했다. 난 그가 준비한 저녁을 먹으며, 취향만큼은 죽은 남편과 똑같다는 생각을 한다. 물론 남편은 이런 요리를 할 줄 아는 사람은 아니었다. 그저 이탈리아 요리를 좋아했을 뿐이다. 먹을수록 그가 만든 파스타는 꽤 맛있었다. 스테이크도 제대로 구워져 육즙이 가득했으며, 각종 채소와 치즈를 넣고 발사믹 소스를 뿌린 샐러드도 아삭거리는 맛이 일품이었다.

그에 대한 경계를 잠시 풀고 만찬을 마음껏 즐겼다. 먹을 것에 열중하는 시간만큼은 그도 이야기를 걸어오지 않아 마음이 편했다. 난 입을 부지런히 놀려 배를 채우면서도, 그의 앞에서 내 캐릭터를 어떻게 설정해야 할지 고민한다. 저 남자를 남편으로 받아들이는 척을 해야 할까? 아니면 계속 경계 모드로 갈까? 아무리 생각해도 답을 찾을 수가 없다. 궁지에 몰린 것이다. 남편이 아니라는 진실이 밝혀질 때까지 어차피 그와 살아야 한다면 친근하게 구는 게 똑똑한 거겠지?

한참을 고민한 끝에 이렇게 생각의 가닥이 잡히자, 난 그를 향해 웃으며 말을 건다.

"맛있네."

"명란 크림 파스타, 우리 처음 만난 날 당신이 먹은 거잖아."

그때 내가 주문한 메뉴를 알고 있다는 것에, 난 또다시 당황한다. 이 남자가 그걸 어떻게 아는 거지? 시어머니가 알려준 걸까? 하지만 티를 낼 수 없다. 난 모르는 척, 의뭉스럽게 나가기로 했다.

"두 번째 만났을 때 아니었어?"

"아니. 처음 본 날이지. 그때 당신이 맛있다고 했잖아."

"그랬던가?"

속을 떠보려고 했지만 그는 넘어가지 않았다. 마치 그날 레스토랑에서 진짜로 나와 마주 앉아 있었던 것처럼 생생하게 기억한다.

"디저트도 먹을 거지?"

"뭔데?"

"당신이 좋아하는 녹차 아이스크림. 이 브랜드를 찾느라고 근처 마트를 다 뒤졌어."

헉, 뭐라고?

그는 내가 녹차 아이스크림을 좋아한다는 것까지도 알고 있었다. 같이 산 사람이 아니라면 모를, 소소한 것까지 알고 있다. 그의 말 한마디, 한마디가 나를 혼돈 속으로 밀어 넣는다.

"내가 당신이 좋아하는 것을 어떻게 잊겠어?"

낯선 남자는 흰 이를 가지런히 드러내며 웃는다. 내가 당황해서 어쩔 줄 모르는 모습이 무척이나 만족스러웠나 보다. 그래, 이렇게 나온다 이거지? 그럼 내 쪽에서도 공격을 해주겠어.

"정말 고맙네. 최근 기억이 없다면서 어떻게 그런 걸 기억해 냈어? 처음 봤을 땐 내가 누군지도 못 알아봤으면서."

기분 탓일까? 살짝 올라간 그의 입꼬리가 미세하게 떨리는 것 같았다.

"그땐 약에 취해 있었거든. 정신병원이었으니까."

"그럼…… 이제 정신 차린 거야?"

"아마도?"

"환상이 보인다거나 환청이 들리는 건 아니지?"

"나 정신 이상해서 거기 입원했던 거 아냐. 거리에서 발견된 무연고 환자라 들어간 것뿐이라고."

"아, 그래? 그럼 기억은? 기억은 모두 돌아왔어?"

"드문드문 생각이 나. 사실 당신이 파스타와 아이스크림 좋아하는 거, 확실히 알고 있었던 건 아니야. 왠지 그럴 것 같았어."

"기억하는 게 아니라 짐작하는 거야?"

"아니. 기억하는 거 맞아. 하지만 기억이라는 게 그렇잖아. 습관처럼 익숙해서 딱 보면 알 것 같은데 막상 생각하면 떠오르지는 않거든. 기억이 반만 되살아났다고 해야 할까? 어쨌든 지금 내 상태가 그래."

잠시 침묵이 흘렀다. 난 남편을 자처하는 낯선 남자를 뚫어질 듯 노려봤다. 내 앞에 있는 그는 죽은 남편과 키가 흡사할지 몰라도 얼굴부터 몸까지, 골격 자체가 달랐다. 날카로운 눈매가 비슷한 인상을 주기는 했지만 웃을 때마다 입술이 살짝 비뚤어졌던 죽은 남편의 비열한 미소가 그에게는 없었다.

이상하다. 그에게서 묘한 이질감이 느껴진다. 진실과 거짓 사이에 있는 묘한 틈 같은 것 말이다. 적당히 그을린 듯한 저 피부와 탄탄한 몸을 보면, 지난 2년 동안 정신병원에 갇혀 있었다는 사실이 도무지 믿어지지 않는다. 왜 그는 죽은 남편인 척하는 걸까? 시어머니와 짠 것일까? 왜 나를 속이려 하는 걸까? 내 죄를 밝혀내기 위해서? 아니면 돈 때문에? 남편의 보험금이 날아간 이상, 난 빈털터리나 마찬가지다. 도대체 나한테 뭘 노리는 걸까? 어쨌거나 저 낯선 남자는 지금 나를 농락하고 있다.

그는 내 시선을 느꼈는지 와인잔을 들어 코끝으로 가져가더니 향을 맡는다.

"모든 게 뒤죽박죽이야. 이해해줄래?"

남자는 나를 향해 여유로운 미소를 짓더니 와인을 단숨에 들이켰다. 예상대로 그는 만만치 않은 상대였다. 그렇다고 내가 질 수야 없지. 나도 잔을 들어 와인을 마셨다.

그가 빈 잔에 와인을 다시 따라준다.

"이번엔 당신 얘기 좀 해봐."

"내 얘기? 무슨?"

"그동안 어떻게 살았는지, 잘 지냈는지, 당신의 모든 게 궁금해. 내가 사라지고 나서의 일은 전혀 모르잖아."

"그전의 일은 알고?"

내가 삐딱하게 말했다. 그의 전술에 휘말려 들긴 싫었다.

"진짜 몰라서 그래. 하지만 차차 기억날 거야. 그러니까 이젠 당신 이야기하자."

대체 나한테 뭘 알아내려는 수작인 걸까? 사람 좋은 척, 싱글 싱글 웃는 그의 얼굴을 믿을 수가 없다.

"왜? 당신 얘기하기 싫어?"

"뻔하잖아? 갑자기 당신이 없어졌는데 별일 없었겠어? 시어머니는 난리고 동네에서는 이슈고 경찰서에 들락거려야 하고. 덕분에 엉망이었어. 일거리도 끊겼고 우울하고 비참했지. 불경기 때문에 상가 분양이 제대로 안 돼서 수당 떼인 곳도 많아. 집 담보로 대출을 받으려 했는데 본인 아니면 안 된다고 하더라? 결국 돈이 없어서 내 차를 팔았어. 그래서 당신 차를 타고 다녔는데 괜찮지?"

"그 고물? 당연히 괜찮지. 왜 내 차부터 팔지 그랬어?"

"당신이 끔찍이 아꼈던 차라 차마 팔진 못하겠더라."

거짓말이었다. 난 남편을 죽인 후, 혹시라도 차에 남아 있을지 모를 증거를 없애기 위해 내 차를 서둘러 팔았다. 그래서 어쩔 수 없이 남편의 차를 타고 다녔다.

"지하 방은 왜 치운 거야? 내가 돌아올 것은 생각 안 했어?"

"솔직히 말하면 그래. 집 나가서 그렇게 오랫동안 연락이 없었는데 살아 있을 거라 생각하는 게 더 이상하지 않아?"

남자의 눈빛이 묘하게 빛난다. 난 서둘러 말을 덧붙였다.

"보면 당신 생각날까 봐 일부러 치운 것도 있어."

또 거짓말이었다. 남편을 죽이고 시체를 유기한 후, 난 집 안에서 그의 흔적을 지우는 데 많은 시간을 할애했다. 그가 지녔던 지하 방의 물건을 버리고, 그의 존재를 드러내는 모든 것을 없앴다. 단, 남편이 모아둔 와인만 빼고.

그건 적어도 한 달에 한 번은 집에 들르는 시어머니의 관심, 아니, 감시로부터 피하기 위한 보호막 같은 거였다. 시어머니는 잠시 거실에만 머무르다 1시간 내로 돌아가곤 했다. 그래서 난 거실에 죽은 남편이 모아둔 와인이 건재하면, 집 안에서 지워진 그의 자취를 그녀가 모를 거로 생각했다. 그만큼 그가 지긋지긋하게 싫었다. 그가 남긴 물건을 보는 것조차 끔찍했다. 어떻게 1년이나 한 공간에서 같은 공기를 맡고 살았는지 이해가 가지 않을 정도다. 나에겐, 부부라고 해도 그에게 사랑받은 기억이라고는 없었다.

시어머니의 중매로 만나 몇 달 만에 결혼을 한 우리는 신혼여행을 다녀온 이후로 계속 각방을 썼다. 계속되는 그의 불만과

거친 말투, 빈번한 무시, 잦은 외박……. 처음에는 뭘 잘못했는지 고쳐보려고 애썼다. 오해도 원인을 알아야 풀 수 있는 법 아니겠는가. 하지만 그의 미움과 분노는 내가 짐작할 수 없는 것이었다. 나는 밑도 끝도 없는 그의 질타와 폭언 속에서 점점 지쳐갔다.

외로움에 사무쳐 극단적 선택까지 생각했을 때, 난 다행히 필주 씨를 만났고 그에게서 몸과 마음의 위안을 얻었다. 그 생각을 하니 나는 또 울컥한다. 죽은 남편이 밉다. 필주 씨가 보고 싶다. 아무래도 취기가 오른 것 같다.

혹시라도 말실수할까 두려워 자리에서 벌떡 일어났다.

"설거지는 내가 할게. 잘 먹었어."

난 일부러 명랑하게 테이블을 정리하고 개수대 앞에 섰다. 그가 요리를 하면서 미리미리 설거지를 해둔 터라 설거짓거리는 많지 않았다. 하지만 난 일부러 요란한 소리를 내며 설거지를 시작한다. 등 뒤로 보이지 않는 그의 시선이 느껴져 불편했다. 뒤통수가 따갑다. 아무리 신경 쓰지 않으려 해도 그가 날 보고 있다는 것을 안다. 나를 감시하는 그의 시선이 너무 부담스러워 숨이 막힐 것만 같았다.

그렇게 간신히 설거지를 끝내고 돌아서는데, 눈앞에 넓은 그의 가슴이 보였다. 설거지하는 내내 그가 바로 뒤에 서 있었던 것이다. 당연히 놀랄 수밖에.

"왜 그렇게 놀라?"

그가 나를 보고 웃는다. 하지만 난, 내 몸을 슬쩍 훑어보는 그의 눈길을 놓치지 않았다. 그의 시선에 기분이 좋지 않다.

"당연히 놀라지. 기척도 없이 뒤에 있으면 어떡해?"

"미안. 장난치려고 한 건데."

"5년 동안 이 집에 혼자 살았어. 이러면 놀란다고."

"알았어. 앞으로 안 그럴게. 그런데 2층으로 바로 올라갈 거야?"

그가 늘어진 내 머리카락을 대신 쓸어 올리며 묻는다. 팔은 자연스럽게 내 허리에 감았다. 낯선 그의 손길에, 그의 손이 닿은 곳마다 소름이 돋는다.

"오랜만에, 할까?"

그가 내 귀에 대고 낮은 목소리로 속삭였다. 그의 뜨거운 숨이 내 귀를 간지럽힌다. 이거였어? 오늘 나에게 환심을 사려고 했던 목적이? 난 아득해지려는 정신을 다잡으며 그를 밀쳐냈다.

"아니. 너무 빨라."

"너무 늦은 건 아니고? 날 5년이나 기다렸던 거 아냐? 이 냄새……, 그리웠는데."

그가 다시 내 허리에 팔을 둘렀다. 그리고 축축한 입술을 목에 가져다 댄다. 안 돼. 이건 아니야. 여기서 제대로 선을 그어야 해. 난 몸을 비틀어 간신히 그의 품 안에서 벗어났다.

"당신, 잊고 있나 본데 실종되기 전부터 우리 각방 썼다고 말했잖아."

"그게 뭐? 이제라도 화해하면 되잖아?"

"화해? 기억이 없는 당신에겐 그게 쉬울지 모르겠는데, 난 아냐. 당신 불편해. 아직도 좋지 않은 감정이 남아 있다고."

"언제까지?"

"그건……."

"당신 마음 풀릴 때까지 기다리라는 거야? 나 힘든데?"

그가 또 묘한 웃음을 지으며 내 몸을 위아래로 훑어본다. 몸에 짜르르 전기가 오르는 것 같다. 그의 시선을 피해 빨리 방으로 들어가고 싶었다.

"알았어. 내가 많이 노력하라는 얘기지?"

"너무 친한 척은 안 해줬으면 좋겠어. 부탁이야."

"주의할게. 또 다른 건? 내가 뭘 더 고칠까?"

나는 고개를 흔들었다. 그의 손길에, 그의 시선에 머릿속이 하얘져서 더 이상 해야 할 말들이 생각나지 않았다. 그저 이 자리를 벗어나고만 싶었다.

난 재빨리 몸을 돌려 2층으로 향한다. 등 뒤에서는 여전히 그의 시선이 느껴졌다.

"잘 자. 좋은 꿈 꾸고 내일 아침에 보자고."

그의 인사에 대꾸도 하지 않고 급히 2층으로 가 침실 문을 잠갔다. 그러고도 불안해서 침대 옆에 있던 탁자까지 옮겨 문에 덧대고 나니 비로소 안심이 됐다.

난 침대에 털썩 주저앉았다. 그리고 그의 손과 입술이 닿았던 곳을 천천히 만져본다. 아직까지 긴장이 안 풀렸는지 손이 닿는 곳곳이 파르르 떨리는 게 느껴진다. 아, 위험했어. 그는 너무도 자극적이었다. 내일도, 모레도, 그리고 그다음 날도 그와 한 공간에서 지내야 할 것을 생각하니 눈앞이 아찔하다. 이 고비를 어떻게 견뎌내야 할까? 다시 절망의 구렁텅이에 빠진 것 같았다.

앞으로 닥쳐올 위기 앞에서 난, 작고 나약한 존재였다.

효신 이야기 #7 **이틀 만의 자유**

삐리리리- 삐리리리-. 이른 아침부터 울려대는 휴대폰 벨 소리에 잠에서 깼다. 눈을 감은 채로 침대 옆 탁자에 손을 뻗었다. 하지만 그곳은 텅 비어 있다. 무슨 일이지? 놀라서 몸을 일으켰다. 멀리 탁자 위, 휴대폰이 어둠 속에서 반짝거리며 빛을 내고 있다. 아……, 어젯밤 탁자를 문에 덧대놓았었지. 난 행여 남자가 내 방에 침입할까 하는 노파심에, 탁자로 방문을 막아놓았던 것이다. 일어나기 싫었지만 전화를 받기 위해 침대에서 몸을 일으켜 탁자 앞으로 간다.

발신자를 확인해보니 소장이었다. 난 목소리를 가다듬고 전화를 받는다.

"여보세요? 어머, 소장님. 왜 이렇게 일찍 전화를 주셨어요?"

[이 사람 보게, 지금 9시가 넘었어. 일찍이라니 남들은 출근했을 시간이라고.]

"네?"

휴대폰으로 시간을 확인해보니 진짜 9시다. 늦잠을 잔 것이다.

"세상에. 시간이 이렇게 됐네요."

[어제 늦게까지 술 마셨나 봐?]

"어떻게 아셨어요? 지금까지 세상모르고 잤네요. 죄송해요."

[죄송은 무슨. 내일 시간 돼?]

"내일요? 저야 당연히 되죠."

[그럼 당장 출근해. 분양관이 일산인 건 알지?]

"그럼요. 어제 말씀해주셨잖아요. 교육은요?"

[메일로 자료 보내줄 테니까 대충 훑어보고 와. 그거면 충분할 거야.]

"필주 씨도 오나요?"

[이제 전화해봐야지. 어제 통화했을 때는 좋다고 했으니까, 그 친구도 아마 출근할 거야. 내일은 늦잠 자면 안 돼. 알았지?]

"네. 고맙습니다, 소장님."

[미리 말해두자면 잔여분이 많지는 않아. 막바지거든. 삐끼이모 수를 줄여놔서 효신 씨가 직접 뛰어야 할지도 몰라.]

"각오는 돼 있습니다."

[역시 믿음직하네. 그럼 내일 보자고.]

"들어가세요."

전화를 끊고 나니 몸이 날아갈 듯 가뿐하다. 고민거리 하나가 해결된 것이다. 창문 앞으로 가서 기분 좋게 커튼을 젖히니 방 안이 밝아지면서 따뜻한 햇볕이 쏟아져 들어온다. 예감이 좋았다. 오늘 하루만 더 밖에서 시간을 보내면 된다.

기분이 좋아진 난, 욕조에 따뜻한 물을 받아 30분쯤 반신욕을 했다. 머리까지 감고 드라이로 말리니 10시다. 메이크업을 하고 원피스를 입은 다음 코트를 걸쳤다.

쇼퍼백을 들고 방을 나서니 아니나 다를까, 1층에서는 그가 커피를 마시고 있었다. 나는 경계를 하며 천천히 계단을 내려갔다. 그도 기척을 느꼈는지 고개를 들어 나를 바라봤다.

"푹 잤어? 오늘은 늦게 나가네?"

"늦잠 좀 잤어. 어제 당신이랑 와인을 마셨잖아."

"이런, 생각보다 술이 약하네. 숙취는? 괜찮아?"

"말짱해."

"샌드위치 만들었는데 먹을래?"

"아니, 됐어. 늦어서 그냥 갈래."

"그럼 커피라도 마시지?"

"괜찮아. 지금 나가니까 나 오늘은 늦게 들어올 거야."

내 말이 끝나자마자 그가 테이블에서 일어섰다. 난 그가 따라 나올세라 현관문을 향해 뛰다시피 계단을 내려간다. 그가 다정한 남편을 연기하는 건 정말이지, 보기 싫었다.

그러나 그의 동작은 재빨랐다. 곧 따라 잡힌 난, 현관문 바로 앞에서 그에게 손목을 붙잡혔다.

"부부간에는 보통 모닝 키스를 하지 않던가? 아니면 뽀뽀라도?"

"우리가 보통 부부였어야 말이지. 쇼윈도 부부 몰라? 우리 그거였잖아. 비켜줘. 늦었어."

쌀쌀맞은 내 태도에, 그는 현관문을 막아섰던 몸을 돌려 출구를 터준다. 그러면서도 내 손목은 꼭 쥔 상태였다. 난 손목을 빼기 위해 있는 힘을 다해 비틀었다.

"아침부터 힘 빼지 말자, 우리. 어제 부탁했잖아. 너무 친한 척하지 말라고."

"난 아쉬운데."

그가 내 손을 놔주며 느글느글한 멘트를 날린다.

뭐야, 재수 없게. 온몸이 오글거렸다.

현관문을 나와서 주차해놓은 차 앞으로 가는데 옆집 여자와 마주쳤다. 아침 일찍 마트에 갔다 왔는지, 그녀는 빨간 티볼리의 트렁크에서 장바구니와 과일 상자 등을 꺼내고 있었다.

"어머, 안녕하세요?"

옆집 여자는 내 속도 모르고 반갑게 인사를 한다. 나도 새침하게 고개를 까닥거렸다. 얼마 전까지만 해도 남편의 사망보험금을 받을 생각에 들떴는데, 그게 수포가 되었다고 생각하니 그녀가 더 이상 반갑지 않았다.

뒤에서 남자가 이웃집 여자에게 인사하는 소리가 들려온다.

"안녕하세요, 오랜만입니다."

뭐? 오랜만이라고? 순간, 난 내 귀를 의심한다. 분명 처음 보는 사이일 텐데 마치 잘 아는 사이처럼 인사를 하다니. 참 뻔뻔하기도 하다.

"바깥 분은 잘 지내시나요?"

"계속 바빠요. 지금은 해외 출장 중이고요."

이런, 이런……. 옆집 여자가 남편이 있었어? 난 이제까지 그녀가 돌싱인 줄 알았다. 옆집에 남자가 드나드는 것을 한 번도 보지 못했기 때문이다. 그런데 저 남자는 그녀의 남편을 어떻게 알고 있을까?

"혼자 힘드시겠네."

"그렇죠, 뭐. 근데 어디 갔다 오셨어요? 잘 안 보이시던데?"

이웃집 여자도 마치 남편을 알고 있다는 듯 말한다. 그녀가 죽은 남편은 몇 번 본 적이 있지만 이 사람은 모를 텐데, 어떻게 된 일이지? 난 내 눈과 귀를 의심했다. 친근하게 대화하는 두 사람을 보면서, 내 주변 모든 사람이 나를 속이고 있는 게 아닐까 하는 생각이 들었다. 마치 몰래카메라처럼 말이다. 난 이 남자가 내 남편이 아니라는 것을 그녀에게 확인받을 생각까지 했었다. 그런데 이웃조차 그가 남편이라는 것을 인정해버리다니, 낭패가 아닐 수 없다.

"저도 멀리 나갔다 왔습니다."

"어쩐지. 꽤 오래 못 봤어요."

"아이는 잘 크죠?"

"네. 덕분에요. 근데 두 분 오랜만에 해후하셔서 정말 좋으시겠다."

뭔가 수상하다. 난 날카롭게 그들이 주고받는 대화를 경청한다. 하지만 이상한 낌새는 없다. 어쩌면 이웃집 여자가 그를 착각한 게 아닐까 생각을 바꿔본다. 죽은 남편과 그녀는 거의 만난 적이 없었으니 말이다. 얼굴을 정확히 모르는 탓에 나와 함께 집에서 나왔다고 남편이라 추측할 수도 있다. 그래, 그렇게 헷갈렸을 것이다.

"좋기는요. 집을 너무 오래 비워서 그런지 이 사람이 데면데면하네요. 바깥분 오시면 언제 한번 부부끼리 밥 한번 먹죠."

"좋아요. 그이에게 말씀 전할게요. 그게 언제가 될지 모르지만요."

"알았습니다. 다음에 뵙죠."

그가 호기롭게 인사를 했다. 나도 이웃집에 가볍게 인사를 하고 주차해둔 차 옆으로 갔다. 남자는 내가 차를 타는 곳까지 따라왔다. 난 차 문을 열다가 궁금증을 못 참고 그에게 나직하게 물어본다.

"애 있는 것은 어떻게 알았어?"

"카시트를 봤으니까."

"저 여자, 기억하지?"

"옆집 사람이길래 그냥 인사한 거야."

"하, 모르는데 인사한 거라고? 최근 기억이 없어졌다고 하기에는 너무나 자연스럽더라?"

"몰라. 기억 안 나. 난 그저……."

"정신병원에서 나온 지 얼마 안 돼서 오락가락하는구나?"

남자의 꼬투리를 하나 잡은 것 같아 나는 일부러 비아냥거렸다. 그게 그의 신경을 거슬렀는지 관자놀이가 꿈틀거리는 게 보인다. 하지만 남자는 얼굴에 억지웃음을 지었다.

"왜 자꾸 삐딱하게 구니?"

"저 여자 남편은 어떻게 알아?"

"이 집 같이 분양받았잖아. 7년 전 계약할 때 슬쩍 보니까 동향이더라고. 나이도 같고 둘 다 솔로고. 그래서 술 한잔한 적 있어."

"그래?"

"궁금한 게 풀렸어? 설마…… 당신, 질투하는 거야?"

어이가 없어 웃음이 나왔다. 질투라니. 그가 착각해도 단단히 착각하는 것 같다.

"몇 시에 들어올 거야? 많이 늦어?"

"몰라. 가봐야 알지."

난 인사도 하지 않고 차 문을 거칠게 닫았다. 그리고 시동을 걸자마자 가속 페달을 밟는다. 예열하지 않아서인지 죽은 남편의 낡은 디젤차는 덜컹거리는 소리를 냈다. 난 비탈길을 내려가면서 룸미러로 그의 모습을 훔쳐본다.

집에 들어가지 않고 이웃집 여자에게 말을 거는 그의 모습이 보였다. 친절하게도 그는, 그녀의 짐을 옮겨줄 모양인 듯했다. 차라리 둘이 잘 됐으면 좋겠다는 생각을 하며 집을 돌아다본다. 산비탈 막다른 곳에 나란히 지은 똑같은 두 개의 집. 땅콩집이 한창 유행일 때 지었다는 이 집은 싸게 내놔도 팔기 힘들 것 같다. 멍청하게도 이런 집을 분양받다니.

죽은 남편을 떠올린다. 똑똑한 척 젠체했지만 게으르고 멍청했던 남편. 중고차 딜러랍시고 낡은 외제차를 타고 다니며 으스대는 모습이 진짜 꼴불견이었다. 그러니까 사기나 당하지.

내가 건설이나 건축 쪽 전문가는 아니지만, 분양 상담사 일을 오래 해온 터라 이제는 딱 보면 각이 나온다. 이 집은 분양 사기가 확실했다. 버스가 다니는 큰길은 차를 타고 5분이나 내려가야 나오고, 그나마도 하루에 몇 번 다니지도 않았다. 개발한다는 호재는 감감무소식이었으며, 근처에 들어온다는 전원주택 단지 조성은 무산됐다. 게다가 말이 좋아 듀플렉스 공법이지, 이웃집과 벽이 얇아 애 우는 소리가 다 들릴 정도다.

아, 남편 사망 선고를 받으면 이 집을 팔고 보험금을 챙겨 멀리 이사 가고 싶었는데, 이제는 이룰 수 없는 꿈이 됐다. 이곳에서 낯선 남자와 같이 살 생각을 하니 우울해진다.

어제 갔던 쇼핑몰로 차를 몰았다. 시간을 때울 장소를 생각하기도 귀찮았다. 쇼핑몰 주차장은 이른 점심을 먹기 위해 몰려든 사람들로 북적거렸다. 간신히 주차를 하고 쇼핑몰로 들어서니 이미 식당가는 사람들로 가득 찼다.

줄을 서서 햄버거를 주문하고 한쪽 구석에 앉았다. 뻣뻣한 빵과 얇은 패티를 씹으며, 지금 내 모습이 처량하다는 생각을 한다. 아이들 혹은 반려동물을 데리고 나오거나 친구와 함께 온 팔자 좋은 주부를 보니 내 처지가 더 불쌍하게 느껴진다. 여기서 8~9시간을 어떻게 버텨야 할까.

천천히 먹으려 했지만 햄버거는 금세 입안으로 사라졌다. 입구 쪽을 힐끗 보니 줄을 선 사람들 모습이 보인다. 다 먹은 상태에서 자리를 차지하는 게 눈치가 보여 아쉬움을 남기며 자리에서 일어섰다. 그 후에는 아이쇼핑을 하며 대부분의 시간을 허비

했다. 옷과 구두, 그 어느 것도 눈에 들어오지 않았지만 어떻게 해서라도 시간을 보내야 했다.

한참을 걷다 보니 다리가 아팠다. 사람들 눈이 적은 곳에서 쉬고 싶었다. 할 수 없이 난 쇼핑몰 맨 위층에 있는 스파로 간다. 조금 비싼 게 흠이지만 시간 보내기에는 제격인 곳이었다. 뜨뜻한 방에서 몸을 지지고 넷플릭스로 영화를 보며 긴긴 하루를 보냈다.

드디어 9시. 이제는 집으로 돌아가야 할 때다. 하지만 어젯밤 일이 떠올라 집에 가기가 싫었다. 그가 어떤 공격을 해올지 전혀 예측할 수 없었기 때문이다. 일단 그와 마주치는 시간을 줄여야 한다. 집요하게 공략해 오면 언젠가 무너질지도 모른다.

난 단단하게 마음을 먹고 집으로 향했다. 집으로 올라가는 가파른 비탈길에는 가로등 하나 없었다. 그래서인지 헤드라이트에 비쳐 멀리 보이는 우리 집이 매우 음침하게 보였다.

웬일인지 집에는 불이 켜져 있지 않았다. 그가 어디 간 걸까? 그렇다면 다행이지만 혹여 무슨 일이 생긴 건 아닌지 난 지레 겁을 집어먹는다. 주차를 하고 현관문을 조심스럽게 열었다. 만약 그가 집에 있었다면 문 여는 소리를 들었을 텐데 기척이 없다. 실내 등을 켜고 조심스럽게 계단을 올랐다. 역시나 1층은 텅 비어 있었다. 그래도 긴장을 풀지 않고 주방 쪽으로 가본다. 테이블에는 아침에 만들어놓은 듯한 샌드위치와 쪽지가 놓여 있었다.

'나 엄마네 집에 가. 하룻밤 자고 내일 올게.'

쪽지를 보는 순간, 나도 모르게 크게 환호했다. 그가 오늘 밤 집에 오지 않는다니, 이럴 줄 알았으면 빨리 돌아왔을 텐데. 난 해방감을 느끼며 소파에 털썩 주저앉는다. 좋다. 아주 좋다. 난 이틀 만에 되찾은 소중한 자유를 만끽하며 소파에서 뒹굴뒹굴 했다.

삐리리리- 삐리리리-. 휴대폰이 울렸다. 발신자를 보니 시어머니다. 잠시 전화를 받을까 말까 고민하다가 그냥 받기로 한다. 지금 안 받았다가는 계속 전화를 해댈 테니까 말이다.

"여보세요?"

[나야.]

휴대폰 너머로 남자의 목소리가 들려왔다. 그의 목소리가, 얼굴을 맞대고 얘기할 때보다 훨씬 다정하게 느껴졌다.

[집에 들어왔어?]

"쪽지 봤어. 오늘 어머니 댁에서 자고 온다며?"

[왜? 외로워?]

"그럴 리가. 내일도 자고 와도 돼. 모레도 괜찮고."

[그건 내가 외로워서 안 돼.]

그는 이 말을 내뱉고는 자신도 무색했는지 큭큭 소리 내어 웃는다. 웃음소리가 의외로 귀여웠다. 하지만 난, 그의 이런 수작에 넘어가지 말자고 자신을 다독거린다.

"나 내일 일찍 일어나야 해. 끊어."

[자, 잠깐만!]

"왜?"

74

[잘 자. 인사를 안 했잖아.]

뜨악해서 전화를 그냥 끊어버렸다. 연기인지 본성인지 모르겠지만 이 남자, 자꾸 나에게 다정하게 군다. 성가셨다. 이런 식으로 자신의 존재를 나에게 각인시키려는 것 같다.

그에 대한 생각을 멈추기 위해 리모컨으로 TV를 틀었다. 마침 깔깔거리는 웃음소리와 함께 인기 예능 프로그램이 나오고 있었다. TV 볼륨을 높이고 전에 사뒀던 캔맥주를 냉장고에서 꺼내온다. 캔을 따서 한 모금 들이켜니 쌉싸래한 맥주가 시원하게 목으로 넘어간다. 행복하다. 소파에 반쯤 누워 맥주를 마시고 실컷 TV를 보며, 오늘 하루가 순조롭게 풀린 데 감사했다.

효신 이야기 #8 **출근**

알람 소리가 들리자 눈이 저절로 번쩍 떠진다. 오늘은 일산 분양관으로 출근하는 첫날이다. 시계를 보니 아직 여유가 있다. 하지만 소장의 얼굴을 봐서 일찍 출근하는 게 나을 것 같다. 부랴부랴 출근 준비를 한다. 옷은 단정하게 단색 투피스를 고르고 메이크업과 머리를 손질하는 데 평소보다 공을 들였다. 거울을 보니 내 모습이 꽤 만족스럽다.

서둘러 텀블러에 커피를 담고 차에 올랐다. 산비탈을 내려가면서 습관처럼 룸미러로 집을 돌아본다. 이웃집 여자는 오늘도 일찍 마트에 갔는지 그녀의 빨간 티볼리가 보이지 않았다. 마을 어귀 삼거리를 지나 큰길에 들어서자 가속 페달을 밟아 속도를 낸다. 서울 외곽순환도로를 이용하면 40~50분 후 일산에 도착할 터였다.

9시가 조금 넘어 분양관 입구에 도착했다. 주차를 하고 분양관에 들어서니 찬 기운이 훅 느껴진다. 오픈 전이라 아직 난방을 하지 않은 듯했다. 신발을 벗고 슬리퍼로 갈아 신은 다음 조심스럽게 분양관 안을 둘러본다. 이른 시각이라 소장은 아직 출근 전이었다. 그때 출입구 옆쪽의 방문이 열리며 누군가 나오는 기척이 느껴졌다.

"왔어?"

익숙한 목소리에 고개를 돌려보니 필주 씨다. 너무나 반가웠다. 당장이라도 달려가 그를 안고 싶었다. 그러나 사방에 CCTV가 있는 한 그럴 수는 없었다. 난 아쉬운 대로 그에게 다가가 손을 잡는다. 다른 사람들이 혹 이 장면을 본다면, 오랜만에 만난 동료가 악수하는 모습으로 보이길 바라면서.

"왜 이렇게 일찍 왔어?"

"자기도 온대서. 10시까지 기다릴 수가 있어야지."

"혼자 있었어?"

"아니. 이모님이 문 열어줬지. 지금 화장실 청소 중일걸."

"보고 싶었어."

"나도. 아……, 하고 싶다."

필주 씨의 말에 나는 그의 손을 슬그머니 놓았다. 애타는 듯한 그의 눈을 보면 마음이 약해진다.

"여기서? 안 돼."

"이모님 나오거든 화장실로 가자. 오픈하려면 시간이 아직 많이 남았어."

"자기도 참. 사람들 올 시간이야. 걸리면 어쩌려고?"

"안 걸려."

"첫날부터 이러긴 싫어."

"첫날이니까 기념으로 더 해야지. 자기, 스릴 있는 거 좋아하잖아."

그의 말에 내 몸도 달아올랐다. 그는 내 몸과 마음의 미세한 변화를 놓치지 않는다.

때마침 청소 이모가 화장실에서 나오는 소리가 들렸다. 필주 씨가 다급히 말한다.

"내가 먼저 가 있을게."

"이모는? 같이 들어가는 걸 보면 어떡해?"

"난 밖으로 나가 뒷문으로 들어갈 거야. 자긴 3분 있다 와."

필주 씨가 서둘러 신발을 신고 밖으로 나갔다. 난 그의 모습을 보며 어쩔 줄 몰라 한다. 곧 청소 이모가 나타났다.

"누구세요?"

그녀는 급작스러운 나의 등장에 눈을 동그랗게 뜨고 묻는다.

"안녕하세요? 오늘 새로 온 상담사예요."

"아……, 두 명 온다더니. 일찍 오셨네? 근데 먼저 온 아저씬 어딜 갔어요?"

"글쎄요……. 저도 잘 몰라서. 짐은 이 방에 두면 되나요?"

난 웃으며 필주가 나왔던, '관계자 외 출입 금지'라고 쓰인 방문을 가리킨다. 청소 이모와는 당분간 매일 볼 얼굴이니 친하게 지내야겠다고 생각했다. 그러나 돌아오는 대답은 퉁명스러웠다.

"그 안에 캐비닛 있어요. 열쇠 꽂힌 거 아무거나 쓰면 되고……. 그나저나 오늘은 난방 일찍 틀어야겠네. 다들 늦게 나올 텐데."

청소 이모는 투덜대면서 화장실 반대편 홀로 향한다.

난 그녀가 알려준 대로 캐비닛에 짐을 넣고 화장실로 살금살금 걸음을 뗐다. 청소에 정신이 팔린 이모가 내 거취에 신경을 쓰지 않아 다행이었다.

화장실 문을 열자마자 필주 씨가 내 몸을 끌어안는다. 오랜만에 느끼는 그의 체취. 너무 좋았다. 그동안 긴장시켰던 내 안의 무엇인가가 흐물흐물 녹아 없어지는 느낌이 든다. 행여 누가 올세라, 우리는 서둘러 화장실 칸막이 안으로 들어간다. 그리고 누가 먼저랄 것도 없이 서로의 몸을 탐하기 시작했다. 입술과 입술이 닿고, 혀와 혀가 엉켰다. 그의 손이 내 옷 속을 더듬는다. 차가운 감촉에 소름이 쫙 끼친다. 내 입술을 탐하던 그의 혀가 이번에는 내 귀를 공략했다. 천천히 내 귓불과 귓바퀴를 핥아오자 나도 모르게 신음이 나왔다.

아, 여기서 이러면 안 되는데. 팬티가 젖어오기 시작했고 그의 손이 움직이는 대로 나는 헐떡인다. 저항할 수 없었다. 아니, 나도 간절하게 하고 싶었다. 그는 내 마음을 아는 듯 거칠게 치마를 올리더니 팬티 끈을 잡아당겼다.

정신이 아득해지려는 순간, 쾅- 화장실 문이 열리는 소리가 들렸다. 누가 들어온 것이다. 필주 씨와 난 일시에 하던 동작을 모두 멈추고 침묵했다. 그리고 화장실로 들어온 누군가의 움직임에 귀를 기울인다. 이 공간이 비어 있는 것처럼 보이기 위해서는 작은 소리를 내서도, 미동이 있어서도 안 된다.

화장실로 들어온 이는 지체하지 않고 옆 칸으로 들어갔다. 그리고 문을 잠글 여유도 없이 토사물을 연신 게워낸다. 아마도 어젯밤 무리해서 술을 마셨나 보다. 그 덕에 우리는 서로 끌어앉은 채로 얼음 상태가 되었다. 시원하게 속을 비워낸 그는, 이제는 더 이상 나올 것이 없는지 계속 헛구역질을 해대더니 입을 헹구고 밖으로 나갔다.

화장실 문이 닫히자마자 필주 씨가 내 팬티를 끌어 내린다. 난 급하게 그의 손을 잡아 저지했다.

"왜?"

"그만하자. 저 사람, 또 들어올 거야."

"나 하고 싶어."

"안 돼. 위험해."

난 냉정하게 필주 씨를 몸에서 떼어냈다. 치마를 내리고 블라우스를 매만지는 나를 보면서 필주 씨가 처량하게 묻는다.

"그럼…… 우린 언제 만나?"

"연락한다고 했잖아. 기다려."

"언제까지? 그냥 만나면 안 돼? 내가 누구 때문에 여길 왔는데?"

"조심해야 하잖아. 내가 연락한대도."

"나, 자기만 보면 미치겠어."

필주 씨가 아이처럼 졸라댔다. 난 웃으면서 고개를 흔든다. 그가 다시 끌어안고 키스를 하려 하자 나는 그를 피해 화장실 밖으로 나왔다. 다행히 나를 본 사람은 아무도 없었다.

오픈 전이라 분양관 홀은 텅 비어 있었고, 청소 이모만이 잰 걸음으로 여기저기를 닦고 있었다. 난 홀을 가로질러 그새 출근한 상담사들이 모인 상담석으로 갔다. 그중 몇 사람의 얼굴이 눈에 익어서 대충 눈인사를 하고 빈자리에 앉았다.

"어머, 너 효신이 아니야?"

옆자리에 앉은 여자가 말을 걸어왔다. 힐끗 쳐다보니 전에도 종종 함께 일했던 정주 언니다.

"언니, 안녕하세요? 여기서 뵙네요."

내가 인사를 하자, 그녀도 반가웠던지 내 쪽으로 몸을 기울였다. 술 냄새가 훅 풍겼다. 화장실에서 토를 한 이가 정주 언니였구나.

"잘 지냈어? 너 얼굴 좋아졌다. 그동안 뭐 했어? 일은 많이 하고?"

"몇 달 쉬었어요. 언니는요?"

"똑같지 뭐. 소장 연락받고 온 거야?"

"제가 부탁드렸어요. 일 좀 달라고."

"끝물이라 남는 건 없을 거야. 기대는 하지 말아. 그냥 시간 보낸다고 생각해. 어쨌든 오랜만이라 반갑다, 정말. 우리가 함께 일한 게 가평 빌라가 마지막이었던가?"

"네. 아마도."

"그때가 벌이는 쏠쏠했는데. 참, 남편은? 아직도 연락 없어?"

"집에 들어왔어요."

"다행이다. 싸우지 말고 잘 지내. 이혼해봤자 좋은 거 하나 없더라."

"아이는 잘 크죠?"

"몰라. 요샌 연락도 잘 안 해서. 애가 사춘기거든. 돈 필요할 때나 엄마 찾지, 지금은 친구밖에 몰라. 어머! 이게 누구야?"

정주 언니는 얘기를 하다 말고 걸어오는 필주 씨를 보자마자 고함을 질렀다. 그 덕에 상담석에 앉아 있던 모든 사람의 시선이 우리에게 쏠렸다.

"뭐야, 뭐야. 우리 필주 씨 아냐? 자기도 출근한 거야?"

"아, 안녕하세요."

필주 씨가 떨떠름하게 인사를 하고 멀찍이 떨어져 앉는다. 척 봐도 반가운 내색은 아니었다. 그는 정주 언니의 오버하는 스타일을 늘 부담스러워했다. 소장이 분양관에 그녀가 있다는 걸 미리 말해줬으면 출근을 안 했을지도 모른다.

"둘이…… 쌍으로 다니는 거야?"

"아니, 그건 아니고……."

짓궂은 정주 언니의 질문에 필주 씨가 허둥댄다.

언니는 그런 그가 귀여운지 소리 내어 웃었다.

"뭘 당황하고 그래? 둘이 사귄다고 한 것도 아닌데. 동료끼리 친하면 좋지, 뭐."

그의 얼굴이 붉어졌다.

그를 구원하러 태연한 척 내가 나선다.

"저도 필주 씨 지금 봤어요. 요즘 일 같이 안 해서 연락도 끊어졌었는데……. 필주 씨, 잘 지내? 밥 한번 사라고 문자 했는데 씹었더라?"

"아, 그게……."

그가 무슨 말을 해야 할지 몰라 말을 더듬는다.

역시 연기에 서투른 필주 씨. 할 수 없이 내가 더 오버하기로 한다.

"언니, 필주 씬 우리가 안 반가운가 본데요?"

"서운하네. 진짜야?"

"아, 아닙니다."

"그럼 끝나고 우리끼리 술 한잔하자. 다시 모이니까 너무 좋다. 이게 몇 년 만이야?"

"어제 술 그렇게 마시고 오늘도 마실 수 있어요?"

"어머, 너 그거 어떻게 알았어?"

정주 언니가 동그란 눈을 더 동그랗게 뜨며 물었다.

놀란 건 필주 씨도 마찬가지였다. 그의 얼굴은 하얗게 사색이 됐다. 아까 화장실에서는 들키든 말든 그렇게 열정적이더니 이제 와 걱정하는 꼴이라니. 난 그만 웃음이 나온다.

"언니, 술 냄새나요. 어제 얼마나 마신 거예요?"

"진짜? 아, 소장한테 혼나겠네. 어떡하지? 너 껌 있어?"

난 쇼퍼백에서 껌 두 개를 꺼내 정주 언니에게 건넸다. 언니는 부랴부랴 껌 두 개를 모두 까서 입에 넣었다. 그 바람에 필주 씨는 그녀의 관심 밖에서 멀어졌다. 안도의 한숨을 내쉬는 그의 모습이 멀리서도 보인다. 정주 언니는 껌을 질겅질겅 씹으면서 내게 나직하게 속삭였다.

"요즘 그 노인네, 분양이 안 돼서 그런지 신경질이 보통이 아니야. 벌써 몇 명 잘랐잖아."

"뭔 일 있는 건 아니고요?"

"수원에 분양 많이 하잖아? 다음 일 맞춰놨는데 여기 일이 끝나야 말이지. 얼마 전에 경쟁 업체로 넘어간 것 같더라고."

"예민해질 만하시네요."

"나도 빨리 여기 털고 나가야 하는데."

"미리 맞춰둔 데 있어요?"

"성호 알지? 키 크고 싹싹한 애."

"알죠. 김포에서 같이 일했잖아요."

"걔가 지금 대구에서 상가 분양하는데 손이 모자란다고 하더라고. 다른 지역 일이라도 상가면 떨어지는 게 괜찮아서 혹했는데, 여기가 끝이 안 보이네."

정주 언니와 이런저런 이야기를 나누는데, 소장이 들어왔다. 시계를 보니 오픈 시작 5분 전이었다. 소장이 신발을 벗기도 전에, 분양 상담사들이 일제히 일어나서 인사를 했다. 평소 행동을 보면 고객 대하는 자세가 보인다는 것이 그의 모토였기 때문에, 우리는 고객을 맞이하듯 그에게 공손히 허리를 굽혔다.

소장은 성의 없이 인사를 받다 나를 발견하고는 반갑게 손을 흔든다.

"효신 씨하고 필주 씨 왔네. 다른 사람들하고 인사는 했어?"

"아닙니다, 아직."

나는 그가 바라는 모습 그대로, 얼굴에 미소를 띤 채 깍듯하게 예의를 갖춰 말한다. 소장의 얼굴에 웃음이 번졌다.

"어이, 모두들 주목. 여기 정효신 씨와 이필주 씨야. 오늘부터 출근하니까 모두들 잘 지내. 업계 선배니까 일하는 거 보고 잘 배워두고."

"네엣!"

분양관의 상담사들이 시원하게 대답했다. 그들의 본심은 모르지만 대답 하나만큼은 우렁차게 잘한다는 생각이 든다.

"이제 오픈이니까 파트별로 나눠 준비하고, 효신 씨와 필주 씨는 잠깐 나 좀 볼까?"

상담사들이 분주하게 오픈 준비를 하는 동안, 필주 씨와 난 소장을 따라 VIP 상담실로 들어갔다.

방에 들어간 소장은 자리에 앉자마자 하소연부터 늘어놓았다.

"실적이 안 나와 죽겠어."

"불경기라 그렇죠. 이 시기가 지나면 괜찮아지지 않을까요?"

"글쎄. 요즘 사람들이 보통 영악한 게 아니라서 말이야. 옛날엔 회사 보유분이라고 하면 깜빡 넘어갔는데, 이제는 미분양인 거 눈치채고 근처에 얼씬도 안 하거든."

"일단 분양관에 들어와야 수를 쓸 텐데요."

84

"내 말이 그 말이야. 여기 자체를 오질 않아. 그래서 삐끼 이모도 줄인 거잖아. 사람들이 갑 티슈나 행주에 넘어가지 않더라고."

"대출은 상황이 어때요?"

"제1 금융권은 당연히 안 되고, 제2 금융권은 뚫었는데 문제는 캐피탈이 붙어. 알 만한 사람은 질색할걸. 신용등급 내려간다고."

소장은 좌절한 표정으로 말한다. 필주 씨도 입을 다물었다. 아마 그는 머릿속으로 고객의 대출 문제와 세금을 줄일 해결 방안을 생각하는 중일 거다.

침묵이 길어지자 할 수 없이 내가 입을 열었다.

"저기……, 전에 거래했던 사장님들께 연락해보면 어떨까요?"

"그러면야 좋지. 연락이 아직도 되나? 몇 명이나 되는데?"

그가 원했던 얘길 들려주자, 소장의 얼굴이 단번에 밝아진다. 새삼스럽게. 이러려고 나를 불렀으면서. 난 속으로 코웃음을 친다. 하지만 정중하게 말을 이었다.

"일단 연락은 해봐야죠. 현금 자산이 넉넉하신 분들이니까 대출 없이 계약 가능할지도 몰라요. 그런데 소장님, 파일에 있는 호재 외에 다른 내용은 없나요? 그걸로는 조금 부족한데."

"일단 규제는 피했고 GTX도 있으니까 덧붙일 게 뭔가 나오긴 할 거야. 시청에 알아보고 정리해볼게."

"빨리 주실수록 좋아요."

"당연히 빨리해야지. 역시 효신 씨야. 첫날부터 든든하구먼.

어때? 우리 끝나고 환영식이나 할까?"

소장이 신이 난 듯 들뜬 목소리로 묻는다. 필주 씨와 난 서로를 마주 봤다. 회식이라⋯⋯. 나쁠 것도 없다. 집에 늦게 들어갈 수만 있다면. 나는 웃으며 소장에게 고개를 끄덕였다.

효신 이야기 #9 **불리한 게임**

확실히 불경기인가 보다. 예전엔 회식할 때마다 룸을 빌려 놀거나 2차, 3차 술자리가 계속됐는데, 이번 회식은 허름한 돼지 갈빗집에서 간략하게 식사하는 게 끝이었다. 대신 술은 거의 무제한으로 마실 수 있었다.

취기가 제법 오른 소장은 신참 상담사들을 상대로 전성기 시절의 무용담을 늘어놓았고, 그 옆에서 정주 언니는 부어라, 마셔라, 소주를 끊임없이 마셔댔다. 차를 갖고 온 데다 집이 멀다는 핑계로 술을 마시지 않은 나는 멀리서 그들의 말을 듣고만 있을 뿐이다. 담배를 피우러 밖에 나갔던 필주 씨가 들어오면서 슬그머니 내 옆자리에 앉았다.

"어떻게 할 거야?"

"뭘?"

"그 남자. 아닌 거 알면서도 그냥 남편으로 받아들일 거야?"

"아니, 그렇겐 안 하지."

"그러면?"

"……."

"무슨 방법을 강구해야 하는 거 아냐? 생각은 하고 있어?"

"모르겠어……. 지금 머릿속이 뒤죽박죽이야."

"자기야, 넋 놓고 있을 때가 아니야."

"나도 알아. 근데 다들 그 사람이 내 남편이래. 시어머니도 그렇고 경찰하고 옆집 여자도 남편이 맞대. 지문 검사까지 그가 남편이라는 거야. 이럴 때 내가 어떻게 해야겠어? 방법이 없잖아?"

"그가 아닌 건 확실하잖아."

"그걸 확신하는 건 나와 자기뿐이야. 자꾸 의심이 들어. 그들이 아니라 이상한 건 내가 아닐까……. 나, 혹시 미친 걸까?"

"미친 건 지금 남편이라는 그 새끼지, 우린 둘 다 멀쩡해. 그날, 자기 남편 죽은 거, 나 똑똑히 봤어."

"그렇지? 나 이상한 거 아니지?"

필주 씨와 둘이 속닥거리는데, 뒤에서 정주 언니 목소리가 들려왔다. 우린 대화를 들켰을까 봐 화들짝 놀란다.

"뭘 그렇게 놀라?"

"어휴, 언니, 기척 좀 내고 오세요. 오랜만에 둘이 만나 오붓하게 얘기 중인데."

"그러니까 무슨 얘기 했는데, 이상하다니? 뭐가?"

"요즘 분양이 안 되는 거 얘기했어요. 개발 호재가 자꾸 늦춰지는 게 이상하다고."

"으응, 그거? 부동산 쪽이 다 그렇지. 정부 계획을 믿은 사람들이 바본 거야. 재미없는 얘긴 그만하고 자, 술이나 따라봐. 쭉 쭉 마시자고."

정주 언니의 술잔에 필주 씨가 소주를 가득 따랐다. 잔을 깨끗이 비우고 다시 필주 씨에게 내미는 정주 언니. 이번엔 필주 씨가 정주 언니가 따라주는 술을 받아 마신다.

"넌? 안 마셔? 아까 우리끼리 마시자고 했잖아?"

"차를 가지고 와서요."

"대리 불러."

"언니, 저 요즘 경기가 안 좋아요. 대리비도 아낄 때라."

"까짓것, 내가 내줄게. 마셔."

"언니 미안한데 정말 안 돼요. 제 차 팔았거든요. 그이 거 가져왔는데, 대리 부른 거 알면 화낼 거예요."

"아, 신랑 눈치를 봐야 하는 유부녀의 삶이란……. 할 수 없네. 필주 씨, 자유로운 싱글끼리 한잔 더 하자."

옆에서 필주 씨가 싹싹하게 술을 마저 따랐다. 그녀를 빨리 술에 취하게 하려는 속셈인 듯했다. 정주 언니가 지쳐서 자신의 자리로 돌아갈 때까지 그는 그녀와 술을 마신다. 난 옆에서 가끔 추임새나 넣으며 언니의 넋두리를 건성으로 듣는 역할을 한다. 정주 언니가 만취할 때쯤, 회식이 간신히 끝났다.

소장이 계산을 마치고 돼지갈빗집에서 나오자 상담사들은 허리 굽혀 90도로 인사를 한다. 소장은 많이 취했는지 사람들의 인사를 받는 둥 마는 둥 택시를 잡아탔다. 그가 탄 택시가 떠나자 사람들은 만취해서 몸을 제대로 가누지 못하는 정주 언니를 돌아본다.

필주 씨가 그녀를 필사적으로 부축하고 있었다. 난처해진 난, 다른 상담사들을 보며 도움을 청한다.

"어떡하죠?"

"콜 부르면 돼요."

"괜찮을까요?"

"콜에 본부장님 집 주소 입력돼 있을 거예요."

정주 언니가 취하는 게 하루 이틀 일이 아닌 듯 상담사 중 한 명이 그녀의 휴대폰으로 콜택시를 불렀다.

잠시 후, 택시가 도착하자 상담사들은 그녀를 익숙하게 차에 태운다.

"저희 본부장님 집까지 잘 모셔주세요. 고맙습니다."

콜택시를 부른 상담사가 택시 기사에게 싹싹하게 인사를 한다. 그녀가 탄 택시가 빠른 속도로 사라지자 상담사들은 서로에게 인사를 하고 뿔뿔이 흩어졌다. 술에 취했는데 각자의 집으로 잘도 찾아가는 모습이 신기하다.

이제 낯선 일산 거리에 필주 씨와 나, 단둘이 남았다.

"술 깰 겸 차나 한잔 마실까?"

난 도로 맞은편에 늦게까지 열려 있는 카페를 보며 물었다. 내 제안에 필주 씨는 고개를 끄덕인다. 그는 술이 제법 취했는지, 아니면 피곤했는지 눈을 계속 비벼댔다.

"졸려? 집에 가는 게 나을까?"

"아니. 커피 마시면 잠이 깰 거야. 좀 더 같이 있고 싶어. 궁금한 것도 많고."

"그럼 30분만 앉았다 가자."

필주 씨와 난 찻길을 건너 카페로 들어갔다. 유럽풍으로 꾸며진 카페 안에는 늦은 시간에도 사람들이 제법 많았다. 우린 창가에 자리를 잡고 앉아 커피 두 잔을 시켜 마신다. 고기를 먹어 텁텁해진 입안이 커피 한 잔으로 개운해지는 것 같았다.

"계속 생각해봤는데⋯⋯."

커피를 한 모금 마신 필주 씨가 신중하게 입을 열었다. 그가 무슨 애길 할지, 난 그의 입술을 보며 집중한다.

"그 남자, 아무래도 수상해. 자기 남편인 척하는 거, 뭔가 목적이 있는 것은 아닐까?"

"돈 때문이겠지, 뭐."

"남편 보험금은 어떻게 됐어?"

"물 건너갔지. 남편이 살아 있다는 게 입증됐으니까. 다시 죽기 전까진 받을 일이 없을 거야."

"그럼 돈 문제는 아니네."

"집을 노리는 걸 수도 있지. 많이 생각해봤는데 그것 외에는 답이 없어. 내가 가진 게 그것밖에 없잖아."

"복수하는 건 아니고?"

"복수? 무슨 복수? 전 남편의 복수? 설마."

나는 소리 내어 웃었다. 5년 전 그날 밤, 우리를 본 사람은 아무도 없었다. 필주 씨가 말하지 않는 한 완전범죄로 끝나는 일이다.

"필주 씨, 복수는 정말 아닌 거 같아. 뭘 알아야 복수를 하든가 하지. 난 시어머니가 의심스러워. 무슨 꿍꿍이로 일을 벌이고 있는 게 틀림없어. 지금 남편이라는 사람, 시어머니의 꼭두각시가 아닐까, 그런 생각을 해."

"그 생각이 맞는 거 같아."

"남편이 없어지고 시어머니는 계속 날 의심했어. 일거수일투족을 감시했다고. 그 남자를 남편으로 위장시켜 그날 있었던 일을 알아내려고 하는지도 몰라."

"알아내면? 알아내서 뭘 하려고 하는 걸까? 우리를 협박하려고?"

"날 감옥에 넣고, 자신이 집을 상속받겠지. 최악의 경우가 그런 걸 거야."

"증거가 없잖아?"

"그러니까 나한테 가짜 남편이 접근한 거야. 아마 그가 날 감시하는 역할도 하지 않을까? 혹시 몰라서 차에 블랙박스를 아예 꺼놨어. 도청기를 심었을까 걱정되는데 그건 아직 확인하지 못했고."

"우리…… 조심해야 하는 거네."

"응. 그래서 될 수 있으면 연락하지 말라는 거야. 만나서도 안 되고."

"그게 언제까지일까?"

"몰라. 그 남자의 정체를 파악할 때까지 조심해야지. 다행히, 그 사람, 나한테 비호의적이진 않아."

"무슨 소리야? 자기 혹시…… 그 자식에게 관심 있는 거야?"

"그게 아니라, 가족이라는 관계를 이용하면 그들에게 반격할 수도 있다는 얘기야."

"내 귀에는 그렇게 들리지 않아. 그 자식이 자기를 유혹하고 있다는 얘기로 들려."

"그럴 일은 없어."

"설마 방을 같이 쓰는 건 아니지?"

"제발 우리 냉정해지자."

"남녀가 한집에 같이 있는데 눈이 맞는 건 시간문제잖아. 안 그래?"

"필주 씨, 질투할 때가 아니라고 지금!"

나는 나도 모르게 큰 소리를 냈다. 술이 오른 필주 씨는 닥쳐올 위험보다는 눈앞의 사랑이 먼저인 듯했다. 그가 답답했다. 질투에 눈이 멀어 폭주하려는 그를 제지하자 그는 금방 의기소침해진다. 난 커피잔을 만지작거리는 그의 손을 다정하게 잡으며 그를 다독거렸다.

"상황이 좋지 않아. 상대방을 모르는 한, 우리가 불리하다고."

"우리 쪽에서도…… 가만히 있을 수는 없잖아?"

"때를 기다려봐야지."

"언제까지? 나 같으면 그 남자의 뒤를 파보겠어. DNA 검사는 어때? 그건 속일 수 없는 거잖아. 죽은 그놈과 다르다는 거, 단번에 나올 거라고."

"DNA를 어떻게 입증하려고? 남편 물건을 모두 버렸는데."

"경찰에게 얘기해봤어?"

"경찰도 한편인 것 같아. 믿을 수 없어."

"설마?"

"설마가 사람 잡는다는 거 몰라? 지문 검사를 했는데 그가 맞는다고 나오더라. 그게 말이 돼? 아무래도 시어머니와 내통한 것 같아."

"그럼 흥신소라도 붙여볼까?"

"흥신소?"

"그 사람이 5년 동안 뭘 했는지, 시어머니와 진짜 어떤 관계인지, 그런 걸 모두 확인해봐야 할 것 아냐?"

"좋은 생각이긴 한데, 필주 씨, 나…… 사실 그럴 돈이 없어. 이제까지 남편 보험금만 믿고 있었거든. 지금 빈털터리야."

"그럼 이건 어때? 남편이 발견됐다는 병원에라도 가보자. 무슨 증거가 있을지도 모르잖아."

"나도 그 병원이 수상해. 하지만 병원 기록을 아무나 볼 수는 없어. 경찰이 아닌 한, 요청해도 보여주지 않을 거라고."

"거기 직원이면 가능하지 않을까?"

"알 만한 사람 있어?"

"취업하면 되잖아."

"누가? 당신이? 뭘로?"

"알아봐야지. 이건 자기만의 문제가 아니야. 내 문제이기도 해. 호랑이를 잡으려면 호랑이굴에 직접 들어가야지. 다른 방법이 있어?"

필주 씨의 단호한 말에 나는 할 말을 잃었다. 그가 그 병원에 취업하는 게 가당키나 한 일일까? 혹시 일이 잘 풀려서 직원으로 취업했다 치자. 그렇다고 그 남자에 대한 정보를 빼내 올 수 있을까?

"자기에게 그런 일을 어떻게 시켜? 위험할 수도 있고 일도 힘들 거야."

"알아. 하지만 우리가 접근할 방법이 이것밖에 없잖아."

"필주 씨……."

"대신 자기도 할 일이 있어."

"할 일?"

"자기도 알아봐야지. 죽은 남편이 나온 학교 알지? 가서 조사해 봐. 앨범이라도 찾아보면 뭐가 나오지 않을까?"

"나……, 남편이 어느 학교 나왔는지 몰라."

"뭐?"

"그 사람과 나, 몇 번 만나지 않고 결혼해서 서로에 대해 잘 몰라. 결혼한 후에도 사이가 계속 안 좋아서 얘기도 거의 하지 않았고. 미안."

"자기가 미안할 일은 아니지."

"어떡하지?"

"그럼 그가 예전에 살던 동네도 가보고 다녔다는 직장도 가봐. 그건 알지?"

"회사는 알 수 있을 거야. 사장이라는 사람이 집에 직접 와서 퇴사 사유서 받아 갔거든."

"좋아. 자기는 앞으로 그 자식을 기억하는 모든 사람을 만나 봐. 남편이라는 사람이 당신 기억 속의 인물이 맞는지, 지금 집에 있는 그 남자가 맞는지."

필주 씨가 진지한 표정으로 나를 본다. 나도 모르게 고개를 끄덕였다. 그의 말이 옳다. 그래, 가만히 앉아 모르고 당하는 것보다 알고 대비하는 게 낫다.

필주 씨와 카페에서 나와 분양관으로 향했다. 차를 그곳에 세워뒀기 때문이다. 난 차 문을 열면서 괜히 나 혼자 편히 집에 가는 건 아닌지 미안해져 묻는다.

"데려다줄까? 같은 방향이잖아."

"아니. 괜히 의심 사. 자기도 그랬잖아. 차에 도청기 있을지도 모른다고."

"택시 탈 거야?"

"글쎄, 근처 모텔에서 잘 수도 있고."

낮과는 달리 이성을 되찾은 그를 보니 더 매력적으로 느껴진다. 집에 남편이라는 사람이 없었다면, 당장이라도 그를 따라 모텔로 갔을 것이다. 하지만 주의해야 할 때이다. 난 아쉬움을 남기며 시동을 걸었다. 차의 룸미러로 점점 멀어지는 필주 씨의 모습이 보인다. 그는 내 차가 보이지 않을 때까지 손을 흔들며 서 있다. 아, 필주 씨. 우리, 오늘 말한 대로 잘 헤쳐나갈 수 있을까? 난 부질없을지도 모르는 희망을 품으며 서울 외곽순환도로를 향해 차를 몰았다.

집에 도착한 시각은 12시를 훌쩍 넘기고서였다. 거실에 불이 켜진 것을 보면 그 남자가 집에 온 것 같다. 나는 차를 주차하고 조심조심 현관문을 연다. 제발 그가 자고 있기를 바라면서. 계단을 올라가자 내 바람과는 반대로 굵직한 저음의 목소리가 들렸다.

"이제 오는 거야? 늦었네?"

"회식 있었어. 아직 안 자고 있었어?"

파자마를 입은 그의 모습이 눈에 들어왔다. 낯설었다. 난 시선을 피하며 태연한 척 말을 잇는다.

"어머님 댁에는 잘 갔다 왔어?"

"이것 봐. 오늘 개통했다."

그가 덩치에 어울리지 않게 신이 나서 휴대폰을 들어 보인다. 최신 제품인 걸 보면 시어머니가 꽤나 돈을 들인 것 같다.

"앞으로 연락은 제때 되겠네."

"당신 번호도 입력해 놨어. 이거 보여주고 놀라게 하려고 일부러 전화도 안 했어."

"자알 하셨네요."

난 피로했다. 대충 그의 장단에 맞춰주고 침실로 가기 위해 2층 계단을 오른다. 그는 아직도 할 말이 더 남았는지 나를 붙잡았다.

"피곤한 건 아는데, 같이 얘기 좀 하다 들어가면 안 돼?"

생소한 제안이었다. 나는 놀라서 그를 돌아다본다. 같이 얘기 좀 하자니, 예전 남편에게서는 들을 수 없는 말이었다. 그가 갑자기 흥미로워진다.

"나 정신과 진료받기로 했어."

"정신과?"

"엄마가 제안한 거야. 어쩌면 기억을 찾는 데 도움이 될지도 모르잖아? 내가 기억 찾으면 당신에게도 좋을 것 같고. 어때?"

"왜 그걸 나한테 묻지?"

난 일부러 시니컬하게 대답했다. 내가 그에게 관심이 없다는 것을 노골적으로 알리고 싶었다.

"당신이 반대하면 정신과 치료 안 받으려고."

"내 의견이 뭐가 중요해? 당신 일이잖아."

"당연히 중요하지. 우린 부분데."

예상외의 대답에 나는 말문이 막혔다. 여기서 우리가 부부라는 말이 나오다니. 예전에는 그 말을 남편한테 무척이나 듣고 싶어 했다. '우리', '부부' 등 소속감이 느껴지는 관계에 대한 집착이었는지 모른다. 하지만 그는 죽는 그 순간까지, 나와의 관계를 거부했다. 내가 그를 죽이고도 죄책감이 들지 않은 건, 그런 그를 용서할 수 없어서이다.

"당신 좋을 대로 해."

힘없이 대답했다. 내 안의 무슨 변화를 느꼈는지, 남자는 눈빛을 반짝이며 묻는다.

"좀 더 확실히 말해줬으면 좋겠어. 좋아? 아니면 싫어?"

"……."

"단답형이잖아. 예스야, 노야? 응?"

하지만 난 대답을 하지 않고 침실로 향했다. 그 질문이 마치 하나의 관문 같은 거라 생각했기 때문이다. 그에게 말려 그 문을 넘어섰다간, 아마 내 속 깊은 곳까지 홀홀 털릴지도 모른다. 그 시기를 최대한 늦춰야 한다.

효신 이야기 #10 **그가 보고 있다**

매일 새벽 그 남자를 피해 일찍 집을 나서고 밤늦게 집에 들어가는 일상이 반복됐다. 그와 마주치지만 않는다면 피로쯤은 얼마든지 견딜 수 있었다. 그러나 퇴근 후 시간을 보내는 게 문제였다. 분양관이 문 닫는 시간은 오후 6시. 느릿느릿하게 잡무를 처리한다 해도 대개 8시면 일이 끝나서, 늦게까지 밖에서 시간을 보내는 게 쉽지 않았다. 할 수 없이 거의 매일을, 정주 언니의 술 상대를 했다. 운전 때문에 콜라만 홀짝여야 했지만 이혼하고 혼자 사는 언니는 그런 나를 반겼다.

오늘도 어제처럼, 우리 두 사람은 작은 실내포차에 마주 앉아 잔을 기울였다.

"오늘 소장 입이 완전 찢어지더라. 어떻게 네 채나 계약한 거야?"

"운이 좋았죠."

"겸손한 척은. 야, 좀 배워보자. 노하우가 뭐야?"

"예전에도 미분양 건 계약해 큰 재미를 봤던 고객이에요. 시세 차익보다는 현금 수익이 우선인 분이라 연락해봤더니 바로 관심 보이더라고요."

"평소에 고객 관리를 진짜 잘했구나? 어쩐지 소장 꼰대가 정효신, 정효신, 한다 했어. 뭐, 덕분에 우리도 한시름 놨지만."

"이제 잔여분은 거의 처리된 거죠?"

"응. 끝이 보여. 빨리 털고 딴 데 가야지."

"여기 분양관, 다음 일도 있다던데?"

"이미 팀 꾸려져 있어. 그리고 한곳에 너무 오래 머무는 것도 내 스타일은 아니고."

"다음엔 어디서 일하려고요? 그때 얘기한 것처럼 대구로 가요?"

"에이, 그건 놓쳤지. 다른 데 알아봐야 해. 왜? 네 것도 알아봐 줘?"

"그럼 좋죠. 저 멀리 가도 괜찮아요."

"얘 봐라. 너희 서방이 퍽이나 잘도 보내주겠다? 돈이 아무리 급해도 그렇지. 맞다, 너 가만 보면 휴가도 안 쓰더라? 우리가 하루살이지만 말이야, 그거 법으로 정해져 있는 거다, 너. 쉬어가면서 일해. 몸 버려."

"저도 사정이 있어서 그래요."

"사정? 뭔 사정? 얘, 네가 무슨 사정이 있다고 그래?"

"솔직히 말하면, 저 지금 그이랑 사이가 좋지 않아요."

내 말에 정주 언니가 들고 있던 술잔을 내려놓았다. 순진하게도, 얼굴에 미안한 기색을 고스란히 드러내면서 말이다.

"어머, 미안. 내가 눈치가 없었다, 애. 혹시…… 이혼 위기야?"

"아직은 아니지만, 그럴 수도 있겠죠."

"심각하다는 거네. 도대체 왜 그렇게 된 거야?"

"사람이…… 변한 것 같아요. 제가 알던 그 사람이 아니었어요."

"여자 문제구나? 어떻게 걸린 거야?"

"그런 건 아니에요. 서로에게 지쳤달까, 떨어져 있을 시간이 필요한 것 같아요. 그래서 언니, 저 좀 멀리 가서 일할 수는 없을까요? 언니 발 넓으시잖아요."

정주 언니에게 솔직해질 수는 없었지만, 부부 관계가 좋지 않다는 분위기는 풍겨야 했다. 그래야 늦게까지 집에 들어가지 않은 것도, 타지에서 일하고 싶다는 바람도 다 설명이 되기 때문이다.

"뭐……, 사람 일이 다 그런 거겠지. 그래도 넌 잘살고 있구나, 했는데."

정주 언니가 착잡한 표정으로 원샷을 한다. 이혼한 자신의 상황과 내 얘기를 겹쳐 생각하는 것 같았다.

"자리는 최대한 알아봐 줄게. 리프레시 할 수 있는 곳으로."

"고맙습니다, 언니."

"부부 관계, 그거 별거 아니다? 시간 지나면 다 해결될 문제야. 그렇게 생각하며 버텨. 힘내고."

"언니 덕분에 의지가 많이 돼요. 이런 일, 아무한테나 말 못 하잖아요."

"앞으로도 다 말해. 내가 들어줄게. 휴……, 난 나만 고민이 많다고 생각했는데, 다들 문제 하나씩은 안고 있구나. 필주 씨도 그렇고."

"필주 씨요? 그 친구는 왜?"

"다른 잡을 알아보더라고. 인터넷 검색하는 거, 오늘 나한테 딱 걸렸잖아."

"우리 쪽 일이 워낙 안정적이지 않잖아요."

"그래도 청송은 좀 그렇지 않아? 도시도 아니고 갑자기 왜 시골에서 일자리를 알아보는지……."

"고향이 그쪽인가 보죠."

난 필주 씨의 신상에 대해 일부러 모르는 척을 한다.

"앤, 너희들 옆 동네에서 학교 나와서 반갑다고 해놓고는. 그래서 친해진 거 아녔어?"

"그랬던가?"

"너도 이제 나이가 들었나 보다. 기억이 가물가물하네."

"그러게요. 근데 왜 하필 청송이래요?"

"몰라. 세상 다 지겹단다. 일 집어치우고 시골로 들어가 살겠대."

난 필주 씨의 행동력에 새삼 놀라면서도 고마웠다. 그 남자가 입원했던 청송 정신요양원에 잠입하는 게 쉬운 일이 아닐 텐데. 그를 위해서라도 분발해야겠다는 생각을 한다.

정주 언니는 필주 씨가 업계를 떠난다는 게 아쉬운 듯 입을 뗐다.

"아무거나 일자리 구해지면 바로 떠난다더라."

"아쉽네요. 일 잘했는데."

"그치? 우린 아까운 인재 하나를 잃는 거야."

마음이 여린 정주 언니는 잔에 술을 가득 따르더니 연거푸 원 샷을 했다. 나도 콜라를 마시며, 필주 씨 생각을 한다. 그가 청송 정신요양원에 잠입할 수 있을까? 나 때문에 그가 괜한 일을 벌이는 것은 아닌지 걱정스럽다.

정주 언니와 이런저런 얘기를 나누며 술자리를 계속 이어 갔다. 테이블 위에는 빈 술병이 하나둘씩 늘어갔고, 나는 조금씩 피곤해진다. 그래도 정주 언니는 취하지 않았다. 아니, 몇 시간은 더 거뜬히 마실 것 같았다. 몰려오는 피곤함에 하품이 나왔다.

그때, 정주 언니가 눈을 빛내며 말했다.

"효신아, 아직은 쳐다보지 마. 저쪽 테이블에 있는 남자가, 우리에게 관심 있는 거 같아. 이쪽을 자꾸 본다?"

정주 언니는 신이 난 듯 보였다. 솔로인 언니는 언제 어디서나 늘 남자가 관심사였는데, 이번에는 진짜 마음에 드는 남자를 발견한 눈치였다. 그 남자가 괜찮다 싶으면, 난 언니를 그에게 넘기고 자리에서 일어나고 싶었다.

"언니 스타일인가 봐요?"

"딱히 그런 건 아닌데, 나쁘진 않아. 게다가 혼자 왔어."

"다른 사람 기다리는 거 아닐까요?"

"아냐, 아까부터 혼자야. 아……, 네가 봐야 하는데."

"화장실 갔다 오는 척하면서 볼까요?"

"좋지."

언니가 사춘기 아이처럼 까르르 웃었다.

난 자리에서 일어났다. 시침을 떼고 화장실로 향하려는 순간, 정주 언니가 말한 남자를 보고 온몸이 얼어붙을 듯 놀랐다.

저 남자가 여길 어떻게…… 집에 있어야 할 그가, 왜 여기 있는 거지? 난 그에게 내가 일하는 곳을 알려준 적이 없다. 그렇다면 설마…… 내 뒤를 쫓고 있었다는 건가? 너무 당황한 나는, 발걸음을 떼지도 못하고 도로 주저앉았다. 소름이 쫙 끼쳤다.

사정을 알 리 없는 정주 언니가 덩달아 놀란다.

"어머, 애, 너 왜 그래?"

아무 대답도 하지 못했다. 가파른 절벽 위에서 누군가 나를 미는 기분이 들었다.

"안녕하세요?"

낮은 저음의 목소리가 들린다. 그 남자의 목소리였다. 그가 내 옆에 앉는 기척이 느껴졌다. 나는 일부러 그를 보지 않았다.

"누구……?"

정주 언니가 눈을 동그랗게 뜨고 나와 그를 번갈아 가며 본다. 그녀의 눈이 호기심으로 반짝거렸다. 하지만 나는 여전히 대답을 하지 못했다. 결국 나 대신 대답을 한 것은 그 남자였다.

"김재웁니다. 이 사람, 남편이에요."

"어머, 효신이 신랑이시구나? 안녕하세요, 저 효신이랑 함께 일하는 박정주예요. 말씀 많이 들었어요. 어쩐지……. 자꾸 이쪽을 보시더라니."

"아, 죄송합니다."

"진작 아는 척하지 그랬어요?"

"너무 즐겁게 말씀하셔서 끼어들 수가 없었네요. 많이 친하신
가 봐요?"

"회사에서는 제일 가깝죠. 얘, 너도 말 좀 해."

정주 언니가 짓궂게 눈치를 준다.

"이 사람은 제가 안 반가운가 봐요."

그가 동정표라도 얻겠다는 듯, 정주 언니에게 서글서글하게
말한다. 예의 그 가식적인 미소를 지으면서.

"에이, 설마요. 두 분이 이렇게 잘 어울리시는데."

"말씀 감사하네요. 제가 술 한 잔 따라도 될까요?"

그가 병을 들어 언니의 잔에 술을 가득 따랐다. 언니는 단숨
에 술을 들이켠 다음, 마신 잔을 그에게 건넨다. 다시 잔에 가득
채워지는 술. 본격적으로 두 사람의 주거니 받거니가 시작됐다.

난 갑작스러운 이 상황이 어이가 없었다. 내가 불편해하건 말
건, 두 사람은 오래된 친구처럼 다정하게 술을 마신다. 더 황당
했던 것은 정주 언니가 남자를 무척 마음에 들어 한다는 거다.
언니의 얼굴은 호감으로 가득했다. 그가 어떤 사람인지도 모르
면서.

난 떨떠름하게 입을 열었다.

"여긴 어쩐 일이야?"

"당신 데리러 왔지."

"차도 없이?"

정주 언니가 눈치 없이 끼어들었다.

"그게 중요하니? 왔다는 성의가 어디야? 안 그래요?"

"그렇게 생각해주시면 저야 감사하죠. 이 사람, 저한테 요즘 불만이 많은 것 같아요."

"왜 그럴까? 이렇게 멋지고 자상하신데."

피곤함에 황당함이 겹쳐 더 이상 앉아 있을 수 없었다. 그에 대한 짜증이 폭발할 것만 같았다. 자리에서 일어났다.

"왜? 벌써 가게?"

"저 가봐야 할 것 같아요."

"내일 휴일이잖아. 좀 더 있다 가."

"우리 일에 휴일이 어디 있어요?"

"내일도 출근하려고? 효신아, 잔여분도 얼마 안 남았어. 낼 하루는 휴가 내도 돼."

"언니, 그만 갈게요."

내가 단호하게 말하자 그제야 언니도 말이 안 통할 거란 걸 깨달았는지 술잔을 내려놓았다. 그 남자도 눈치 빠르게 일어서 더니 카운터로 간다. 언니도 허둥지둥 그의 뒤를 따랐다.

카운터 앞에서 정주 언니와 남자가 서로 술값을 내겠다며 실랑이를 하는 동안 난 실내포차 밖으로 나왔다. 밤바람이 불어 살 것 같았다. 찬 공기를 들이켜며 심호흡을 몇 번 했다. 그와 단둘이 차를 타고 집에 가려면 각오를 다져야 했다.

"오늘 즐거웠습니다."

그가 싹싹하게 정주 언니한테 인사를 한다.

"택시 잡아드릴까요?"

"아뇨. 콜 불렀어요. 어, 저기 오나 보네요. 오늘 만나서 반가웠습니다. 술값도 내주시고 정말 감사해요."

"뭘요. 다음에 또 뵙겠습니다."

"저도요. 효신아, 잘 들어가. 바가지 긁지 말고!"

정주 언니는 때마침 도착한 콜택시를 타고 떠났다. 술을 많이 마셨지만 평소와 달리 만취하지는 않았다. 난 언니가 탄 택시가 사라지자 그를 보며 시니컬하게 물었다.

"당신이 돈이 어디 있어?"

"카드 있잖아."

"카드? 당신 아직 사망 상태일 텐데? 그새 만들었어?"

"엄마가 줬어."

역시……. 그의 뒤에는 시어머니가 있었다. 아마 내 뒤를 캐는 아이디어도 그녀의 입김이 작용했을 거다. 난 더 이상 그에게 아무 말도 하지 않고 분양관 주차장으로 향했다. 내 뒤를 따르는 그의 기척이 느껴진다.

차 문을 열자 그가 보조석에 재빨리 올라탔다. 난 집으로 향하는 내내 아무 말도 하지 않았다. 그 역시 내 눈치를 보는지 말을 걸지 않는다.

30여 분가량 이동하자, 그가 침묵을 견디기 힘든지 라디오를 틀었다. 감미로운 음악이 흘러나온다. 내 취향은 아니었다. 라디오를 꺼버렸다. 내 거친 행동에 그가 들릴 듯 말 듯 한숨을 작게 쉬더니 나를 본다.

"한밤에 드라이브라니 좋네."

"그동안 날 감시하고 있었던 거야?"

"오늘 이대로 집에 갈 거야?"

그가 말을 돌리며 슬그머니 허벅지에 손을 올린다. 두툼하고 큰 손의 무게가 불쾌하게 느껴졌다.

"사망 선고 한번 받고 나니 아무렇지도 않지? 사고 나서 죽고 싶은가 봐? 손 치워."

쌀쌀맞은 반응에 그가 손을 잽싸게 치운다. 눈치 하나만큼은 재빠른 남자였다.

"그리고 묻는 말에나 대답해. 날 감시했어?"

"무슨 소리야? 감시라니. 난 그런 적 없어."

"그런데 내가 그곳에서 술 마시는 걸 어떻게 알았어?"

"당신 일하는 근처 샅샅이 뒤졌지. 1시간 동안이나 돌아다녔어. 그러다 찾은 거고."

"내가 일하는 곳은 어떻게 알고? 난 당신한테 말한 적 없는데?"

"미안해. 당신 잘 때 차 내비게이션 좀 뒤져봤어. 그랬더니 일산 분양관이 찍혀 있더라고."

내비게이션? 일산 분양관? 난 내비게이션을 잘 쓰지 않는다. 저 남자, 지금 거짓말을 하고 있다.

"그래서 당신이 하도 늦길래, 걱정돼서 한번 찾아가 본 거야."

고개를 돌려 그의 얼굴을 봤다. 태연한 척 둘러대는 그가 너무 뻔뻔하다. 하지만 화를 내지는 않았다. 좋아, 속아주지. 속아주는 척하겠어.

"내가 연락도 없이 와서 화난 거야?"

"……."

"미안해. 내가 전화해도 당신이 안 받잖아."

"앞으로 이러지 말았으면 좋겠어."

"알았어. 정말 미안해."

언제부터였을까? 그가 나를 감시한 것이. 앞으로도 이런 식의 감시는 계속될 것이다. 어쩌면 전화도 도청당하고 있을지 모르겠다. 곧 새것으로 바꿔야겠다. 분양관 밖에서 필주 씨를 따로 만나지 않았던 게 얼마나 다행인지. 난 가슴을 쓸어내렸다.

효신 이야기 #11 **남편과의 만남**

다음 날, 출근하자마자 정주 언니가 기다렸다는 듯 달려왔다. 내가 미처 신발을 벗기도 전에 다가와 호들갑스럽게 말을 건다.

"어제 잘 들어갔어?"

언니 얼굴을 보자마자 피로감이 몰려왔다. 오늘 하루 종일 시달리겠구나 하는 불안감이 피어오른다. 그리고 내 예감은 적중했다.

"너희 신랑 정말 괜찮더라. 계집애, 꼭꼭 숨겨놓고 안 보여주더라니.”

“첫인상만 그래요. 실제로도 괜찮으면 얼마나 좋겠어요?”

“얘가 배부른 소릴 하네. 그 정도 되는 남자 흔치 않아. 나 같으면 받들고 살겠다. 그 사람, 김 사장님 소개로 만났다며? 스토리 좀 얘기해봐. 궁금해 죽겠다.”

정주 언니가 눈을 반짝이며 묻는다. 그녀의 목소리는 기대에 차 있었다. 첫 만남을 떠올리라니…… 아, 끔찍하다. 과연 누구 얘길 하란 말인가? 죽은 남편? 아니면 지금 남편이라고 나서는 그 남자? 언니가 무엇을 상상했든 간에 두 남자 얘기 모두 최악일 텐데.

“김 사장님이 왜 너만 콕 집어서 소개해준 거야? 응?”

난 시어머니를 처음 만난 순간을 떠올렸다.

* * *

6년 전. 당시 난 판교역 근처의 한 분양관에서 일하고 있었다. 주상복합 건물이 판교역 바로 앞에 세워지는 터라 많은 투자자들이 몰렸다. 분양 상담사도 꽤 많이 고용해서 분양관이 늘 북적거렸던 것으로 기억한다. 그러나 분양 대행사의 사장은 대로변 상가와 로열층 오피스텔 등 알짜 물건을 미리 빼놓고 분양 상담을 시켰다. VIP용이라는 명분에서였다. VIP 고객은 일부 임원과 베테랑급 상담사만이 상대할 수 있었다.

나는 VIP를 담당하지는 않았지만, 그 분양 대행사 사장과 여러 번 일해 왔던 덕분에 누가 VIP인지 얼굴을 보면 그럭저럭 분간할 수 있을 정도였다.

임원급이 모두 자리를 비운 어느 날, VIP 고객 중 하나인 김호중 사장이 분양관을 방문했다. 지긋한 나이에 수수한 차림새로 등장한 그를, 아무도 신경 쓰지 않았다. 김호중 사장은 자신을 반기는 이가 없자 조금 당황한 눈치였다.

그는 화려한 외모의 여자를 동반하고 있었는데, 난 재빨리 그녀의 옷차림부터 스캔했다. 원피스는 모르겠고, 들고 있는 백은 보테가베네타에 구두는 디오르네? 귀걸이와 목걸이는 아마 티파니일 거다. 비록 모두 짝퉁이었지만. 그것도 A급이 아닌 B급으로 말이다. 난 딱 보면 안다. 나도 짝퉁만 쓰고 있으니까.

김호중 사장에 비해 여자의 패션은 화려하고 천박했다. 그리고 많이 어려 보였다. 당연히 부부라고 생각되지 않았다. 그가 여자를 이런 곳에 데리고 온 것을 보면 아마 자신의 부를 과시하고 싶었던 것 같다. 실제로도 김호중 사장의 얼굴에는 여자에게 잘 보이고 싶은 티가 역력했다. 잘만 하면, 돈 좀 쓰겠는데?

난 그들에게 상냥하게 다가갔다. 임원급이 돌아올 때까지 VIP를 기다리게 할 수 없었다. VIP는 성급하고 변덕스럽기 마련이다.

"어머, 김호중 사장님 아니세요? 죄송합니다. 사장님과 이사님, 지금 모두 자리를 비우셨어요. 잠시 기다리셔야 될 것 같은데, VIP실로 모실까요?"

"그렇게 하지. 근데 누구였더라?"

"정효신입니다. 전에 한 번 뵈었죠. 이번에도 찾아주셔서 정말 감사드려요. 이쪽으로 오시죠."

나의 사근사근한 환대에 김호중 사장의 얼굴에 만족스러운 웃음이 번졌다. 그의 옆에서 나를 훑어보는 여자의 시선이 느껴져서 더 정중하고, 더 상냥하게 말했다.

"사장님을 위해서 VIP용 매물은 저희가 따로 빼놓았습니다."

"아, 그래? 한번 볼 수 있나?"

"VIP실에서 따로 브리핑해드리겠습니다. 음료는 무엇으로 준비할까요? 사장님께서는 둘둘둘 좋아하셨죠?"

"허헛……, 좋지. 그걸 기억하고 있네."

"여사님께서는 어떤 음료를 드시겠습니까?"

"커피 주세요. 드립 있죠?"

"바로 준비해드리겠습니다."

난 지나가는 수습 직원에게 음료수를 부탁하고 임원에게 빨리 연락하라고 지시한 다음, 그들을 VIP실로 안내했다. VIP실에는 주상복합 건물을 축소한 미니어처와 대형 스크린이 별도로 마련되어 있었다.

난 스크린에 PPT 파일을 띄워놓고 브리핑을 했다. 경제적으로 좋지 않을 때, 이대로 사장이 안 들어오고 김호중 사장이 나한테 계약했으면 좋겠다는 상상을 했다. 그러나 그 꿈은 곧 깨졌다. 노크 소리가 들리더니 사장과 이사가 몸을 굽실거리며 들어온 것이다.

"안녕하십니까, 김 사장님. 제가 좀 늦었습니다."

"아이고, 오랜만입니다."

"많이 기다리셨죠? 우리 정 과장에게 설명은 잘 들으셨나요?"

"지금 막 듣는 참입니다."

"그럼 제가 상세한 설명을 덧붙이겠습니다."

사장이 나에게 눈짓으로 사인을 보냈다. 빨리 나가라는 신호다. 뭐, 어차피 일개 사원인 나의 역할은 여기까지다. 난 공손히 인사하고 VIP실을 나섰다.

조용한 그곳과는 달리 분양관 홀은 사람들로 북적북적했다. 줄을 서서 모델하우스를 볼 정도로 사람은 많았고 상담할 건수도 쌓여 있었다. 난 퇴근할 때까지 입이 마르고 목이 잠길 정도로 많은 상담을 했다. 하지만 아쉽게도 실적은 한 건도 못 올렸다.

분양관이 문을 닫은 후, 진이 빠진 난 책상에 쓰러지듯 엎드렸다. 만사가 귀찮았다. 그렇게 한참을 쉬고 있는데, 머리 위에서 사장의 목소리가 들렸다.

"정 과장, 오늘 시간 괜찮아?"

"네? 왜요?"

난 가까스로 고개를 들었다. 사장이 신이 난 얼굴로 날 내려다보고 있었다.

"김 사장님께 식사 대접하려는데, 동행하면 어때? 같이 저녁 했으면 하시던데."

"저를요? 왜요?"

"마음에 드셨나 봐. 기분이 아주 좋으셨어. 어때? 따라올 거지?"

같이 못 먹을 것도 없었다. 난 피곤한 몸을 이끌고 사장을 따라나섰다. 근처 일식집에서 김호중 사장과 재회한 우리는 미리 예약해놓은 룸으로 들어갔다. 나중에 들은 얘기지만, 내가 여자 앞에서 김호중 사장의 면을 세워준 덕에 기분이 좋아진 그가 오피스텔과 상가를 각각 2채씩 호기롭게 계약했다고 한다.

테이블에는 호사스러운 요리가 차려졌다. 촌스럽게도 난, 요리가 나올 때마다 허겁지겁 먹어댔다. 김호중 사장과 함께 온 여자가 나한테 관심을 보였다.

"정효신 씨라고 했나요?"

"네. 맞습니다, 여사님."

"인상이 참 좋네요. 분양 일 오래 했어요?"

"정 과장, 나이가 어려서 그렇지, 이 업계 베테랑입니다."

"몇 살인데요?"

"서른입니다."

"딱 좋을 때네. 애인은…… 있어요? 그 나이엔 한참 연애하고 그럴 때잖아요?"

"일이 바빠서 연애하기가 쉽지 않아요."

"이런……. 내가 사람 소개해주고 싶다. 부모님이 일찍 돌아가셨다면서요? 외롭지 않아요?"

오피스텔과 상가나 팔지, 사장이 또 쓸데없는 소리를 늘어놓았나 보다. 난 내 사생활까지 팔아먹은 사장이 미워 살짝 째려봤다. 나에게 지나친 관심을 보이는 여자도 불쾌했다.

"아, 기분 나빴다면 미안해요. 나는 효신 씨가 딸 같아서…….."

"아닙니다. 소개해주시면 저야 감사하죠."

"그럼 이 사람, 어때요?"

여자는 기다렸다는 듯, 휴대폰에 저장된 남자의 사진을 한 장 보여준다. 하얗고 갸름한 얼굴의 그 남자는 어딘가 신경질적으로 보였다. 인상이 별로였지만 난 마음에도 없는 칭찬을 했다.

"잘생기셨는데요? 이 분이 절 괜찮다고 하실까요?"

"그런 걱정은 말아요. 사실은 내 아들인데, 내가 봐도 참 괜찮은 아이예요. 효신 씨 소개해주고 싶은데."

"네? 아드님을요?"

헐……. 시쳇말로 놀랠 노자였다. 그녀에게 이렇게 큰아들이 있다니. 더욱 놀란 건, 아무것도 가진 게 없고 부모도 없으며 외모도 별 볼 일 없는 내게 이런 횡재와 같은 일이 벌어졌다는 거다. 누가 봐도 난 며느릿감으로 마뜩잖을 것 같은데, 왜 내가 마음에 든 걸까?

내가 말을 못 잇고 있자 김호중 사장이 나섰다.

"임 여사 아들이라면 확실하지. 내가 보증할 수 있어. 한번 만나보는 게 어떤가?"

"그래, 정 과장. 이렇게 소개해주신다는데 감사한 마음으로 만나 봐."

사장까지 옆에서 부추겼다. 그럴수록 난 할 말을 잃는다. 궁지에 몰린 듯한 기분도 들었다. 이런 내 심정을 아는지 모르는지, 사람들은 마치 그와 나의 만남이 성사라도 된 듯 흥이 올라 떠들기 시작한다.

여자는 말이 많았다. 과묵했던 김 사장도 평소와 달리 대화에 적극 참여했고, 우리 사장은 비위 맞추기에 바빴다.

"임 여사가 오늘, 정 과장이 제대로 마음에 들었구먼."

"저도 여자잖아요. 여자는 여자를 볼 줄 안다고요. 하나밖에 없는 아들을 아무나 소개해줄 수 없잖아요? 예전부터 제 며느린, 제가 고른다고 했어요. 아들도 거기에 따른다고 했고요."

"정 과장 정말 괜찮은 사람입니다. 얼마나 열심히 사는데요. 회사 일 끝나고 다른 아르바이트도 하는걸요. 그렇지?"

잘 보이고자 하는 욕심에, 사장은 처음 보는 이들에게 내 경제적인 사정까지 오픈했다. 난 할 말을 잃는다.

"정 과장의 어떤 점이 마음에 든 거야?"

"이렇게 싹싹하고 상냥한 아이가 어디 흔한 줄 아세요? 난 다른 거 다 안 봐요. 인성 하나만 본다니까요. 사장님도 아시잖아요."

"그렇지. 날 만나는 거 보면 알지."

"여사님도 인성이 참 훌륭하십니다."

옆에서 침이 마르도록 아부하는 사장을 보면서 제대로 말려들었다고 생각했다. 하지만 돈과 돈이 엮인 관계라 거부할 수도 없었다. 물론 이 기회에 VIP와 관계를 맺어두면 좋겠다는 개인적인 욕심도 있었다.

며칠 후, 그들의 바람대로 난 여자의 아들이라는 남자를 만났다. 내가 죽인, 내 남편 말이다. 그의 첫인상은 사진으로 본 것보다는 나았다. 파리한 안색은 그대로였지만, 골격이 꽤 큰 편이었고 처진 눈매가 선량해 보였다. 아니, 어떻게 보면 무기력한 얼굴이었는데 말수가 적은 탓에 선량하게 느껴졌던 것 같다.

그 역시 내가 딱히 마음에 든 것 같지는 않았다. 수입차 딜러라는 그는 나에게 흥미가 거의 없었다. 미리 듣고 와서인지 내 직업을 묻지 않았고, 내 취향에 대해서도 관심을 가지지 않았으며, 묻는 말에만 겨우 대답했을 뿐이다. 그것도 바쁘다는 핑계로 고작 1시간 남짓 말이다. 시계를 연신 들여다보던 그는 오후 3시가 되자 후련하다는 듯 자리를 박차고 나가버렸다. 자존심이 상했다.

그가 문자로 애프터를 청하기는 했지만 계속 만나고 싶지 않았다. 하지만 주위에서는 우리를 계속 응원했다. 시어머니가 되고 싶다는 여자는 계속 분양관을 찾아왔고, 사장은 그와 데이트하라며 근무 시간을 빼줄 정도였다. 그 덕에 우리는 습관처럼, 지지부진하게 연을 이어갔다. 만남은 여전히 즐겁지 않았지만 그래도 우리는 만났다. 데이트는 시시했으며 그의 표정은 만나는 내내 무미건조했다. 왜 이런 남자를 만나야 하는지 자괴감이 들 정도였다.

그러던 어느 날, 그가 예상 밖의 말을 꺼냈다.

"결혼해줘."

뭐? 결혼? 의외였다. 내 얼굴을 쳐다보지도 않고, 하기 싫다는 듯 간신히 내뱉은 말이 결혼이라니. 너무 어이없는 탓에, 난 당황하지도 않았다.

"왜?"

"그냥. 함께 있으면 편하니까."

그가 어깨를 으쓱거렸다. 할 말이 없을 때, 변명을 할 때마다 나오는 그의 습관인 것 같았다.

"난 하고 싶지 않은데?"

내가 덤덤히 말했다.

그러자 그가 의외라는 듯 나를 쳐다봤다.

"결혼……하고 싶지 않아?"

"응. 특히 당신이랑은 하고 싶지 않아."

왜 내가 그와 결혼할 거로 생각했는지 모르겠다. 우린 감정을 공유한 적도 없고, 서로에 대해 알고 싶어 하지도 않았다. 스킨십도 아예 없었다. 그런 남자와 함께 산다는 것을 생각하면 끔찍했다.

그의 입가에 묘한 미소가 스쳤다.

"내가 마음에 안 든다는 얘기네."

"당신도 나, 좋아하지 않잖아?"

"그럼 왜 날 만난 거지?"

"내가 묻고 싶은 얘기야. 당신은 날 왜 만났어? 당신 어머니 때문에? 아니면 결혼해야 하는 나이라서?"

"둘 다야. 결혼은 해야 하는데 마땅한 여자가 없었어. 때마침 당신이 나타난 거지. 엄마도 마음에 들어 하고. 그럼 결론이 나온 거잖아?"

"흥, 눈물 나게 감사한 얘기네."

"이제 당신이 답할 차례 아닌가? 날 왜 만난 거지?"

"비슷한 이유야. 나도 결혼할 나이는 됐는데 일하느라 만나는 사람은 없고, 조건이 좋지 않아 소개해준다는 사람도 없었어. 그런데 우연히 한번 본 고객이 날 마음에 들어 하더라고. 당신 어머니 말이야. 여기에 상사가 자꾸 만나라고 권하고, 그러다 보니 여기까지 온 거야."

"드디어 우리에게 공통점이 생겼군."

"반가운 소식인가?"

"긍정적인 소식이지. 맞춰갈 게 하나 줄었다는 얘기니까."

"그렇게까지 해서라도 나와 결혼하겠다는 거야? 좋아하지도 않으면서?"

"말했잖아. 당신이 편하다고."

"다른 여자 만나기가 귀찮다는 얘기는 아니고?"

그가 피식 웃었다. 만난 이래로 처음 보는, 제대로 된 웃음이었다. 반달처럼 휘어진 눈을 보니 그도 나름 귀여운 구석이 있다는 생각이 들었다. 순진하게도 난, 그때 그를 게으른 마마보이 정도로만 생각했던 거다.

"알겠지만, 난 재미없는 남자야. 결혼해도 내 생활 패턴을 포기할 생각이 없고, 당신에게 잘 해줄 생각도 없어. 남편으로서는 꽝이지."

"그런데 나한테 결혼해달라는 거야? 뭘 믿고?"

"다른 장점이 있잖아. 난 당신에게 바라는 것이 없어. 기대도 하지 않아."

"남남처럼 살자는 얘긴가? 쇼윈도 부부처럼?"

"뭐, 당신이 그걸 원한다면."

"그 정도로 내가 결혼에 동의할 거란 생각은 오산이야. 다른 메리트는 없어?"

"맨몸으로 내 집에 들어와도 좋다는 거? 돈 걱정 안 해도 되는 게 어디야? 회사는 다니든 말든 당신 마음대로 해. 늦게 들어와도 뭐라고 할 생각이 없으니까. 당신이 번 돈도 편할 대로 하고."

꽤 솔깃한 제안이었다. 남자 하나 잘 잡아서 평생을 편히 살았다는 남의 이야기가 내 앞에도 펼쳐진 것이다. 당장 다음 달 월세 걱정을 해야 하는 나에게 너무 달콤했다. 그 속에 어떤 덫이 있을 거라는 불길한 예감이 들었지만, 이번에 놓친다면 다시는 이런 기회가 오지 않을지도 모른다는 생각이 앞섰다.

"내 제안이 어때?"

"솔직히 말하면 꽤 마음에 들어. 하지만 여사님이 가만히 계실까? 나 같은 천애 고아를 집에 들이면서 진짜 아무것도 안 바라실까?"

"혼수를 걱정하는 거야?"

"그것도 배제 못 하지."

"걱정하지 마. 엄만 신경도 안 쓸 테니까. 그리고 생각해봐. 당신이나 나나 우리 엄마에게서 벗어날 기회야. 우리 엄마가 당신 회사 찾아가는 거 싫잖아? 겪어보면 알겠지만 그 노인네, 포기를 모른다고."

"결국, 그거네."

"뭐?"

"귀찮은 어머니를 피하려고 나랑 결혼하겠다는 얘기잖아."

"빙고! 엄마에게서 벗어나고 싶어. 어떤 수를 써서라도. 당신도 지긋지긋한 현실에서 도피하고 싶은 건 마찬가지잖아?"

그가 내 약점을 건드려왔다. 귀가 간질간질해진다. 그와 결혼한다면 분명히 행복하지는 않을 거다. 하지만 적어도 편안한 삶은 보장받을 수 있지 않을까? 하얗고 갸름한 그의 얼굴을 바라봤다. 감정을 좀처럼 드러내지 않는 그였지만, 거짓말을 하지 않는다고 생각했다. 망설여졌다.

"그러니까 나랑 결혼하는 건 어때?"

그가 진지하게 다시 물어왔다. 처음으로, 우리가 의외로 잘 맞을 수 있겠다는 생각이 들었다. 물론 내 착각이었지만.

효신 이야기 #12 **결혼 이야기**

"몇 번 더 만나보고 결정할래. 결혼이라는 게 쉽게 결정할 일이 아니잖아."

머릿속으로는 계산이 끝났지만, 난 내 속마음을 숨겼다.

"거 참, 비싸게 구네."

"비싼 게 아니라 신중한 거야."

"난 인내심이 많지 않아."

"나도 그래. 재촉하지 말아줬으면 좋겠어."

그의 입술이 실룩이더니 한쪽 끝이 살짝 올라갔다. 그 바람에 입에서 작은 한숨이 새어 나왔다. 눈빛이 전에 비해 훨씬 부드러워진 것 같았다. 그 표정에서, 나에 대해 처음으로 관심을 가졌다는 걸 알 수 있었다.

"왜? 했던 말 취소하고 싶어?"

난 괜히 심술을 부렸다. 그의 반응이 궁금했다.

"재미없는 사람이라고 생각했는데……. 괜찮네, 당신."

"해볼 만하다, 이건가?"

"응. 당신이랑 꼭 결혼해야겠어."

"뭐? 진심이야?"

"더 만나서 뭐 해? 난 변하지 않을 건데. 우리 관계도 그러지 않을까? 난 당신 그대로가 마음에 들어. 그냥 결혼하자."

그의 말이 진심인지를 가늠하기 위해 눈을 똑바로 바라봤다. 차가워 보이는 그의 눈빛이 나를 피하지 않았다. 날것 그대로의 나를 받아들이는 그가 아주 싫지도 않았다. 이게 중요한 거다. 좋지는 않지만 아주 싫지는 않다는 것, 그럼 한번 살아볼 만하지 않은가. 그땐 그렇게 생각했다.

"좋아. 나한테 강요만 안 한다면, 나도 한 수 접고 들어갈게."

그렇게 협의한 우리는, 다음 날 바로 구청에 가서 혼인신고를 했다. 결혼식은 올리지 않았고 사진을 찍지도 않았다. 인생에 한

번이 될지도 모를 결혼식을 서둘러 끝내버리는 게 아쉽지 않았다. 어차피 결혼식에 부를 사람도 없었고, 웨딩드레스 따위 입고 싶지 않았으니까.

* * *

정주 언니가 호기심으로 가득한 눈으로 나를 보고 있다. 내 스토리가 가히 신데렐라급이라고 생각하는 듯했다. 그래서 솔직히 모든 것을 얘기해줄 수 없었다.

"김 사장님이 아니에요. 같이 오신 여자분이 주선해주셨어요. 아드님을요."

"뭐? 어머, 그런 일도 있어? 네가 정말 마음에 들었나 보다. 아니, 어떻게 했길래 그래? 나도 좀 배워보자."

"안내만 해드렸을 뿐이에요."

"에이, 단순히 그것만?"

"그분이 보기에 내가 순해 보였던 거죠. 아드님이 만만치 않으니까 거기 맞춰줄 여자를 찾았는지도 몰라요."

그 말 그대로다. 시어머니는 내가 만만했던 것 같다. 어디에도 의지할 데 없었던 난 마음대로 부려 먹기 좋은, 그냥 꿔다 놓은 보릿자루처럼 막 대해도 되는, 그런 애였기 때문이었을 거다. 내 처지를 모르는 정주 언니는 마치 한편의 동화를 기대하는 듯했다.

"그래도 남자가 괜찮으니까 동했겠지. 솔직히, 네 신랑 진짜 멋지더라. 몰랐으면 그날 나 바로 대시했어."

"사람은 겉만 보고 모르는 거예요."

"얘가, 얘가 또 이런다. 염장 지르네. 멋진 신랑 있다 이거지? 근데…… 왜 신랑이랑 사이가 안 좋다는 거야? 잠자리가 별로야? 속궁합이 안 맞아?"

"아이, 언니도 참."

난 정주 언니의 설레발에 웃고 만다. 가끔 성적인 문제가 노골적으로 화제에 오를 때가 있지만, 이렇게 구체적으로 물어오면 대답하기가 곤란하다. 그 정도로 난 개방적이진 않다. 그리고 죽은 남편과의 관계를 떠올리기도 싫었다. 물론 언니가 궁금해하는 것은 죽은 남편이 아니라 그 남자와의 관계였지만.

"네가 별로인 거야? 그날 봐서는 너희 신랑, 너 되게 좋아하는 것 같던데?"

"언니, 그런 문제 아니라니까요."

"그럼 문제 될 게 뭐가 있어? 지애 알지? 걔넨 부부 싸움 열나 하다가도 한번 하면 바로 화가 풀린대. 나도 신혼 초기엔 그랬고. 설마…… 너, 신랑이 그때 집 나갔던 앙금이 아직도 안 풀린 거야? 그래서?"

예전에 함께 일했던 정주 언니는 남편의 일을 기억하고 있었다. 그때 내가 알리바이를 확보하기 위해 남편이 집을 나갔다고 둘러댔기 때문이다.

"그것도 아니에요. 좀 더 복잡한 문제예요. 일단 성격이 안 맞고 시어머니와의 트러블도 있고……."

난 남편과의 관계를 평범한 부부의 문제처럼 포장했다. 언니와는 당분간 지속적인 관계를 가질 터라, 속을 너무 많이 내비쳐서는 안 된다.

"하긴 부부 문제는 당사자들만 안다고 하니까……. 그래도 잘 해줘. 그만한 남자 없어. 내가 이혼해봐서 알잖니. 어머, 소장 왔다. 그 얘긴 이따 다시 하자."

때마침 등장한 소장이 구세주처럼 여겨졌다.

시계를 보니, 분양관 오픈 5분 전이었다. 난 상담 자료를 챙기고 옷차림을 점검한 뒤, 고객 맞을 준비에 나선다. 이 일도 며칠 안 남았다고 생각하니 마지막까지 깔끔하게 끝내고 싶었다. 하지만 분양 끝물인 탓에 분양관은 하루 종일 한산했다.

정주 언니는 소장과 함께 VIP를 모시고 현장 답사에 나갔고, 함께 일하는 상담사들은 각자 다음 일을 알아보고 있었다. 나역시 마찬가지였다. 전화와 카톡으로 예전에 함께 일했던 사람들에게 연락하는데, 누군가 말을 걸어왔다.

"과장님, 잠깐 얘기 좀 할 수 있을까요?"

필주 씨였다.

"담배나 한 대 피우시죠."

"나 끊었는데?"

"그래도 한 대 피우세요."

그가 강압적으로 말했다. 무슨 일이 생겼구나, 하고 짐작해본다. 홀 안을 둘러보니 상담사들은 각자의 일에 열중하느라 우리를 아무도 신경 쓰지 않았다. 난 상담석 테이블에 휴대폰을 내려놓고 조용히 필주 씨를 따라 나갔다. 분양관 뒤 흡연 구역은 지나가는 사람도 없이 한적했다.

"무슨 일이야?"

필주 씨가 갑자기 나를 밀치듯 벽으로 몰아세웠다. 씩씩대며 뿜어내는 숨이, 그가 얼마나 화가 났는지를 짐작하게 해준다.

"뭐야? 어제 그 새끼랑 셋이 술 마신 거야?"

"필주 씨."

정주 언니가 쓸데없는 말을 했나 보다. 필주 씨는 온몸을 부들부들 떨고 있다. 그의 갈색 눈이 벌게지고 꽉 쥔 주먹에는 힘이 들어가 있다.

"본부장 말이 맞나 보네. 마셨네, 그 새끼랑."

"그게 아니라……."

"마음이 바뀐 거야? 같이 살다 보니 좋아지던? 그 새끼가 좋아? 마음에 들어?"

"내 말 좀 들어, 필주 씨, 응? 그게 아니라니까."

내가 그를 껴안았다. 그를 달래는 방법은 이것밖에 없었다. 그 순간에도 난, 눈을 돌려 CCTV의 앵글에 잡히는지를 확인한다. 다행히 사각지대다. 좀 더 과감히 행동해도 된다는 얘기다.

난 필주 씨의 입술에 내 입술을 포갰다. 그의 입술을 부드럽게 핥자 그의 분노가 가라앉는 느낌이 들었다. 그가 있는 힘을 다해 나를 껴안는다. 그리고 우리는 진한 키스를 나눴다. 오랜만에 하는 키스라 좀 더 하고 싶었다. 하지만 누가 언제 분양관에서 나올지 모르는 상황에 불안해진 나는, 그를 조용히 떼어냈다.

그의 손은 아쉬운 듯 자꾸만 내 몸을 안으려고 한다.

"나, 감시당하나 봐."

"그건 또 무슨 소리야?"

필주 씨의 손길이 멈칫했다.

"어제 그 남자가, 언니랑 술 마시는데 갑자기 나타났어. 내가 어디에서 일하는지 모르는데, 어떻게 알고 왔을까? 나를 감시하고 있다는 거 아니겠어?"

그의 얼굴이 하얗게 질렸다. 그 바람에 나는 더 침착해진다.

"어, 어떻게……."

"차에 있는 내비게이션을 봤다고 하는데, 난 내비게이션을 쓴 적이 없어."

"도청했거나 위치 추적 앱을 썼을 수도 있잖아."

"글쎄, 내 폰에 장난칠 시간은 없었을 거야. 그래도 조심하려고. 지금도 휴대폰 안 가지고 나왔어."

"빨리 바꿔. 오늘이라도 당장."

"그래야지. 나도 불안해 못 살겠어."

"그가…… 우리를 의심하는 거겠지? 어디까지 아는 걸까?"

"몰라. 계속 지켜보는데 그 속을 모르겠어."

"우리도 빨리 대책을 세워야겠다."

"그래서 정주 언니에게 지방 일을 부탁해놨어. 집에서 떨어져 있어야 뒷조사라도 하지. 자긴 어떻게 됐어? 청송 쪽 일 알아보고 있다며?"

"일단 원서는 냈어."

"어디에?"

"청송 정신요양원. 그가 있었던 곳 말이야."

"진짜? 거길? 어떻게? 구인란에 떴어?"

"치매 병동에서 요양사를 구한대. 내가 마침 사회복지학과 출신이잖아. 경험은 없어도 자격은 되니까."

"고마워, 필주 씨. 그렇게까지……."

나도 모르게 그의 손을 덥석 잡았다. 그가 내 손 등을 부드럽게 쓰다듬는다.

"이 문제를 해결하기 위해서 난, 어떤 일이라도 할 준비가 되어 있어."

"정말 고마워. 이렇게까지 자기가 노력하는 줄 몰랐어."

"빨리 끝내고 예전처럼 다시 돌아가고 싶어."

"나도. 이번 일 마무리 지으면 우리……."

분양관 뒷문이 벌컥 열렸다. 필주 씨와 난 화들짝 놀라 잡았던 손을 얼른 놓았다. 그와 동시에 정주 언니의 모습이 나타났다. 다행히 우리가 손을 잡았던 모습은 못 본 듯했다.

"아, 언니……, 언제 들어오셨어요?"

난 애써 당황한 기색을 누르며 반가운 척을 한다. 언니는 우리를 보며 짓궂은 표정을 지어 보였다.

"방금 왔지. 그런데 둘이 무슨 얘기 했어? 이번 일 마무리 지으면 뭘 어쩌자는 건데? 둘만의 비밀이야? 응?"

"같이 술이나 진탕 마시자는 얘기였어요. 연락 안 하고 지낸 지도 오래됐고 해서……."

"그런 얘길 뭐 여기까지 나와서 해. 술은 오늘이라도 당장 마시면 되지. 나 빼놓고 마시려는 건 아니지?"

"당연하죠. 언니는 여기 왜 나오셨어요?"

"아, 이거 주려고."

정주 언니가 내 휴대폰을 내밀었다. 대기화면에 부재중 전화가 수도 없이 찍혀 있었다.

"전화기에서 아주 불이 나더라. 이걸 안 갖고 나가면 어떡하니?"

"죄송해요. 깜박했네요."

부재중 전화는 모두 동일 인물에게 온 것이었다. 모르는 번호가 뜨는 것으로 보아 아마도 그 남자일 것이다. 언니는 내 휴대폰을 곁눈질하며 묻는다.

"신랑이야?"

"그럴걸요?"

"얘, 넌 네 신랑 번호도 모르니?"

"휴대폰을 새로 바꿔서 그래요. 번호 나왔다고 걸었나 보네요."

"둘이 화해했구나?"

"네? 화해는 무슨?"

"어쨌든 보기 좋다, 얘. 잘해봐. 싸우지나 말고."

"전화해줘야겠어요. 저 먼저 들어가 볼게요."

정주 언니가 곤란한 얘기를 꺼낼까 봐 난 서둘러 들어가기로 했다. 필주 씨를 힐끗 보니 얼굴이 질투로 어두워졌다. 괜히 미안했다. 그가 담배를 하나 꺼내 무는 것을 보고 분양관으로 들어왔다.

다시 상담석에 앉은 나는 수도 없이 찍힌 부재중 통화 목록을 보며 생각에 잠긴다. 모르는 번호지만 그 남자가 분명하다. 그가 왜 이토록 날 찾는 걸까? 무슨 일이라도 생긴 걸까? 궁금했지만, 전화는 걸지 않기로 했다. 대신 잡념을 떨쳐버리기 위해 다시 카톡으로 구직에 나선다.

분양 상담사라는 우리 직업은 일자리를 거의 인맥에 의존하고 있다. 과거와 현재의 인연이 내 미래의 일자리를 만들어주는 셈이다. 그래서 부지런히 연락해야 일자리도 생긴다.

한창 카톡을 하는데, 그 남자에게 전화가 왔다. 무시하려고 했지만 계속 울리는 통에 결국 받기로 했다.

"정효신입니다."

[나야.]

역시 짐작했던 대로 그였다. 하지만 난 시치미를 뗀다.

"누구시죠?"

[김재우. 당신 남편.]

"웬일이야? 전화를 다 주고?"

[오늘은 언제 끝나나 해서.]

"알아서 뭐 하게?"

난 삐딱하게 나갔다. 그 남자가 나를 감시하고 있다고 생각하니 괜히 화가 났다.

[데리러 갈까?]

"뭐?"

난 내 귀를 의심했다. 이런 뻔뻔한 남자를 봤나……. 내가 그
토록 싫은 티를 내는데도 자꾸만 들이대고 있다. 그러면 내가
넘어갈 거로 생각하나 보다.

[어제 함께 드라이브하니 좋더라. 데리러 갈게.]

"싫어. 그리고 우린 각자 프라이버시를 존중하기로 했잖아.
이제껏 그렇게 살았었고. 내 일터에 당신 오는 거 절대 반갑지
않아."

[그럼 당신이 오늘 일찍 들어오던가.]

말문이 막혔다. 이럴 때 어떻게 맞받아쳐야 하는 거지? 순발
력이 떨어지는 나 자신을 원망했다.

[일찍 안 오면 난 데리러 갈 거야. 프라이버시 따윈 잊었거든.
기억도 안 나.]

"……."

[듣고 있지? 어떻게 할래? 내가 데리러 갈까, 아니면 당신이
일찍 들어올래?]

효신 이야기 #13 **온화한 가면**

결국 내가 졌다. 집에 늦게 들어갔다가는 그가 회사 앞으로
찾아올 것이 눈에 보듯 뻔했고, 이를 나중에라도 알면 필주 씨
가 난리 칠 터였다. 난 할 수 없이 그가 요구한 대로 얌전하게 집

에 일찍 들어갔다. 단, 나 혼자가 아닌 정주 언니와 함께 말이다.

현관문을 열고 거실로 올라가니 그는 한창 요리 중이었다. 가상하게도 내 퇴근 시간에 맞춰 파티를 준비한 듯했다. 지난번처럼 테이블에는 요리가 한가득 차려져 있다.

"왔어?"

냄비에서 커다란 고깃덩어리를 통째 꺼내고 있던 그가 고개를 돌려 나를 바라봤다. 그는 나와 함께 온 언니를 보자 당황하는 기색이었다. 아니, 살짝 화가 났을지도 모른다. 나를 구워삶겠다는 계획이 어그러져서 분해하는 게 한눈에도 보였다. 고소했다.

"안녕하세요? 또 뵙네요."

정주 언니가 활달하게 인사하며 그한테 다가가 쇼핑백을 내밀었다. 언니는 집에 오기 전, 근처 마트에서 선물용 와인을 샀던 것이다.

"와인 좋아하신대서 무난한 것으로 몇 병 사 왔어요. 입에 맞으시려나 모르겠네."

"괜찮습니다. 뭐 이런 걸 다……."

정주 언니의 눈은 자연스럽게 테이블로 향했다. 그가 준비한 식사는 2인분이었다. 이를 본 언니의 표정이 살짝 굳더니 머쓱해한다.

"어머, 내가 눈치 없이 낀 건가?"

"아, 아닙니다. 함께 오시는 거 알았다면 미리 준비했을 텐데. 잘 아시겠지만 저 사람이 연락을 잘 안 해요."

그가 서둘러 사태를 수습하려 애쓴다. 난 모르는 척했다.

"당신 놀라게 해주려고 그랬지. 어제 언니랑 술 마신 거 너무 좋았댔잖아? 그래서 일부러 함께 온 건데."

"진짜요? 아, 사실 저도 어제 정말 즐거웠어요."

"아무튼 잘 오셨습니다. 음식은 많이 준비해서 충분해요. 수육 좋아하세요?"

"전 뭐든 잘 먹어요."

언니의 얼굴이 다시 밝아졌다. 그도 언니를 보며 환하게 웃어 보인다. 순발력만큼은 진짜 최고였다. 그가 삶은 고기를 잘라 접시에 담는 동안, 언니는 거실을 둘러보고 난 내 옆자리에 언니의 식기를 세팅했다.

따끈하고 부드럽게 잘 삶아진 수육이 완성되자 우리는 테이블에 둘러앉았다. 나와 정주 언니, 그리고 그 남자는 와인을 잔에 따르고 건배를 한다. 언니는 와인도 소주처럼 원샷을 했다.

"집이 예쁘고 너무 좋아요. 결혼 전에 사셨다면서요? 그러기 쉽지 않은데, 어떻게 매매하셨어요?"

역시 사람은 직업을 못 속인다. 지인의 집에 와서 제일 먼저 묻는 게 집 매매라니. 이런 정주 언니의 단순함이 마음에 들었다.

"근처에 친구와 낚시하러 왔다가 분양 공고를 봤어요. 집 뒤에 산도 있고 한적하고……. 여기 살면 좋겠다는 생각이 들었죠. 복잡한 곳은 별로 좋아하지 않아서요."

"어머, 저도 그런데. 우리 집 뒤도 산이잖아요."

"어디 사시는데요?"

"연신내요."

"아아, 연신내. 북한산 좋죠. 예전에 친구와 가끔 등산 가고 했는데."

"낚시 같이했던 그 친구분과요?"

"네. 한창 다닐 땐 계절마다 산에 올랐어요."

"그럼 다음에는 그 친구분과 함께 우리 등산 가요. 어때요?"

"네? 등산이오? 아⋯⋯, 한번 물어볼게요. 낯을 가리는 녀석이라 간다고 할지 모르겠지만요."

정주 언니의 급작스러운 제안에 술술 나오던 그의 거짓말이 막혔다. 친구라니⋯⋯. 죽은 남편은 친구가 없었다. 이 남자는 진짜 내 남편이 아니기에 그런 사실을 모를 것이다. 내가 남편의 친구를 만났는지 안 만났는지 알 리 없으니 당황할 수밖에. 난 그가 수세에 몰릴 때마다 괜한 쾌감이 느껴진다. 오늘 정주 언니를 초대한 것은 진짜 잘한 일이었다. 나도 모르게 피식, 웃음이 나왔다.

"배고팠니? 얘, 말도 좀 해가면서 먹어."

두 사람의 얘기를 들으며 먹기만 하는 나를 언니가 다그쳤다. 언니의 말에 그도 가세해 농담을 던진다.

"요즘 못 먹고 다녔어? 아니면 내 요리가 맛있는 거야? 너무 열심히 먹는데?"

"맛있어. 와인과도 잘 어울리고."

"좀 더 갖다 줄까?"

그가 잔에 와인을 더 따르며 다정하게 묻는다.

내가 고개를 끄덕이자, 그는 친절하게도 나머지 고기를 가져왔다. 그 모습을 정주 언니가 부러운 듯 바라본다.

"너, 진짜 결혼 잘했다. 이렇게 요리해주는 남편 흔치 않다, 너."

"저도 자주 이러진 않아요. 저 사람이 요즘 매일 늦게까지 일하길래 몸 축날까 봐 준비한 거죠."

"어머, 죄송해요. 앞으로는 일찍 보내드릴게요."

"아, 아닙니다. 일인데요. 열심히 하면 좋죠."

"사실은…… 제가 하소연하느라, 효신이 오래 붙잡아둔 거예요. 일이야 항상 제때 끝나죠. 지금이 어느 땐데."

언니의 말에 그가 씩 웃으며 나를 본다. 그 미소에서, 그럴 줄 알았다는 그의 빈정거림이 느껴진다. 그러거나 말거나 나는 모르는 척하며 와인을 마셨다.

"그런데…… 이런 거 여쭤봐도 되나 모르겠는데."

"무슨 얘긴데요?"

"아, 물어봐도 되나? 효신아, 나 그래도 되니?"

정주 언니가 슬쩍 내 눈치를 본다. 난 당최 감을 잡을 수가 없어 멀뚱히 언니를 봤다. 대체 무슨 얘기를 하려고 그러지? 취기가 오른 그녀는 입이 간질거리는 것을 못 참겠는지 폭탄 발언을 쏟아냈다.

"아니, 재우 씨. 그때……, 그때 왜 집을 나간 거예요?"

이번엔 내가 당황한다. 갑자기 한 질문이 이런 종류의 것이라니. 그의 눈빛이 매섭게 번뜩였다. 찰나의 순간이었지만 난 살기 어린 그의 눈빛을 분명히 봤다.

"5년 전인가, 6년 전인가? 이제는 꽤 지났잖아요? 말해줘도 될 때가 된 것 같은데?"

"효신이가 그래요?"

그가 차갑게 물었다. 너무 당황했던 난, 언니의 입을 차마 막지 못한다.

"그때 우리 같이 일하고 있었거든요. 아마 가평 빌라 분양할 때였지?"

"가평이라……."

그의 중얼거림에 소름이 끼친다. 그렇다. 죽은 남편은 당시 내가 분양을 맡았던 가평 어느 빌라의 시멘트 기둥이 되어 있다. 물론 그도, 정주 언니도 모르겠지만.

"그거…… 두 분의 금기어인가? 제가 눈치 없이 잘못 물어본 거예요?"

"아닙니다. 그냥…… 사이가 좋지 않을 때 일이라, 별로 떠올리고 싶은 기억이 아니에요. 그래서 그런 거죠."

그의 거짓말이 또 술술 나왔다. 나로서는 다행이었다.

"언니, 더 이상 묻지 말아요. 생각하고 싶지 않아요."

"그래, 얘기하지 않는 건 이유가 있는 거겠지. 미안, 미안. 아, 지금은 두 사람, 너무 좋아 보이는데."

언니의 혀는 살짝 꼬부라져 있었다. 몇 병 마시지도 않았는데, 언니는 분위기에 취한 듯 보였다. 남자가 언니의 잔에도 와인을 따른다. 빨리 취하게 해 입을 다물게 하겠다는 속셈으로 보였다.

"부부 사이라는 게 그렇잖아요. 한때는 사랑하다가, 한때는 죽일 듯 밉죠."

"맞아요. 저도 이혼해봐서 잘 알아요."

"이혼하셨어요? 아니, 왜요?"

"딴 여자가 있었어요. 저보다 그 여자가 좋다는 걸 어떡해요? 쿨하게 놔줘야죠."

"언니, 그건 쿨한 게 아냐. 간통죄 있었을 때 감방에 넣었어야지."

"그게 쉬운 줄 아니? 웬만큼 독하지 않고는 못 그래. 부부였다는 게 뭔지……."

"맘 진짜 약하다. 다 잃어놓고선."

"그래도 집 하난 건졌잖니. 난 그거면 됐어. 마음 떠난 사람 붙잡는 것도 구차하고, 나도 내 인생 살아야지."

"현명하셨네요."

"그렇게 봐주시면 감사하죠. 그런데 재우 씨는…… 여자 문제는 아니었죠?"

언니의 질문에 그가 폭소를 터트렸다. 누가 봐도 일부러 요란하게 웃는 티가 역력했다. 사태를 수습해야 했다.

"언니, 제발 그만……."

"알았어. 미안해. 분위기도 그런데 우리 다시 건배나 할까요?"

언니의 제안에 우리는 다시 건배를 하고 와인을 마셨다. 사온 와인으로 모자라 와인셀러에 있던 것까지 꺼내 꽤 많이 마셨다. 결국 만취한 언니는 테이블에 엎드려 잠이 들었고, 그가 언니를 2층 침실로 옮겼다. 난 그를 내 침실로 들이는 게 탐탁지 않았지만 상황이 어쩔 수 없었다. 오늘은 예외적인 날이니까.

내 침대에 누운 언니는 고른 숨소리를 내며 새근새근 자는 중이었다. 깊이 잠든 것 같았다. 이를 확인한 남자는 이제껏 잘 가려왔던 온화한 가면을 단숨에 벗었다. 기분 나쁜 기색을 드러낸 그가 낮게 으르렁거린다.

"얘기 좀 하지."

"여태까지 계속 얘기했잖아?"

"이러기야? 같이 온다고 미리 알려줬어야지!"

"혼자 온다는 얘기는 안 했어."

내 말에 그가 어이없다는 반응을 보인다. 나 역시 똑같은 반응으로 대응해줬다. 진짜 어이없는 사람은 나였다. 무슨 꿍꿍이가 있는지 알지 못하면서, 그가 쳐놓은 덫으로 들어갈 멍청이가 어디 있겠는가.

"그건 됐고. 그때 내가, 집을 나간 거였니? 나 스스로?"

"기억 안 나나 보지?"

난 뻔뻔하게 말했다. 어차피 이 사람은 내 남편이 아니다. 남편은 이미 죽었고, 목격자는 없다. 내가 뭐라 대꾸해도 반박하지 못할 게 뻔했다.

"당신 두 발로 걸어 나갔어. 나 보란 듯이."

"내가 그랬다고?"

"아, 유서도 남겼었지. A4 용지에 달랑 두 줄만 써서."

"유서? 내가?"

물론 그 유서는 내가 컴퓨터로 쓴 것이다. 알리바이를 만들려고 작성한 건데 아무도 관심 두지 않아서 이제는 그 종이가 어디 있는지 기억나지도 않는다.

"당신이 죽든 말든 잘 살라고 했잖아? 이제 끝이라 속 시원하다고. 그게 유서 아니면 뭐겠어?"

"그럴 리가 없어. 기억도 나지 않고."

"당연히 기억할 리가 없지. 최근 기억을 모두 잃었잖아?"

"그럼 자세히 말해봐. 기억 좀 떠올려보게."

"뭘?"

"그날 있었던 일."

"내가 왜?"

"조금이라도 힌트를 줘야 내가 기억을 되찾을 수 있을 거 아냐!"

이 남자, 지금 나에게서 단서를 찾으려 하고 있다. 상냥한 척 접근해 그날의 진실을 알아내려는 게 목적이었던 거다. 좋아, 원한다면 알려주지. 난 그에게 미끼를 던지기로 했다. 진실인지 아닌지는 중요하지 않다. 그가 듣고 싶은 걸 들려주기만 하면 된다.

"그날, 우리 엄청 크게 싸웠어."

"무슨 일이 있었는데?"

"늘 똑같지. 별거 아닌 문제로 말다툼을 하다가 싸움으로 번진 거지. 당신이 나, 늘 못마땅해했잖아."

"어떤 점을?"

"내가 입는 거, 먹는 거, 말투와 걸음걸이까지, 모든 것을 다 꼴 보기 싫어했어. 이유도 없이 막무가내로 말이야."

"내가 그랬다면 미안해."

"미안해할 필요 없어. 그때와 지금의 당신은 다르니까."

"그래도 미안해. 하지만 나에게도 이유가 있지 않았을까?"

"글쎄. 난 당신이 아니니까 그 이유를 모르지. 어쨌든 그날도 평소와 똑같았어. 밥을 먹다가 당신이 먼저 화를 냈어. 나도 참지 않았고."

* * *

그랬다. 그날도 별 이유 같지 않은 이유로 죽은 남편이 화를 냈다. 아마도 옆집과의 문제였던 것 같다. 그와 신혼일 때도 우리는 사이가 좋지 않았는데, 나는 당연히 그의 일거수일투족이 불만이었고 함께 사는 이 집마저도 마음에 들지 않았다. 좁고 길쭉한 우리 집은 똑같이 생긴 옆집과 작은 울타리 하나를 가운데 두고 정원을 공유하고 있었다. 옆집과는 평소 왕래가 거의 없는 터라 살면서 큰 문제는 없었다. 하지만 얼굴 붉힐 일이 가끔 벌어지곤 했는데, 대부분이 그 집에서 키웠던 개, 망치 때문이었다.

털이 길고 덩치가 컸던 그 개는 늘 말썽이었다. 마당을 헤집어 놓고 밤낮으로 짖는가 하면, 사람을 볼 때마다 사정없이 달려들었다. 옆집에 살아 매일 보는 나조차 못 잡아먹어 안달이었다. 난 그 개가 싫었다. 나만 보면 짖는 개를 어떻게 예뻐할 수 있겠는가. 문제는 죽은 남편이 우리 집 개도 아닌 그 개를 무척 귀여워했다는 것이다. 사람에 대한 애정이 눈곱만큼도 없었던 그가, 그 개만큼은 끔찍이 여겼다. 부메랑을 던지며 놀아줬으며 가끔 간식도 챙겨 먹일 정도였다. 그래서 난 그 개가 더 싫었다. 사람이 아닌 개를 상대로 한 질투라니……. 씁쓸하지만 사실이었다.

그런데 바로 그날, 현관문이 열려 있었는지 그 개가 집안으로 들어와 내 구두를 물어갔다. 큰맘 먹고 산 힐이라 아까운 마음에 몇 번 신지도 못했는데, 구두는 갈기갈기 찢어진 상태로 마당에 내팽개쳐져 있었다. 난 너무 화가 나 개를 발로 차버렸다. 그 개가 나에게 덤비건 말건 상관하지 않았다. 속에서 끓어오르는 화를 참을 수가 없었다. 내가 강하게 나오자 망치는 꼬리를 내리고 자신의 집으로 숨어버렸다. 난 발로 개집을 차고, 망가진 구두로 개집을 두들기면서 고함을 질러댔다.

"이 똥개 새끼야, 나와! 어서, 나와!"

내 목소리에, 옆집에서 여자가 나왔다. 당시 임신해 있던 그녀는 나를 보고 좀 놀란 듯했다.

"무슨 일이세요?"

"이보세요, 개 교육 좀 똑바로 하세요. 이거 안 보여요?"

그녀의 앞에 망가진 구두를 던져버렸다. 끈이 떨어지고, 개가 갉아서 망가진 힐을 보니 부아가 치밀었다.

"얼마짜리인 줄 아세요? 몇 번 신지도 않았다고요."

"망치가 그런 거예요?"

옆집 여자가 태평하게 물었다. 그녀의 태도에 더 화가 났다.

"보고도 몰라요? 여태 불편한 거 이웃이라고 참아왔는데, 안 되겠네요. 저 개를 빨리 어떻게 좀 해주세요. 더 이상 못 참겠다고요. 이게 한두 번도 아니고."

내가 악다구니를 썼다. 옆집 여자는 난처한 표정을 짓더니 바로 사과를 했다.

"구두는 당장 변상해드릴게요. 개 교육도 단단히 하고요."

"제가 바라는 건, 저 개를 제 눈앞에서 치워달라는 거예요."

"죄송합니다. 약속드릴게요. 한 번만 더 참아주세요."

"한 번, 한 번, 그 소리가 지금 몇 번째예요?"

"죄송합니다. 앞으로 조심할게요. 교육도 하고 그래도 우리 망치가 안 고쳐지면 저희가 다른 방법을 찾아보겠습니다."

옆집 여자가 싹싹 빌었다. 그녀의 말에, 화가 조금 누그러졌다.

"약속해주시는 거죠?"

"네, 네. 심려 끼쳐서 죄송해요."

나는 그녀에게 확답을 받고 집으로 돌아왔다. 그리고 사건은 그렇게 무마된 줄 알았다.

하지만 그날 밤, 남편이 침실에 있는 나를 다짜고짜 거실로 끌어내렸다.

"놔! 이거 놓으라고!"

남편은 이를 악문 채 나를 거실 바닥에 팽개쳤다. 그의 눈빛은 살기등등했다.

"옆집에 뭐라고 했어?"

"개 교육 좀 잘 하라고 했다. 왜?"

"이게!"

주먹이 날아왔다. 뺨을 한 대 맞자 비로소 내 안의 화가 솟구쳤다. 그와의 관계에 지쳐 있던 나도 화를 참지 않았다.

"왜? 옆집 여자가 그래? 그걸 고새 쪼르르 일러바쳤어?"

"입 닥치고 있어!"

"내가 뭘 잘못했는데? 잘못한 건 그 똥개 새끼야! 개 교육도 제대로 못 한 그 여편네라고!"

또 주먹이 날아왔다. 나 역시 일어나서 그를 밀쳤다. 그리고 심한 욕설과 빈정거림이 오갔다. 서로에 대한 분노가 극에 달했던 우리는 육탄전까지 벌였으며, 그는 끝내 내 목을 조르기까지 했다.

"너 같은 것은 죽어야 해."

남편이 내 목을 조르며 뱉은 말이었다. 내 목을 조른 것보다 그가 한 말이 더 충격이었다. 죽어야 한다니. 나를 그렇게까지 경멸하고 있다니. 그때만 해도 난 필주 씨와의 관계를 이미 시작하고 있었지만, 언젠가는 부부 사이가 좋아질지도 모른다는 막연한 희망을 잃지 않고 있었다. 바보처럼 말이다.

내 목을 조르는 두 손에 그가 힘을 주었다. 숨이 점점 막혀왔고 진짜 죽을지도 모른다는 생각을 했다. 난 몸을 버둥거리며 나오지 않는 목소리로 살려달라고 애원했다. 그러나 그는 듣지 않았다. 숨이 꼴딱꼴딱 넘어가는 순간, 탁자 위 화병이 눈에 들어왔고 난 살기 위해 손을 뻗쳤다.

그다음은 기억나지 않는다. 남편의 관자놀이에 박힌 유리 조각에서 핏줄기가 뿜어 나오는 끔찍한 모습만 남았을 뿐.

그렇게 난, 남편을 죽였다.

* * *

"그래서?"

남자의 목소리에 다시 정신이 들었다. 이럴 때가 아니다. 냉정해야 할 때다.

"그러더니 화를 못 참고 집을 나가버렸어."

나는 무의식적으로 남편이 목을 졸랐던 부위에 손을 갖다 댄다. 그때 긁힌 상처는 한동안 내 목에 남아 있었다.

"그게 다야?"

"응. 그리고 5년이 지나 당신이 나타난 거지."

"말도 안 돼. 진짜 그게 전부야? 사실이냐고?"

그의 눈이 광기로 빛나며 나를 윽박지른다. 나도 지지 않았다.

"무슨 답을 바라는데? 내가 아는 건 그게 다야."

"고작, 그런 이유로 집을 나갔다고? 내가?"

"그래, 당신이 사라졌던 건 고작 그런 이유였어. 설마 대단한 비밀이 있다고 생각한 거야? 그런 거야?"

그의 눈가가 떨리는 게 보였다. 눈은 분노로 이글이글 타고 있었으며, 무슨 말을 하려다가 씹어 삼킨 듯했다. 하지만 난 격분한 그의 모습이 우스웠다.

거기, 남편인 척하는 남자분. 나한테 죽은 남편에 대해서 알아낼 수는 없을 거야. 미안. 난 속으로 씩 웃었다.

효신 이야기 #14 **뜨거운 하루**

아침에 일어나니 그가 없었다. 평소와 달리 테이블 위에 아침을 차려놓지 않은 것을 보면 서둘러 나간 듯했다. 덕분에 난 평온을 되찾고 여유 있는 아침 시간을 즐겼다. 오랜만에 TV를 틀어놓고 커피를 마시는데, 정주 언니가 핼쑥해진 얼굴로 2층에서 내려온다.

"안녕히 주무셨어요?"

"안녕하지 못해. 속이 안 좋아 죽겠어. 토할 거 같아."

"어제 와인을 너무 많이 마셨나 봐요. 커피 좀 드릴까요? 아니면 물?"

"찬물로 줘. 나 와인이 잘 안 받나 봐. 속이 계속 부대끼네."

난 냉장고에서 생수 페트병을 꺼내 언니에게 건네준다. 그녀는 한 병을 단숨에 비워냈다.

"신랑은?"

"나갔나 봐요. 일어났더니 없던데요."

"없어? 추한 꼴 안 보여 다행이긴 한데, 혹시…… 내가 어제 말실수한 건 아니지?"

"왜 쓸데없는 걱정을 해요. 별일 없었어요."

"그럼 다행이고. 난 또 나 때문에 너희 부부 싸우고 신랑이 집 나갔을까 봐 조마조마했다."

"언니도 참."

"너 회사는? 오늘 출근 아니야?"

"오늘과 내일 휴가 냈어요. 주말인 데다 끝물이라 올 사람도 없고 해서."

"잘했다, 애. 아……, 속 쓰려."

"해장이나 하러 갈까요? 근처에 콩나물 해장국 시원하게 잘하는 집 있어요."

"그럴까? 그런데 신랑 오면 어떡해?"

"신경 쓰지 마세요. 우리, 나가죠. 다 먹고 댁까지 모셔다드릴게요."

"됐어. 집도 먼데. 아무 곳이나 지하철역에만 내려주면 돼."

정주 언니가 부득불 만류했지만, 난 해장국을 먹은 후에 3호선이 있는 옥수역까지 언니를 데려다줬다. 그리고 그 근처 통신사 대리점에 들러 휴대폰을 하나 개통했다. 휴대폰을 통해 위치가 추적될지도 모른다는 생각에 다른 기종인 아이폰으로 하나 더 장만한 것이다. 헛돈이 나간다는 생각에 속이 쓰리다. 하지만 난 그 남자의 정체가 뭔지, 나에게 무엇을 얻으려고 하는지 아직 모르는데, 그는 자꾸만 남편이 죽은 날의 일을 캐내려고 해 불안하다.

어젯밤에도 그랬다. 가만히 있을 수는 없다. 공격받기 전에 내가 먼저 반격에 나서야 한다. 그러기 위해서는 나도 공격할 것을 미리 준비해둬야 했고, 휴대폰은 그 시작이었다. 그렇게 스스로를 위안하며, 난 필주 씨를 떠올렸다. 그는 유일하게 그날 밤 일에 대해 의논할 수 있는 사람이었다.

필주 씨에게 전화를 하자 신호음이 몇 번 울리기도 전에 그가 전화를 받았다.

[여보세요?]

"필주 씨, 나야."

[자기? 번호가 왜 이래?]

"새로 개통했어. 지금 어디야?"

[집. 올래?]

"가고 싶기 한데……, 차를 가지고 나와서 안 돼. 말했잖아, 나 감시당하고 있는지도 모른다니까."

[다른 데 주차하면 되잖아. 내가 데리러 갈게.]

그의 목소리를 들으니 마음이 편안하다. 쉴 수 있는 안식처가 내게도 있다는 안도감이 들었다. 난 필주 씨가 시키는 대로 집 근처 대형 쇼핑몰에 주차했다. 그리고 기존의 휴대폰 전원을 끈 다음, CCTV에 찍히거나 다른 이의 눈에 띄지 않기 위해 복잡한 쇼핑몰 입구에서 멀찍이 떨어져 그를 기다렸다.

10여 분쯤 지났을까, 그의 낡은 쏘렌토가 보였다. 내가 손을 흔들자 차가 내 앞에 섰다. 난 차에 올라타자마자 그를 끌어안았다. 그의 목덜미에서 친숙한 스킨 향이 풍겼다. 그동안 너무나 맡고 싶었던 그의 냄새였다. 나도 모르게 그의 목덜미에 얼굴을 비볐다. 그러자 나를 안고 있던 그의 손에 힘이 들어가더니 이내 진한 키스를 한다. 입술이 뜨거웠다. 내 몸도 덩달아 달아올랐다. 하지만 이곳은 쇼핑몰 앞이었다.

"필주 씨, 그만. 뒤에 차 있어."

그제야 정신을 차린 그가 핸들을 잡았다.

"근처 모텔로 가자."

"집은? 왜 안 돼?"

"당장 하고 싶어. 자기 보니까 참을 수가 없어."

달아오른 내 몸은 그의 말에 무방비 상태가 되어버린다. 그를 안을 수만 있다면 아무 곳이나 상관없다는 생각이 들었다. 우리는 서둘러 쇼핑몰 근처에 있는 작은 모텔로 들어갔다. 방문에 들어서자마자 우린 누가 먼저랄 것도 없이 진한 포옹을 한다. 어떻게 지냈는지, 무슨 일이 있었는지, 서로 하고 싶은 말은 많았지만 몸이 더 급했다. 이게 얼마 만에 느껴보는 쾌락이란 말인가. 온몸이 뜨거워진다. 다리를 벌려 그를 받아들였다. 내 안에서 느껴지는 그라는 존재가 너무 사랑스럽다. 그가 허리를 움직여 내 몸에 밀착해올수록 나는 더 간절해진다. 자제할 수 없는 흥분감에 나도 모르게 허리와 엉덩이를 들썩인다. 신음이 새어 나왔다. 그가 더 강하게, 더 자극적으로 밀어붙일수록 나의 몸이 요동친다. 정신이 아득해졌고 쾌감은 극에 달했다. 온몸으로 퍼지는 희열을 느끼며 난 눈을 감았다.

"보고 싶었어."

필주 씨가 귀를 핥으며 속삭였다.

난 눈을 뜨고 그를 바라본다. 땀으로 범벅된 그의 얼굴이 눈에 들어왔다.

"나도."

난 손을 내밀어 그의 볼을 만졌다. 오랜만에 느낀 행복감을 계속 유지하고 싶었다.

"이러고 있어도 되는 거야? 그 자식이 알면 어떡해?"

"나 회사 간 줄 알걸?"

"걸릴 염려는 없는 거야?"

"차도 여기 없고 휴대폰 전원도 꺼놨는데 완벽하지. 지금 우리 같이 있는 거, 절대 몰라. 안심해도 돼."

필주 씨가 웃으며 나를 끌어안는다. 맨살과 맨살이 닿는 매끄러운 느낌이 좋았다.

"난 급한 일 있는 줄 알았어. 갑자기 모르는 번호로 전화 와서."

"뒷자리가 익숙하지 않았어? 자기 생일로 했는데?"

"그러니까 받았지. 번호 보자마자 자기라고 생각했어."

"앞으로 그 번호로 연락하면 돼. 아, 나한테 전화하지는 마. 이건 내가 전화 걸 때만 사용할 거니까."

"진짜 별일은 없었던 거지?"

"별일이라……. 어제 정주 언니가 우리 집에서 자고 갔다는 것 정도?"

"뭐? 본부장이 그 자식 있는 데 왔다고?"

필주 씨가 몸을 벌떡 일으켰다. 그는 입을 비죽대며 질투심을 숨기지 않았다. 난 그를 달래야 했다.

"집에서 셋이 같이 술 마셨어."

"셋이? 셋이 술을 마셔? 그것도 집에서?"

"둘이 마시는 것보다 낫잖아. 그 남자 방어하려고 언니랑 집에 함께 간 것뿐이야. 그게 더 안전하지 않아?"

"문제가 생겼던 건 아니고?"

"괜찮았어. 그런데 그 남자 말이야, 날 떠보는 것 같더라? 마치 뭔가를 캐내려는 것 같았어."

"거봐. 그 자식 미친놈이라니까! 뭐라고 했는데?"

"그날 일을 꼬치꼬치 물었어. 남편이 싸우고 집 나간 거라고 말해줬더니 그냥 믿는 눈치야. 그거 보면 죽은 남편을 잘 모르는 것 같기도 하고……."

"믿지 마. 순진한 척하는 걸 거야."

"아마 그렇겠지. 시어머니가 시켜서 남편인 척하는 걸지도 몰라. 자기 말대로 정말 흥신소 직원일까?"

"그럴 수도 있지. 어쨌거나 위험인물이야. 조심해야 돼."

"그래서 휴대폰도 새로 장만한 거잖아. 너무 걱정하지 마."

"나 청송에 취업하면……, 혼자서 견딜 수 있겠어?"

"괜찮아. 보기보다 나 강해. 그리고 정주 언니가 지방에 일자리 구해준댔어.”

“그러면 다행이지만…….”

“그리고 나도 이제 차근차근 준비할 거야. 남편이라고 나타난 사람이 누군지는 알아야 하잖아?”

“어떻게 하려고? 자기도 흥신소 찾아가려고? 돈 없다며.”

“돈이 없으면 몸으로라도 때워야지. 발로 직접 뛸 거야. 나는 나대로 정보 좀 캐내야 하지 않겠어? 일단 예전 직장 정도는 아니까 내일 한번 가보려고.”

“회사는?”

“내일까지 휴가 냈어.”

“그 사람, 수입차 딜러라고 그랬던가?”

“수입차는 무슨. 중고차 딜러였어. 회사가 장안동이야.”

“어딘지는 알아?”

“확실히는 몰라. 하지만 결혼 전에 그 앞에서 식사를 한번 한 적 있어. 찾아봐야지.”

“같이 가줄까?”

“안 돼. 알잖아? 우리가 같이 있는 건 최대한 눈에 안 띄어야 해.”

그가 작게 한숨을 쉬었다.

그렇다. 우리는 서로 사랑하지만, 안타깝게도 드러내서는 안 되는 관계다. 아름다울 수 있는 우리의 관계가 그 남자의 등장으로 망쳤다고 생각하니 그가 더 미웠다.

“우리, 언제까지 이렇게 만나야 할까?”

"조금만 기다려. 그 사람이 가짜란 게 곧 밝혀질 테니까."

"진짜…… 그럴 수 있겠지?"

"당연하지. 남편이 아니라는 게 밝혀지면 시어머니랑도 끝이고 보험금도 찾을 수 있을 거야."

곧 내게 주어질 자유를 생각하며 나는 몸을 부르르 떨었다. 필주 씨의 손이 내 몸을 다시 건드렸기 때문이다. 얼굴에서 가슴으로, 가슴에서 배 아래로, 그의 손이 움직일 때마다 내 안이 다시 축축해진다. 나는 그에게 덤벼들었고 우리는 느긋하게 관계를 한 번 더 가졌다.

집으로 돌아오니 그 남자가 있었다. 어제 언성을 높였던 기억이 사라진 듯, 부드러운 미소로 나를 맞는다.

"늦었네?"

하지만 난 경계를 풀지 않는다. 이 사람, 어떻게 해서라도 내게 그날의 진실을 빼내려고 애쓸 것이 분명했다. 아무 대꾸도 하지 않고 2층으로 올라간다. 그런 날, 그가 붙잡았다.

"가볍게 맥주 한잔 어때?"

"어제 그렇게 마시고도 넘어갈까?"

"속 멀쩡하잖아. 아침에 해장도 했고."

그의 말이 내 뒤통수를 후려치는 것 같았다. 난 놀라서 뒤를 돌아볼 수밖에 없었다. 해장했다는 걸 알고 있다니. 정말 그는 나를 감시하고 있었던 말인가? 설마…… 필주 씨와 만난 것까지 아는 건 아니겠지?

"뭘 그렇게 놀라?"

"나 스토킹했어?"

"아니야, 그냥 해본 말이야. 괜히 예민하게 구네."

"당신이 나 해장한 걸 어떻게 알아?"

"그럼 일하는 사람이 숙취 달고 일하겠어? 해장은 기본인데. 짐작해본 거야. 당신이야말로 찔리는 게 있는 건 아니지? 그거 과잉 반응이다? 수상해."

그가 적반하장으로 나왔다. 나를 보며 미소 짓는 그 뻔뻔함에 할 말을 잃는다.

"일단 이리 와 앉아. 물어보고 싶은 말이 많아서 그래. 어제 얘기하다 말았잖아."

뭐? 끝난 게 아니었어? 그는 집요하게 물을 작정인 듯했다. 난 할 수 없이 그가 있는 테이블 맞은편에 앉았다. 피해봤자 언젠가는 겪어야 할 일이다. 그가 캔맥주를 따서 나에게 내밀었다.

"나야말로 묻고 싶은 게 있어. 아침에 말도 없이 어디 갔던 거야?"

"엄마한테 갔었어. 당신 자고 있길래 조용히 갔다 오려고 했지. 언니라는 사람은 잘 들어갔어?"

"데려다주고 같이 놀다가 지금 들어온 거야."

"잘했네. 출근은? 회사 안 갔어?"

"병가 냈어. 술을 좀 마셨어야지. 내일은 나가야 해. 그런데 물어볼 말이라는 게 뭐야?"

"아, 그거?"

남자가 잠시 뜸을 들였다. 난 무슨 얘기가 나올지 몰라 살짝 긴장한다.

"내가 쓴 유서…… 그거 지금도 갖고 있어?"

"그 A4 용지? 아니, 경찰에 제출했어. 당신 하도 안 들어와서 실종 신고했을 때 바로 냈지."

"그래? 그럼 나, 집 나간 날 말이야. 차를 가지고 갔어? 아니면 걸어갔어?"

"걸어간 것 같던데?"

"확실해?"

"아침에 보니까 당신 차와 내 차가 모두 있었어. 그럼 걸어간 거 아닐까?"

"그래? 이상하지 않아? 상식적으로 생각해보면 집이 이렇게 외진 데 있는데, 밤에 이 어두운 데를 걸어 내려갔다고? 차를 두고?"

"그날 술 마셔서 제정신이 아니었나 보지. 당신 술 좋아했잖아. 아니면 홧김에 그냥 내달렸는지도 모르고."

"나한테 술 냄새났었어?"

"술 냄새야 늘 났지."

"사실, 아까 옆집 여자에게 그날 일을 물어봤어."

"뭐? 옆집?"

나도 모르게 목소리가 커졌다. 그동안 옆집에 대해서는 신경도 쓰지 않고 있었기 때문이다. 그날은 분명 옆집에 불이 꺼져 있었는데.

"그날 일을 똑똑히 기억하더라고. 밤에 차 소리를 들었다고 했어."

"차 소리?"

"무거운 짐을 옮기는 것 같았다고 하던데?"

옆집 여자가 차 소리를 들었을 수 있다. 충분히 가능한 일이다. 그리고 어쩌면, 죽은 남편을 차에 싣는 것을 봤을 수도 있다. 생각이 여기까지 미치자 나는 두려워진다. 내 목소리가 커졌다.

"옆집 여자가 뭘 안다고 그래? 잠결에 들은 소리 아냐? 차 소리가, 막다른 집 할아버지 차일 수도 있잖아? 그리고 당신이 차를 가지고 나갔을 수도 있고, 나갔다가 다시 들어올 수도 있잖아? 그래, 밤에 나갔다가 아침에 차를 두고 도로 나갔을 거야. 그 여자도 웃긴다. 언제부터 우리에게 관심이 많았다고 참견이래?"

당황하니까 말도 많아졌다. 수습한다는 게 악화일로다. 그 남자는 그런 날, 흥미롭다는 듯 관찰하고 있다. 그래서 더 당황스럽다.

"왜 이렇게 흥분하고 그래?"

"당신이 날 몰아붙이니까 그렇지!"

"내가? 언제? 난 그냥, 그날 일이 궁금했던 거야. 나도 기억을 찾아야 하니까 어쩔 수 없잖아."

차분한 그의 목소리에 난 가까스로 냉정을 되찾았다. 그래, 그도 사연이 있다. 일부러 그런 건 아니라고 생각하기로 했다. 난 마음을 달래려 맥주를 한 모금 마셨다.

"당신을 곤란하게 했다면 미안해. 일부러 그러려는 건 아니었어. 하지만 그동안 나한테 무슨 일이 있었는지 정말 궁금해서 그래."

"싸우고 당신이 집을 나간 후에 안 들어왔으니까 나도 마음이 편할 수가 없잖아. 내 입장도 이해해줬으면 좋겠어."

나도 반쯤은 솔직하게 말했다. 나와 싸우고 그가 사라졌다는 것은 객관적인 사실이니까 말이다.

"당신 차는 왜 판 거야?"

"말했잖아. 돈이 없었다고. 그때 말한 거 잊었어?"

"그럼 그날 밤, 싸우고 나갔을 때의 일을 좀 더 자세히 얘기해줄래? 그 후엔 어땠는지도 궁금해. 당신 아는 거 모두 듣고 싶어."

그가 나를 진지하게 바라봤다. 나도 그의 눈을 똑바로 바라봤다. 어디까지 말해줘야 할까 고민이 됐다.

"당신과의 기억은 거기가 끝이야. 더 이상 할 말이 없어."

"그럼 당신 얘기라도 해줘. 그날 이후로 어땠어? 듣고 싶어."

새카만 그의 눈이 호기심으로 반짝거렸다.

효신 이야기 #15 **그를 찾아서**

"아니, 얘기는 당신이 먼저 해야지. 지난번에 궁금해했던 거, 내가 다 들려줬잖아?"

선수를 쳤다. 그는 무슨 소리를 하는지 모르겠다는 표정으로 나를 본다.

"무슨 얘기를 해? 알면서 왜 그래? 난 기억이 없어. 당신에게 해줄 얘기가 없다고."

"기억이 전부 없는 건 아니잖아. 시어머니도 기억하고, 옆집 여자도 기억하던데, 뭘. 내가 빵이랑 파스타 좋아하는 것도 기억났다며? 당신이 기억하는, 당신에 대해서 모두 말해봐."

"왜 그래야 하지? 설마…… 날, 의심하는 거야?"

그의 물음에 내가 큰 소리로 웃었다. 이런, 순진한 척하는 남자라니.

"당연히 의심하지. 생전 처음 본 사람이 갑자기 나타나 내 남편이라고 하는데 어떻게 의심이 안가? 믿는 게 더 이상한 거 아닌가?"

"왜…… 나를 몰라봐?"

그가 목소리를 낮게 깔고 청승맞게 묻는다. 내 감성을 건드리겠다는 작전을 세운 것 같았다. 뻔뻔하게도 말이다.

"부부였다면, 날 알아봐야 하는 거 아냐?"

그의 입에서 튀어나온 낯선 단어에 가슴 한구석이 아렸다. 부부라……. 낯선 남자에게 듣는 낯선 단어가 씁쓸하다. 이 말을 죽은 남편에게 들었으면 좋았을 것. 하지만 난, 여기서 무너지지 않았다.

"옛날 그대로였다면 알아봤겠지. 그런데 얼굴이 전혀 다르잖아. 성형한 거야? 태닝도 하고? 그걸 감안해도 내 눈에 당신은 남편이 아닐걸."

"원래 이랬잖아."

"원래? 당신이 아무리 주장해도 내 눈에는 절대 아니야."

"어떻게 해야 날 믿겠니?"

난 할 말을 잃는다. 그의 연기는 기가 막혔다. 자신을 못 알아보는 아내를 보고 안타까워하는 남편의 모습은 완벽했다. 이러다가 슬슬 날 정신병자로 몰 기세였다.

"좋아. 당신이 맞는다고 치자. 그런데 난 당신이란 사람이 궁금해. 왜 5년 만에 나타났는지, 왜 내 남편이라고 말하는지. 당신이라면 안 그러겠어?"

"효신아……."

"솔직히 말해 난 당신에 대해 전혀 몰라. 내 남편이라는 사람에 대해서 말이야. 그런데도 부부라고 말할 수 있어? 당신이 실종되기 전부터 우린 남남처럼 살아왔다고!"

그가 입을 다물었다. 말없이 맥주만 마시는 걸 보면 아예 입을 열지 않을 작정인 듯 보였다. 내가 그의 허를 찌른 건가? 아니면 시간을 벌기 위한 계략일까?

우리는 마주 앉아 말없이 맥주 한 캔을 다 비운다. 그가 새로운 맥주 캔을 따서 나에게 내밀었다. 맥주를 받아 마시며 그를 노려봤다. 새 맥주 캔을 다 비울 때까지도 불쌍한 남편의 연기는 계속되고 있었다. 그리고 새로 딴 맥주가 또 앞에 놓였다. 난 맥주를 마시며 어떻게 말을 이어갈지 고심해본다. 옛말에 쥐를 몰 때 도망갈 구멍을 주며 몰라고 했다. 그렇다. 그를 너무 막다른 곳으로 몰아넣어서는 안 된다. 그가 입을 열지 않는다면 나도 얻을 게 없다. 아직 시간은 많았다. 이번에는 회유책을 써보기로 했다.

"기억이 드문드문 나는 건 이해해. 당신을 몰아붙일 생각은 없었어. 미안해. 이렇게 싸우는 거 나도 너무 싫어."

그가 묵묵히 맥주만 마시고 있다. 저 입을 열게 하려면, 감성적으로 어필하는 수밖에는 없다고 생각했다. 아까 그가 나한테 공략한 것처럼.

"내가 아는 건 당신이 장안동에서 일했다는 것뿐이야. 학교도 모르고 고향도 모르지. 아는 게 아무것도 없어. 당신은 자신에 대한 얘기가 나올 때마다 말하기 싫어했으니까."

"……."

"나랑 결혼한 거, 시어머니 때문이었어?"

"그게 무슨 얘기야?"

"난 그게 궁금해. 왜 그렇게 날 싫어한 거야?"

"내가 싫어했다고?"

"그럼 증오했다고 말해야 할까? 얼마나 내가 싫었으면 싸우고 집을 나가 5년 동안이나 안 들어왔겠어?"

"……."

그의 눈빛이 흔들리는 게 보인다. 낚았다고 생각했다.

"내가 당신에 대해 알고 싶은 건 그런 이유 때문이야. 왜 날 싫어했는지, 왜 내가 당신 외모가 달라졌다고 느끼는지. 그런 거에 대한 답이 될 수 있을 테니까. 당신을 의심해서가 아니라고."

"아마…… 내가 당신을 싫어한 건 아니었을 거야."

"기억 안 나잖아? 그걸 어떻게 알아?"

"느낌상 알 수 있어. 당신을 병원에서 처음 봤을 때, 정말 반가웠어. 그리운 사람을 드디어 만났다는 기분이 들었지."

그의 말에 나는 속으로 비웃었다. 그날 우리가 처음 만났을 때, 나를 보던 그의 눈빛을 똑똑히 기억하고 있었다. 그건 그리움이 아닌 호기심이었다.

"집으로 돌아오는 차 안에서의 일, 기억해?"

"무슨 일이 있었던가?"

"우리 바로 옆에 앉았잖아. 자리가 좁아서 내 다리가 당신 몸에 닿으니까 심장이 두근거렸어."

테이블 아래에서 남자의 다리가 내 허벅지를 슬쩍 스친다. 실수가 아닌 고의로 그러는 게 분명했다.

"이상하지 않아? 기억은 잃었는데 내 몸은 당신을 기억한다는 게?"

다시 남자의 다리가 내 다리를 건드렸다. 이번에는 노골적이었다. 그의 행동에 난 헛웃음이 나왔다.

"나쁜 버릇 생겼네? 이런 거 없었잖아?"

"나에 대해 모른다면서?"

그가 웃으며 이번에는 손으로 무릎을 만지기 시작했다. 웃을 때 그의 표정이 해맑아서 나도 모르게 움찔한다.

"앞으로 내가, 당신이 나에 대해 잘 알도록 만들어줄게. 다시는 날 못 잊게."

저 큰 덩치에서 소년 같은 이야기가 나오자, 난 그만 낯이 간지러워진다. 쿡쿡 웃으며 그의 손에서 발을 뺐다.

"됐어. 그만해."

"그럼 이제 그날 있었던 일을 얘기해줄 거야? 좀 더 자세하게?"

강아지처럼 바라보는 그의 표정에 나는 그만 항복해버렸다. 대신 최대한 혼선을 주기로 마음먹었다.

"싸우고 나간 뒤, 당신이 어떻게 됐는지는 몰라. 연락 한번 없었으니까. 이런저런 소문이 들리기는 했지만."

"소문?"

"두 달 정도 지났을까, 당신이 어떤 여자와 함께 쇼핑하는 걸 봤다는 얘기가 나왔어."

거짓말이었다. 당시 그를 봤다는 사람은 단 한 사람도 없었다.

"내가? 누가 그런 소릴 해?"

"동네 사람들 얘기야. 나도 귀담아듣지는 않았어. 하지만 홧김에 지하에 있는 당신 물건을 싹 다 치웠잖아. 화를 참을 수가 없더라고."

"질투했었구나?"

"질투라기보다는 나 자신에 대한 분노지. 왜 그런 사람과 살았을까 하는."

"또 다른 얘기는 없어?"

"당신 실종 후에 옆집 여자가 종종 들러서 위로해줬고, 막다른 집 할아버지도 안부를 물어주곤 했어. 시골이라 확실히 인심이 좋긴 하더라고. 아, 맞아. 당신 회사에서도 찾아왔었다."

"회사? 누가 왔었는데?"

"당신 회사 사장이라는 사람이 찾아왔어. 갑자기 안 나오고 연락도 안 되니까 주소 보고 온 거지. 그 사장, 당신 애기 듣고 꽤 낭패한 얼굴이던데? 회사에서 무슨 일이 있었던 건 아닐까?"

이것도 거짓말이었다. 죽은 남편의 회사 사장이 집으로 찾아온 것은 사실이었지만 무슨 일이 있어서가 아니었다. 이 근처에 온 김에, 그의 실종으로 인한 퇴사 절차를 밟으러 들른 것뿐이었다.

"사장이 뭐라고 했어?"

"회사에 손해를 끼쳤다고 하던데? 당신이 갑자기 안 나와서 대체 인력 비용이 들고 계약 취소도 있었던 것 같아. 그 비용을 급여에서 삭감하겠대. 그래서 당신에게 지불할 돈이 없다고, 그 말 하러 온 거였어. 퇴사 사유서 쓰면서 나중에 급여 문제를 법적으로 문제 삼지 않겠다는 각서까지 써달라고 했는걸."

"퇴직금은?"

"1년이 안 돼서 나오지 않는대. 그게 끝이야. 그 이후로는 아무에게서도 연락이 없었어. 당신이나 나나 대인 관계의 폭이 좁아서 그런지 연락할 사람도, 연락 올 사람도 없었던 거지."

그가 또 맥주 캔을 땄다. 나도 캔에 남은 맥주를 들이켰다.

"평온한 날들이었겠네."

"당신이 나타날 때까진 그랬지."

"내가 돌아온 게…… 반갑지 않았다는 얘기야?"

"말했잖아. 아, 이런 얘기 계속해서 뭐 하겠어? 도돌이표인데. 더 마실 거야?"

"취할 때까지 마셔야지. 오랜만에 분위기 잡았는데."

그가 그윽한 눈빛으로 날 바라봤다. 뭘 바라는지 뻔한 눈빛이었다. 그렇게 관계가 개선될 거라 생각하면 오산이다. 난 자리에서 벌떡 일어났다.

"혼자 많이 마셔. 난 그만 들어가서 잘게."

"조금만 더 있다 올라가."

"내일 출근해야 하거든."

"효신아……."

남자가 내 손을 잡았다. 얼결에 그 손길을 뿌리쳤다.

"잘 자."

내가 냉정히 돌아서자 그는 더 이상 붙잡지 않았다.

2층으로 올라온 나는 침실 방문을 잠그고 탁자로 문 앞을 가로막았다. 그리고 다시 안도의 숨을 내쉬었다. 오늘 하루도 무사히 넘겼다. 하지만 점점 더 다가오는 그에게 언젠가 무너질까 봐 걱정됐다.

다음 날 아침. 일찍 맞춰놓은 알람 소리에 잠에서 깼다. 눈을 뜨니 6시다. 아직 창밖은 해 뜰 무렵이라 어슴푸레했다. 출근하기에는 이른 시각이었지만 부랴부랴 씻고 옷을 갈아입었다. 그와 마주치고 싶지 않아 될 수 있으면 그가 잠이 들어 있을 때 집에서 나가고 싶었다.

방에서 나가기 전, 문에 귀를 대고 밖의 기척을 살핀다. 밖은 조용했다. 아직 잠을 자나? 아니면 집을 또 비운 걸까? 백을 들고 조심스럽게 계단을 내려갔다. 거실은 텅 비어 있었다. 그가 이른 시간에 어디를 가는지 궁금했지만 이럴 때는 빨리 집에서 나가는 게 상책이다. 재빨리 현관문을 열고 집에서 나왔다. 밖에는 아무도 없었다.

한숨을 돌린 나는, 자동차 키로 차 문을 연다. 삐빅-. 오늘따라 차 문 열리는 소리가 유난히 컸다.

"벌써 나가려고?"

갑자기 뒤에서 그의 목소리가 들렸다. 심장이 덜컥 내려앉는다. 뒤를 돌아보니 트레이닝복을 입은 그가 보였다.

"왜 이렇게 일찍 나가? 분양관 오픈은 10시 아니야?"

"오늘 외부 근무야. 분양관이 아닌 다른 곳에서 호객 활동을 해야 하거든."

나도 모르게 거짓말로 둘러댔다.

"당신은? 어디 갔다 온 거야?"

"운동하고 왔어. 저 위까지 올라가니까 공원이 있던데? 앞으로 아침마다 운동하려고. 같이할래?"

그가 흰 이를 가지런히 드러내며 웃는다. 죽은 남편은 게을러서 운동이라고는 하지도 않았는데. 연기라고 하기에는 이 남자, 남편을 몰라도 너무 모른다. 어쩌면 그는 진짜 자신이 내 남편이라고 믿는 것은 아닐까? 순진하게 시어머니에게 이용당하는 건지도 모른다. 하지만 그렇게 생각하기에는 뭔가 찜찜했다. 우리가 처음 청송 정신요양원에서 만난 날, 그는 어떻게 시어머니를 알아봤을까? 생각할수록 머릿속이 복잡해진다.

"늦겠어. 갈게."

"오늘도 늦게 와? 웬만하면 일찍 들어와. 저녁 해줄게."

난 아무 대꾸도 하지 않고 차에 올라탔다. 시동을 걸고 바로 집을 떠났다. 룸미러로 그가 손을 흔드는 모습이 보였다.

서울로 진입한 나는 한강 둔치에 차를 세웠다. 편의점에서 간단히 아침을 해결하면서 산책하는 사람들을 멍하니 바라봤다. 개를 데리고 산책 나온 사람들과 운동하는 이들의 일상적인 모습을 보며 부럽다는 생각을 한다. 아무 걱정도 없이, 저런 평화로운 일상을 즐길 여유가 과연 나에게도 올까? 쫓기듯 집에서 나오고, 또 쫓기듯 어디론가 가야 하는 내 현실이 답답하다. 그렇다고 이렇게 주저앉을 수는 없다.

9시까지 둔치에서 시간을 보내다가 장안동 중고차 시장으로 향했다. 이곳에서 죽은 남편이 다녔다는 회사를 찾아볼 계획이었다. 그가 회사를 자주 바꿨던 탓에 마지막으로 다닌 회사명은 정확히 기억이 나지 않았지만, 그의 상사가 건넸던 명함의 로고를 아직도 기억하고 있었다. 그 로고만 찾으면 된다.

난 중고차를 사려는 구매자로 위장하고 여러 자동차 매매상을 돌아다녔다. 차에 대해서 잘 모른다는 티를 풀풀 풍기면서, 그것도 여자 혼자 그 넓은 곳을 돌아다니는 일은 쉽지 않았다. 대부분의 딜러는 나를 호구로 생각하는 티가 역력했다. 말도 안 되는 가격에 중고차를 떠넘기려고 했다. 하지만 난 원하는 명함 한 장을 받아내기 위해 그들과 입씨름을 하고 웃음으로 견디며 중고차 시장을 누볐다.

오후 3시가 됐을 무렵, 슬슬 지치기 시작했을 때였다. 오늘은 그만 돌아보자고 생각했을 때 한 남자가 눈에 띄었다. 어딘가 눈에 익은 듯한 모습이었다. 혹시나 하는 마음에, 난 그 남자가 들어간 사무실로 따라 들어갔다. 작은 사무실 안에는 상담석 몇 개가 마련되어 있었고, 중앙에는 큰 회의 테이블이 놓여 있었으며, 안쪽에는 경리로 보이는 여자가 앉아 있었다.

"저, 차 좀 보러 왔는데요……."

"보고 오신 차가 있으신가요?"

젊은 남자가 재빨리 나에게 다가왔다. 난 자동차 매매상에 들를 때마다 했던 말을 토씨 하나 빠트리지 않고 똑같이 말했다.

"2천만 원 중반으로 중형차를 구매할 수 있을까요?"

"그럼요. 원하는 브랜드 있으세요? 컬러는요?"

"제가 차에 대해서는 잘 몰라서. 추천받은 것 중에서 고르고 싶은데요."

"매물을 나가서 직접 보시겠어요? 아니면 사무실에서 사진으로 확인할 수도 있고요."

"일단 상담부터 할게요. 선택의 폭이 너무 넓어서 어떤 차를 사야 할지 모르겠어요."

"그럼 이리로 오십시오."

그가 상담석 중 한 곳으로 나를 안내했다. 따라 들어온 남자가 앉은 곳과 가까이 있는 상담석이었다. 내가 상담석에 앉자 딜러가 싹싹하게 인사를 하며 명함을 건넸다.

"오토월드 김진택입니다."

그가 내민 명함을 받는 순간, 내 심장이 벌렁거렸다. 그래, 이거다. 그 사장이라는 사람이 줬던 명함의 로고와 일치했다. 어렴풋이 기억나던 회사명도 비로소 분명해졌다. 아까 내가 따라온, 눈에 익은 남자는 바로 죽은 남편의 사장이었던 것이다. 지체할 수 없었다.

"어머, 안녕하세요?"

난 일부러 목소리를 높여 죽은 남편의 사장에게 알은체했다. 나를 알아볼 리 없는 그는 눈을 껌뻑이며 쳐다본다.

"저, 김재우 씨 와이프예요. 기억하시죠? 5년 전에 뵀는데."

내가 정체를 밝히자 그의 얼굴이 하얗게 질렸다.

효신 이야기_16 **사라진 이력서**

"김재우라면 그…… 5년 전, 실종됐던 그 김재우요?"

"기억하시네요. 그동안 잘 지내셨어요?"

"네, 덕분에. 그런데 여길 어떻게……?"

"차 사러 왔죠."

"아, 차요? 차에 대해서는 김 차장이 잘 설명해줄 겁니다."

죽은 남편의 사장은 내가 알은체를 하자 뭐가 곤란한지 허둥지둥 나가려는 눈치다. 멀리 앉은 여자 경리가 우리의 모습을 지켜보는 게 느껴졌다. 난 앞에 앉은 딜러에게 양해를 구하고 사장 앞으로 갔다.

"여쭤볼 게 있어요, 사장님."

"네? 저한테 무슨……?"

그의 시선이 자꾸 경리가 앉은 자리 쪽을 향한다. 책잡힌 게 있는 양 눈치를 보고 있다. 난 안절부절못하는 그의 앞자리에 앉았다.

"실종된 그이가 돌아왔어요."

"네? 김재우 씨가요? 아, 잘됐네요. 그동안 심려가 크셨겠습니다."

"여쭙고 싶은 게 있는데요, 그때 저희 집에 오셨잖아요?"

"아아, 그때? 그거 퇴사 서류 만들려고 갔었죠. 그래서 방문했을 겁니다. 요즘 노사 문제가 워낙 까다롭다 보니. 허허……."

별말 안 했는데도 그가 진땀을 뺀다. 저렇게 허둥대는 걸 보면, 그때 고의로 돈을 안 주려고 내게 수를 쓴 것 같았다. 난 일부러 입을 다물고 그의 얼굴을 천천히 뜯어봤다. 앞머리가 벗겨진 그가 손수건으로 이마의 땀을 연신 닦아낸다. 그는 내가 차를 사려고 여기 온 게 아니란 것을 눈치챈 듯했다.

"그때 그 문제로 오신 겁니까? 아니면 다른 요청이라도……?"

"도움 좀 부탁드리려고요."

"제게요? 제가 뭘……."

사장은 내가 하는 말에 깜짝깜짝 놀라면서도 대답할 때마다 말끝을 계속 흐린다. 자신 없는 태도가 말투에 묻어났다.

"그이가 기억을 잘 못 해요."

"기억을요? 김재우 그 친구가요? 이런, 똑똑하고 일 잘했는데. 기억이 다 없어졌나요?"

"최근 몇 년 일만 기억 못 해요. 아마 그이는 여기서 일한 것도 모를 거예요."

내 말에 사장의 얼굴은 그제야 편안해졌다. 남편의 임금을 떼먹었다는 사실이 드러날까 불편했던 모양이다.

"그래서 말인데요, 사장님. 그이가 냈던 이력서를 볼 수 있을까요?"

"네? 이력서를요? 그건 왜요?"

그가 또다시 당황한다. 얼굴이 온통 벌게진다.

"다시 취업해야 하니까요."

"아니, 그거랑 제출한 이력서랑 무슨 상관이 있습니까?"

"말씀드렸잖아요. 기억이 없다고. 제대로 된 경력을 알아야 이력서를 쓰는데, 답답해 죽겠어요. 그래서 이전에 냈던 이력서로 도움을 받으면 어떨까 해요."

"아아. 근데 5년 전이면⋯⋯, 아니지. 6년 전 파일이 있을까 모르겠네요?"

"꼭 좀 찾아주세요. 저희에겐 정말 중요한 문제에요."

간절히 부탁했다. 적어도 나에겐 생사가 달린 문제였다. 사장은 곤란한 듯 이마에 땀을 닦더니 할 수 없다는 듯 경리 쪽을 향해 말한다. 목소리에 힘이 없었다.

"유 대리, 6년 전 파일 아직 있나?"

"글쎄요? 제가 오기 전 일이라……."

"한번 찾아보지. 사물함 어딘가에 있을 거야."

경리가 못마땅한 티를 내며 자리에서 일어났다. 바로 뒤에 있는 사물함을 열기가 굉장히 귀찮은 듯 보였다.

"언제라고요?"

"6년 전. 2014년 꺼야. 있어?"

생각보다 파일을 금방 찾았다. 그녀는 슬리퍼를 질질 끌며 우리 쪽으로 오더니 사장에게 파일 하나를 건네주고 자리로 돌아간다. 그리고 호기심 가득한 눈초리로 우리를 살폈다. 사장은 경리가 준 낡고 허름한 파일을 열어 직원들의 이력서를 본다.

"아, 여기 있어야 하는데……. 어쩌죠? 없는 것 같은데요?"

"다시 한번 꼼꼼히 봐주세요."

"없습니다. 죄송해요."

"혹시 모르니까, 2013년과 2015년 것도 봐주시면 안 될까요?"

나는 다급해진다. 사장은 안타깝다는 듯 나를 보며 고개를 저었다.

"2014년이 확실합니다. 그리고 김재우 씨 것은 없어요."

"왜죠? 왜 그이 것만 없죠?"

"직원을 급하게 구했거나 아는 사람을 통해 왔을 경우에는 이력서를 받지 않을 때도 있습니다."

"……."

"죄송하지만, 도움을 못 드리겠네요."

난 너무나 낙담해 비틀비틀 자리에서 일어났다. 그가 굉장히 미안한 표정으로 따라 일어선다.

"가보겠습니다."

"그래요. 다음엔 김재우 씨와 함께 오세요. 차 가격은 네고해 드릴게요."

대충 인사를 하고 사무실에서 나왔다. 나를 고객으로 아는 딜 러에게는 제대로 인사도 하지 못한 채 말이다. 난 얼이 빠진 상 태로 차들이 가득한 주차장을 가로지른다. 기운이 빠져 걷기가 힘들었다. 막막하다. 구역질도 난다. 이제 어떻게 하지? 죽은 남 편의 정보를 어디에서 구해야 하는 걸까? 부부였지만, 난 그에 대해서 너무 아는 것이 없었다.

참담한 심정으로 매물 차량 사이를 휘청휘청 걷다가 화장실 표지판을 발견했다. 간신히 정신을 가다듬고 그곳으로 발걸음 을 돌렸다. 화장실에 들어가니 다행히 비어 있었다. 칸막이 안에 들어가서 헛구역질을 한다. 아침 이후로 먹은 게 없어서인지 아 무것도 나오지 않았다. 밖으로 나와 입안을 헹구고 찬물로 얼굴 을 씻으니 좀 살 것 같았다.

그렇게 간신히 정신을 차렸을 때, 화장실에 들어온 누군가 말 을 걸어왔다.

"저어……, 아까 오토월드에 들르신 분이죠?"

고개를 들어보니 아까 본 경리다. 내가 고개를 끄덕였다.

"말씀드릴 게 있어요."

"뭐죠? 할 얘기라는 게?"

"사실 김재우 씨 이력서요, 그거 원래 없었던 게 아니라 다른 사람이 가져간 거예요."

"네? 그이 이력서를요?"

"며칠 전에 어떤 남자가 찾아왔어요. 그 사람도 김재우 씨 이력서를 원하더라고요. 사장님이 그 사람에게 이력서를 빼서 줬고요."

"아예 줬다고요? 그걸…… 어떻게 알죠?"

"오늘처럼 제가 파일을 찾아서 갖다 줬으니까요."

그녀의 말에 한 줄기 빛을 본 기분이었다. 드디어 실마리가 풀리는 건가? 난 다시 희망을 갖는다.

"그 사람이 누군지 아세요?"

"글쎄요? 처음 보는 사람이었어요."

"언제 왔었나요?"

"날짜는 정확히 기억이 안 나요. 지난주던가? 지지난 주던가?"

"혹시 키가 175 정도 되고 피부가 까무잡잡하지 않던가요?"

"키가 저만하고 왜소했어요. 안경을 끼고 있고요."

짐작 가는 사람이 없었다. 하지만 이력서를 내어줄 정도라면 사장이 알고 있을 거라는데 생각이 미쳤다.

"사장님과 아는 사이인 거죠?"

"아뇨. 사장님도 모르는 것 같던데요? 그리고 안다 해도 그쪽이 물어봐도 말 안 해줄 거예요."

"그걸 어떻게 알죠?"

"돈을 받고 판 거니까요."

"이력서를, 팔았다고요?"

"제가 분명히 봤어요. 사장님이 봉투 받는 것을요."

땅이 꺼지는 듯했다. 희망이란 건 너무나 가혹해서 주어질 듯 달아나 버린다. 힘이 빠진 나는, 세면대 옆벽에 몸을 간신히 기댔다.

"이력서가 필요했던 거 아니죠? 그쪽도 김재우 씨 뒤를 캐고 있는 거잖아요."

"제가 그 사람 와이프고 그이가 기억을 잃은 건 사실이에요. 아무것도 기억 못 하죠. 그래서……."

난 속내를 들킨 것 같아 그녀의 동정심을 자아내기로 했다. 행여 내가 남편의 뒤를 조사했다는 게 소문나면 곤란하기 때문이다.

"전혀 기억을 못 해요?"

"네. 그래서 도움이 될까, 여기저기 알아보던 중이었어요. 남편의 과거를 알 수 있는 사람이라면 누구라도 만나보려고요."

난 기억 잃은 남자의 가련한 아내 연기를 한다. 그녀가 나를 좀 더 불쌍하게 봐주기를 바라면서.

"알 만한 사람을 알려드릴 수 있어요."

"알 만한 사람? 어떻게요? 그이와는 함께 일한 적도 없다면서요?"

"그 남자가 우리 사무실에 그냥 들른 게 아니었거든요. 소개 받고 온 건데, 소개해줬다는 사람이 김재우 씨와 친분이 있고

이 근처 다른 사무실에서 근무한대요."

"확실한가요?"

"사무실 들어올 때 한 말을 똑똑히 들었어요. 사실 이런 일 흔치 않잖아요. 당연히 기억해뒀죠."

"그 사람은 그이랑 어떤 관계인데요? 아세요?"

"동향이래요. 학교 선후배라던데요?"

"고향이 어디인데요?"

그녀가 나를 보며 씩 웃었다. 애초부터 불쌍한 척하는 내 연기는 믿지도 않았던 듯싶다.

"고향이 궁금하신 거죠?"

"솔직히 그래요. 그것만 알면 돼요."

"그럼 대신……."

"대가가 필요하다는 거죠?"

그녀가 웃으며 고개를 끄덕였다. 그리고 나를 향해 V 자를 그려 보였다.

"신사임당으로 네 장이요."

"그 사람이 나온 학교는 알고 있나요?"

"내가 아는 건 고향 정도예요."

"그것까지 알려다 주면 한 장 더 드릴게요."

"두 장이요."

"좋아요. 총 여섯 장. 바로 알 수 있나요?"

마다할 이유가 없었다. 경리도 내 제안에 굉장히 만족스러운 듯한 표정이다.

"잠시 기다릴 수 있죠?"

"얼마나 걸리는데요?"

"20~30분 정도?"

"좋아요. 35분 뒤 여기서 보죠. 그리고 내가 그이의 정보를 묻고 다닌 거, 다른 사람이 모르게 해줬으면 좋겠어요."

"당연하죠. 돈 받았는데. 조심할게요."

경리가 발랄하게 화장실 밖으로 나갔다. 나도 건물 1층 출입구 쪽에 있는 ATM 기계에서 현금 50만 원을 찾았다. 나에게는 큰돈이었지만, 그 돈이 하나도 아깝지 않았다.

정확히 35분 후, 화장실에서 다시 경리를 만났다.

"김재우 씨 홍천 사람이고, 거기서 해성대를 나왔대요. 전공은 전자라던데요?"

"정확한 거죠?"

"하나 더 정보를 드리자면 학교를 2년 늦게 들어갔답니다. 삼수했대요."

"고맙습니다. 원하던 정보였어요."

난 지갑에서 바로 30만 원을 꺼내 경리에게 건넸다. 돈을 받아 든 그녀의 얼굴에 웃음이 피어난다.

"서비스로 가족 관계도 알려드릴까요?"

"가족이오?"

"여동생이 한 명 있고, 아버지가 일찍 돌아가셔서 홀어머니가 계신대요. 이것도 알아왔어요. 이 정도면 30만 원짜리 값어치를 하죠?"

난 지갑에서 5만 원권 한 장을 더 꺼내서 그녀에게 건넸다. 돈을 받아드는 경리의 얼굴이 밝아진다.

"정말 수고하셨어요. 고맙습니다."

"오늘 일, 깨끗하게 잊을게요."

필요한 정보를 얻은 나와 원하는 돈을 얻은 그녀는 서로 만족스럽게 헤어졌다. 차에 돌아와 운전대를 잡으니 긴장이 풀리면서 비로소 허기가 느껴진다. 아침에 한강 둔치 편의점에 들른 이후로 계속 굶고 있었던 것이다. 난 차를 몰아 집 근처의 쇼핑몰로 향했다. 편의점에서 간단히 식사를 해결할 수도 있었지만, 고된 하루를 보낸 나 자신에게 맛있는 음식으로 상을 주고 싶었다.

쇼핑몰 4층에 있는 저렴한 프랜차이즈 레스토랑으로 들어갔다. 저녁을 먹기에는 이른 시각이라 레스토랑 안은 한산했다. 나는 리코타 샐러드와 파스타를 주문해 허겁지겁 먹는다. 큰일을 하나 치렀다고 생각해서인지 식욕이 왕성했다. 곁들여 나온 빵으로 파스타의 소스까지 싹싹 긁어먹고 나니 살 것 같았다. 후식으로 나온 커피를 마시면서 여유가 생긴 나는, 머릿속으로 오늘 있었던 일을 하나하나 정리해본다.

운 좋게 알아낸 남편의 정보는, 고향이 강원도 홍천이고 해성대에서 전자를 전공했다는 거다. 그리고 홀어머니인 것은 알고 있었는데 여동생이 한 명 있었다니. 그 사실에 대해서는 죽은 남편도, 시어머니도 입 벙긋한 적이 없었다. 왜 그랬을까? 내가 아무리 못마땅해도 그렇지, 왜 여동생을 소개해주지 않은 걸까?

분명 이유가 있을 것이다. 결혼한다는 데 눈이 멀어 자세한 것까지 알아보지 않은 내가 바보였다. 이제라도 알았으니 다행이지만. 죽은 남편에 대한 정보는 비록 35만 원짜리였지만 앞으로 그 이상의 가치가 있을 것이다. 내가 직접 시간을 내든, 아니면 필주 씨와 함께 가든 조만간 홍천에 다녀와야겠다는 생각을 한다.

그러다가 죽은 남편이 다녔다는 회사 사장이 떠오르자 괘씸해졌다. 죽은 사원의 임금을 떼먹은 것도 모자라 이력서까지 팔아먹다니. 천하의 몹쓸 인간이다. 그리고 아까는 흥분해서 미처 생각하지 못했는데, 남편의 이력서를 가져간 사람은 대체 누구일까? 나 말고 죽은 남편에 대해 알아보고 다니는 사람이 있다니 소름이 끼친다. 키가 작고 왜소한 체격에 안경을 썼다는 남자. 그는 왜 죽은 남편의 뒤를 캐고 다니는 걸까? 아니, 휴대폰으로 촬영하거나 복사해갈 수도 있는 이력서를 원본째 가져간 것을 보면, 다른 사람이 알지 못하도록 죽은 남편의 정보를 지우려는 것인지도 모른다. 그렇다면 왜? 생각하면 할수록 머리가 복잡했다.

효신 이야기 #17 **지하 방**

10시가 넘은 꽤 늦은 시간인데도 그 남자는 집에 들어오지 않았다. 오랜만에 거실에 앉아, 혼자만의 여유 있는 시간을 보내면서도 나는 왠지 불안했다. TV를 틀어보고 음악도 들어봤지만 어떤 소리도 내 귀에 들어오지 않았다. 초조한 마음에 맥주 한 캔을 땄다. 쌉싸래한 맥주가 내 목줄기를 훑고 내려간다. 그래도 안정이 되지 않았다. 차라리 그 남자가 옆에 있어 쓸데없는 얘기를 나누며 시간을 보낼 수 있다면. 누군가, 죽은 남편의 흔적을 쫓고 있다는 사실이 자꾸 나를 불안하게 만든다.

자제하려고 했지만 할 수 없이 난 휴대폰을 꺼내 들었다. 그리고 필주 씨에게 전화를 건다. 내 불안함을, 그와 함께 나누고 싶었다.

[여보세요?]

휴대폰 너머로 필주 씨의 목소리가 들려왔다. 내일이면 보게 될 그였지만 목소리를 들으니 지금이라도 당장 달려가 안기고 싶었다.

"나야……."

[무슨 일이야? 지금 전화해도 괜찮은 거야?]

"집에 혼자 있어."

[그 남자는?]

"몰라. 집에 없네."

[안 좋은 일 있었어? 자기 목소리에 힘이 없어.]

"아까 남편이 다니던 회사에 갔었어."

[다행이다. 바로 찾았구나? 뭐, 단서 될 만한 게 있었어?]

"아니. 남편 이력서라도 찾아보려 했는데 없더라고."

[다른 회사는? 찾아봤어? 그 새끼, 직장 자주 옮겼다며?]

"이력서가 없는데 다른 회사는 또 어떻게 알겠어. 근데 필주 씨……."

[응? 왜?]

"나, 불안해."

[아……, 자기야. 그거 하나 못 찾았다고 무너지면 안 되지. 힘 내. 나도 알아볼 테니까.]

"그런 게 아니야."

[그럼? 다른 문제라도 있어?]

"남편 이력서 말이야, 그걸 다른 사람이 가져갔대."

[다른 사람이? 왜?]

"몰라. 왜 그런지 모르겠지만 돈을 주고 사 갔대."

[누가? 그런 걸 왜 사 가? 남자가 사 갔대? 아니면 여자가? 혹 시…… 지금 남편이라는 그 자식이 사 간 거 아니야? 자신이 그 놈인 척하려고?]

"아니. 사 간 사람은 키가 작고 안경을 썼대. 그 남자는 아 니야."

[자기야, 왜 이렇게 순진해? 돈 주고 사람 쓴 걸 수도 있잖 아?]

"그럴 수도 있지만……, 굳이 왜 그랬겠어?"

[뻔하지. 그 새끼가 사주한 게 맞아. 자기 남편 자리를 꿰차려 는 거야. 재산도 다 차지하고. 재수 없는 놈!]

"그가 아닐 수도 있잖아?"

[그럼 누가 수고스럽게 그런 일을 하겠어? 그리고 왜 죽은 사

람의 흔적을 없애? 무슨 이득이 있다고?]

"모르겠어…….."

[내 생각이 맞아. 자기, 설마 흔들리는 건 아니지?]

"아니야. 내가 그럴 리가 없잖아."

[그럼 됐어. 오늘 그 자식 늦는대?]

"몰라. 연락이 없어."

[자기가 먼저 해보지그래?]

"싫어. 그 남자에게 여지 줄까 봐 안 해."

사실이었다. 내가 먼저 연락을 하면 그 남자는 이를 빌미로 선을 넘어올 게 뻔했다.

[그럼 자기야, 지금이 기회일 수도 있어.]

"기회라니?"

[그 자식 요즘 어디에서 자?]

"거실 아니면 지하 방이겠지. 2층에는 안 올라와. 그건 확실해."

[짐은 뒤져봤어?]

"짐? 아니."

[똑똑히 들어. 지금 당장 지하 방에 가서 그 자식 물건을 뒤져봐. 혹시 알아? 자기에게 유리한 단서를 찾을 수 있을지?]

"그러다 그가 들어오면?"

[청소한다고 둘러대면 되지. 거긴 자기 집이야. 쫄지 마. 자기가 지하 방에 들어가서 들쑤셔도 이상할 게 전혀 없다고.]

필주 씨의 말이 맞다. 지금이 절호의 기회다. 그 남자와 같이 있을 때는 마냥 되풀이되는 과거 찾기 놀이나 하느라고 정보를 얻을 수가 없을 것이다. 내가 직접 나서서 정보를 찾는 것이 더 빠르다.

서둘러 전화를 끊고 무선 청소기를 한 손에 들었다. 조심조심 계단을 내려가 지하 방으로 향했다. 문을 여니 방에서 낯선 향수 냄새가 훅 풍겨온다. 난 손으로 오른쪽 벽을 더듬어 스위치를 찾았다. 불을 켜니 지하 방의 풍경이 한눈에 들어왔다.

5년 전, 내가 죽은 남편의 짐을 치울 때 그 방 그대로였다. 지하 방은 이 집을 분양받을 때 포함된 서비스 면적이었는데, 1층 거실과 주방을 합친 정도로 규모가 컸다. 한쪽 벽에는 뒷산으로 드나들 수 있는 문이 달린 큰 창문이 나 있어 죽은 남편이 무척이나 좋아했던 공간이었다. 그래 봤자 내 눈에는 지하 방에 불과했지만 말이다.

난 휑하고 칙칙한 이 공간이 싫었다. 죽은 남편은 이곳에 틀어박혀 대부분 시간을 보냈다. 퇴근 후 집에 들어오면, 그는 인사도 하지 않고 지하 방으로 직행했다. 이곳에 대한 그의 애착은 대단해서 내가 이 방에 들어올라치면 질색을 하며 화를 내곤했다. 그래서 그가 죽은 후, 난 이곳을 가장 먼저 바꿔버렸다. 그가 입었던 옷과 아끼던 음반, 애지중지하던 프라모델까지, 눈에 띄지 않게 버릴 수 있는 건 모두 버렸다. 뒷산으로 난 문과 창문도 두꺼운 커튼으로 막아버렸다. 그러면서 묘한 쾌감을 느꼈다. 그에 대한 분노가 공간의 파괴로 이어졌던 것이다. 하지만 이웃의 의심을 받을까 봐 가구를 버린다거나 인테리어를 바꾸는 일은 하지 않았다. 괜한 짓으로 호기심 많은 옆집 여자의 관심을 끌기 싫었다. 그래서 아직까지도 한쪽 벽을 모두 차지한 커다란 책꽂이와 선반, 그 위의 TV와 오디오 그리고 소파 겸용 침대는 아직도 남아 있었다.

난 계단에 서서 지하 방을 계속 둘러본다. 확실히 사람이 사는 곳과 빈 곳의 온도 차이는 크다. 예전과 달리 방 전체에는 온기가 돌고 지하 방 특유의 냄새도 나지 않았다. 지하 방을 둘러보던 내 시선은 책꽂이 앞에 있는 행거에서 멈췄다. 1단짜리 행거에는 캐주얼한 옷 몇 벌이 걸려 있었다. 이 낯선 남자는 죽은 남편의 취향과는 전혀 다른 패션 센스를 지니고 있었다. 예전에 누군가, 입는 옷이 그 사람의 성격을 대변한다고 말했는데 난 그 말이 전적으로 맞는다고 생각한다.

죽은 남편은 항상 무채색의 무늬 없는 옷만 입었다. 그는 즐겨 입는 옷과 마찬가지로 항상 무표정해서 하얗고 싸늘한 얼굴에는 희로애락이 전혀 보이지 않았다. 난 얼음장같이 차가웠던 죽은 남편을 생각하며 쓴웃음을 지었다.

시선을 돌리니 행거 아래 잘 개어놓은 이불이 보였고, 그 외 별다른 특이점은 없었다. 몸을 돌려 방을 나가려는데, 소파 겸용 침대 위에 있는 회색빛의 네모난 물건이 눈에 띄었다. 노트북이었다. 아무렇지도 않게 놓인 노트북을 이제껏 눈치채지 못하고 있었다니! 하마터면 중요한 물건을 그냥 지나칠 뻔했다.

나는 계단을 내려가 노트북을 집어 들었다. 열어보니 화면이 잠긴 상태다. 하긴, 그 남자가 바보는 아닐 텐데 이런 중요한 물건을 무방비 상태로 두고 갔을 리 없다. 낙담한 난 다시 한번 방을 둘러보고 지하 방에서 나온다.

그러나 방문을 여는 순간, 내 눈앞에 선 그 남자를 보고 소스라치게 놀랐다.

"어머, 뭐얏!"

남자는 불도 켜지 않은 어두운 복도에서, 귀신처럼 가만히 서서 나를 노려보고 있다. 난 애써 냉정을 유지했다.

"놀랐잖아……. 왜 이제 들어와?"

"거기서 뭘 했어?"

"뭐 하긴. 당신 방, 청소해주려고 왔지. 이거 안 보여?"

난 손에 든 무선 청소기를 들어 보였다. 필주 씨 말을 듣기 정말 잘했다.

"내가 여기엔 절대 들어오지 말라고 했을 텐데?"

"오호라, 이런 건 또 기억이 나나 보지? 당신에게 유리한 건 잘만 기억하네?"

빈정거리면서 빨리 그곳에서 빠져나가려고 하는데, 그가 내 손목을 꽉 잡았다. 아팠다. 그의 손이 부들거리고 있다는 게 느껴졌다. 어쩌면 나를 한 대 칠지도 모르겠다는 생각이 들었다.

"이거 놔. 아파. 청소해주러 온 거 진짜래도."

하지만 그가 이런 얄팍한 수에 넘어갈 리가 없다. 내 손목을 쥔 그의 손에 점점 더 힘이 들어간다. 이건 나의 K.O. 패였다. 바로 꼬리를 내렸다.

"미안해. 앞으로는 당신에게 물어보고 들어갈게."

이 한마디에 그의 손에서 힘이 빠지는 게 느껴진다. 그가 내 손을 놓는 듯하더니, 두 손으로 내 얼굴을 잡았다. 나는 또 희롱당하는 건 아닐까 바짝 긴장한다. 발끝부터 손끝까지, 내 모든 세포가 순간적으로 굳은 느낌이다. 숨을 몰아쉬며 씨근거리는 이 남자의 분노가, 어떤 형태로 변형돼 나를 덮쳐올지 두려웠다. 그에게서 빠져나갈 자신이 없었다. 그러나 그건 나의 기우였다. 그는 내 얼굴 가까이 자기 얼굴을 들이대며 나직이 말했을 뿐이다.

"또 한 번 이랬다간 알아서 해."

그는 마치 침이라도 뱉을 듯 말을 하더니, 뒤도 안 돌아보고 지하 방으로 들어갔다. 문이 쾅 소리를 내며 닫힌다. 처음 보는 그의 싸늘한 모습에, 난 멍하니 문 앞에 서 있었다. 오히려 아까보다 심장박동이 더 세게 뛰기 시작한다. 이 사람에게도 이런 모습이 있다니. 죽은 남편과 비슷하다는 생각을 처음으로 했다. 아니, 어쩌면 그가 환생한 것인지도 모르겠다는 엉뚱한 상상마저 들었다.

난 2층 침실로 돌아왔다. 문을 잠그고 그 앞을 탁자로 막은 다음 침대로 가서 앉는다. 그러나 두근두근한 마음이 쉬이 진정되질 않았다.

'또 한 번 이랬다간 알아서 해'.

좀 전에 그가 한 말이 귓가에 맴돌았다. 그는 단단히 화가 난 듯 보였다. 방에는 별거 없던데, 왜 화가 난 것일까? 내가 보면 안 되는 거라도 그 방에 있었던 걸까? 설마 그 노트북에 뭔가가

183

담긴 건 아니겠지?

난 다시 필주 씨에게 전화를 걸었다.

"나야."

[통화해도 괜찮은 거야?]

"아마도?"

[그 방에 가봤어?]

"어. 별거 없던데? 근데 나 걸렸다."

[걸리다니? 방 뒤지는 걸 그가 본 거야?]

"재수 없게도 방에서 나오다가 만났어. 화를 내긴 했는데 뭐, 무사히 넘어갔어. 걱정 안 해도 돼."

[그나마 다행이네. 근데 아쉽다. 뭐라도 찾았어야 했는데. 이력서 가져갔다는 사람, 안경 썼다고 했던가?]

"응. 키가 작고 왜소하댔어."

[또 다른 특징은 들었어?]

"아니. 그 사람 봤다는 직원도 자세히 모르는 것 같아. 그 남자를 어떻게 찾지?"

[시엄마 쪽을 알아보면 어때?]

"아, 시어머니……. 말만 들어도 진짜 싫다. 근처에도 가기 싫어."

[그래도 만나봐. 어쩔 수 없잖아?]

"아니, 그건 뒤로 미룰래."

[어쩌려고 그래? 우리에겐 다른 방법이 없어.]

"아까 그이 고향과 출신 학교에 대한 얘길 들었어."

[누구에게?]

"이력서 팔았다고 알려준 사람. 남편이 다녔던 회사 경리야."

[흐음……. 어디라는데?]

"홍천이 고향이고 해성대 전자과 나왔대. 백 프로 믿을 수는 없지만 한번 알아봐야지."

[어떻게? 강원도 홍천, 생각보다 넓어.]

"졸업 앨범부터 뒤져보려고. 학교 도서관 가면 있지 않겠어?"

[그건 바로 찾을 수 있겠다. 사진도 확인할 수 있고.]

"일단 이거부터 알아보고 그거 안 되면 시어머니 찾아갈래. 시어머니를 만나면 으……. 혹 떼러 갔다가 혹 붙이고 올지도 몰라."

[알았어. 그럼 홍천은 언제 갈 거야?]

"내일 휴가 낼 수 있나 알아보고."

[같이 갈까?]

"아니. 회사에서 괜히 의심받으면 어떡해? 혼자서도 충분할 거야."

[알았어. 그럼 내일, 일찍 나올 수 있어?]

휴대폰 너머 필주 씨의 목소리가 살짝 떨리는 것 같았다. 그게 뭘 의미하는지 알고 있지만 나는 모르는 척 시치미를 뗀다.

"노력해볼게. 집이 멀어서 장담은 못 하겠다."

[보고 싶어……. 같이 있고 싶다.]

이런, 필주 씨. 지금 그럴 때가 아니야. 나도 자기와의 섹스가 즐겁지만 지금은 너무 불안하다고. 그 남자가 지하 방에 뭘 숨

185

기고 있는지, 안경 쓴 키 작은 남자는 누구인지, 그걸 알아내는 게 먼저야. 하지만 달아오른 그에게 찬물을 끼얹을 수는 없었다. 나는 감정을 억누르고 덤덤히 말했다.

"나도. 내일 보자."

[사랑해.]

"나도 사랑해."

필주 씨와 전화를 끊고 침대에 누웠다. 정말 긴 하루였다. 난 오늘 있었던 일을 곰곰이 생각해본다. 남편의 이력서를 가져간 사람은 누구일까? 왜 그는 남편의 이력서가 왜 필요했던 걸까? 답도 없는 이런저런 생각들을 떠올리다 보니 어느덧 잠이 스르르 몰려왔다.

효신 이야기 #18 질투하는 남자, 직진하는 남자

아침 일찍 출근했는데 분양관의 분위기가 뒤숭숭하다. 이제 막 이 업계에 입문한 어린 상담사 몇몇이 여기저기 모여 수군거리고 있고, 정주 언니는 전화와 문자를 돌리느라 분주한 눈치다. 난 슬리퍼를 갈아 신으며 동료들을 향해 인사를 건넸다.

"좋은 아침입니다."

상담사들이 내 인사에 형식적으로 고개를 끄덕인다. 왜 이러지? 난 그들의 무심한 반응에 정주 언니 곁으로 다가갔다.

"본부장님, 오늘 분위기가 왜 이래요?"

"때가 된 거지. 다음 달부터 상가 분양 시작한다고 공지 떴어."

"그렇게 빨리요? 예고 없었잖아요."

"시간 끌수록 뭐 하겠어. 그게 다 돈인데. 시행사에서 잔여분을 소화하겠대. 넌 여기 남을 거니?"

"글쎄요. 소장님은 뭐라고 하세요?"

"남으라고 하겠지, 뭐. 필주 씨 꼬시려고 같이 담배 피우러 나갔어."

정주 언니는 목소리를 낮추더니 속삭이듯 말을 이었다.

"신참들은 모두 쳐낼 건가 봐."

아아, 어쩐지. 분위기가 심상치 않다고 했다. 하루아침에 일자리를 잃게 된 그들은 갈 곳을 몰라 불안해하고 있었던 거다. 하지만 어쩔 수 없다. 이 업계는 냉혹하다. 실적이 좋지 않거나 친분이 없으면, 다음 일은 쉽사리 주어지지 않는다. 각자 맨땅에 헤딩하는 심정으로 바닥부터 다시 일을 알아봐야 한다.

"그래도 한두 명은 같이 가야 하지 않아요?"

"불경기잖아. 기본급도 아깝다 이거지."

"그래서 언니도 가실 자리 알아보는 거예요?"

"아니, 난 남아. 초반에 잡아줄 사람이 필요하잖아? 안정되면 그때 알아서 나가야지."

"그런데 왜 그렇게 바빠요?"

"혹시 몰라서, 쟤들 꽂아줄 데 있나 전화 돌려보는 거야. 안 됐잖아. 우리 때만 해도 일이 수월했는데, 지금은 일도 힘들고 그나마도 없으니.”

쓸쓸했다. 난 자리에 앉아 컴퓨터를 켜며 분양관을 둘러본다. 이 넓은 홀이 사람들로 북적였다면 얼마나 좋았을까.

그때 소장과 필주 씨가 함께 들어왔다. 필주 씨 눈치를 힐끗 보니 이곳에 남지 않겠다고 얘기한 것 같았다. 소장이 내 옆으로 다가왔다. 그에게서 담배에 전 냄새가 훅 풍겨왔다.

“정 과장, 얘기 좀 할까?”

난 그를 따라 VIP실로 들어갔다. 소장은 좁은 공간의 대부분을 차지한 소파 위에 털썩 주저앉는다. 나도 그의 맞은편에 앉았다. 번들거리는 인조가죽 소파의 질감이 평소보다 더 초라하게 느껴졌다.

“본부장에게 대충 들었지?”

“네. 다음 달부터 상가 분양으로 바뀐다고요.”

“정확히는 3주 후야. 공사는 모레부터 시작될 거고. 오늘, 내일 중으로 이곳 일 마무리 지어줘.”

“왜 이리 급박하게 진행되는 거죠?”

“시행사 지시야. 어쩌겠어? 돈이 없다는데. 상가 분양하면서 그 위에 근린생활시설도 동시에 한다니까, 어때? 우리랑 계속 가줬으면 좋겠는데.”

“다른 사람은 뭐라는데요?”

“갈 사람 가고, 남을 사람은 남는 거지. 본부장은 같이 갈 거고 나종범이랑 김영조 알지? 걔들이 합류할 거야. 이필주는 업종을 바꾼다네. 아쉬워. 일 잘하는 친구였는데. 효신 씨는 어떡할 거야?"

"오늘 중으로 답변드리겠습니다."

"고민을 뭘 해. 그냥 같이 가자고. 다른 데 알아봤자 일도 별로 없어."

"고맙습니다. 생각해보고 말씀드릴게요."

난 소장에게 정중히 얘기하고 VIP실을 나왔다. 나를 보는 신참들의 시선이 따가웠다. 그들이 무슨 생각을 하고 무슨 얘기를 할지 뻔했다. 하지만 난 신경 쓰지 않고 내 자리에 와서 앉았다.

3주간 분양관 공사라……. 이곳에 남든 안 남든, 이틀만 버티면 곧 내 시간을 가질 수 있다는 얘기에 심장이 뛰기 시작한다. 드디어, 죽은 남편에 대해 조사할 시간이 주어진 것이다.

"과장님, 얘기 좀 할까요?"

필주 씨였다. 난 자연스럽게 일어서서 그의 뒤를 따랐다. 이럴 땐, 그와 동료라는 게 참 편하다. 담배 한 대 피우면서 회사에 대한 불만을 토로하는 흔한 모습으로 비칠 테니까. 필주 씨는 분양관을 나오자마자 주변을 신경 쓰지도 않고 나를 꼭 끌어안았다.

"여기서 이러면 안 돼. 누가 본대도."

난 간신히 그를 밀어내고 품에서 빠져나왔다. CCTV가 계속 신경 쓰였다.

"소장이 뭐라고 그랬어?"

"뭐라고 하긴. 여기 남으라고 하지. 자긴 그만둔다고 했다며? 거기서, 연락은 있어?"

"아직 없어."

"그럼 같이 가는 게 낫지 않아?"

"다른 일자리 뻔히 알아보면서 어떻게 그래."

"뭐 어때? 뜨내기 같은 신세가 어디 하루 이틀 일이야? 거기 일 생기면 그때 그만두면 되지."

"이미 결정했어. 홍천엔 언제 갈 거야? 같이 가줄까? 어차피 글피면 여기 문 닫잖아. 우리 신경 쓸 사람 아무도 없고."

그의 말에 고개를 끄덕였다. 필주 씨 말이 맞다. 어차피 3주간 주어진 휴가나 마찬가지다. 내가 그와 어디서 무얼 하건, 우리 일에 관심을 두거나 참견할 사람이 아무도 없다. 그리고 낯선 지역에 가는 건 혼자보단 둘이 나을 것이다.

"좋아. 같이 가줘."

"내가 차를 가지고 갈까?"

"기차나 버스 타고 가자. 거기 가면 여기저기 헤매야 될지도 몰라."

"그럼 차가 더 편하지. 학교도 가고 고향도 찾아가 봐야 하잖아. 하루 안에 일정 다 소화하려면 차가 있어야 해. 그리고 나, 자기 고생하는 거 싫어."

진지하게 말하는 필주 씨를 보니 웃음이 나왔다. 이런 상황에서도 내 걱정부터 하는 모습이 예뻐 보였다. 소년처럼 순정적인 모습에 끌려 나도 모르게 그를 덥석 안았다.

"안 돼. 누가 보면 어떡해?"

이번에는 그가 나를 조심스레 밀쳐냈다. 난 그 상황이 우스워 깔깔대며 웃었다. 웃음이 멎지 않아 한참을 웃는데, 문이 열리더니 신참들이 나왔다. 그들은 고개 숙여 인사를 하더니 담배를 꺼내 문다. 하나같이 표정이 좋지 않았다. 괜히 눈치가 보인 난, 양해를 구하고 재빨리 분양관 안으로 들어간다. 마음 약한 필주 씨는 자리에 남았다. 아마 담배 한 대 피우면서 그들을 위로해 주고 있을 거다.

자리로 돌아왔지만 마음이 싱숭생숭해서 일이 손에 잡히지 않았다. 이럴 때는 몸을 쓰는 게 최고다. 자리에 앉아 숨죽이고 있을 바에야, 나가서 바람을 쐬고 사람들 구경하는 게 나을 것 같았다. 난 창고에 남은 갑 티슈를 꺼내 비닐봉지에 넣기 시작했다. 그걸 본 정주 언니가 참견한다.

"뭐야? 그거 들고 나가려고?"

"어차피 쓰레기가 될 거 아녜요. 더 이상 사람들은 찾아오지 않을 테고, 다 나눠주려고요. 그러면서 마지막 홍보도 하고요."

"애쓴다, 애써. 이제 일도 끝났는데."

"모레까지는 계속하는 거잖아요. 저, 다녀올게요." 갑 티슈가 든 비닐봉지 여러 개를 손에 들고 분양관 앞 사거리로 나갔다.

"이 앞에 있는 모델하우스에서 나왔습니다. 오피스텔 한번 보고 가세요."

난 상냥하게 웃으면서 지나가는 사람들의 눈길을 끌려고 노력했다. 그러나 대부분의 사람들은 나를 외면했다. 몇몇 사람들은 나를 피해 일부러 멀리 돌아가기도 한다. 예상했던 바였지만 끝물인 오피스텔을 홍보하는 게 쉽지 않았다. 하지만 난 포기하지 않고 계속 인사를 건네고 말을 걸었다. 그렇게 한참을 서성이는데, 누군가 내게 다가오는 기척이 느껴졌다. 반가운 마음에 돌아봤다. 그런데 젠장, 그 남자다. 나도 모르게 새된 소리가 나왔다.

"여긴 왜 또 왔어?"

"당신 만나려고 왔지."

그가 능글거리며 웃었다. 그리고 내가 들고 있던 비닐봉지에 손을 내민다.

"도와줄까?"

그의 말에, 지금 내가 어떤 상황인지를 깨달을 수 있었다. 갑티슈가 든 비닐봉지 여러 개를 들고 호객을 하는 나. 이런 초라한 모습을 들켜서 더 화가 났다. 하필이면 지금 나타나다니. 깔끔한 모습으로 분양관에 있을 때 찾아왔으면 더 좋았잖아. 눈치없는 남자 같으니라고. 타이밍이 안 좋았다. 괜히 그 앞에서 위축되는 것 같았다. 그래서 난, 일부러 더 차갑게 대꾸한다.

"됐어. 이제 들어갈 거야."

"나도 따라가도 돼?"

"무슨 소리야? 어딜 따라오려고?"

"그럼 주차장에서 기다릴게. 퇴근 시간도 별로 안 남았잖아?"

갈수록 태산이었다. 이 남자, 진짜 분양관까지 따라올 기세였다. 곤란해진 나는 재빨리 머리를 굴린다. 그의 모습을 보면 필주 씨가 분명 난리 칠 것이다. 정주 언니는 그와 함께 술을 마시자고 조를지도 모른다. 그리고 분양관이 3주 쉰다는 것을 바로 얘기하겠지. 홍천 가는 일정이 꼬일 위험이 크다. 그렇게 돼서는 안 된다.

난 억지로 상냥한 웃음을 띠고 그에게 말했다.

"분양관 앞에 커피 전문점이 하나 있어. 거기서 기다려."

"나 버리고 집에 혼자 가려는 건 아니지?"

"나 못 믿어? 끝나고 바로 갈게."

"오늘 근사한 외식하자."

"그러든가. 어쨌든 거기서 꼼짝 말고 기다려. 알았지?"

난 그를 달래 커피 전문점 안으로 들여보내고 분양관으로 부랴부랴 들어왔다. 아직 퇴근하려면 1시간 넘게 남았지만, 분양관 안은 출근할 때와 마찬가지로 뒤숭숭한 분위기 그대로였다.

"효과 있디?"

"쳐다도 안 보던데요?"

"거봐, 나가나 마나래도. 괜한 열정 소비야."

정주 언니는 혀를 차더니 다시 자리에 앉아 부지런히 전화와 문자를 돌리기 시작한다. 난 필주 씨 쪽을 힐끗 봤다. 그는 자리에 멍한 상태로 앉아 있다. 그 남자가 왔다는 것을 알려야 할까 말까, 나는 잠시 고민한다.

필주 씨와 눈이 마주쳤다. 그는 소리를 내지 않고 입 모양으로만 '탕비실'이라 말하더니 나에게 눈짓을 한다. 시차를 두고 그를 따라나섰다. 탕비실은 사람이 많이 드나드는 장소니까 별문제는 없겠지, 하는 생각이었다. 탕비실에 들어서니 그가 믹스커피 두 잔을 타고 있다.

"티슈 돌리고 온 거야? 마지막인데, 쉽게 가지."

필주 씨가 뜨거운 물을 부은 종이컵을 내밀었다. 난 아무 소리 없이 종이컵을 받아 커피를 마신다. 뜨겁고, 달고, 진한 믹스커피가 지친 영혼까지 달래주는 것 같았다.

"그 남자가 왔어."

"뭐? 여길 왜? 자기가 불렀어?"

"아니, 데리러 왔대. 믿을 수는 없지만."

"지금 어디에 있는데?"

그의 언성이 높아졌다.

난 누가 탕비실로 들어와 우리 얘기를 듣기라도 할세라 신경이 곤두선다.

"목소리 좀 낮춰. 누가 듣겠다."

"앞에 있어? 아니면 주차장?"

필주 씨는 내가 생각했던 것보다 더 화가 난 눈치였다. 그의 흥분은 쉽게 가라앉을 기미가 보이지 않았다. 난 괜히 말을 꺼냈다고 후회한다.

"제발 흥분하지 마. 여기로 찾아온 걸 나더러 어떡하라고. 지금 요 앞 커피 전문점에 있어. 퇴근할 때까지 기다리겠대."

"미친놈. 오히려 잘됐네. 그 자식, 얼굴이나 한번 봐야겠다."

"그러지 마, 필주 씨. 나 지금 보통 곤란한 게 아니야."

"나 때문에? 아니면 그 자식 때문에?"

"필주 씨, 나 진짜 힘들어."

그제야 필주 씨가 입을 다물었다. 하지만 눈빛은 질투로 번뜩이고 있었다. 귀찮았지만, 난 그를 토닥거린다.

"조금만 기다려. 그의 정체를 밝힐 날도 얼마 안 남았어. 그때까지 잘 참아야 해."

"하지만 그 자식이……, 자꾸 자기에게 질척거리잖아. 그 꼴을 어떻게 참아? 오늘 온 것도 그러려는 거 아냐?"

"그래 봤자 연기야. 내가 거기에 넘어가겠어?"

단호한 내 말투에 필주 씨의 눈빛이 조금 부드러워졌다. 난 그 순간을 놓치지 않았다.

"그래서 말인데, 필주 씨, 오늘 정주 언니 좀 맡아줘. 언니가 그 사람 보면 같이 어울리자고 할 게 뻔한데, 언니가 무슨 말을 할지 몰라 불안해."

"같이 술 한잔하자고 할까?"

"그 방법이 제일 좋지. 퇴근한 뒤 언니랑 함께 분양관 뒤편으로 바로 나가줘. 난 커피 전문점에서 시간 좀 끌다 주차장으로 갈 거니까."

"알았어. 오늘 안주는 감자탕이네."

힘없이 내뱉는 그의 말에 피식 웃음이 나왔다. 감자탕은 그가 좋아하는 음식이 아니었다. 하지만 분양관 뒤편에 있는 음식점 중에서는 그곳이 제일 나았다.

"고마워. 대신 모레 홍천에 가서 맛있는 거 사줄게. 자기가 맛집 알아놔 둬."

"오랜만에 둘이 여행 가는 것 같겠다. 그치?"

내 말에, 그는 마치 소풍 가는 아이처럼 들떠 웃음을 숨기지 못했다. 나도 그를 따라 웃었지만, 그의 마음이 설렘으로 두둥실 떠오른 만큼 난 착잡해졌다. 그 남자 하나 신경 쓰는 것만으로도 이렇게 벅찬데, 이제는 필주 씨의 눈치까지 봐야 한다니. 필주 씨의 질투심은 점점 늘어나고 또 이를 숨기려 하지 않는다. 언젠가는 그의 질투 때문에 문제가 생길지도 모르겠다.

오늘은 무사히 넘겼지만, 앞으로 필주 씨와 그 남자 사이에 무슨 일이 벌어진다면 내가 제대로 수습할 수 있을까? 왠지 자신이 없었다.

효신 이야기 #19 **첫 데이트**

내가 커피 전문점에 들어서자마자 그 남자가 손을 흔들어 보였다. 누가 볼세라 나는 재빨리 그의 곁으로 다가갔다. 그는 반가운 기색을 숨기지 않았다.

"일찍 끝났네? 차 마실래? 아니면 바로 나갈까?"

"좀 있다 나가자."

자리에 앉았다. 필주 씨가 정주 언니와 함께 분양관에서 나가려면 시간이 필요하다.

"뭐 마실래? 아메리카노 아니면 라테?"

"됐어. 곧 나갈 건데. 그나저나 여긴 또 웬일이야?"

"당신 데리러 왔다니까."

"솔직히 말해. 왜 왔어?"

"또 딱딱하게 나온다. 사과하려고 왔어. 미안해. 어제, 내가 너무 예민했어."

"알긴 아는구나? 말 나온 김에 그 이야기나 듣자. 대체 왜 그렇게 화를 낸 거야? 방에 꿀단지라도 숨겨놨어?"

"나도 몰라. 순간적으로 그냥 화가 났어. 수컷의 본능이랄까, 난 2층에 발도 못 붙이게 하면서 당신이 내 방엔 마음대로 드나드는 거, 솔직히 기분 나빠. 불공평하잖아? 그건 내 영역에 대한 무시지. 욱하더라고. 왠지 무시당하는 것도 같고."

"……."

"내 과민반응이야. 미안해. 5년이란 시간이 생각보다 길었나봐."

"그건 나도 인정해. 5년이 길긴 길지. 나도 당신이 익숙하지 않거든. 그동안 나 혼자 살았잖아? 지하 방이건 1층이건 자유롭게 다니다 보니 어제 같은 일이 벌어진 것 같아. 하지만 이해해줘. 나 당신이 온 후로는 사실 불편해. 내 말 무슨 말인지 알지?"

"알지, 그 심정. 나도 집이 익숙하지 않거든. 그래서 욱한 거라니까? 이걸로 우리 샘 샘이야. 화해하자."

"좋아. 그렇다고 치자. 그런데……."

"그런데? 또 뭐?"

"자꾸 이러면 나 진짜 곤란해. 여긴 내 일터야. 왜 자꾸 오는 거지? 오기 전에 나에게 허락이라도 맡아야 하는 거 아냐?"

난 대놓고 불쾌하다는 티를 냈다. 아니, 솔직히 기분이 나빴다. 그가 회사로 찾아온 게 벌써 두 번째이다. 다시는 그러지 않도록 따끔히 경고해줘야 한다. 안 그러면 앞으로 있을 3주간의 비밀 휴가를 들킬지도 모른다.

"미안해. 앞으로 진짜 안 그럴게."

"약속하는 거지?"

"그럼, 사과하는 의미에서 어때? 이 근처에서 밥이나 먹고 들어갈까?"

분양관 앞에서 이 남자와 함께 괜히 어정거리다가는 정주 언니의 눈에 띨 확률이 높다. 빨리 우리 집 근처로 가야 한다. 난 휴대폰 시계를 확인했다. 오후 6시 40분. 필주 씨와 정주 언니가 회사에서 나와 술집에 들어가고도 남을 시간이었다. 난 테이블에서 일어섰다.

"됐어. 집으로 가자."

"내가 운전할게."

"운전면허도 말소된 사람이 무슨!"

"피곤할 텐데 내가 할게. 혹시나 걸려도 내가 걸리지, 당신은 상관없잖아? 걸리면 경찰한테 당신은 모르는 척하면 돼."

말도 안 되는 그의 얘기에 헛웃음이 나왔다. 하지만 나는 그에게 자동차 키를 건넨다. 퇴근 시간인 지금, 꽉 막힌 도로를 운전하기 싫었던 것이다.

예상대로 퇴근길은 험난했다. 차는 가다, 서기를 반복했고 시간은 지루하게 흘렀다. 긴 시간을 차에서, 그와 단둘이 있어야하는 나는 시답잖은 농담을 해본다.

"오호, 운전하는 건 기억하고 있네?"

"모든 걸 잊은 건 아니래도. 곧 당신에 대해서도 다 생각해 낼걸."

"그러시든가."

시큰둥하게 대답했지만 순간적으로 난, 이 남자가 날 부인이라고 진짜 믿고 있다고 생각했다. 혹시 이 남자가 시어머니의 꾐에 넘어가 자신이 진짜 내 남편이라고 착각하고 있다면, 앞으로도 계속 그렇게 알고 산다면, 나는 알면서도 모르는 척 이 남자를 남편이라고 생각하고 살아야 하는 걸까? 만약 그렇게 되면 그와 나, 모두에게 해피엔딩이 아닐까?

난 이런 상상의 나래를 펴다 시어머니를 연상했다. 이런 해피엔딩은 시어머니가 바라는 결말일지도 모른다. 내가 그를 남편으로 인정하도록 그녀가 뒤에서 수를 쓰고 있을 것이다. 그렇게 생각하자 괜히 짜증이 났다. 그 바람에 그가 하는 말이 귀에 와 꽂힌다.

"진짜야. 조금만 기다려봐. 의사가 그러는데 내가……."

"의사? 무슨 의사?"

"내가 정신과 다닐 거라고 말했잖아. 기억 안 나?"

"아, 아……, 어머니가 권유했다고 그랬지?"

"오늘 처음 갔다 왔는데 의사가 괜찮은 사람 같더라. 시간이 좀 걸려서 그렇지, 기억을 다 찾을 수 있을 거래. 뇌상은 없으니까."

"좋은 소식이네. 병원은 어디야?"

"엄마네 집 근처. 다음에 같이 가볼래?"

"아니, 난 그런 데가 무섭더라. 어? 왜 이쪽으로 가?"

집으로 가려면 직진 차선인데, 그가 핸들을 돌려 좌회전 차선에 진입했다. 가뜩이나 막히는 길에서 나는 이런 그의 행동이 탐탁잖았다.

"차가 너무 막혀 안 되겠어. 교통체증 풀릴 때까지 밥이나 먹자."

"나쁜 생각은 아니지만……, 아는 데 있어?"

"생각해둔 데가 있지. 당신은 나만 믿고 따라오면 돼."

자신만만한 그 남자의 태도에 살짝 어이가 없었다. 하지만 차가 너무 막혔고, 배도 고팠던 터라 그를 믿어보기로 했다.

양화대교 북단 쪽으로 빠진 차는 좁은 골목길을 달리더니 작은 빌딩 앞에 멈춰 섰다. 차에서 내려 발레파킹을 맡기고, 엘리베이터를 타고 레스토랑으로 올라갔다.

엘리베이터 문이 열리자 어두운 레스토랑이 바로 나타났다. 내가 가본 적이 없는 고급 레스토랑이었다. 우리는 직원의 안내를 받아 창가 쪽 테이블로 가서 앉는다. 레스토랑은 한 면 전체가 유리로 되어 있었는데, 이를 통해 한강의 멋진 야경이 내려다보였다. 차 안에서만 봤던 풍경과는 비슷하면서도 전혀 다른, 이국적인 느낌이었다.

난 나도 모르게 황홀해져서 주변을 둘러본다. 나와는 달리 화려하게 차려입은 사람들의 모습에 살짝 위축이 됐다.

"뭐 먹을래?"

그가 물었다. 메뉴판을 보니 예상보다 가격이 셌다. 난 무엇을 시켜야 할지 몰라 메뉴판을 뒤적거리기만 한다. 그런 나를, 그는 잠시 바라보다 직원을 불렀다.

"샐러드는 카프레제로 주시고요, 여기 크림 리소토 하나에 채끝 등심 하나 주세요. 미디엄 웰던으로요. 음료는 뭐 마실래? 와인? 맥주? 아니면 탄산?"

"아무거나."

익숙하게 주문하는 그를 보며 또다시 주눅 든 나는, 기어들어 가는 목소리로 간신히 말한다. 이곳에 여러 번 와본 사람처럼 그가 거침없이 주문하고 자연스럽게 행동하는 게 신기했다.

"하우스 와인 있죠? 두 잔 주세요."

"운전은?"

"걱정 마. 건배만 할 거니까."

내 걱정에도 그는 부득불 와인을 시켰다. 주문받은 직원이 테이블에서 물러나자 난 그에게, 옆 테이블에 들리지 않을 정도의 낮은 목소리로 윽박질렀다.

"미쳤어? 스테이크가 얼마나 하는지 알아?"

"우리 처음 데이트인데, 그 정도는 해줘야지."

"당신이 돈이 어디 있어서?"

"엄마 카드 있잖아."

태연한 그의 말에 난 한숨을 내쉬었다. 죽은 남편이건 이 남자건, 내 남편이라는 작자는 다 철이 없다.

"걱정하지 말고 즐겨. 당신, 이런 데 와본 적 없잖아."

난 고개를 들어 그를 똑바로 바라봤다. 웃으면서 나를 보는 그의 눈빛을 보니, 그 말은 조롱이 아니라 진심으로 나를 생각하는 것 같았다. 기분이 다시 누그러졌다.

"우리 가끔 이런 데도 오고 그러자. 내가 기억을 잃어서 그런가? 다시 당신 보니까 새로운 기분이 들어. 신혼인 것 같고 좋은데, 당신은 안 그래?"

"이거 계획하고 온 거구나?"

"그럼 아무 생각 없이 그냥 왔겠어? 당신과 화해도 할 겸 이벤트를 준비한 거지."

그가 하얀 이를 가지런히 드러내며 웃었다. 나는 대꾸할 말이 없어 창밖의 야경으로 시선을 돌린다. 강변을 달리는 차들의 불빛이 아름다웠다.

한때, 나도 이런 걸 꿈꿨었지. 한강이 보이는 근사한 레스토랑에서 사랑하는 사람과 함께 저녁 먹기. 그러나 사실 난 이런 대우를 받아본 적이 없었다. 어렸을 때는 고작 김밥천국에서 여러 메뉴를 시켜놓고 배불리 먹는 정도였고, 좀 더 커서는 근사한 레스토랑이라 해봤자 애슐리가 전부였다. 아마 그 정도의 만찬도 그들로서는 최선이었을 테지만. 나만큼이나 가난했던 내 연인들은 늘 돈에 쪼들렸다. 그래서 이런 데 오는 건, 나와는 상관없는 TV 속 일이라고 생각했었다. 그런데 하필, 이 남자와 여기에 오게 될 줄이야…….

한참 상념에 젖어 있는데 요리가 나왔다. 내 앞에 놓인 와인 잔을 들어 그 남자와 건배를 했다. 그는 친절하게도 스테이크를 먹기 좋은 크기로 잘라 내 앞 접시에 놓아준다. 어서 먹어보라는 그의 눈짓에 난 고기 한 점을 입에 넣었다. 따뜻하고 고소한 육즙이 입안에서 툭 터진다.

"맛이 어때? 괜찮지?"

난 대답도 제대로 못 하고 고개를 끄덕였다. 남자에게 이렇게 대우받는 것은 처음이라 낯설기만 했다.

"저번에 보니까 당신이 채끝 등심을 잘 먹더라고. 샐러드랑 리소토도 먹어봐. 음, 이 와인 괜찮은데?"

"운전은 어떻게 하려고 마셔?"

"한 모금만이야. 나머진 당신 줄게. 여기 괜찮지? 마음에 들어?"

그가 스테이크를 마저 자른 다음, 나와 그의 앞 접시에 나눠 덜었다. 정확히 반반씩. 그런 다음 리소토를 먹기 시작한다. 그가 먹는 모습을 보고 있으려니 왠지 가슴이 설렌다. 처음으로 데이트다운 데이트를 해보는 것 같다. 남들이 보기엔 별것 아닌 것으로 보일지 몰라도 이런 시간이 나에겐 동경이었다.

아아, 눈앞의 이 남자가 진짜 남편이었다면 얼마나 좋았을 까? 항상 운명은 잔인하게 흘러간다. 그토록 증오했던 남편이라 는 사람이 새로운 모습으로 나타나다니.

"왜? 입에 안 맞아?"

"아니. 맛있어."

"그런데 왜 안 먹고 날 보고 있어?"

"하도 맛있게 먹길래. 전에도 여기 자주 왔었나 봐?"

"에이, 아니야. 나도 처음 왔어. 오기 전에 인터넷 검색한 게 다인걸."

그가 또 나를 보며 씩 웃는다. 그러지 말아야지 경계하면서도, 나도 모르게 점차 그의 페이스로 끌려 들어가고 있다.

"곰곰이 생각해봤는데, 과거 얘기하는 거 다 쓰잘데기없는 거 같아."

"왜? 그거 없으면 우리가 부부라는 접점이 없잖아?"

"내가 기억이 없는 상태에서 애써 과거만 들춰봤자 싸움만 하게 되는 것 같아. 접점은 앞으로 만들어 가면 되지. 안 그래?"

난 대답하지 않고 와인만 홀짝였다. 하우스 와인인데도 꽤 맛있어서 그의 와인잔에 있는 와인까지 다 마셔버렸다.

"한 잔 더 할래?"

"아니. 여기 좀 비싸서 솔직히 부담스러워."

"엄마 카드 있대도?"

그는 지갑에서 아예 카드를 꺼내 보인다. 검은색의, 작고 네모진 시어머니의 신용카드. 그 카드를 보니 여기 좀 더 있어도 될 것 같다.

"2차는 다른 데 가자."

"2차도 가려고?"

"우리 첫 데이트인데, 할 건 다 해야지."

그의 말에, 내 가슴 깊은 곳이 또 울렁이기 시작했다. 죽은 남편이나 필주 씨와 있을 때와는 또 다른 느낌이었다. 고작 와인 두 잔을 마셨을 뿐인데, 난 기분이 좋아져서 그가 이끄는 대로 자리를 옮겼다.

우리가 간 칵테일 바는 레스토랑보다 2층 아래에 있었다. 직원에게 안내받은 자리는 나란히 앉아 창밖을 볼 수 있는 곳이었다. 발아래로 무수히 지나가는 차들이 보인다. 우리는 탄산수 하나, 칵테일 하나를 시켰다.

"여기도 좋은데? 오늘은 진짜 데이트하는 맛이 난다, 그치?"

"당신과 이런 데 올 줄은 상상도 못 했어."

"과거의 내가 멋이 좀 없었구나?"

"진짜 별로였어. 짠돌이였고."

"아니, 얼마나 돈을 아꼈길래 그런 표현을 써?"

"외제 중고차 할부금 내야 해서 돈이 없다고, 내 생일에 조각 케이크 하나 사주지 않았지."

"진짜? 내가?"

"그뿐인 줄 알아? 결혼할 때는 나더러 몸만 오라더니, 나중에 생활비를 모두 나한테 떠안겼잖아?"

"인간 말종이었네."

"그러면서도 옆집 개 간식 사줄 돈은 있었지. 난 그게 너무 서운해."

"기억을 잃은 게 차라리 다행이다. 내가 생각해도 나, 참 별로네."

남자의 손이 내 얼굴로 슥 다가왔다. 움찔했다. 순간적으로 그가 날 때릴 거로 생각했던 것이다. 죽은 남편에게 맞았던 날들이 기억났다. 물론 나도 맞고만 있지 않았지만. 이런 날, 남자가 안쓰럽게 바라본다.

"내가 당신한테 무슨 짓을 했던 거니?"

그는 흘러내리는 내 앞머리를 대신 쓸어 올려주며 진지한 눈빛으로 말한다.

"과거의 나는 잊어. 앞으로는 지금 당신 앞에 있는 나만 기억하라고."

그 말이 끝나자마자, 그의 얼굴이 가까이 다가왔다. 미처 피할 새도 없이 그와 나의 입술이 닿는다. 난 흠칫 놀랐다. 그런 내 모습에 그가 소리 내어 웃었다.

"뭐야? 수줍어하는 거야?"

내 얼굴이 확 붉어졌다. 난 수줍은 게 아니라 당황한 거다. 기껏 입맞춤 한 번에 내가 수줍어질 리 없다.

"저리 가. 사람 당황스럽게."

"뻣뻣하게 왜 이래? 기분 좋지 않았어? 5년 만의 뽀뽀잖아."

"사람들 많잖아. 왜 이래?"

"뭐 어때? 부부 사인데."

그의 얼굴이 다시 가까워진다. 난 최대한 몸을 뒤로 빼면서 그를 경계한다. 그럴수록 그는 몸을 더 밀착시켜왔다.

"한 번 더 하자. 이번엔 좀 더 길게."

그의 입술을 보자 나도 모르게 몸이 바르르 떨렸다. 이대로 있다간 넘어갈 것 같았다. 마음의 준비가 안 됐는데, 벌써 온몸이 요동치기 시작한다. 자제해야 한다. 그의 유혹을 물리쳐야 한다. 난 속으로 이 사람은 내 적이다 되뇌며 일부러 인상을 잔뜩 찌푸렸다.

"자꾸 이렇게 나오면 나 간다?"

"왜 심각해져서 그래? 우리가 뽀뽀만 한 사이냐?"

그가 계속 느물거리는 투로 나왔다. 내가 그를 노려보며 가방을 들고 일어서자 그제야 그가 태도를 바꿨다.

"알았어, 알았어. 오랜만의 데이튼데 좋게 가자."

어젯밤 성났던 그 얼굴은 찾아볼 수가 없었다. 그는 기분 좋게 계산을 하고 웬일로 차 문까지 열어준다. 난 그런 그가 어색하기만 했다.

집으로 돌아오는 길. 그는 한껏 흥이 올랐는지 라디오에서 나오는 음악을 흥얼거리며 따라 부른다. 칵테일 바에서처럼 과감한 스킨십을 시도하지는 않았지만, 일부러 손끝을 스치고 운전 중에도 이따금 나를 보며 웃어 보였다. 그의 지나친 호의에 난 오히려 몸을 사렸다.

이 남자, 위험하다. 이제까지 내가 만났던 남자들과는 전혀 다른 부류의 사람이다. 곤두선 내 몸의 세포 하나하나가, 그렇게 경고하고 있었다.

효신 이야기 #20 **솔깃한 제안**

그날 밤은 다행히 아무 일도 없었다. 남자는 의외로 젠틀해서, 집에 온 후에도 잘 자라는 인사만 하고 자신이 머무르는 지하 방으로 내려갔다. 칵테일 바에서 싫은 티를 지나치게 낸 건 아닌지 반성할 정도로 그의 태도는 쿨했다.

그와는 반대로 난 쿨하지 않았다. 씻고 침대에 누운 후에도 하루 일을 곱씹느라 한동안 잠을 이루지 못했다. 익숙하게 스테이크를 잘라 내 앞에 놓아주던 그의 크고 긴 손과 칵테일 바에서 곁눈질로 나를 보던 그의 눈빛, 그리고 운전하며 흥얼거리던 그의 노랫소리까지. 마치 영화처럼 그의 모습 하나하나가 머릿속에 맴돌아 괴로웠다. 아직도 내 머리를 쓸어올리던 그의 손길이, 내 입술에 닿은 그의 입술이 느껴진다.

이러면 안 되는데. 그는 진짜 내 남편이 아닌데. 어쩌면 시어머니의 사주를 받아 나를 감시하는 사람일 수도 있는데. 하지만 그에 대한 호감은 내 안에서 점점 커가고 있었다. 이런 감정을 만류하는 나와 그에게 호의적인 나 사이에서, 동틀 때까지 괴로워하다 간신히 잠이 들었다.

평소보다 늦게 눈을 뜬 난, 부랴부랴 출근 준비를 서두른다. 고작 이틀 남은 업무지만 지각한다는 것은 나로선 용납할 수 없는 일이다. 세수만 대충 하고 메이크업도 생략한 채 침실 문을 나섰다.

거실로 내려오니 그는 오늘도 커피를 마시며 나를 기다리고 있다.

"오늘은 늦게 일어났네?"

"어……, 나 늦어서. 간다."

나는 그에게 인사를 하는 둥 마는 둥 하고 집에서 나와 차에 올랐다. 회사에 늦은 이유도 있지만, 어제 일이 떠올라 괜히 쑥스러워진 탓이 컸다. 메이크업을 하지 않고 퉁퉁 부은 얼굴을 보여주기도 싫었다.

운전하는 내내 그 남자에 대해 다시 생각해본다. 그는 진짜 자신이 남편이라고 믿고 나한테 잘하는 걸까? 아니면 일부러 나를 유혹하려고 연기를 하는 것일까? 이런저런 생각을 하며, 나는 속도위반에 걸리지 않을 정도로 과속해 간신히 지각을 면했다.

회사 분위기는 어제와 같았다. 소장과 정주 언니는 자리를 비운 상태였고, 분위기는 어수선했다. 나를 본 필주 씨가 다가왔다.

"과장님, 담배 한 대 피우시죠?"

입으로는 권유를 하고 있었지만, 그의 눈빛에서 무언의 압박이 느껴졌다. 어제 그 남자와 무슨 일이 있었는지 물어보고 싶은 거겠지. 하지만 난 어제의 설렘이 그에게 전해지는 게 싫었다.

"오늘 미세먼지 많다던데 안에서 차나 마시자."

"커피 마실 거죠? 제가 타겠습니다."

"진하게 곱빼기로."

필주 씨가 탕비실로 들어가자 난 주위를 휙 둘러봤다. 상담사들이 삼삼오오 모여 수다를 떨고 있고, 별다른 일은 없는 듯하다. 난 자리에서 일어서 탕비실로 들어갔다. 필주 씨가 종이컵에 가득 든 믹스커피를 내밀었다.

"어제 뭐 했어?"

"뭐 하긴. 그냥 밥 먹고 그랬지."

"어디서? 집에 바로 간 거 아니지? 그치?"

필주 씨는 묘하게 촉이 좋았다. 난 전혀 티를 안 냈다고 생각했는데 내 심정의 변화를 감지한 듯, 질투에 타오른다.

"차가 너무 막혀서 도중에 밥 사 먹었어. 그게 다야."

"정말 밥만 먹었어?"

"아무 일도 없었어."

"무슨 얘기 했는데?"

"평소랑 똑같지. 그 사람은 왜 자신을 기억 못 하느냐고 다그치고, 난 못 믿겠다고 얘기하고. 매번 같아. 그날 있었던 일도 꼬치꼬치 묻고. 아, 피곤했어."

"그런데 표정이 왜 그래?"

"표정? 내 표정이 왜?"

"즐거워 보이는데? 짜증 난 얼굴이 아냐. 평소 자기라면 인상부터 썼을 텐데, 눈이 웃고 있잖아."

갑자기 짜증이 확 치밀었다. 지질하게 질투하는 남자라니. 오늘따라 그가 시시하게 느껴진다. 필주 씨와 더 얘기하다가는 화를 낼 것만 같았다.

"그만해. 나 피곤해지려고 해."

"내가 정곡을 찔렀나 보지?"

"아니야. 자기가 다짜고짜 질투하니까 지쳐서 그래. 우리가 왜 이런 걸로 싸워야 하니?"

"나도 그러기 싫어. 자기가 그 자식 상대만 안 하면 되잖아?"

"그 사람이 찾아온 게 내 잘못이야? 어? 내 잘못이냐고!"

"받아주니까 온 거 아니겠어? 내 말이 틀려?"

"틀려. 당연히 틀리지. 그 상황이 어땠는지 몰라? 회사가 내일이면 문을 닫는데, 그가 알면 안 되잖아. 그러니까 어쩔 수 없이⋯⋯."

노크 소리가 들렸다. 우리는 동시에 입을 다물었다. 문이 열리고 신참 상담사 한 명이 들어왔다. 우리 목소리가 커지면서 대화 내용이 밖으로 새어 나갔는지 상담사가 눈치를 슬쩍 본다.

"무슨 일이야?"

"과장님, 본부장님이 찾으세요."

"알았어. 나가봐."

신참이 필주 씨의 얼굴을 쓱 훑어보더니 탕비실 밖으로 나갔다. 기분이 나빴다. 필주 씨도 열이 받은 듯 탕비실 탁자를 잡고 씩씩대고 있다. 난 그를 한번 째려보고 먼저 탕비실에서 나왔다. 신참이 우리 얘기를 들었을지도 모르지만 뭐, 상관없다고 생각했다. 앞으로 볼 일이 없을 사람이니까.

"부르셨어요?"

"잠깐 얘기 좀 할까?"

정주 언니 책상 옆자리의 의자를 빼서 앉았다. 정주 언니 책상 위에는 다 마신 테이크아웃 커피 컵이 잔뜩 쌓여 있었다. 난 무의식적으로 그 개수를 세어본다.

"일정 잡았어?"

"잡힌 건 없어요. 자리 구할 시간도 부족하고 우리가 쉬는 게 고작 3주잖아요? 그냥 일없이 버텨볼까 해요."

"프리하다 이거네? 그럼 2주만 빡세게 뛰어보면 어때?"

"사람 구하는 데 있어요?"

"용인에 지식산업센터 오픈하는데 경력자 구한대. 단, 2주만 일하는 조건이야. 우리에게 딱이지 않아?"

"괜찮네요."

"아주 좋지. 이렇게 알차게 시간을 활용할 수 있는 자리가 어디 있겠어?"

"페이는 기본급에 인센티브겠죠?"

"당연하지. 요즘 안 그런 데가 어디 있어? 너, 하는 거지? 나 한다고 말한다?"

"언제부터인데요?"

"이번 주 토요일부터, 바로야."

"어머, 모레부터요?"

"하루 쉬고 나가면 충분하지 않아?"

정주 언니의 말에 난 살짝 실망했다. 이곳의 일은 내일까지 하고, 금요일과 주말을 이용해 죽은 남편의 고향과 학교에 다녀올 생각이었다. 그런데 바로 출근하라니. 매력적인 조건이었지만 일정이 꼬일까 걱정이다.

"이틀 정도는 쉬려고 했는데……."

"하루만 쉬어. 거기서도 급해서 부른 거니까, 첫날부터 빠진다고 하면 일이 다른 사람한테 넘어가지 않겠어? 그냥 나가자. 응?"

난 머릿속으로 계획을 수정해본다. 단 하루만 가지고 죽은 남편의 뒷조사를 할 수 있을까? 시간이 부족할 것이다. 하지만 이 일을 놓친다는 게 아쉽다. 돈도 돈이지만, 3주 동안 그 남자를 피해 시간을 어떻게 보내야 할지 자신이 없었다.

"좋아요. 토요일에 현장으로 바로 가면 되나요? 사전 미팅은 없고요?"

"형식상 면접은 봐야 하니까 오늘 오후에 잠깐 만나기로 했어. 이따 이사님이 회사 앞으로 올 거야. 그러니까 점심 약속은 잡지 마."

이런 상황에서도 날 챙겨주는 정주 언니가 고마웠다. 말 많고 정도 많은 언니는 예전에도 항상 나를 챙겨줬었다.

"언니, 고맙습니다."

"고맙긴. 혼자 가기 싫어서 널 꼬신 건데. 이거, 소장은 몰라야 한다. 알지?"

"당연히 잘 알죠."

시행사에 들어갔다던 소장이 돌아오자 우리는 각자의 자리로 돌아갔다. 소장은 정주 언니를 불러 VIP실로 들어갔다. 무슨 얘기를 하는지 두 사람은 한참 동안 나오지 않았다. 다른 사람들은 커피를 마시고 노닥거리며 시간을 보내고 있고, 난 할 일 없이 인터넷만 검색했다. 필주 씨가 나를 보는 시선이 느껴졌지만 그와 말을 나누기 귀찮았다.

그렇게 한참 시간을 보내는데, VIP실에서 나온 소장과 정주 언니가 우리를 다 불러 모았다. 소장이 어렵게 입을 열었다.

　"오늘 시행사 들어갔다 왔는데, 분양관 공사 일정이 안 나온다고 앞당겨 달라는 얘기가 나왔어요."

　"네? 공사가 모레잖아요? 그걸 앞당겨요?"

　"당장 그만두라는 말이네."

　"페이는요? 정산은 어떻게 하고요?"

　"아, 조용조용. 무슨 생각 하는지 다 아는데, 걱정 안 해도 됩니다. 다 지불될 겁니다. 그리고 어차피 지금 일은 없으니까……."

　"갑자기 이러시면 어떡해요? 요즘 아르바이트도 이러진 않습니다."

　"맞아요. 무슨 일용직도 아니고."

　"하루 일당 아끼자고 공사를 앞당기는 겁니까?"

　상담사들이 격하게 항의하기 시작했다. 소장은 이런 사태를 예견한 듯, 입을 다물고 그들이 진정되기만을 기다린다. 하루라도 더 시간이 주어지는 게 좋은 터라 난 조용히 있었다. 그건 정주 언니와 필주 씨도 마찬가지였다.

　난 머릿속으로 일정을 다시 짜본다. 오늘까지 근무한다면, 내일 바로 홍천에 가봐야 하나? 집과 홍천의 거리가 멀지 않아 부지런히 움직이면 하루 안에, 아니 퇴근 시간인 오후 6시 전에 죽은 남편의 고향과 학교를 모두 돌아볼 수 있을 것 같다. 남은 문제는 필주 씨였다. 함께 가기로 했지만, 그가 질투하는 상황에서 꼭 같이 가야 하는지 의문이 들었다.

난 필주 씨를 힐끗 본다. 눈이 마주쳤다. 그도 아까부터 나를 계속 보고 있었던 것이다. 그의 마음을 풀어줘야 할까, 아니면 그냥 내버려 둘까 고민하다가 그가 굽히고 들어오기 전까지 기다리는 게 낫겠다는 결론을 내렸다.

잠시 후, 사태는 대충 수습이 된 듯했다. 소장이 하루치 기본급을 지불하는 것으로 합의가 된 것이다. 돈 문제가 해결되자 상담사들은 이내 잠잠해졌다. 그리고 점심시간이 되자 뿔뿔이 흩어졌다. 화가 난 나머지 짐을 싸서 집으로 가버린 사람도 있고, 다른 이들과 낮술을 마시며 한탄하는 무리도 있었다.

난 정주 언니와 함께 새로 일할 분양 대행사 이사를 만나러 중국집으로 갔다. 그곳에는 나이 50대 중후반 정도의 세련된 외모를 지닌 여자가 혼자 앉아 있었다. 참해 보였지만 포스는 만만치 않았다. 정주 언니가 그녀에게 반갑게 인사를 했다.

"어머, 이사님, 일찍 오셨네요. 오래 기다리셨어요?"

"나도 이제 막 왔어."

"효신 씨는 처음 보시죠?"

"안녕하세요? 정효신입니다."

"반가워요, 이효숙이에요. 정주 씨 통해서 얘기 많이 들었어요. 앉아요."

이사가 시키는 대로 우리는 둥근 원형 테이블에 둘러앉았다. 미리 주문한 코스 요리가 나오길 기다리면서 난 재빨리 엽차를 따른다.

"다급하게 연락해서 미안해. 요즘 경기가 경기인지라."

"웬걸요? 불러주셔서 감사하죠. 그리고 이사님이 부르시는데, 제가 어떻게 안 가요?"

"정주 씨가 온다니까 내가 한결 마음이 편해. 효신 씨는 지식산업센터 분양은 해봤나요?"

"아니요, 처음입니다."

"그럼 공부 좀 미리 해둬야겠네. 메일로 자료 보내놓을 테니까 달달 외워놔요. 거기가 다른 상가와는 셈법이 달라."

"제가 옆에서 잘 일러둘게요. 그리고 이 친구 프로라 금방 적응할 거예요."

"그래 주면 좋고. 참, 효신 씨가 임난희 씨 며느리죠? 난 그렇게 들었는데?"

"아……, 네. 맞습니다."

"난희 씨, 잘 지내요? 요즘 통 보질 못했네?"

"잘 지내지 않으실까요?"

난 난처해서 웃었다. 갑자기 이사의 입에서 시어머니 얘기가 나오자 당황할 수밖에 없다. 일하다 만난 사이라 그런지 어딜 가나 사람들은 내게 시어머니의 안부를 물어온다.

"요즘도 김호중 사장님과 잘 만나시나?"

"모르겠습니다. 그런 얘기는 나눈 적이 없어서요."

"뭐, 고부간이니까 어려울 수도 있죠. 시어머니가 난희 씨면 효신 씨도 VIP 많이 알겠네요. 분양관이 용인인 것은 알죠? 출근은? 괜찮나요?"

"집이 남양주라 가까운 편입니다."

"다행이다. 난 지각하는 사람은 딱 질색이라서. 직함은 우리 어떻게 할까요? 효신 씨 경력이 좀 되던데, 부장 달면 되나?"

"괜찮으시다면 기존처럼 과장으로 있고 싶습니다."

"그게 좋다면 그렇게 하세요. 혹시 오현철 씨는 알아요?"

"아, 네, 알죠. 예전에 몇 번 같이 일한 적 있습니다."

현철 씨 이야기가 나오자 기분이 유쾌하지 않았다. 5년 전과 2년 전에 함께 일하긴 했지만 썩 친한 사이는 아니었다. 아니, 오히려 불편한 사이였다. 가늘고 긴 눈에 비쩍 말라서 말수가 적었던 그는 왠지 나른한 느낌을 주는 사람이었는데, 감시하는 듯 번쩍이는 눈빛이 나는 너무 싫었다. 다른 이들은 그가 사람 좋아 보인다고 평했지만 내 눈에는 안 그랬다. 하지만 고작 2주다. 분양 첫 2주는 소위 말하는 '오픈발'로 가장 바쁠 때이다. 잠깐 일할 건데, 그게 뭔 상관일까 싶었다. 정신없이 일하느라 그와 마주칠 새도 없을 것이다.

"잘됐네. 그러잖아도 현철 씨가 효신 씨 안다고 하더라고. 그가 지금 팀장이에요. 우리가 오피스텔과 사무실도 동시 분양해서 상가 쪽 상담사는 많지 않은데 다들 경력이 좀 세. 프로급만 모아놔서 아마 경쟁이 될 거예요."

이사는 말이 많은 편이었다. 나에게 업계 아는 사람이 얼마나 되는지 물어봤고, 내 분양 실적에 대해서도 많은 관심을 가졌다. 고작 2주 일할 직원에게 과한 관심이었다. 그러나 을의 입장인 난, 그녀가 물어볼 때마다 원할 만한 답을 신중히 골라 답했고 그녀는 내 대처가 매우 만족스러운 듯 보였다.

식사가 끝나고 이사가 떠난 다음에 정주 언니와 나는 분양관으로 돌아왔다. 우리 둘이 분양관으로 들어서자 필주 씨가 달려온다. 그의 얼굴에서 왠지 모를 초조함이 엿보였다.

"오늘이 마지막인데, 요 앞에서 커피 한잔 마시죠?"

"어머, 미안. 난 처리할 게 많아서 안 되겠다. 효신 씨와 둘이 마셔. 응?"

"과장님은 괜찮으시죠?"

"괜찮겠지. 일도 없는데. 효신아, 네가 필주 씨 커피 한잔 사 줘. 마지막인데 좋은 데 가서 마시고 와."

정주 언니가 나 대신 대답을 한다. 그리고 필주 씨에게는 미안하다는 제스처로 한 손을 들어 보이더니 재빨리 자리로 가 앉는다. 거절할 핑곗거리가 없었던 나는 할 수 없이 그를 따라나선다. 아까의 언쟁이 신경 쓰이긴 했지만 오늘같이 수월하게 일이 풀리는 날, 굳이 그와 불화를 만들고 싶지는 않았다. 그리고 어쩌면 내일 그가 필요할지도 모르니까.

커피 전문점에 들어서니 자리는 거의 만석이었다. 필주 씨가 커피를 주문하러 간 사이, 난 유일하게 비어 있는 출입구 쪽 자리에 앉았다. 그리고 필주 씨가 오길 기다리며, 그 남자를 다시 떠올려본다. 어제 그가 여기서 나를 기다렸었지……. 그 남자가 앉아 있던 테이블이 눈에 들어왔다. 지금 그곳에는 두 명의 연인이 앉아 있었는데, 뭐가 그리 즐거운지 쉴 새 없이 웃고 떠들고 있다. 창문으로 따스한 햇볕이 들어와 두 연인이 더 반짝거려 보였다. 부러웠다. 내게도 저런 눈부신 날들이 있었을까?

그러나 그런 감정도 잠시, 필주 씨가 테이블에 커피 쟁반을 내려놓는 순간, 난 현실로 급히 돌아온다. 그가 아이스 아메리카노를 건네줬다. 굳이 말하지 않아도 그는 항상 내 취향을 정확히 알고 있다.

　"본부장이랑 어딜 갔다 온 거야?"

　"알바거리 있대서, 담당자 인사차 갔다 왔어."

　"며칠이나 일하는 건데?"

　"2주? 이번 주 토요일부터 나와 달래."

　"잘됐네. 분양 일이지? 상가야? 아니면 오피스텔?"

　"용인에 있는 지식산업센터."

　"옛날에 아파트형 공장이었던 거 말이지? 그거 경기도에 요즘 많이 분양한다더라."

　"그렇다나 봐. 한 번도 안 해본 건데 잘 하려나 몰라."

　"잘하겠지. 일 생겨서 다행이다. 난 3주 동안 자기 어떻게 하나 걱정했는데."

　"또 질투하는 거야?"

　"아니야. 자기 걱정하는 거지. 자꾸 그렇게 꼬아 보지 마."

　"날 의심하니까 그렇지."

　"그런 게 아니래도. 어쨌든 미안해. 자기 맘 상하게 한 건 다 내 잘못이야. 앞으로 안 그러려고 노력할게."

　"노력만? 그래놓고 또 질투하려고?"

　"진짜 안 그런대도. 토요일 출근이면 홍천은 언제 갈 거야? 난 내일도 괜찮은데."

"그럼 내일 갈까?"

필주 씨가 나를 달래며 절절매자 난 기분이 다시 풀어졌다. 내 기분을 맞추기 위해 노력하는 그의 모습이 가상하게 느껴진다. 내 얼굴이 조금 누그러지자 그는 기회다 싶었는지, 생각했던 계획을 털어놓는다.

"내일 쇼핑몰에서 8시쯤 만나자."

"너무 이르지 않아? 쇼핑몰 열지도 않았을 텐데?"

"극장 때문에 주차장 오픈 일찍 할 거야. 자기 차는 거기 주차하고 내 차 타고 가자."

"뭐, 좋아. 어디부터 갈 건데?"

"그 자식 다녔다는 학교부터 들르려고 하는데, 어때?"

나쁘지 않았다. 내일이면 죽은 남편의 신분을 입증할 증거를 얻을 수 있을 것이다. 운이 좋다면 그 남자의 정체에 대해서도 알 수 있을지 모른다. 그렇게 생각하니 마음이 풀어져서 필주 씨를 향해 활짝 웃어 보였다. 오늘처럼 내일도, 일이 술술 풀리길 바랐다.

효신 이야기 #21 **들뜬 기분**

"왔어? 일찍 퇴근했네?"

현관문이 열리자마자 그 남자의 목소리가 들렸다. 거실로 올라가니 테이블 위에는 거하게 한 상이 차려져 있다. 난 의외의 만찬에 놀라 눈이 휘둥그레졌다.

"이걸……, 혼자 다 만든 거야?"

"엄마한테 얻어왔지. 나 반찬 같은 건 못 만들어."

"어머님이 이걸 만들었다고?"

"반찬가게나 마트에서 사지 않았을까? 뭐가 그리 궁금해? 맛있게 먹으면 되지. 손 씻고 와. 빨리 밥 먹게."

그 남자가 찌개 뚝배기를 테이블에 내려놓으며 말한다. 난 그의 말대로 손을 씻고 자리에 앉았다. 정갈한 반찬과 구수한 찌개 냄새에 입안에 침이 고인다.

"당신 배고팠나 보다?"

남자가 그런 나를 보고 씩 웃는다. 난 괜히 무색해져서 입안에 가득 밥을 떠 넣었다. 그리고 고개를 숙인 채 식사에 열중했다.

"한식 좋아하는구나? 자주 해줘야겠네. 점심은 뭐 먹었어?"

"그냥 중식."

"짜장면? 에이, 좋은 것 좀 먹지. 가만 보면 당신 먹는 게 부실하더라."

내가 맛있게 먹자 그는 매우 흡족한 듯 바라본다. 온기가 있는 테이블에 맛있는 요리, 다정하게 오가는 일상적인 이야기……. 평범하지만 이런 순간들이 얼마나 소중한지 나는 잘 안다. 난 그와 내가 진짜 부부가 된 듯한 착각에 젖었다. 미처 누리지 못한 행복이, 지금 눈앞에 펼쳐져 있었다. 마음 한구석에서는 불안감이 스멀스멀 피어올랐지만, 지금은 잊자. 이 순간만큼은 그런 생각을 하기 싫었다. 난 행복감을 만끽하며 사랑받는 아내의 역할에 빠져들고 있었다.

"밥 먹고 뭐 할 거야? 그냥 2층으로 올라갈 건 아니지?"

"글쎄?"

"우리 영화나 볼까?"

"재밌는 거 있어?"

"로맨스 드라마 어때? 가슴을 찡하게 울리는 거."

"싫어. 난 우는 거 딱 질색이야. 시원하게 액션이나 공포 어때?"

"공포가 시원해? 나 참……. 영화에 대해 진짜 모르네."

"그건 취향 문제지. 로맨스물이나 드라마 볼 거면 난 안 봐."

결국 우리가 타협을 본 건 코미디 영화였다. 결혼을 앞두고 총각 파티를 즐기던 주인공들이 우연한 사건을 계기로 점점 더 나쁜 상황에 처한다는 내용이었는데, 내 취향은 아니었지만 솔직히 나쁘지는 않았다. 그가 옆에서 큰 소리로 웃어대는 통에 나도 재밌다고 느낀 것 같다. 난 곁눈질로 연신 그를 힐끔거리면서 그를 따라 웃고 그를 따라 즐거워했다. 식기세척기가 돌아가면서 내는 윙윙거리는 소리도, 조금 전까지 영화를 고르느라 티격태격했던 것도 모두가 다 좋았다. 이렇게 사는 게, 진짜 부부다운 모습일 거라는 생각이 든다. 왜 이제껏 이런 평범한 즐거움을 누리고 살지 못했는지 아쉽다.

영화가 끝났다. 얼마나 웃었는지 그가 눈가에 고인 눈물을 닦아낸다. 2시간이 채 안 되는 러닝타임이 너무 짧게 느껴졌다.

"아, 재밌네. 당신도 괜찮았지? 이런 거 안 본다고 하더니 잘만 웃더라?"

"나쁘지 않았어."

"솔직히 좋다고 말해."

"괜찮은 편이야."

"앞으로도 영화 자주 보자. 당신과 함께 보니까 더 좋고 재밌는 것 같아."

그의 말에 가슴이 또 설렌다. 이러면 안 되는데.

"벌써 11시가 다 됐네. 늦었다. 당신 자야지?"

아쉬웠다. 그와 조금 더, 소파에 나란히 앉아 있어도 좋을 텐데. 하지만 일어나야 했다.

"시간 빠르네. 갈게."

"잘 자. 좋은 꿈 꾸고."

내가 일어나는 바람에, 손이 그의 손끝에 살짝 닿았다 떨어졌다. 그가 또 나를 보며 웃는다. 잘 자라는데, 좋은 꿈 꾸라는데, 단순히 그것뿐인데 왜 자꾸 가슴이 뛰는 걸까? 난 그가 수상히 여길까 두려워 간신히 입을 뗀다.

"내일 봐."

2층 침실로 돌아와 혼자 침대에 누워 있으려니 어딘가 허전했다. 잠이 오지 않아 이리저리 뒤척이면서, 나는 아까의 일을 떠올려본다. 고작 2시간도 안 되는 시간이었지만 영화를 보는 내내 정말 즐거웠다. 하지만 한참 웃고 난 후 밀려오는 허탈감이 너무도 크다. 즐거운 여행 뒤 찾아오는 후유증처럼 말이다.

난 그에게 빠져들면 안 된다고 다짐해본다. 그리고 내일 있을 일을 떠올리려고 애쓰면서 간신히 잠이 들었다.

아침에 일어나 보니 거실은 또 비어 있었다. 남자는 운동을 간 듯했다. 난 그와 마주치고 싶지 않아 급히 집에서 나왔다. 서두르는 바람에 쇼핑몰에 너무 일찍 도착해서 필주 씨를 만나려면 30분이나 더 기다려야 했다. 편의점 앞에 차를 세우고 아이스 아메리카노를 마시는데 휴대폰 메시지 알람이 떴다. 그 남자였다.

'인사도 안 하고 갔네? 오늘도 일찍 들어올 거지? 좋은 하루 보내.'

남자가 보낸 메시지를 보니 나도 모르게 웃음이 나온다.

"뭘 보고 그렇게 웃어?"

고개를 들어보니 필주 씨였다. 쇼핑몰로 향하다 편의점 앞에 있는 날 발견하고 차를 세운 것이다.

"그냥, 인터넷 좀 봤어."

"왜 여기 있는 거야? 주차장 오픈 아직 안 했어?"

시계를 보니 8시가 다 됐다. 그가 의심할세라 재빨리 휴대폰을 주머니에 넣었다.

"이제 열었겠네. 가자."

"얼마나 일찍 온 거야? 진작 전화하지."

"별로 안 기다렸어. 빨리 가서 주차나 하자."

쇼핑몰에 가서 주차하고 필주 씨 차로 옮겨 탔다. 그의 오래

된 쏘렌토가 미사대교를 건너 서울양양고속도로로 향한다. 덜 렁거리는 그의 구형 내비게이션에는 홍천 해성대가 이미 목적 지로 입력돼 있었다. 소요 시간은 약 1시간 10분 정도. 생각보다 가까웠다. 필주 씨는 오랜만에 여행 간다는 생각에 들떴는지 캔 커피와 빵, 과일 등 간식거리까지 챙겨왔다. 난 그가 준비한 커 다란 비닐봉지 속을 뒤적거리며 그의 아기자기한 면이 귀여워 놀려댄다.

"소풍 가? 뭐 이런 걸 다 싸 왔어?"

"입이 심심할까 봐. 자기 아침도 안 먹었을 것 같고."

"휴게소 들르면 되지, 애처럼 이게 뭐야?"

괜히 기분이 좋아져 깔깔거리며 웃었다. 그가 살짝 무안해하 는 게 느껴진다. 난 그런 그가 갑자기 사랑스러워져 기어봉을 잡은 손을 살포시 쥐었다.

"오랜만에 멀리 가는데, 이런 건 이따 먹고 휴게소 가서 우동 사 먹자. 응?"

내가 다정하게 나오자 그가 내 손등을 문지른다. 이건 나한테 원하는 게 있을 때마다 나오는 습관적인 동작이다. 그의 입에서 무슨 말이 나올지 짐작됐다.

"이 일 일찍 끝나면 쉬었다 갈 거야?"

그가 조르는 눈빛으로 나를 본다.

"아이, 참, 자기도. 오늘은 됐어. 아직 일을 시작도 안 했는데 그래."

"나 하고 싶어."

"안 돼. 나 오늘 아침에 터졌어. 지금 생리 중이란 말이야."

물론 거짓말이었다. 때가 되긴 했지만 아직은 생리 전이었다. 내 말에 그가 금세 시무룩해진다. 하지만 어쩔 수 없었다. 그에 대한 욕구가 요즘 잠잠해진 걸 나더러 어쩌란 말인가. 어색해진 분위기를 만회하기 위해 음악을 틀었다. 스피커에서 10여 년 전의 댄스 음악이 흘러나왔다. 난 큰소리로 웃었다.

"뭐야, 필주 씨. 아직도 CD 들어?"

"아, 그냥 꽂혀 있는 거라. 내가 음악 잘 안 듣잖아."

그가 무안해했다. 하지만 그 덕분에 기분이 명랑해진 나는 드라이브가 즐거워진다. 음악도 흥겨웠고, 날씨도 너무 좋았다. 우리는 노래를 따라 부르며 옛 추억에 젖는다. 다시 어린 시절로 돌아간 것 같아 재밌었다. 그리고 차는 달리고 달려 마침내 해성대 입구에 도착했다.

필주 씨가 주차하는 동안, 난 멍하니 교문을 오가는 학생들을 바라본다. 내가 무사히 저 안에 들어가 죽은 남편의 졸업 앨범을 확보할 수 있을까? 가슴이 두근거린다.

"뭐 해? 들어가자."

필주 씨의 재촉에 정신이 들었다. 그를 쫓아 교문 안으로 들어서니 긴 비탈길이 나왔다. 경사는 완만했지만 이런 비탈길은 오랜만에 올라가는 터라, 운동화를 신고 올 걸 하고 후회했다. 언덕이 끝날 무렵, 중앙도서관으로 추측되는 건물이 나왔다. 학교 소개 지도에서 본 것과 비슷한 위치에 있으니 아마도 확실할 것이다. 중앙도서관에는 학생들이 유난히 많이 드나들고 있었다. 필주 씨와 나도 학생들을 따라 회전문을 통과해 건물 안으로 들어갔다. 그러나 그 앞에서 곧 멈칫한다. 도서관 입구에는 마치 지하철 개찰구와 같은 기계가 설치되어 있어 학생증이 없이는 출입할 수 없었기 때문이었다.

생각지도 못한 난관에 부딪히자 난 당황해서 필주 씨를 돌아봤다. 그도 곤란한 표정이었다.

"학생증을 구해야겠는걸."

"어디서?"

"글쎄. 일단 밖에 나가서 주변을 살펴보자."

"들어갈 수 있을까?"

"들어가야지, 무조건."

우리는 중앙도서관 입구에 있는 편의점으로 갔다. 내가 벤치에 앉아 있는 동안 필주 씨가 아이스 아메리카노를 사 왔다. 필주 씨와 난 차가운 커피를 마시면서, 저 출입구를 어떻게 뚫고 들어가야 할지 고민에 빠진다.

"대학교는 건물마다 입구에 다 저런 게 있는 거야?"

"아니. 학생증으로 출입하는 것은 아마 도서관뿐일 거야."

"그럼 학생증만 구하면 되네?"

"그것만 있으면 무사통과지. 하지만 어떻게 구하려고?"

"학생들에게 빌려달라고 하면 안 될까?"

"자기 같으면 빌려주겠어? 신고 안 당하면 다행이겠다."

"신고?"

"요즘 애들 까칠하잖아. 조금만 수상해도 바로 신고할걸. 저

길 봐. 곳곳에 CCTV가 있어. 누군가 우릴 수상하게 여기는 순간, 우리의 동선이 다 확보되는 거지. 내 차 번호까지도."

그럴듯한 얘기였다. 우리는 CCTV와 낯선 학생들 사이에서 의심받기 좋은 이방인이었다. 무슨 행동을 하든 주목받을 게 뻔했다. 하지만 여기까지 왔는데 포기할 수 없지 않은가. 난 자리에서 일어났다.

"어디 가려고?"

"화장실 다녀올게. 저 건물에 있겠지?"

"같이 가줄까?"

"아니. 자긴 여기서 기다려."

난 필주 씨를 남겨두고 맞은편 건물로 향했다. 화장실은 1층 왼쪽에 있었는데, 그 좁은 공간이 여학생들로 가득했다. 여학생들은 가방을 창가 쪽에 아무렇게나 놔둔 채 거울을 보며 메이크업을 고치느라고 바빴다. 그러면서 쉴 새 없이 떠든다. 나도 파운데이션을 꺼내 들고 여학생들 틈에 껴서 메이크업을 수정했다.

"종수 오빠 어제 취한 거 봤어? 장난 아니야."

"몇 시까지 마시다 갔는데?"

"몰라. 한…… 2시까지 마셨나?"

"둘이 사귀어?"

"미쳤어? 내가 왜?"

"너 솔직히 말해. 둘이 자주 붙어 다니더라?"

"야, 아, 존심 상해. 내가 종수 오빠랑 왜?"

여학생들이 수다를 떠는 동안, 난 열린 가방 중 하나에서 장지갑을 발견했다. 저 장지갑 속에 학생증이 들어 있을 터였다. 화장실 안을 둘러보니 생각했던 대로 CCTV가 없다. 난 조심스럽게 거울 쪽을 몸으로 가리고 장지갑을 꺼냈다. 지퍼를 열어보니 학생증이 바로 보인다. 학생증을 꺼내 든 난, 장지갑을 도로 가방 안에 넣었다. 주변을 살펴봤는데 다행히 아무도 눈치채지 못한 것 같았다. 아무렇지도 않은 척, 이번에는 마스카라를 바른다. 가슴은 두근댔지만 태연하게 메이크업을 수정하며 스스로를 다독였다. 이건 내 잘못이 아니다. 가방을 열어 놓은 여학생이 부주의한 거다. 게다가 돈을 훔친 것도 아닌데, 뭐 어때.

　메이크업을 마치자마자 화장실에서 후다닥 나왔다. 학생증을 잃어버린 것을 모르는 여학생의 요란한 웃음소리가 화장실 밖까지 들려온다. 다행이다. 들키지 않았다. 난 여학생 지갑에서 빼낸 학생증을 들고 당당하게 필주 씨 앞으로 갔다. 그리고 그의 앞에 서서 자랑스럽게 학생증을 내보였다. 자, 봐봐. 이렇게 식은 죽 먹기인걸. 난 속으로 이렇게 으스댄다.

　"잠깐 빌렸어."

　내 손의 학생증을 보고 필주 씨가 놀라서 눈동자가 커진다. 난 다시 유쾌해졌다. 오늘 일도 순조로울 거라는 기분 좋은 예감이 들었다.

　이번에는 나 혼자 중앙도서관으로 들어갔다. 실수하지 않기 위해 개찰구 앞에 서서 학생들이 오가는 모습을 주의 깊게 살폈다. 도서관에는 처음 가보는 것이라 살짝 긴장이 됐다. 내가 죽은 남편의 졸업 앨범을 무사히 구할 수 있을까? 다른 학생들처럼 나도 훔친 학생증을 개찰구 상단 패드에 갖다 댔다. 그 순간 내 앞을 막고 있던 바가 쓱 올라간다. 무사통과다! 난 속으로 쾌재를 부르며 안으로 들어갔다.

　도서관 안은 생각했던 것보다 넓었다. 1층 홀의 천장은 매우 높았으며 중앙에는 테이블과 의자가 여러 개 비치되어 있었다. 홀 주변의 방은 책으로 가득했는데 학생들이 좌석을 빼곡하게 메우고 있다. 수많은 사람이 한꺼번에 공부하는 모습을 본 것은 처음이라, 난 깊은 인상을 받았다. 하지만 지체할 수 없었다. '사회과학 자료실', '인문과학 자료실', '전자 정보실', '열람실' 등 난 각 방을 돌아다니며 졸업 앨범이 있을 만한 곳을 찾았다. 안타깝게도 졸업 앨범은 쉬이 눈에 띄지 않았다.

　난 조바심에 도와줄 사람을 찾았다. 이곳을 잘 아는 사람이라면 분명히 졸업 앨범 있는 곳을 알려줄 것이다. 카운터에 앉아 책을 보는 안경 낀 여자가 눈에 들어왔다. 저 여자라면 알고 있지 않을까? 당장이라도 묻고 싶었지만 한편으로는 걱정이 됐다. 나에게 학생이 맞느냐고 물으면 어쩌지? 어떻게 들어왔냐고 하면 뭐라고 답할까? 난 몇 분간을 고민하다 용기를 내어 그녀에게 다가갔다.

"저어⋯⋯."

너무나 조심스러웠던 나머지 난 기어들어 가는 목소리로 물었다. 소리는 작았지만, 안경 쓴 여자는 재빠르게 나를 돌아본다.

"저⋯⋯, 졸업 앨범은 어디 있나요?"

가슴이 쿵쾅거렸다. 그런 건 아무나 보여줄 수 없는 거라고 말할까 봐 겁이 난다.

"4층 연속간행물실이요."

다소 퉁명스러웠지만 즉각적인 답변이 돌아왔다. 그녀는 할 말만 하고 다시 고개를 숙여 책을 읽는 데 열중한다. 나 따위는 신경 쓰지 않는 눈치다. 다행이었다. 정보는 그걸로 충분했다. 난 안도의 숨을 내쉬고 가슴을 쓸어내리며 홀로 나왔다. 홀 한쪽에는 엘리베이터가, 그 반대편에는 계단이 있었는데 난 4층까지 걸어 올라가기로 결심한다. 엘리베이터를 기다리는 학생 수가 많았고, 무엇보다 그들 틈에 끼기가 어색했다.

4층에 올라가니 연속간행물실 팻말이 보였다. 난 그곳으로 들어가 정신을 바짝 차리고 졸업 앨범을 찾기 시작했다. 책꽂이 하나하나를 뒤지며 모퉁이 돌기를 여러 번, 결국 졸업 앨범이 쭉 나열된 장소 앞에 다다랐다. 그곳에는 해성대가 창립했을 때부터 지금까지의 졸업 앨범이 모두 모여 있었다.

찾았다! 긴장한 나머지 침을 꿀꺽 삼켰다. 난 책꽂이에서 남편이 졸업했으리라 추측되는 연도의 앨범을 죄다 꺼냈다. 앨범이 너무 두꺼워 보기 힘든 터라, 아예 바닥에 주저앉아 차례대로 앨범을 뒤적였다. 몇몇 사람이 내 근처를 지나갔지만 아무도 나를 신경 쓰지 않았다. 두꺼운 앨범은 다시 대학별로 세분화되어 있었다. 거기에서 나는 전자과를 찾는다. 하지만 아무리 한 명, 한 명 이름을 찾아보고, 혹시라도 개명한 건 아닐까 얼굴도 확인해봤지만 내가 아는 사람은 앨범에 없었다.

다른 연도의 앨범을 열었다. 이번에도 꼼꼼하게 살폈지만 결과는 마찬가지였다. 바닥에 쌓아놓은 앨범의 수가 줄어들수록 내 마음은 불안해지기 시작한다.

드디어 마지막 앨범. 전자과를 찾는 손끝이 살짝 떨린다. 그런데, 이건…… 뭐지? 단체 사진이 있어야 할 첫 장이 뜯긴 게 아닌가? 설마 하는 마음에 다음 장을 넘겼다. 남편의 사진이 있어야 할 앨범의 페이지도 찢겨 있었다.

난 당황했다. 이게 왜 훼손된 걸까? 왜 하필 남편이 나온 페이지만 없지? 실수로 찢은 걸까? 아니면 일부러 찢은 걸까? 누군가 일부러 가져갔다면, 그 사람은 누구일까? 순간, 머릿속에 키가 작고 마른, 안경 낀 남자가 떠올랐다. 얼굴 한번 본 적 없는 그였지만, 그를 생각하자 소름이 끼친다. 나보다 한발 앞서 죽은 남편의 이력서를 가져갔던 사람. 생각하면 할수록 그가 가져갔을 거라는 심증이 굳어졌다. 심한 낭패감에 빠져 앨범 연도를 확인하지 않은 채 책꽂이에 대충 꽂아놓고 서둘러 연속간행물실에서 나왔다.

화가 났다. 죽은 남편의 앨범을 찾기 위해 다른 사람의 학생증을 훔치기까지 했는데, 헛수고를 했다. 화장실 입구 옆에서 비

상계단을 발견한 난, 그곳에 쪼그리고 앉아 밖에서 기다리고 있을 필주 씨에게 전화를 걸었다.

[찾았어?]

"아니."

내가 힘없이 대답했다. 영문을 모르겠다는 그의 답이 되돌아온다.

[왜? 졸업 앨범이 없어?]

"있는데, 남편 사진이 있을 것 같은 페이지만 찢겨 있더라."

[뭐? 그 페이지만?]

"갑자기 무서워져. 우리 말고도 남편을 찾는 사람이 또 있어. 그 키 작고 안경 썼다는, 그 사람일까? 그 사람이겠지?"

[그건 모르지.]

"아냐, 맞을 거야. 그 사람이 아니면 누가 가져갔겠어? 그 사람은 왜 남편 뒤를 쫓는 걸까? 설마 우리도 감시하는 거 아니야?"

[자기야, 침착해. 앨범 뒤는 봤어?]

"앨범 뒤? 거긴 왜?"

[그것도 확인해봐. 아마 주소록이 있을 거야. 거기 보면 옛 주소가 나올 거니까, 그거 보고 그 자식 집을 찾아가 보자.]

"나도 찢어야 할까?"

[아니, 메모하거나 휴대폰으로 몰래 촬영해 와. 찢었다가 괜히 문제 만들지 말고.]

"알았어. 시키는 대로 할게. 그런데 나 너무 떨린다."

[안경 쓴 사람이 찢어 간 건지 아닌지는 모르잖아. 벌써 겁먹을 필요는 없어. 우연이 겹친 걸 수도 있으니까.]

난 필주 씨가 이런 상황에 의외로 침착한 데 놀랐다. 그에게 든든함을 느끼면서 또다시 연속간행물실로 들어갔다. 그의 말대로 앨범 뒷부분을 보니 주소가 길게 나열돼 있었다. 그리고 '김재우'라는 이름을 찾았다. 휴대폰에 증거가 남을까 두려워 차마 사진을 찍지는 못하고 메모장에 주소를 입력했다. 그리고 제대로 입력했는지 몇 번이나 확인했다. 죽은 남편의 사진은 구하지 못했지만, 옛 주소를 찾은 게 어디인가 싶었다.

연속간행물실에서 나와 계단을 통해 1층으로 내려간 나는 화장실에 들렀다. 변기에 앉아 볼일을 보면서 훔친 학생증을 꺼내 본다.

앳된 얼굴의 여학생이 천진난만해 보였다. 고마워, 하지만 너의 역할은 여기까지야. 학생증에 묻은 지문을 깨끗이 닦은 다음 변기 옆 휴지통에 버렸다. 변기 레버를 내리니 쏴아- 하고 내려가는 물소리가 시원하게 들린다.

학생들 틈에 섞여 중앙도서관을 나왔다. 손을 작게 흔들며 나를 기다리는 필주 씨의 모습이 보인다.

"주소 찾았어?"

고개를 끄덕였다. 아까의 두려움은 그새 사라지고 없다. 우리는 의기양양한 모습으로 학교에서 나왔다. 그의 쏘렌토에 올라타 죽은 남편의 옛집을 내비게이션으로 찍어보니 해성대에서 불과 30분 거리에 있었다.

우리는 바로 출발했다. 홍천 터미널 앞을 지나 강을 건너니, 30분이 채 되기도 전에 목적지에 도착했다. 잘 닦인 도로 덕에 예상보다 일찍 도착한 것이다.

차에서 내렸다. 그러나 우리 눈앞에는 집이 아닌, 누가 봐도 지은 지 얼마 되지 않은 새 아파트 단지가 들어서 있었다. 그 모습을 본 우리는 실망하지 않을 수 없었다.

"주소는 아파트가 아닌데?"

"여기가 맞아. 집을 허물고 아파트를 지은 거지. 봐, 몇 년 안 된 거 같잖아."

"진작 찾아올걸. 이제 어떡하지? 이대로 포기해야 하는 거야? 아니면 누구한테 물어봐야 할까?"

난 초조해져 주변을 둘러본다. 아파트 단지 앞은 너무나 정비가 잘 되어 있어 옛 모습은 전혀 남아 있지 않았다. 당연히 죽은 남편을 기억하는 사람도 없을 것 같다.

"여기 골목으로 들어오기 전에 미니 슈퍼 있는 거 봤어?"

"앞에 똥개 묶여 있던 그 구멍가게?"

"거기 한번 가보자."

"여기서 떨어져 있는데, 슈퍼 주인이 알겠어? 차라리 부동산 들르는 게 낫겠다."

"그래도 여기서는 제일 오래돼 보이던데? 가보자. 혹시 모르잖아."

필주 씨는 차를 아파트 옆에 주차하고 골목 입구로 앞장서 걸어간다. 그의 고집을 꺾을 수 없는 나도 투덜대며 따라나섰다.

그는 미니 슈퍼에 들어가고 난 낡은 파라솔 의자에 앉았다. 바로 옆에는 하얀 개가 묶여 있었는데, 낑낑대며 우리를 반가워했지만 난 모르는 척 외면을 했다. 난 개를 좋아하지 않는다. 옆집에서 키우던 개가 생각나 유쾌하지 않았다.

잠시 후, 빵과 우유 등 간단한 먹을거리를 산 필주 씨가 가게에서 나왔다. 혼자가 아닌 슈퍼 주인과 함께 말이다. 그는 그새 슈퍼 주인과 안면을 텄는지 자연스럽게 얘기를 나누며 파라솔에 앉았다.

"어휴, 여기 많이 변했어요. 제가 왔을 때만 해도 모두 집이었는데."

"많이 변했지. 아파트가 다 들어섰잖아. 여기만 그런 줄 알아? 저 강 건너편은 더해."

"아파트 들어서니 좋죠?"

"사는 사람이야 좋겠지. 우린 별로야. 사람들이 아파트 상가 편의점으로 다 가버려서 우린 뭐, 죽이나 쑤지."

난 그들이 무슨 얘기를 하건 상관하지 않았다. 시큰둥하게 필주 씨가 건네준 빵을 뜯어 먹고 우유를 마신다. 배가 고프지도 않았는데, 낙담해서일까, 간식거리가 술술 들어간다. 필주 씨는 뭐가 그리 즐거운지 슈퍼 주인과 떠들고 있다. 그가 짧은 경력에도 왜 분양 실적이 높은지 알 것 같았다. 아줌마들 사이에서 선호도가 높은 건 인정하는 바다.

"근데 여긴 왜 온 거야? 처음 보는 얼굴인데?"

"아, 친구 찾으러 왔어요."

"친구? 여기 사는 친구야?"

"군대 동기인데 연락처가 없어서 만날 수가 있어야죠. 그래서 직접 찾아왔어요. 근데 아, 너무 변해서…… 찾지 못하겠네요."

"이런, 그 친구가 누군데?"

"김재우라고…… 아세요?"

"몰라. 못 들어봤는데."

"혹시 알 만한 분이 없을까요?"

"왜? 꼭 만나야 해? 그럴 만한 일이 있어?"

"사실은…… 제가 몇 년 전 사업이 망했거든요. 도와줄 사람이 아무도 없어, 이제 죽는구나 했는데, 걔가 저한테 돈을 빌려준 거예요."

"얼마나?"

"2천이요. 돈도 없는 친군데."

"오마나, 많이 빌려줬네. 그래서?"

"간신히 재기해서 먹고살 만하니까 그 친구가 생각난 거죠. 갚아야지 했는데 연락처는 바뀌었지, 회사도 그만뒀다고 하지……, 연락할 방법이 없으니까 여기까지 찾아온 거예요."

"아이고, 이런……. 친구 하나 잘 뒀네. 그 돈 꼭 갚아야 할 텐데."

"그러니까요. 사장님, 혹시 그 친구에 관해 물어볼 만한 곳이 있을까요?"

"나이가 얼마나 됐는데?"

"30대 중반이에요."

"그럼 미용실 강 씨가 알려나? 그 집 딸도 그 나이 됐거든."

슈퍼 주인의 말에 빵이 목에 턱 걸렸다. 난 우유를 급히 들이켠다. 절벽에서 굵은 동아줄을 잡은 느낌이었다. 난 절실한 마음으로 슈퍼 주인을 바라봤다. 그건 필주 씨도 마찬가지였을 거다.

"미용실이오?"

"그 집 가시나가 어렸을 때 하도 싸돌아다녀서 그 나잇대 애들은 다 알 거야, 아마."

"미용실이 아직도 할까요?"

"그럼. 저기 절 보이지? 그 옆 골목으로 들어가 좌회전하면 강 미용실이라고 나와. 거기 가서 물어보면 되겠네."

"고맙습니다."

"친구 돈 갚는다는데, 좋은 일은 서로 도와야지. 어서 가봐."

필주 씨와 난 슈퍼 주인에게 인사를 하고 부랴부랴 미용실로 향했다. 40년은 족히 달고 있었을 것 같은 낡은 간판에는 흘림체로 '강 미용실'이라고 적혀 있었다.

우리는 주저하지 않고 미용실 안으로 들어갔다.

효신 이야기 #23 **소문**

미용실 안은 시간이 멈춘 듯했다. 입구에 드리워진 발을 들추고 안으로 들어서니 파마약과 청국장찌개가 뒤섞인 묘한 냄새가 풍겨왔다. 비좁은 공간에는 낡고 허름한 미용실 의자 두 개와 머리 감는 의자 하나가 있었고, 수건을 머리에 둘러싼 비슷비슷해 보이는 50, 60대 중년 여자들이 소파에 둘러앉아 있다. 귀와 앞발을 보라색으로 염색한 푸들이, 나와 필주 씨를 보자마자 세차게 짖기 시작했다.

"해피야! 조용! 손님이야, 손님! 얼른 저기 가서 앉아요, 빨리."

머리에 수건을 감은 여자들 틈에서 손톱 정리를 하고 있던 여자가 큰소리로 외쳤다. 미용사로 보이는 그 여자의 말대로 우리는 재빨리 미용실 의자에 앉았다. 그제야 해피는 짖는 걸 멈춘다.

"얘가 손님 하난 잘 알아봐서……. 놀랐어요?"

"아, 아닙니다."

"머리하러 오신 건 아닌 것 같은데?"

"말 좀 여쭈려고 왔어요."

"여기서 뭘 여쭈려고 하나? 보험이나 종교는 아니죠?"

"사람을 찾고 있습니다."

필주 씨가 차분히 말을 이어나갔다. 미용실 내 여자들의 관심이 모두 우리에게 쏠렸다.

"제 친구가, 저 위쪽 아파트가 세워지기 전에 여기 살았어요. 근데 찾으려고 하니 못 찾겠네요."

"그런 건 인터넷으로 알아봐야지. 젊은 사람들이. 전화번호나 메일 주소 몰라?"

파란 수건을 감은 여자의 말에 다른 사람들이 까르르 웃었다. 중년의 여자들은, 사춘기 소녀만큼 별거 아닌 일에도 참 잘 웃는다.

"연락 끊어진 지가 한참 됐어요. 오죽하면 이렇게 찾아왔겠습니까?"

"친구는 왜 찾는데?"

"오래전에 제가 돈을 빌렸어요. 이제 형편이 좀 나아져서 갚으려고 하는데, 연락이 안 되네요."

"그럼 동사무소나 경찰서를 가야지, 왜 여기를 찾아와?"

"그러게. 우리라고 뭘 알겠어?"

"이렇게 찾아보고 안 되면 동사무소를 가든 경찰서를 가든 해야죠."

"이름이 뭔데?"

"김재웁니다. 저 위 아파트가 있던 자리에 살았던."

"나이는?"

"30대 중반이에요."

"중반이 뭐야, 중반이! 다섯이면 다섯, 여섯이면 여섯이지."

"아휴, 요즘 젊은 사람들은 한국 나이, 외국 나이 섞어 써서 그래. 복잡하게시리."

"저 그게, 일하다 만난 사이라……."

"그러니까 대충 서른다섯, 여섯이라 이거지?"

우리의 얘기를 곰곰이 듣고 있던 미용사가 미용실 안쪽의 방을 향해 외친다.

"야, 야, 수연아. 이수연!"

"어우, 왜?"

안쪽 방에서 여자 목소리가 들려왔다. 여자의 반응에 미용사는 한껏 목소리를 높인다.

"이리 좀 나와 봐."

"왜?"

"야, 이년아, 엄마가 부르는데! 나와 봐."

그제야 머리를 뒤로 질끈 묶은, 살집이 두둑한 여자 하나가 나왔다. 살만 빠지면 꽤 예뻤을 얼굴이다. 그녀는 미용사를 향해 볼멘 목소리로 말했다.

"아이 씨, 왜 자꾸 불러. 바빠 죽겠는데."

"바빠? 네가? 허이 참, 하루 종일 게임하는 주제에 퍽이나 바쁘겠다."

"왜 자꾸 시비야?"

"너 김재우란 애 알아? 저 위쪽에 살던?"

"김재우? 저 위쪽?"

"저기 아파트 선 데 살았던 김재우란 애."

"재우? 재연이 오빠 말하나?"

"재연이가 오빠가 있었어?"

"엄만, 걔네 쌍둥이잖아. 언제는 걔네 오빠 잘생겼다 해놓고."

여자의 말에 귀가 쫑긋했다. 죽은 남편의 전 직장 경리도 그랬었다. 홀어머니에 여동생이 있다고. 맞게 찾아온 것 같았다. 하지만 찜찜한 게, 죽은 남편도 지금 그 남편이라는 사람도 여동생 얘기는 입에 담은 적이 없다. 시어머니도 마찬가지였다. 문득 지금 그들이 말하는 김재우가 다른 사람일 수도 있다는 생각이 들었다. 하지만 일단 귀를 기울여본다.

"너 재연이 오빠 연락처 알아?"

"내가 그걸 어떻게 알아? 걔도 작년에 우연히 본 건데."

"혹시…… 재연이라는 친구 연락처라도 알 수 있을까요?"

"네?"

수연이라는 여자가 그대로 방에 들어갈까, 조급증이 나 단도직입적으로 물었다. 급작스러운 내 물음에 놀란 그녀는 그제야 나를 본다.

"휴대폰 번호요? 모르는데?"

"걔네 펜션 한다며? 너 거기 갔다가 만난 거라 했잖아. 전화번호 몰라?"

"내가 외우고 다니나? 그런 건 인터넷 쳐봐야 알지."

"펜션 이름을 알려주실 수는 있죠?"

"여수 비치 펜션요. 인터넷 찾아보면 바로 나와요."

"고맙습니다. 그런데 저…… 같은 이름을 가진 사람은 이 동네 또 없겠죠?"

"전 다른 김재우는 몰라요."

"아, 고맙습니다."

"엄마, 이제 됐지? 나 들어간다."

수연이라는 여자는 우리 쪽으로 고개를 까닥하더니 방으로 들어갔다. 하지만 미용실 안은 여전히 쌍둥이 남매에 관한 얘기로 한창이었다. 아까 이름을 얘기할 때는 모르더니 쌍둥이란 말에 기억이 나는 듯 신나게 이야기보따리를 풀어놓는다.

"사내애가 훤칠하니 인물이 참 좋았지."

"아무리 이란성이라지만 남매가 너무 안 닮았어."

"왜, 여자애도 인물은 안 빠졌어."

"얼굴이 요만해가지고 누리끼리한데 뭐, 인물은."

"그만하면 예쁘지. 에그, 사고만 안 났어도."

"그러게. 다리만 성했어도 도망치듯 멀리까지 가서 안 살았을 거야."

우리는 얘기 듣는 재미에 눌러앉았다. 여자들이 입을 열 때마다 정보가 쏟아졌기 때문이다. 마치 물 맑은 개울물에서 물고기를 낚는 기분이었다.

"그래도 지복은 따로 있다고, 지금 시집가서 잘산대잖아."

"그래? 남편이 뭐 하는 사람인데?"

"아까 말했잖아. 둘이 펜션 한대."

"펜션 하면 돈 많이 들었을 텐데? 부자네. 결혼 잘했네. 애는 있고?"

"둘이 산대지, 아마?"

"어디서 하는데?"

"어디라고 했지?"

"이제까지 뭐 들었어? 여수. 여수 비치 펜션이래."

"하이고, 멀리도 갔다."

"여자애가 다리를 절어서 그렇지, 인물도 좋고 참했어."

"엄마 닮아 그렇지. 그 아줌마도 참하고 사람 좋았는데. 지금 딸이랑 같이 살려나?"

"모르지, 뭐."

"아들 있는데 아들이랑 같이 살겠지."

미용실에 모인 여자들의 수다가 길어진다. 필주 씨가 나가자는 눈짓을 했다. 나도 더 이상 나올 얘기가 없다는 판단이 들어서 고개를 끄덕였다.

"오늘 말씀, 고맙습니다."

"벌써 가려고?"

"집이 서울이라 빨리 가봐야 해서요."

"아, 그래요. 친구 꼭 찾고, 돈도 꼭 갚고."

"네, 그럴게요. 고맙습니다. 안녕히 계십시오."

필주 씨가 싹싹하게 인사하고 미용실을 나왔다. 난 그의 뒤를 따라 나오며 미용실 주인 말투가 재밌다는 생각을 한다. 얘기하는 내내 반말로 말하다가 마지막에는 존댓말로 마무리하는 센스라니. 그래도 죽은 남편이 여동생이 있고, 그녀가 여수에서 펜션을 한다는 귀한 정보를 얻었다. 그들이 말하는 김재우가 죽은 남편인지 아닌지 모르겠지만 확인해볼 만한 가치가 있는 정보였다.

"어휴, 거기서 입 잘못 놀렸다가는 뼈도 못 추리겠더라."

운전을 하면서 필주 씨가 고개를 가로젓는다. 아까는 그렇게 웃으며 고개를 끄덕이더니 나이 든 아줌마 여럿을 상대하기가 내심 벅찼나 보다. 난 휴대폰으로 시간을 확인한다. 아직 오후 4시밖에 되지 않았다. 집에는 8시까지만 들어가면 된다.

"여기까지 왔는데, 우리 카페에나 들어갈까?"

"쉬다 가면 안 돼?"

필주 씨가 길가에 즐비한 모텔을 가리켰다. 어색한 영문 이름을 단 모텔을 보니 확 짜증이 났다. 아무리 나를 위해 그가 하루를 희생했어도 이건 아니다.

"나 생리한대도."

"그냥 안고 누워 있고 싶어. 그것도 안 돼?"

"안 돼. 싫어."

난 토라진 척, 새침하게 말한다. 안고만 있을 거라 말하지만 그 뒤는 불 보듯 뻔하다. 그리고 요즘 그에 대한 욕구가 생기지 않는다. 예전엔 필주 씨만 생각해도 몸이 금세 뜨거워지곤 했는데. 한때는 끓어오를 듯 넘쳤던 성욕이 사라지고 없다. 이상한 일이다.

"알았어. 카페 가서 맛있는 거나 먹자. 저기 갈까?"

필주 씨가 내 기분을 맞추기 위해 애를 쓴다. 마음은 여전히 꽁한 상태였지만, 수고한 그를 위해 싱긋 웃어 보였다. 도로 옆에 있는 카페는 규모가 크고 한 면 전체가 유리로 된 곳이었다. 카페 안에는 로스팅 기계도 있었고 케이크도 있었는데 그 규모만큼 사람은 많지 않았다. 우리는 구석진 곳에 자리를 잡았다. 햇빛을 싫어하는 나를 위해, 그가 일부러 밖이 보이는 자리에 앉고 그늘진 곳에 날 앉혔다.

"진짜일까?"

"뭐가?"

"아줌마들이 말한 사람. 그 사람이 진짜 당신 남편일까 해서."

"그러게. 김재우란 이름이 아주 드문 이름도 아니고, 그렇다고 흔한 이름도 아니고. 나도 헷갈려. 여동생 있다는 얘긴 처음 들었거든."

"고등학교에 찾아가 봐야 하나?"

"아니, 그건 안 돼. 동네 사람들에게 묻는 것과 학교에 알아보는 것은 다르지. 학교에 문의했다가는 우리가 그를 뒷조사했다는 흔적이 분명히 남을 거야."

"여수에 가볼 거지?"

"내일이라도 당장 가야지. 펜션 주인이 진짜 여동생 맞는다면 대박인 거잖아? 게임 끝이야."

"만약 아니면?"

"다시 원점이지. 하지만 모르잖아? 그 여자가 또 다른 정보를 줄 수도 있어."

그때 휴대폰 벨이 울렸다. 필주 씨 휴대폰이었다. 휴대폰 액정에 뜬 전화번호를 확인하더니 그의 얼굴이 굳어진다. 그는 자세를 바로잡고 전화를 받았다.

"여보세요?…… 아, 안녕하십니까? 이필주입니다. ……네, ……네."

난 그가 전화하는 모습을 물끄러미 바라본다. 그는 잔뜩 긴장한 모습으로, 보이지 않는 상대에게 깍듯한 자세를 취하며 전화를 받고 있다. 착하고 바르고 성실한 필주 씨. 하지만 그것뿐이다. 그에게는 나를 확 잡아당기는 뭔가가 없다. 함께 있으면 마음이 편안하지만 재밌지는 않았다.

그에 반해 그 남자는 불편하지만 재밌다. 말 한마디, 행동 하나가 날 긴장시킨다. 처음에 가졌던 경계심이 나도 모르게 서서히 호감으로 바뀌고 있다. 그리고…… 입을 맞춘 그날부터 왠지 내가 작게 느껴진다. 그와 마주칠 자신이 없다.

"내일 10시에 면접 보러 오래."

필주 씨가 전화를 끊고 희미하게 미소를 지었다. 안심 반, 걱정 반인 얼굴이었다.

"될까?"

"아마도? 그런 곳에 젊은 남자는 드무니까. 게다가 난 한국인이잖아. 말이 잘 통한다고 좋아할 거야."

"자기 힘들겠다."

"치매 병동이니까 좀 낫겠지. 그 자식은 정신 병동에 있었다지?"

"응. 지금 사는 집은 어떻게 할 거야?"

"한두 달 있다 올 건데 그냥 둬야지. 부탁이 있는데, 가끔 집에 가서 행운이 물 좀 줄래?"

행운이는 그가 키우는 풀 이름이었다. 독립한 이후로 애지중지 키워왔다는 반려 식물이었다. 나무도 아니고 고작 잡초에 불과한 풀떼기를, 왜 그렇게 매년 정성 들여 키우는지 모르겠다.

"걱정하지 마. 일주일에 한 번만 주면 되는 거지?"

"흙이 촉촉하게 젖을 만큼 가득 줘야 해. 물이 잘 빠지나 확인해주고. 고마워."

"내가 고마워해야지. 나 때문에 편한 일 두고 요양사 하러 청송까지 가는 건데.”

“그게 왜 당신 때문이야? 내 일이기도 한데. 가끔 보러 올 거지?”

“당연히 가야지.”

내가 먼저, 테이블 위에 올린 그의 손을 꽉 쥐었다. 필주 씨도 내 손을 부드럽게 쓰다듬는다. 드디어 그 남자가 있던 청송 정신요양원으로의 잠입이다. 남자에 대한 정보를 탈탈 털 준비가 된 것이다. 내 안에 사그라들었던 불씨가 활활 타오르는 느낌이 들었다. 이제 그만 정신을 차리자. 그에게 빠져들면 안 된다. 난 스스로를 다독였다. 하마터면 그 남자의 유혹에 넘어가 일을 그르칠 뻔했다.

“내일 여수는 같이 못 가겠다. 혼자 갈 수 있겠어?”

“내가 애도 아닌데, 그런 걱정을 왜 해? 자기나 면접 잘 보고 와. 내일 면접이면, 오늘 가야 하는 거 아냐? 청송 멀잖아?”

“밤에 출발하면 돼.”

“피곤할 거야. 좀 쉬었다 가야지. 그리고 자기, 꼭 붙어야 해. 알았지?”

말은 이렇게 했지만 내 머릿속은 복잡해졌다. 나 역시 여수에 있는 펜션을 하루 만에 다녀올 수 있을지 걱정이 된다. 다음으로 미루고 싶었지만 필주 씨가 취업한다면 어차피 같이 못 갈 테고, 여유 시간이 언제 다시 생길지 몰라 그냥 강행하기로 마음먹는다.

평일이어서 그런지 돌아오는 길은 시원하게 뚫렸다. 우린 예상보다 일찍 쇼핑몰에 도착했다. 그러나 밥은 먹지 않고 헤어졌다. 필주 씨의 오전 면접도 신경 쓰였지만, 우리 둘이 같이 있는 모습이 혹시라도 아는 사람 눈에 띌까 걱정됐기 때문이다.

필주 씨와 헤어진 후, 나는 집으로 차를 몰았다. 날은 그새 어두워져서 헤드라이트의 도움 없이는 좁고 비탈진 시골 언덕길을 오르기가 쉽지 않았다. 내 차의 불빛에, 나란히 붙은 집 두 채가 도드라져 보인다. 좁고 길쭉한 두 집은 내 눈에 기괴한 형태로 비쳤다. 죽은 남편은 왜 이렇게 후미진 곳에 이따위 집을 산 걸까? 난 그를 원망하며 주차를 하고 차에서 내렸다.

효신 이야기 #24 **여동생**

집에 들어서니 고소한 치킨 냄새가 희미하게 풍겨왔다. 내 배속은 눈치도 없이 먹고 싶다고 요동치기 시작한다.

"생각보다 빨리 왔네? 늦을 줄 알았더니."

배가 고팠던 난, 그의 인사는 건성으로 넘기고 테이블부터 확인한다. 그러나 테이블은 비어 있었다. 분명 치킨 냄새가 나고 있는데 말이다.

"치킨 시켰어?"

"귀신이구나. 그 냄새를 다 맡고. 아까 먹었어. 당신도 먹고 싶어?"

"냄새가 나길래 오늘 저녁은 치킨인가 했지."

249

"배고프구나? 지금 시킬게."

"괜찮아. 안 먹어도 돼."

그러나 그는 말릴 새도 없이 휴대폰으로 치킨을 주문한다. 난 속으로 괜히 자존심이 상했다. 치킨 하나에 내 약점을 팔아넘긴 것 같아 속이 쓰리다. 아까까지만 해도 그를 경계하리라 스스로 다짐했었는데.

"갑자기 웬 치킨이야?"

"아까 이 앞에서 옆집 여자 만났어. 마트 갔다가 하나 값으로 두 개 샀다며 한 박스 주던데?"

"어머, 친절도 해라."

참 별일이다. 6년 동안 옆집에 살면서 그 여자와 나는 얘기를 몇 마디 나눠보지도 않았다. 이 적막한 시골구석에 가장 가까이 사는 이웃이었지만, 뭐랄까. 내 눈치를 보며 뒤로 딴짓하는 여우 같다고 해야 할까? 그녀가 내게 사근사근하게 굴었던 것은 오직 보험 들 때뿐이었다. 그 이후로는 앙큼한 눈빛으로 날 훔쳐보면서 인사도 제대로 안 했다. 늘 내 동작 하나하나를 살피는 것 같아 그녀를 보면 신경이 곤두선다. 그런 주제에 남자들에게는 또 친절해서 죽은 남편과는 인사도 하고 잘 지냈던 것 같다. 오늘 이 남자에게 했던 것처럼 말이다. 어쨌거나 난 그 여자가 싫다.

"뭐라도 갖다 주지 그랬어? 빈손으로 받은 거야?"

"나중에 집에 고칠 거 있으면 도와준다고 했어."

"잘했네. 신세 지기 싫었는데."

"참, 당신 이번 주말 시간 돼? 엄마가 점심 먹자던데?"

"미안하지만 힘들 것 같아. 일이 많아서."

"끝나간다며? 시간 많지 않아?"

"다른 일 맡았어. 토요일부터 출근이야."

그에게 비밀로 하려 했던 용인 업무를, 난 할 수 없이 고백한다. 시어머니 집에 가는 것보다는 그게 나았다.

"다른 일? 지금 하는 건 어떡하고?"

"앞으로 다른 매물 분양할 예정이라 공사에 들어가. 여유 시간이 남아서 맡은 거야. 정주 언니가 같이하자길래."

"이럴 때 좀 쉬지. 당신 계속 일했잖아."

"쉬면 뭐해? 시간이 다 돈인데."

"생활비 때문에 그러는구나?"

그가 갑자기 심각해져서 나를 본다. 설마 이 남자, 지금 생활비를 걱정하는 거야? 죽은 남편은 공과금 한번 낸 적이 없었는데.

"미안해. 당신 혼자 애쓰는 거 몰랐어."

의외의 반응에 당황한 건 나였다. 그가 새로운 일에 대해 얘기하지 않은 것을 탓할 줄 알았다. 이렇게 미안한 반응을 보일 줄은 꿈에도 생각하지 않았다. 난 갑자기 어색해져 할 말을 찾지 못한다.

띵동-. 벨이 울렸다. 다행히 때맞춰 치킨이 왔다. 어색한 순간이 봉인 해제되면서 그가 치킨을 받으러 현관으로 내려간다. 그리고 곧 맛있는 냄새가 풍기는 치킨 박스를 들고 와 테이블에 내려놓았다.

"맥주랑 먹을 거지?"

"오늘도? 그러다 간 다 버리겠다."

"뭐 어때, 한두 잔인데."

남자가 시원한 맥주 두 캔을 꺼내 와 하나를 나에게 건넨다. 난 거절하지 않고 맥주를 한 모금 가득 들이켰다. 아, 시원하다. 그 역시 맥주를 마시더니, 치킨 한 조각을 집어 들었다.

"이번에 일하는 데는 어디야?"

"몰라도 돼."

"왜?"

"당신 찾아올까 봐 겁나."

"나도 바빠. 이제 일자리 알아볼 거야. 당신 혼자 고생시키지 않을 거라고."

"다시 딜러 하려고?"

난 그가 장안동으로 돌아가면, 죽은 남편을 뒷조사한 얘기가 행여 귀에 들어갈까 조바심이 났다.

"글쎄. 다른 거 해보고 싶은데? 같은 세일즈라도 딜러는 안 하려고."

"좋은 생각이네. 뭐든 일은 해야지. 당신도 이제 사회 적응해야 하니까."

"그러니까 알려줘. 어디야? 어디에서 일하는 거야?"

남자의 집요함에 웃음이 났다. 난 맥주 캔을 새로 따면서 그에게 사실대로 말해야 할지 망설인다. 그는 정말 궁금했던지 나를 계속 재촉했다.

"뭘 그렇게 고민해? 그냥 말해. 어차피 말해줄 거면서."

"좋아. 알려줄게. 용인이야."

"용인? 이번에도 오피스텔 분양이야?"

"지식산업센터 상가라고 일반 상가와 비슷한데 달라. 그래서 미리 공부하고 가야 해."

"공부도 해야 돼? 그 일이?"

"상가마다 위치와 평형에 따라 가격이 제각각이야. 사람들에게 왜 사야 하는지 설득하고 지갑을 열게 해야 하는데, 당연히 그거에 대해 잘 알고 있어야지."

"당신 프로답네?"

"프로니까. 이제 올라가서 자료 좀 들여다봐야겠다. 잘 먹었어."

테이블에서 일어났다. 길어질지도 모를 이 치맥 파티에서 빠져나올 핑곗거리를 찾아냈다는 사실이 다행이었다. 내 사정을 알게 된 그도 나를 잡지 않았다.

"열심히 해. 심심하면 거실로 내려오고."

"시간 나면."

"내일도 일찍 나갈 거야?"

"응. 잘 자."

난 침실로 올라왔다. 침대에 누워 노트북을 펴고 이사가 보낸 PPT 파일을 본다. 파일에는 지식산업센터 홍보용 글이 가득했다. 근처에 경전철이 뚫리고 IC에서 몇 분 걸리지 않는 교통의 요지라는 등 흔한 내용들이 쓰여 있다. 독점으로 분양되는 매물에 X 표시가 된 것을 보면, 이건 VIP용으로 뒤로 빼놨든지 아니면 선분양된 물건인 것 같다. 난 일반적인, 별 수익성 없는 상가를 위주로 암기하고 또 암기했다. 대출과 세금 혜택이 있는 사무실 분양 업무는 나 같은 뜨내기 상담사에게는 주어지지 않을 게 뻔해 신경 쓰지 않기로 했다.

다음 날 아침, 출근 시간에 맞춰 집을 나섰다. 회색 슬랙스에 흰 셔츠를 입고 남색 재킷을 걸치고, 가방에는 계약서와 홍보 자료 등도 넣었다. 내 모습은 누가 봐도 출근하는 모습으로 보였을 터이다. 하지만 내 목적지는 여수였다. 집에서 비치 펜션까지 소요 시간은 5시간 정도.

평일이어서 고속도로에는 생각보다 차가 없었다. 난 휴게소에 들르고 속도도 준수하면서 느긋하게 운전을 한다. 돌아오는 시간을 감안하더라도 펜션을 둘러보고 얘기할 시간은 충분했다. 그러나 막상 동순천 IC에 도착하자 긴장이 된다. 미용실에서 들은 그가 죽은 남편이 맞는다면 남편의 여동생, 즉 시누이를 처음 만나는 것이기 때문이다. 여수에 다녀온 흔적을 남기지 않기 위해 톨게이트 비용은 하이패스 대신 현금으로 치르고 곧바로 비치 펜션으로 향했다.

비치 펜션은 이름 그대로 바닷가 근처에 있는 펜션이었다. 이름만 들었을 때는 낭만적인 건물일 거로 생각했는데 작고 모던하게 지어진, 옛날에는 모텔이었을 법한 그런 건물이었다. 곧바로 펜션으로 갈까 아니면 주위를 둘러볼까 고민하다가, 펜션 옆 카페에 주차를 하고 창가 쪽에 자리를 맡았다. 여동생을 만나기 전 마음을 진정시킬 시간이 필요했다.

점심때라 그런지 펜션을 오가는 사람은 드물었다. 난 1시간가량을 머물다 카페에서 나왔다.

비치 펜션 앞은 이전보다 통행량이 더 없었다. 다짜고짜 입구로 들어가 죽은 남편에 대해 물어보기가 어색해서, 염탐할 겸 비치 펜션 뒤편으로 가본다. 그곳에는 차 서너 대를 세울 수 있는 작은 주차장과 장독대, 아기자기한 정원이 꾸며져 있었다. 잘 가꾼 꽃들이 보기 좋게 자라고 있는 것을 보면서 여기 주인이 부지런하고 섬세한 사람이라는 걸 알 수 있었다.

"펜션에 오셨나요?"

정원을 둘러보고 있는데 여자의 목소리가 들렸다. 뒤를 돌아보니 그곳에는 얼굴이 작고 노란 여자가 서 있었다. 그녀였다. 미용실에서 들은 남편의 여동생이 분명했다. 하지만 죽은 남편도, 그 사람도 닮지 않았다.

"예약하셨나요?"

"아……, 말씀 좀 여쭙고 싶은데요."

"말씀하세요."

그녀가 상냥하게 답하면서 천천히 내 곁으로 왔다. 나는 그녀의 걸음걸이를 눈여겨본다. 그녀는 한쪽 다리를 살짝 절고 있다.

"여기, 주인이신가요?"

"네. 필요하신 게 있나요?"

"김재우 씨 동생이시죠?"

난 단도직입적으로 물었다. 그러나 내 얘기를 듣는 순간, 그녀의 얼굴이 일그러진다. 그녀의 찡그린 표정에서, 이글거리는 눈에서, 분노가 가득 차오르는 게 보였다.

"그만 가주세요."

"맞는군요. 당신이 김재연 씨죠?"

"가주세요. 저는 할 말 없습니다."

"저, 김재우 씨 처예요. 우린 올케와 시누이 사이라고요."

"저와는 상관없는 일입니다. 제발 가달라고요!"

그녀가 싸늘하게 말하며 돌아섰다. 그리고 다리를 절며 급히 펜션으로 향한다. 걸음을 빨리하면 빨리할수록 다리는 더 심하게 절룩거렸다. 난 그녀의 뒤를 바짝 따라붙었다.

"남편이 실종됐다가 돌아왔어요. 그런데……."

"말씀드렸지 않습니까! 전 할 말이 없다고요! 영업 방해하지 말고, 경찰 부르기 전에 가주세요."

"제 얘길 들어봐야 해요. 꼭 들어야 합니다. 그가 왔는데, 그는 제가 아는 사람이 아니었어요."

"그걸 제가 어떻게 압니까? 여보! 여보!"

내 얘기가 얼마나 듣기 싫었는지, 그녀는 두 손으로 귀를 막은 채 펜션을 향해 남편을 불렀다. 얼굴은 하얗게 사색이 된 상태였다. 그러나 나도 내 일이 중요했다. 남의 사정을 봐줄 입장이 아니다.

"그에 대해서 얘기해줄 수 있나요? 혹시 집에 사진은 있고요?"

"모릅니다. 전 그 사람에 대해 아무것도 몰라요."

"쌍둥이 오빠잖아요? 알고 있잖아요?"

"몰라요, 모른다고요!"

"그럼 어머니는 지금 어디 계시나요? 네?"

"여보! 여보!"

그녀가 목이 쉬도록 외치자 펜션 안에서 건장한 남자 하나가 나왔다. 그는 재빨리 뛰어와 그녀를 부축하더니 나를 쏘아보며 말했다.

"무슨 민폐입니까? 빨리 나가주세요."

"우린 가족이에요. 제가, 아내 되는 분의 오빠 부인이라고요."

"아내는 오빠가 없습니다."

"그이랑 이분이 쌍둥이 남매잖아요. 그렇죠, 아가씨? 뭐라고 말 좀 해보세요."

"아, 여보. 제발 이 여자 내보내 줘. 제발!"

"나가십시오. 경찰을 부르겠습니다."

"오빠에 대해서 알려만 주세요! 다른 걸 부탁하는 것도 아니잖아요!"

"나가세요! 연 끊었습니다. 우리는 이제 그 사람을 모릅니다."

남자가 나를 거칠게 밀어냈다. 그 바람에 난 바닥에 내동댕이쳐진다.

"네? 연을 끊었다고요?"

남자는 내 물음에 대꾸하지 않았다. 대신 그는 그녀의 어깨를 감싸고 펜션으로 황급히 들어가 버렸다.

펜션의 문이 닫히자, 내 마음속 희망도 사라졌다. 난 한참 동안 바닥에 주저앉아 있었다. 일어설 힘이 없었다. 아마도 저 여자는, 죽은 남편의 여동생이 맞는 것 같다. 그렇다면 왜 오빠를 부정하는 것일까? 두 사람 사이에 무슨 일이 있었던 걸까? 죽은 남편은 대체 어떤 사람이었을까? 난 그에 대해 정말 아무것도 모르고 있었다. 너무 부주의했다. 바보. 멍청이. 스스로를 비난하며 난 울고 싶어졌다. 하지만 이대로 있을 수는 없었다. 마냥 바닥에 앉아 있다가는 펜션 주인으로 보이는 남자가 진짜 경찰에 신고할 것만 같았다. 경찰이 오면 피곤해질 것이다.

난 안간힘을 써 몸을 일으킨다. 그리고 간신히 차를 운전해 펜션을 빠져나왔다. 흥분이 멈추지 않는지 손이 부들부들 떨렸다. 바로 눈앞에서, 죽은 남편에 대한 정보를 놓쳐버렸다. 그녀가 말하지 않는 이상, 기대했던 단서는 그림 속의 떡이다. 그럼 이제는 어떻게 해야 할까? 머릿속이 어지러웠다.

이런저런 고민을 하면서 멍하니 앞만 보고 운전하다가 나도 모르게 낯선 길로 접어들었다. 시내를 지나 쭉 뻗은 도로를 타면 동순천 IC가 나와야 하는데, 이상하게도 난 산길을 달리고 있다. 마치 꿈을 꾸는 것처럼 기분이 묘했다. 차를 세우고 휴대폰으로 내비게이션을 다시 검색하니 들어와도 한참을 잘못 들어왔다. 내비게이션에서는 돌아가는 것보다 둘러 가는 것이 더 빠르다는 결과가 나왔다. 그래서 가던 길을 마저 달리기 시작했다. 좁고 굽은 길을 한참을 달리는데 드디어 마을이 보이는 평지가 나타났다. 안도의 숨을 쉬며 평지로 내려서는 순간, 쿵-. 내 차는 오른편에서 나오던 차와 세게 부딪혔다.

그 충격에 차를 멈췄다. 날카로운 기계음와 함께 상대방의 차도 멈춰섰다. 차에서는 우락부락해 보이는 두 명의 남자가 내린다. 그들을 보자 새로운 난관에 봉착했다는 것을 깨달았다. 어떡하지? 두 남자의 인상을 보니 이 사고가 조용히 넘어가기는 힘들 것 같았다.

효신 이야기 #25 **그 여자의 사정**

"아줌마, 낮술 먹은 거 아냐?"

"뭐라고요?"

차에서 내린 남자 한 명이 다짜고짜 내게 윽박지른다. 그러잖아도 사고의 충격으로 뒷머리가 얼얼한데, 상대방이 삐딱하게 나오자 머리가 더 아프다.

"아니면 눈이 없어? 속도제한 표시 안 보이냐고! 내리막에서 그렇게 빨리 내려오면 어떡해?"

"운전을 할 줄 모르면 차를 가지고 나오질 말든가."

휴대폰으로 사고 현장 사진을 찍던 남자도 가세해 빈정거렸다. 상내방의 공격에 화가 치민다.

"이보세요, 위반한 것은 그쪽이잖아요. 직진 우선 몰라요?"

"이 아줌마 보게. 그냥 뒤집어씌우네?"

"우회전하기 전에 차가 오는지 봤어야죠! 그게 기본 아녜요?"

"기본 좋아하네. 기본 아는 사람이 속도를 무시해? 응? 저기 안 보여? 40이라고 쓰인 거? 숫자 읽을 줄 몰라?"

"아, 다 됐고. 그냥 경찰 부르자. 이거 그냥 넘어가면 안 돼. 차에 블랙박스 켜져 있었지?"

경찰 얘기가 나오자 난 일단 한발 물러서기로 했다. 경찰서에 가봤자 불리한 건 나니까. 게다가 난 블랙박스도 꺼놓은 상태였다.

"나 그렇게 한가한 사람 아니에요. 대충 합의 보고 끝내죠?"

"합의? 얼마 줄 건데?"

"네? 이거…… 저만 잘못한 건가요?"

"아줌마만 잘못했지. 우린 결백해. 그렇게 생각 안 하면 경찰 부르든가."

어이가 없었다. 막무가내인 그들을 어떻게 상대해야 좋을지 모르겠다. 그들은 일부러 내 신경을 거스르려고 '아줌마'라는 단어에 힘을 주어 말하며 비아냥거린다. 난 할 수 없이 그들에게 잠시 기다리라고 부탁하고 보험회사에 전화를 걸었다. 신호음이 울리고 얼마 안 돼서 운 좋게 상담사와 연락이 닿았다.

[안녕합니까, 무사화재보험입니다. 무엇을 도와드릴까요?]

"교통사고가 났는데요, 신고 접수하려고요. 보험 가입자는 남편이에요."

[가입자분 성함과 차량번호를 알려주시면 저희가 조회해보겠습니다.]

상담원에게 차 번호를 알려줬다. 조회하기를 기다리면서 사고를 낸 상대방을 흘끗 봤다. 그들은 담배를 피우며 차바퀴를 발로 툭툭 차고 있었다. 얼굴이 험악했고 자세도 불량했다. 보험 기록을 남기더라도 빨리 해결하고 이 자리를 벗어나고 싶었다.

[고객님, 죄송하지만 이 사고 건은 접수해드릴 수가 없습니다.]

"네? 왜요?"

[타고 계신 차량의 보험이 해지된 상태입니다. 죄송합니다.]

"어째서죠? 누가 해지한 건가요?"

[가입자님의 주민등록이 말소되면서 자동 해지 처리됐습니다. 지난주에 우편으로 그 내용을 발송해드렸는데 아직 못 받아보셨습니까?]

하늘이 무너질 듯한 충격을 받았다. 내가 남편의 사망 선고를 받아낸 날, 남편의 모든 사회생활은 정지됐던 것이다. 자신이 남편이라 주장한 남자가 생존을 법적으로 주장하지 않는 한, 이 상태는 계속될 것이며 다시 주민등록이 생성될 때까지 투명 인간으로 살 터였다. 그리고 그 첫 번째 피해자는 나였다.

"그럼…… 보험회사에서는 지금 도와줄 방법이 없다는 거네요?"

[죄송하지만 그렇습니다, 고객님.]

그 말을 듣자 난 대꾸도 하지 않고 전화를 끊었다. 보험회사는 늘 이렇다. 보험료는 매달 꼬박꼬박 받아내면서, 보험금을 지급할 때는 언제나 이런저런 핑계를 댄다. 온갖 서류를 가져오라고 까다롭게 굴다가 종국에는 애를 먹이며 간신히 처리해준다. 하지만 이런 건 또 일사천리다. 계약 조건이 충족되지 않거나 보험사에 조금이라도 불리하게 변경되면 바로 해지에 들어간다. 고객 통보는 항상 나중이다.

이번에도 마찬가지였다. 어쨌거나 남편의 차 보험은 날아갔고 내 생돈이 나갈 차례다. 난 그들이 원하는 대로 합의를 봐야 하겠지.

"얼마에 합의할 건데요?"

그들의 얼굴에 살짝 희색이 도는 게 보였다. 화가 난다. 하지만 어쩔 수 없다.

"왜? 보험에서 안 받아준대?"

"보험이 없는 거 아냐? 그거 불법일 텐데? 이 아줌마 보기보다 간이 크네?"

"상관할 거 없잖아요? 합의나 하죠."

"가만 보자……. 범퍼가 나갔고 펜더도 맛이 갔네?"

"이거 다 갈면 가격이……."

"범퍼는 전에 기스난 거 아녜요?"

"이 아줌마가 무슨! 완전 새 차였어. 아줌마 차가 박아서 이렇게 된 거라고."

"어쨌든 저 그거 다 갈 정도의 돈은 없어요. 적당한 선에서 합의해요."

"지금 얼마 있는데?"

차에서 가방을 꺼냈다. 그런데 아무리 뒤져도 지갑이 보이지 않는다. 혹시나 하는 마음에 조수석과 운전석 뒷부분까지 모두 살펴봤지만 지갑은 없었다. 아까 비치 펜션에 들어가기 전, 카페에 들렀던 일이 떠올랐다. 그때 꺼낸 지갑을 그대로 카페에 두고 온 것이다.

"뭐야? 이 아줌마가 장난치나! 지갑이 없어?"

"어이, 아줌마, 쇼하는 거 아냐?"

"아니에요, 진짜 지갑이 없어요. 아까 카페에 두고 왔나 봐요."

"아줌마 폰 번호가 뭐야?"

"네? 제 번호를 왜?"

"폰 번호라도 받아둬야지, 이대로 튀면 우린 어떡하라고. 번호 불러봐."

남자가 휴대폰을 들고 재촉하자 순간, 내 번호가 생각나지 않았다. 뒷자리가 필주 씨 생일이었던가 아니면 전화번호였던가, 휴대폰을 새로 만든 지 얼마 되지 않아서 기억이 나지 않는다. 기존에 쓰던 휴대폰 번호는 알려주기 싫었다. 난 잠시 버벅거리다가 할 수 없이 가방에서 휴대폰을 꺼냈다.

"뭐야, 이 아줌마 수상하잖아? 자기 번호도 몰라?"

"만든 지 얼마 안 돼서 그래요."

"그거 진짜 아줌마 폰이야? 맞아?"

"제 것 맞아요."

이 휴대폰은 분명 내 것이다. 그러나 새로운 기종에, 기존에 사용하지 않았던 아이폰이라 내 번호를 어디서 확인해야 할지 몰라 허둥댔다. 번호를 찾지 못해 그들에게 번호를 알려줄 수 없었다.

"이 차도 아줌마 것 아니지?"

"도난 차량 아니야?"

"아니에요, 왜들 이러세요?"

남자들이 나를 의심하기 시작했다. 내가 우왕좌왕하는 동안, 나를 수상히 여긴 남자 한 명이 어디론가 전화를 건다. 간신히 번호를 찾았다. 하지만 그들은 이 휴대폰이 내 것이라고 믿지 않았다. 10분도 지나지 않아 경찰차가 도착했다. 그렇게 피하고 싶었지만, 결국 난 그들과 함께 경찰서로 갔다.

순천의 한 경찰서에서 마치 난 범죄자가 된 것처럼 경찰과 마주 앉았다. 차는 내 것이 아니었고, 차주는 사망 상태이며, 그 차의 보험은 해지됐다. 그리고 지갑을 잃어버린 난 돈도, 신분증도 없었다. 누가 봐도 의심하기 딱 좋은 상태였다. 난 모든 것을 포기하고 조용히 앉아 있었다. 합의를 종용했던 사고자들은 내 상황이 복잡한 것을 알자 일찌감치 경찰서를 떠났다. 밖에는 추적추적 비가 내린다. 궂은 날씨는 내 신세만큼이나 처량했다.

잠시 후, 지문으로 내 신원 조회를 확인하러 갔던 경찰이 돌아왔다.

"정효신 씨? 본인 맞으시네요. 어쩌다 신분증을 잃어버려서 그러셨어요?"

"가도 되나요?"

"아직 아닙니다. 확인할 게 더 있습니다. 차주가 본인이 아니던데, 누구 차입니까?"

"남편이오."

"김재우 씨가 남편분이십니까? 차주가 사망하신 걸로 나오던데요?"

난 경찰에게 남편이 5년 전 실종됐고, 그 후 사망 선고를 받았지만 다시 돌아왔다는 얘기를 자세히 들려줬다. 최대한 불쌍한 표정을 지으며, 그 때문에 보험이 해지된 것을 몰랐다는 얘기도 덧붙인다.

"사망하신 게 아니라면 본인 확인이 필요합니다. 김재우 씨는 지금 집에 계십니까?"

"네. 아마도?"

"그럼 김재우 씨에게 연락해보면 되겠네요. 남편분이 오셔서 신원 확인만 하면 돌아가실 수 있습니다."

나는 고개를 가로저었다. 내가 여수에 왔다는 것은 그에게 비밀이었다. 그렇다고 그 사실을 경찰에게 털어놓을 수도 없어 답답하다. 그의 휴대폰 번호를 알고 있고, 지금이라도 당장 전화할 수 있었지만, 난 시치미를 뗐다.

"집에 전화가 없어요. 그 사람도 휴대폰이 없고."

"여러모로 곤란하네요. 저희가 신고받은 이상 절차가 절차인지라……. 그럼 그때, 청송까지 동행했다는 경찰 기억하십니까?"

"알아요, 기억합니다. 남양주경찰서 이윤세 경장이세요. 연락해보면 제가 말씀드린 거, 다 사실이라고 확인할 수 있을 거예요."

구세주를 만난 기분이었다. 나를 담당하던 경찰이 전화기를 들자 나는 한결 마음이 가벼워진다. 이윤세 경장과 통화가 된다면 당장 풀려날 수 있을 것이다. 경찰이 전화하는 모습을 보면서, 난 그 남자에게 전화라도 올까 걱정돼 가방에 손을 넣어 몰래 휴대폰 전원을 꺼버렸다.

경찰은 누군가와 통화를 하더니 앞에 앉은 나를 본다. 예감이 좋지 않았다. 이건 일이 잘 풀리지 않는다는 증거다. 불안하다.

"남양주경찰서에 이윤세 경장이 있기는 한데, 지금 휴가라는데요? 어쩌죠? 같이 간 다른 경찰은 몰라요? 이름 기억 안 나세요?"

경찰의 말에 난 다시 난처한 상황에 빠졌다. 청송까지 동행한 경찰은 총 3명이었지만, 이윤세 경장하고만 얘기를 해서 다른 이들의 이름은 몰랐기 때문이다. 하지만 그걸 누가 믿어줄까? 나는 힘없이 고개를 숙였다.

경찰은 통화하던 누군가와 몇 마디 말을 나누더니 전화를 끊는다.

"좀 더 기다리셔야 할 것 같습니다. 이윤세 경장과 연락하려면 시간이 걸려서요. 저쪽에 앉아 계시죠."

경찰의 지시대로 경찰서 한쪽에 있는 벤치로 가서 앉았다. 그리고 인터넷을 뒤져 지갑을 두고 온 카페에 전화해본다. 기대를 품었지만 분실물이 없었다는 직원의 말에 낙담했다. 오늘은 되는 일이 없었다. 기껏 찾아간 죽은 남편의 여동생에게는 문전박대를 당하고, 아무런 정보도 얻지 못했다. 그리고 이제는 경찰서에 있는 신세라니. 언제까지 여기 있어야 할지 몰라 답답하다.

시간을 보내기 위해, 난 펜션으로 여동생을 찾아갔던 일을 곱씹어본다. 작고 노란 얼굴에 다리를 저는 그녀가 떠올랐다. 처음에는 상냥했지만 오빠 얘기를 듣자 험악하게 돌변했던 그녀의 얼굴. 이상했다. 왜 그녀는 오빠의 존재를 부정하는 걸까? 왜 경악할 정도로 오빠를 싫어하는 걸까? 혹시 무엇을 숨기는 걸까? 생각할수록 꺼림칙하다. 하지만 아까의 분위기로 볼 때 그녀가 말해줄 리 없다. 죽은 남편과 지금 남편이라고 사칭하는 남자, 그 둘이 다른 사람이라는 것을 나는 증명해야 하는데, 문제는 실마리를 찾을 방법이 없다는 것이다. 이대로 멈춰야 하는 걸까?

그 남자를 떠올려본다. 같이 밥을 먹고 술을 마시며, 웃었던 시간들이 차례로 생각났다. 그 남자가 진짜 남편이었다면 좋았을 텐데. 그랬다면 내가 남편을 죽일 리 없고, 이렇게 고생하지 않아도 됐을 텐데.

내가 앉은 벤치에서는 창밖에 비 내리는 풍경이 더 잘 보였다. 그래서 더 우울했다. 날은 이미 저물었고 비는 더 세차게 내린다. 얼마나 그러고 있었을까. 경찰서로 전화 한 통이 걸려왔다. 그리고 나를 찾는 경찰의 목소리가 들렸다.

"정효신 씨, 전화 받아보시겠습니까?"

전화? 나에게?

난 이윤세 경장의 전화일지 모른다는 생각에 경찰이 건네준 전화를 반갑게 받아들었다.

"여보세요?"

[당신 맞구나? 나야.]

그 남자의 목소리를 듣는 순간, 다리에 힘이 풀려 의자에 주저앉았다. 그토록 알리는 것을 피하려고 했건만 그가 드디어 알아버린 것이다. 내가 여수에 온 것은 물론, 사고를 내고 경찰서에 있다는 것까지도.

[몸은 괜찮아? 사고 났다며?]

"괜찮아. 별거 아냐."

[문제 생기면 나한테 먼저 전화를 했어야지! 전화기는 왜 꺼 놨어?]

"배터리가 없었나 봐. 미안."

[거긴 대체 왜 간 거야?]

"일 보러 왔어. 당신 여긴 어떻게 알고 전화했어?"

[경찰서에서 엄마한테 전화를 했어. 당신이 거기 있다고.]

"어머니도 아신 거야?"

[지금 그게 중요해? 내가 가서 신원 확인해야 한다며? 당장 내려갈게.]

"여길 어떻게 오려고?"

[고속버스든 KTX든 시간 되는 거 타고 가야지. 끊는다. 빨리 갈 테니 조금만 기다려.]

전화가 끊겼다. 그러나 난 당황해서 전화기를 들고 어쩔 줄 몰라 하고 있다. 그가 온다니. 그가 여길 온다니……

내 모습이 안쓰러웠는지, 경찰이 커피를 타다 주며 물었다.

"남편분이 오신답니까?"

난 고개를 끄덕였다. 내 속을 알 리 없는 경찰은 내 대답에 환하게 웃어 보인다.

"아, 잘 됐습니다. 다행이에요. 오늘 밤 여기 안 계셔도 되겠네요."

"신경 써주셔서 고맙습니다."

"아유, 웬걸요. 남편분 오실 때까지 푹 쉬십시오."

경찰의 인사에 미소로 답했지만, 난 마음이 편치 않았다. 그 남자가 이곳에 오는 걸 생각하니 끔찍했다. 뭐라고 핑계를 대야 하지? 어떻게 하면 속여 넘길 수 있을까? 그가 믿을 수 있는, 여수에 온 그럴듯한 이유를 둘러대야만 한다.

시간은 그렇게 꾸역꾸역 흘렀다. 시계는 벌써 8시를 넘어 9시를 가리키고 있었다. 경찰들도 하나둘씩 퇴근했고 경찰서 안에는 몇 명 남아 있지 않았다. 난 지루하게 TV 뉴스를 본다. 앵커를 보며 발음이 정말 또렷하다고 생각하고 있는데, 갑자기 문이 열리더니 그 남자가 나타났다. 비에 흠뻑 젖은 그를 보자 난 놀라 자리에서 일어났다.

"당신 괜찮은 거야?"

그가 내 앞으로 오자마자 나를 끌어 앉았다. 당황한 나는, 반항할 새도 없이 그의 품에 안겼다. 그의 몸은 생각보다 컸고 축축한 비 냄새가 났다.

"김재우 씨입니까?"

"안녕하세요, 제가 김재우입니다."

그 남자는 경찰과 형식상의 인사를 나눴다. 아마 경찰은 남자의 오버 덕에 우리를 다정한 부부라고 생각할 것이다.

"이리로 오십시오. 신분증은 아직 발급 안 받으셨죠?"

"네 아직 무효 신청을 못 했습니다."

"그럼 신원은 지문으로 확인하겠습니다. 여기 엄지손가락 대시고요……."

난 그들의 행동에 주의를 기울였다. 죽은 남편과 그의 신분이 이번에도 일치하는지 궁금했다. 그러나 내 바람은, 아니 내 의심은 금세 사그라들었다.

"김재우 씨 본인 맞으시네요. 될 수 있는 대로 빨리 법원 가서 신청하시고요, 보험 해지 상태에서 운전하면 안 되는 거 아시죠? 과태료가 나갈 겁니다. 그건 납부하셔야 해요."

"알겠습니다. 사고는 어떻게 처리됐습니까?"

"쌍방 과실이라 합의하시는 게 좋을 것 같은데요? 보험이 안 되는 걸 상대가 알아서 아마 많이 불리하실 거예요. 그분들 연락처입니다. 전화해보세요."

"고맙습니다."

"이제 가보셔도 됩니다. 정효신 씨, 수고하셨어요."

"수고하셨습니다……."

나는 경찰에게 인사를 하고 지긋지긋한 경찰서에서 나왔다. 비는 안에서 본 것보다 더 세차게 내리고 있었다.

"내가 운전할게."

"됐어. 면허도 없으면서 무슨."

"사고 친 사람이 뭐 이렇게 당당해? 힘들 텐데, 내가 할게."

"경찰이 봐. 안 돼. 걸리면 어떡해?"

난 그에게 미안한 마음을 애써 숨기며 차로 뛰어갔다. 운전석에 앉아 시동을 거니 마음이 조금 놓였다. 집에 간다고 생각하니 홀가분하기까지 하다.

"비 많이 오니까, 운전 조심해."

옆에서 그가 주의를 준다. 난 남자의 말대로 내비게이션의 볼륨을 높이고 아주 천천히, 조심스럽게 운전을 한다. 그러나 비바람이 너무 거셌다. 와이퍼를 쉴 새 없이 작동시켰지만 한 치 앞이 제대로 보이지 않았다.

"집에 못 가겠다. 비가 너무 오네. 이 근처에서…… 자고 갈래?"

"안 돼. 나 내일 첫 출근이야."

"아, 내일이 토요일이구나. 용인이랬지? 몇 시까지 출근해?"

"9시. 아니, 8시 반까지는 도착해 있어야 해."

"하지만 이 상태로 서울까지 가는 건 너무 위험해. 시간도 오래 걸릴 거고. 차라리 아무 데나 들어가서 자고 새벽에 일찍 떠나는 건 어때?"

"어떻게 그래? 옷도 갈아입어야 하는데."

"지금 입은 옷으로도 충분해. 여기서 집에 갔다가 용인으로 출근하는 것보다, 용인으로 바로 가는 게 낫지. 잠을 잘 자야 일도 할 수 있을 거 아냐?"

눈앞에, 빗속을 뚫고 번쩍이는 모텔의 불빛이 희미하게 보였다. 모텔촌으로 들어온 듯 네온사인의 연속이다. 비는 더 많이 내리고 바람까지 거세게 불었다. 운전대를 잡은 내 손에, 그가 손을 올려놓는다. 그와 했던 입맞춤이 생각나면서 내 가슴이 두 근거리기 시작했다.

"자고 가자. 응?"

나직한 남자의 저음에, 난 그만 홀린 듯 핸들을 꺾어버렸다.

효신 이야기 #26 쇼윈도 부부

모텔은 거의 만실이었다. 간신히 숙소를 구한 우리는 어쩔 수 없이 한방을 쓰게 됐다. 모텔 방 내부는 침대 하나에 TV, 의자 두 개와 탁자, 욕실 등으로 구성되어 단출했지만 생각보다 깔끔했다.

난 방으로 들어오자마자 가방을 탁자에 올려놓고 의자에 앉았다. 솔직한 심정으로는 침대에 가서 대자로 눕고 싶었지만 그랬다가는 괜히 분위기가 어색해질 것만 같았다.

"먼저 씻어."

그가 매너 좋은 척 말한다.

하지만 난 그가 내 가방을 뒤져볼 거라는 생각에 사양을 한다.

"아니, 당신 먼저. 오늘 일한 거 정리해야 해."

그가 욕실로 들어가자, 난 가방 속에 있는 물건을 모두 꺼내 그가 수상하게 여길 물건은 없는지 확인해본다. 다행히 새로 장만한 휴대폰을 빼고는 의심 살 만한 물건은 없었다.

휴대폰을 어떻게 숨기지? 가방과 재킷 주머니는 위험하다.

그렇다고 이 방 어딘가에 숨기면 지금 당장은 피할 수 있을지 몰라도 나중에 문제가 복잡해질 위험이 크다.

어떻게 하지? 아무리 생각해도 뾰족한 수가 없었다. 그러면 몸에 직접 지니는 수밖에. 할 수 없이 난 늘 갖고 다니는 화장품 파우치에 휴대폰을 넣었다. 필주 씨가 전화할까 봐 휴대폰 전원은 미리 꺼둔 상태였다. 그리고 기존에 사용했던 휴대폰의 전원은 켜서 탁자 위에 올려 둔다.

"TV라도 보고 있지 그랬어?"

욕실 문이 열리고 남자가 나왔다. 무심결에 그를 보고는 무안해서 고개를 돌렸다. 그는 몸에 트렁크 팬티만 걸친 상태였다. 반나체의 튼실한 몸이 고스란히 드러났다.

난 파우치를 들고 아무 대꾸 없이 화장실로 들어갔다. 욕실 안은 남자가 샤워를 마친 후라 뜨겁고 눅눅한 습기로 가득했다.

양치를 하고 뜨거운 물로 오래 샤워를 했더니 기분이 좀 나아졌다. 몸이 노곤하다. 그러나 아직 긴장을 풀 때는 아니었다. 저 욕실 문밖에, 어떤 위험이 도사리고 있을지 모른다. 그렇게 생각하니 밖으로 나가기가 더 싫어졌다. 하지만 언제까지 욕실에 앉아 있을 수는 없는 터라, 옷을 다시 챙겨 입고 용기를 내어 밖으로 나갔다.

남자는 캔맥주를 마시며 TV 뉴스를 보고 있었다.

"오래 씻네? 이리 와 한잔해. 샤워하고 먹으니까 시원하고 좋다."

탁자에는 어느새 맥주와 마른안주가 세팅되어 있었다. 뜨거운 물로 막 샤워를 마치고 난 터라 찬 맥주가 당겼다. 될 대로 되라는 심정으로 의자에 앉았다.

남자가 맥주 캔을 따서 내게 건네준다.

"여수까진 왜 온 거야?"

"VIP 고객 계약 건 때문에."

"그렇다고 이 멀리까지 와? VIP라고?"

"맞춤형 일대일 브리핑도 하고 있거든. 안 그러면 이 불경기에 누가 쉽게 지갑을 열겠어?"

"계약은 했고?"

"아니. 긍정적으로 생각해보겠다는 답만 받았어."

"이렇게 노력했는데, 성과가 없네."

"이런 분들이 나중에도 팔아주고 그러는 거야. 눈도장 찍으러 온 거지. 그게 성과야."

거짓말이 술술 나왔다. 있지도 않은 여수의 VIP 고객을 어떻게 떠올렸는지 나 스스로가 가상했다.

남자는 죽은 남편의 여동생이 여수에 있다는 걸 모르는 것 같았다. VIP 고객과 미팅이라는 말에 별다른 의심을 하지 않는다.

"당신 일도 쉽지는 않구나? 전국구로 움직여야 하고."

"그럼, 돈이 어디 거저 나오겠어?"

"미안하다. 내가 빨리 돈을 벌어야 하는데."

갑작스러운 그의 말에 나는 또 당황한다. 죽은 남편과는 너무 상반되는 캐릭터라 적응이 되지 않는다. 난 복잡한 마음을 숨기기 위해 재빨리 화제를 돌렸다.

"사고는 어떻게 처리할 거야? 내가 사고를 냈지만 차주가 당신이라……. 미안해."

"전화번호 받았으니까, 내일 연락해볼게."

"상대방이 남자 둘인데, 만만치 않아. 깡패 같고. 합의가 어려울 수도 있어."

"내가 알아서 할게. 당신은 신경 꺼."

그가 웃으면서 캔맥주를 내밀었다. 우리는 가볍게 건배를 했다.

"미안해."

"말로만?"

내가 거듭 사과하자 그가 기분 좋은 듯 웃는다. 승기를 잡았다는, 자신감 넘치는 미소다.

"그럼 이제 벌을 받아야지."

"벌? 무슨 벌?"

"사고 친 죄가 있잖아?"

그가 능글맞게 웃으면서 내 쪽으로 다가온다. 어색해진 난, 그를 외면하고 또 맥주를 벌컥벌컥 마셨다. 이러다 술고래가 될 판이다. 그런 나를 보고 그가 또 웃는다. 아마 날 바보 같다고 생각하겠지.

"도대체 무슨 생각을 하는 거야? 내가 당신을 어떻게 할 거라고 생각해?"

"그건 아닌데……."

"그럼 뭐? 아니면 뭘 바라는 거야? 왠지 그런 눈치다?"

그가 뻔뻔하게 나왔다. 그리고 내 옆으로 몸을 더 밀착해온다. 얼굴 바로 옆에서 그의 콧바람이 느껴졌다.

"하던 거, 마저 할까?"

"무슨 소리야?"

당황한 난 대꾸도 제대로 하지 못한다. 최대한 몸을 피하려고 했지만 뒤는 바로 벽이었다. 난 막다른 절벽에 서 있는, 늑대에게 쫓기는 사슴 같았다.

"왜 저번에 하던 거 있잖아. 칵테일 바, 기억 안 나?"

마른침이 꼴깍 넘어간다. 너무 긴장해서 몸이 뻣뻣해졌다.

하지만 그 순간에도, 그의 입술은 점점 가까이 다가왔다. 남자의 눈이 가늘게 휘어지면서 웃는 게 보인다.

아, 이러면 안 되는데. 나는 그만 눈을 감아버렸다. 그의 입술이 내 입술에 포개지면서 부드럽고 따뜻한 혀가 느껴졌다. 저항하려고 했지만, 그 느낌이 너무 좋아 가만히 있었다. 부드럽게 내 입안을 훑는 그의 움직임에 온몸은 녹을 듯했고, 저항하려던 마음은 산산이 부서져 내린다. 그의 손이 셔츠 안으로 들어와 가슴을 애무하기 시작했다. 생리 전이라 부풀어 오른 가슴에 그의 손이 닿으니 아프면서도 흥분이 된다. 나도 모르게 숨소리가 커졌다. 그러자 그의 움직임이 더 격렬해지더니 왼손이 바지 안으로 들어와 엉덩이를 움켜쥐었다.

어느새 내 안도 촉촉이 젖는다. 이대로 그와 섹스를 해도 좋다는 생각이 들었다. 그가 궁금했다. 나도 팔을 뻗어 그의 몸을 어루만진다. 운동으로 다져진 탄탄한 근육이 손끝으로 느껴진

276

다. 흥분한 난, 그의 바지 지퍼에 손을 갖다 댔다.

그러자 나를 자극하던 그의 손과 입이 동시에 움직임을 멈췄다.

"오늘은 여기까지."

그가 몸을 일으키더니 아무 일도 없었던 것처럼 나를 보며 씩 웃는다.

당황하다 못해 황당했다. 이 남자, 뭐야? 지금, 내가 어떻게 나오는지 간 본 거야? 몸이 한껏 달아오른 난, 무안하고 화가 났다. 여자로서 수치심마저 느껴졌다. 무방비 상태에서 내 속을 모두 드러낸 것 같아 창피했다.

난 반쯤 벗겨진 옷을 추슬러 입고 불쾌한 티를 숨기지 않았다.

"잘 건데, 왜 다시 입어? 옷 구겨지게. 내일 그거 입고 출근할 거 아니야?"

빙긋빙긋 웃으며 말하는 게, 마치 놀리는 것 같아서 기분이 더 나빠진다. 달아오른 내 얼굴과 몸은 아직도 붉게 상기된 채였다.

"편하게 입고 자. 나 당신이 생각하는 그런 놈 아니니까."

"내가 당신을 어떻게 생각하는 줄 알고?"

난 신경질적으로 대꾸했다. 더 이상 날 건들지 말아줬으면 했다.

"우리, 쇼윈도 부부였다며? 그런데 왜 그럴까? 당신 반응 보면 그게 아니었던 것 같은데?"

그의 빈정거림에 난 할 말을 잃었다. 그래, 그렇게 나오겠다 이거지? 우리가 쇼윈도 부부였다는 걸 확실히 보여줄게. 난 그를 보면서 옷을 하나씩 벗어 의자 등받이에 걸었다. 그도 그런 내 동작 하나하나를 뚫어지게 지켜보고 있다. 내 몸매를 천천히 훑어보는 그의 시선을 무시했다. 그리고 캐미솔과 팬티만 걸친 상태에서 침대 속으로 들어갔다.

침구의 까슬까슬한 감촉이 나쁘지 않았다. 휴대폰 알람을 3시에 맞추고 난 눈을 감았다. 그러나 잠이 오지 않는다.

잠시 후, 그가 이불을 들추는 게 느껴졌다. 난 긴장했지만 애써 마음을 가다듬는다. 아까처럼 바보같이 흥분하지는 않을 것이다.

그가 내 옆에 누웠다. 나와 그의 거리는 한 뼘 정도. 그의 온기 덕분에 침대 안이 따뜻해진다. 그는 더 이상 수작을 부리지 않았다. 온종일 긴장의 연속이었던 난, 그를 내내 경계하다가 잠이 들었다.

삐빅- 삐빅-. 새벽 3시. 알람 소리와 함께 눈을 떴다. 몸을 일으키려던 나는 흠칫 놀라고 만다. 내가 그 남자의 팔을 베고 품에 안긴 게 아닌가. 잠결에 그도, 나도 실수한 것 같다. 난 그가 깰세라 침대에서 빨리 빠져나왔다. 잠든 남자의 모습을 보니 한 대 치고 싶었지만, 지금은 그럴 때가 아니다. 괜히 다퉜다간 지각하고 만다.

서둘러 머리를 감고 샤워를 했다. 첫날부터 늦는 건 곤란했다. 드라이로 머리를 말리고 욕실에서 나오니 그가 이미 일어나 옷을 챙겨 입고 있었다. 가방 쪽을 힐끗 보니 뒤지지 않은 것 같아 마음이 놓인다. 휴대폰은 안전한 것 같다. 하지만 어제의 앙금이 풀리지 않았다. 남자 쪽으로는 눈길도 주지 않고 있는데, 그는 마치 아무 일도 없었다는 듯 태연하게 말한다.

"운전은 내가 할게. 가자."

"안 씻어?"

"집에 가서 씻지, 뭐. 늦겠다, 가자."

남자의 몇 마디 말로 어제의 불쾌감이 사라지지는 않았다. 그러나 어제 낸 사고로 운전에 자신을 잃은 터였다. 못 미더웠지만 그에게 차 키를 맡겼다.

비는 멈춘 상태였다. 그는 어두운 고속도로를 무시무시한 속도로 질주했다. 핸들을 꽉 잡고 양옆 사이드미러를 분주히 살피며, 자신의 운명이라도 걸린 것처럼 오직 운전에만 집중했다. 옆 차선을 어지럽게 넘나드는 것은 물론 속도를 제한하는 단속 카메라 따위는 신경도 쓰지 않고 달렸다. 멀미가 날 정도였다. 덕분에 나는 1시간이나 일찍 지식산업센터 분양관에 도착할 수 있었다.

"안 늦었지?"

남자가 시계를 보며 의기양양하게 말했다. 스스로 대견한 듯했다. 그 모습이 나름 귀여워서 어제의 나쁜 감정들이 씻은 듯 사라진다.

"고마워. 1시간이나 일찍 왔어."

"그래? 그럼 커피 마시고 들어갈래?"

"아니, 준비할 것도 있고 사람들과 인사도 해야지. 당신 차 가지고 먼저 들어가."

"당신은? 퇴근할 때 어떻게 하려고?"

"오늘 첫날이라 아마 늦을 거야. 어차피 대리 부르려고 했는데 잘 됐다. 이따 택시 타고 갈게. 고마웠어."

그를 보내고 분양관으로 들어갔다. 이른 시각이었지만 이미 몇몇 사람들이 출근해 있었다. 첫날이라 그런지 사람들은 바짝 긴장한 듯 보였다. 각자의 자리에서 자기 할 일만 할 뿐, 새로 온 나에 대해 아무도 관심을 두지 않았다. 할 수 없이 난, 가장 가까이 있는 남자에게 다가가 물었다.

"안녕하세요? 오늘 새로 온 정효신이라고 하는데요, 이효숙 이사님은 어디에 계세요?"

"아, 아……, 이사님이 말씀하신 분이구나. 안녕하세요, 전 백경수입니다. 이사님은 곧 오실 거고요, 자리는 이 옆에 앉으시면 됩니다."

"고맙습니다. 바로 옆자리네요."

"자료는 받으셨죠?"

"이사님께서 메일로 보내주셨어요."

난 백경수라고 자신을 소개한 남자의 옆자리에 앉았다. 자리에는 지식산업센터 상가 소개 팸플릿이 여러 권 놓여 있었다. 시계를 보니 고작 8시 20분밖에 되지 않았다. 정주 언니도 아직 출근하지 않은 것 같았다.

난 컴퓨터를 켜고 이사가 보내준 PPT와 팸플릿 내용을 대조해본다. 혹시 수정된 내용이 팸플릿에만 실렸다면 크게 실수할 수 있기 때문이다. 다행히 다른 부분은 없었다. 파일을 닫고, 내가 제대로 외우고 있는지도 점검했다.

"효신아, 너 일찍 왔구나?"

반가운 목소리에 고개를 들었다. 정주 언니였다. 호들갑스럽게 들어온 언니는 단 이틀 만인데, 뭐가 그리 반가운지 나를 얼싸안는다. 그리고 언니와 함께 들어온 한 남자를 가리켰다.

"애, 너 오현철 팀장 기억나?"

고개를 돌려보니 5년 전 판교 상가와 2년 전 하남 상가 분양할 때 함께 일했던 오현철 씨가 서 있었다.

"오랜만이네요."

그가 먼저 정중하게 인사를 했다. 하지만 난 마음이 편치 않았다. 여전히 감시하는 듯한 그의 눈빛이 너무도 싫어 나도 모르게 얼굴이 굳어버렸다.

효신 이야기 #27 **안 어울리는 사람**

"얜, 사람 무안하게 거기서 고개는 왜 돌려? 모르는 사이도 아니고."

단둘이 점심을 먹으면서 정주 언니가 날 나무랐다. 난 김치찌개를 입에 떠 넣으며 언니에게 괜한 어리광을 부린다.

"언니, 저 그 사람 너무 싫어요."

"왜? 현철이 사람 좋기만 한데. 걔, 나랑 알고 지낸 지 10년이 넘잖아. 사람 진국이야. 그리고 현철이가 여기 팀장으로 있는 거 모르고 왔어? 알고 왔잖아? 단 2주라도 있는 동안은 잘 지내야지."

"표정 관리가 제 마음대로 안 되는 걸 어떡해요?"

"노력해. 웃는 척이라도 하라고. 괜히 일하는 분위기 망치지 말고."

"알았어요. 노력해볼게요. 대신에 언니도 좀 도와주세요."

"뭘? 이 이상 어떻게?"

"오 팀장이 저한테 말 걸지 못하게요."

"걔 팀장이다. 너 걔 팀원으로 왔어. 말은 업무상 주고받아야지."

"아니, 그런 거 말고요. 밥을 먹는다거나 커피 마시거나 그럴 때, 아……, 그 사람 가까이 오면 저 짜증이 확 올라요."

"너희들, 혹시 무슨 일 있었어?"

"일이라니요? 그런 거 절대 없었어요. 그냥 싫을 뿐이에요."

"아, 갑갑하네. 알았다. 신경은 쓸게. 하지만 너도 노력해야돼. 아니면 나 화낼 거야."

점심 먹는 내내 정주 언니의 설교가 이어졌다. 듣기 유쾌한 얘기들은 아니었지만, 여기 있는 동안 뼈가 되고 살이 되는 말들이라 고개를 끄덕이며 듣고 있었다. 오 팀장에 대한 얘기도 수긍했다. 어차피 2주만 버티면 된다. 오 팀장 따위로 스트레스

받기에는 내가 신경 쓸 일이 너무 많았다.

　짧은 점심시간이 끝난 후, 우리는 전쟁터로 다시 내몰렸다.
　식사를 교대로 해야 할 만큼 분양관을 찾는 인파는 넘쳤다.
아파트와 오피스텔, 상가, 사무실 등을 모두 갖춘 지식산업센터
가 떠오르는 투자 대체지로 언론에 홍보된 덕이 컸다. 앞서 분
양한 아파트의 청약 경쟁률이 높았던 덕에 투자할 곳을 찾는 부
자들부터 단돈 몇천만 원으로 수익을 노리는 초보 갭투자들까
지, 부동산에 관심 있는 사람들이라면 죄다 몰려들었다. 대부분
뜨내기 고객이었지만 그 시각적 효과는 대단해서 고객이 고객
을 불렀다.
　우리는 정신없이 일했다. 입안이 마르고 화장실도 제대로 가
지 못했다. 상대한 고객이 몇 명이고, 얼마나 상담했는지 헤아릴
수 없을 정도로 바빴다.
　그리고 오후 6시, 분양관이 문을 닫았을 때야 비로소 한숨을
돌릴 수 있었다.
　"아아, 전쟁 같은 하루였어."
　정주 언니가 기지개를 켜면서 큰 소리로 말했다. 그 말에 분
양관을 가득 채웠던 열기가 살짝 누그러지면서, 사람들은 마법
처럼 하나둘씩 긴장에서 풀려났다. 오늘 성과에 웃는 사람도 있
고, 지쳐서 말도 못 하고 물로 목만 축이는 사람도 있었다. 나 역
시 너무 힘든 나머지 책상에 엎드려버렸다.
　상담사들의 계약 파일을 들고 VIP 상담실로 들어갔던 이사

가 밝은 표정으로 나왔다. 계약 건수가 생각보다 많았나 보다.

"자자, 모두들 수고하셨어요. 오늘 첫날이니까, 간단하게 식사하고 집에 가시죠. 술 드실 분은 드셔도 좋고요. 요 앞에 고깃집 잡아놨으니까, 어서 일어들 납시다."

이사의 씩씩한 목소리에 다들 힘을 내어 자리에서 일어섰다. 산 정상에 오른 느낌이랄까, 몸은 지쳤지만 기분은 상쾌했다. 좋은 결과물이 있다는 것은 언제나 뿌듯하다.

고깃집에 도착하니 팀별로 나눠 앉는 분위기였다. 우리 상가 분양 팀은 오피스텔이나 사무실 분양 팀에 비해 상담사가 적어 테이블 하나로도 충분했다.

첫날이라 그런지 아직은 분위기가 어색하다. 서로 통성명을 하며 뒤늦게 인사를 주고받는가 하면, 이미 알고 있던 사람들은 친분을 과시하기도 했다.

난 정주 언니 곁에 얌전히 앉아 있었다. 어느 회식 자리에서나 그렇듯 고기 굽는 사람은 늘 정해져 있는데, 이 팀에서의 담당은 경수 씨였다. 그는 솜씨 좋게 고기를 구워 각자의 접시에 배분해준다.

경수 씨가 고기 굽는 모습을 보다가 난 문득 필주 씨가 떠올랐다. 그와 헤어진 지 벌써 이틀이 지났는데, 아직 전화 한 통 못했다. 더 늦기 전에 전화를 걸어야 할 것 같았다.

옆자리의 정주 언니에게 양해를 구하고 자리에서 빠져나왔다. 고깃집 본관에서 나오니 대기하는 장소에 준비된 의자들이 보였다. 난 아무 의자에나 앉아 필주 씨에게 전화를 걸었다.

신호음이 울리자마자 마치 기다리고 있었다는 듯, 그가 전화를 받았다.

[왜 이렇게 늦게 전화했어?]

필주 씨의 볼멘 목소리가 들려온다. 그 목소리에는 그리움과 오랫동안 기다렸다는 투정이 담겨 있었다. 전화하지 말라는 내 말에 잘 참고 기다려준 필주 씨. 역시 말을 잘 듣는 그답다. 연락이 안 돼 그동안 얼마나 답답했을까?

"미안. 사정이 있었어. 자기 면접은 어떻게 됐어?"

[붙었지.]

"축하해. 잘 됐다."

[다음 달 초부터 나오래.]

"뭐? 다음 달 초라고 해봤자 이번 주잖아? 4일 뒤, 수요일 아니야?"

[당장 나오라는 거, 그것도 미룬 거야. 아……, 보고 싶다. 자기 지금 어디야?]

"오늘 첫날이라고 회식해. 당분간 계속 바쁠 것 같아."

[그럼 우리 못 만나는 거야?]

"아니. 자기 떠나기 전에는 꼭 봐야지. 걱정하지 마. 어떻게 해서든지 시간 낼게."

[여수 간 거는 어떻게 됐어? 여동생은 만났어?]

"만나긴 했는데……, 애긴 못 들었어."

[근데 목소리가 왜 그래? 무슨 일 있었어?]

"그냥 찝찝해서……."

[왜? 무슨 일이 있었는데? 말해봐.]

"여동생이라는 사람이 내 얘기를 듣지도 않고 싫어하더라고. 남매끼리 사이가 그냥 안 좋은 게 아닌 것 같아. 무슨 사연이 있을 거야, 분명히."

[진짜 그 자식 여동생이 맞긴 한 걸까?]

"모르겠어. 그걸 어떻게 알아봐야 할지도 모르겠고."

[아……, 내가 자기를 두고 가는 게 맞는지 모르겠다.]

"괜찮아. 자긴 거기 가서 자기 할 일 해. 기다리면 뭔가 나오겠지."

[그럴까? 난 자기도, 나도 헛고생하는 거 아닐까 하는 생각이 들어.]

"자세한 건 만나서 얘기하자. 나 화장실 간다고 나온 거라 빨리 들어가 봐야 해."

[알았어. 그럼 우리는 언제 만나?]

"내가 스케줄 보고 연락할게."

[자기 너무 보고 싶다. 사랑해.]

"나도. 끊을게."

필주 씨와 전화를 끊었다. 하고 싶은 말은 많았지만 얘기가 길어질 듯해 더 이상 할 수 없었다.

다시 고깃집 본관으로 돌아가려고 자리에서 일어나는데 눈앞에 길쭉한 형체가 보였다. 자세히 보니 오현철 팀장이었다. 그는 졸린 눈을 하고 나를 지긋이 바라보고 있었다. 순간 적잖이 당황스러웠다. 필주 씨와 내가 통화한 내용을 어디부터 들은 걸까? 설마 모든 내용을 다 들은 건 아니겠지?

"그 친구예요?"

오 팀장이 느릿한 말투로 말을 건네왔다. 난 그가 등장한 것만으로도 신경이 날카로워진다.

"네? 누구요?"

"이필주 씨요. 그 친구, 아직도 만나요?"

단도직입적인 오 팀장의 말에, 난 쓰러질 듯 놀랐다. 나와 필주 씨의 관계를 알고 있다니. 어쩌면 그는 2년 전, 아니 5년 전부터 그 사실을 알고 있었는지도 모른다. 그래서 그런 눈빛으로 나를 봤던 것이다.

"무슨 말씀이신지……?"

"그 친구 만나지 말아요. 당신과 안 어울리는 사람이에요."

그의 말이 내 뇌 신경을 긁는다. 그게 무슨 상관이람? 내 사생활인데.

하지만 난 정주 언니와 약속했다. 여기서 일하는 2주 동안은 오 팀장과 분란을 일으키면 안 된다. 난 억지로 웃으면서 이 자리에서 빠져나올 궁리를 한다.

"괜히 넘겨짚지 마세요, 팀장님. 필주 씨와 저, 아무 일도 없어요. 먼저 들어가겠습니다."

몸을 돌려 재빨리 고깃집 계단을 올랐다. 내 등에 그의 날카로운 눈빛이 꽂히는 게 느껴진다. 생각지도 못한 일이었다. 궁지에 다시 내몰린 것이다.

자리에 돌아온 난, 정주 언니 옆에 앉아서 아무 일도 없었던 것처럼 사람들과 어울리기 시작했다. 고기를 먹고 술을 마시며, 사람들 틈에서 웃고 떠들었다. 하지만 마음이 편하지 않았다. 오 팀장은 어떻게 나와 필주 씨의 관계를 아는 걸까? 그가 사람들에게 우리의 관계를 폭로하면 어떡하지? 그 사실을 정주 언니가 알면 난리 치지 않을까?

고기를 집는 척, 힐끗 오 팀장 쪽을 본다. 사람 좋아 보이는 그는, 옆자리에 앉은 동료 상담사의 이야기를 진지하게 들어주고 있다. 나는 고개를 흔들었다. 아니야, 그럴 리가 없다. 내가 아는 그는, 성격상 다른 사람의 이야기를 어디 가서 폭로할 사람은 아니다. 세간의 평대로 그는 입이 무거운 사람이다. 그렇다면 그는 나에게 왜, 그 일에 대해 아는 척을 한 걸까? 혹시 나에게 원하는 게 있는 건 아닐까?

이런 생각을 하는데 오 팀장과 눈이 마주쳤다. 난 얼른 그의 눈을 피해버렸다. 때마침 경수 씨가 비어 있던 내 앞자리에 앉아 술병을 내밀었다. 정주 언니가 반색한다.

"누님들, 술잔 받으시죠."

"어머, 이름이 뭐였더라?"

"백경수입니다. 박정주 본부장님이시죠? 전설 많이 들었습니다."

경수 씨의 아부에 정주 언니가 넘어갈 듯 웃는다. 젊고 잘생긴 남자에 참 약한 언니다.

"어멋, 뭐야? 전설이라니. 그러니까 내가 할머니 같잖아."

"존경의 마음이 극대화된 표현인 거죠. 앞으로 많이 가르쳐

주십시오."

"이 바닥에서 얼마나 됐어?"

"고작 2년입니다. 햇병아리예요."

"병아리치고 너무 고수인데? 일 잘하겠다, 야."

"효신 누님도 한잔 받으시죠?"

경수 씨가 나에게도 술을 권했다. 흔쾌히 그의 술잔을 받았다. 아직도 나를 보는 오 팀장의 시선이 느껴진다.

"둘이 알아? 언제 친해진 거야?"

"바로 옆자리잖아요. 출근해서 가장 먼저 인사를 했어요."

"효신 누님과 저, 짝이에요."

경수 씨의 농담에 난 오버해서 웃었다. 오 팀장의 관심을 떨쳐버리기 위해서라도 더 태연한 척 웃고 떠든다.

"짝이오? 언제 적 짝이에요?"

"경수 씨, 얘 싱글 아니야. 남편 있어. 집적대지 마."

"아니, 본부장님은, 집적이 뭡니까, 집적이. 누님 같은 분에게. 저 보기보다 바르게 컸어요."

"딱 봐도 누나들 틈에서 자랐네. 경수 씨, 누나 많지?"

"없어요. 늙은 여자 형이 둘 있긴 하지만요."

별말 아닌데 정주 언니가 또 까르르 웃는다. 경수 씨가 단단히 마음에 들었나 보다.

그들이 수다를 떠는 동안 난 다시 오 팀장 쪽으로 시선을 돌렸다. 그는 다른 사람과 대화하느라 바빴다. 난 이 상태로 회식이 빨리 끝나기를 바랐다. 오 팀장과 상대하느니 차라리 집에 있는 그 남자와 마주하는 게 나았다.

어쨌거나 시간은 흘렀다. 1차 회식이 끝나고 기분이 한껏 좋아진 이사의 제안으로, 원하는 사람에 한해 2차 가는 분위기가 형성됐다. 정주 언니는 당연히 동석했고 경수 씨도 합류했으며 오 팀장도 2차를 가는 무리에 끼었다. 다행이었다.

난 피곤하다는 핑계를 대고 회식에서 빠져나왔다. 택시를 타고 나니 그제야 살 것 같았다. 집으로 가는 동안 시트에 머리를 기대고 눈을 감았다. 술기운이 확 올라온다. 머릿속에는 아까 오 팀장이 했던 말들이 자꾸 맴돌았다.

'이필주 씨요. 그 친구, 아직도 만나요?'

가슴이 두근거렸다. 그는 우리의 관계를 알고 있다.

'그 친구 만나지 말아요. 당신과 안 어울리는 사람이에요.'

예상치 못한 곳에서 복병을 만났다. 내가 이곳에서 2주를 버틸 수 있을까?

효신 이야기 #28 **그 남자**

"오늘 일은 잘 했어? 피곤하지 않아?"

현관문을 열고 집에 들어서니 남자가 반갑게 맞아준다. 진짜 나를 기다리고 있었다는 표정이다. 이런 환대가 고마워 살짝 웃어줬다.

"왜 그렇게 힘이 없어?"

"머리가 아파."

"열이 나?"

그가 큰 손으로 내 이마를 짚었다. 화끈거렸던 이마가 시원하게 느껴진다.

"열은 없네. 술 마셔서 그런가 봐. 차 한잔 줄까? 마시면 좀 나아질 거야."

남자가 내 손목을 잡더니 테이블로 잡아끌었다. 난 순순히 그를 따라간다. 이대로 2층으로 올라가기가 싫었다. 마음이 불안해서 지금은 누군가라도 옆에 있어 주는 게 필요했다. 비록 죽은 남편을 사칭하는 이 남자일지라도.

내가 테이블에 앉자 그가 전기 포트로 물을 끓인다. 그런 그의 뒷모습을 멍하니 바라보았다.

"많이 지쳐 보인다. 회사에서 안 좋은 일 있었어?"

"좀 예민해진 것뿐이야."

그가 녹차 티백이 담긴 머그잔을 내밀었다. 머그잔을 받아 두 손으로 감싸니 몸 전체가 따듯해지는 느낌이다.

뜨겁고 쌉싸래한 녹차를 마셨다. 기분이 조금 진정되는 것 같았다. 하지만 머릿속에서는 오현철 팀장이 자꾸 떠올랐다. 그에게 약점을 잡힌 게 분했다. 그는 내게 무엇을 요구하려고 하는 걸까? 아직 죽은 남편에 대한 미스터리도 못 풀었는데. 생각할 게 너무 많다.

"무슨 생각 하는 거야?"

고개를 드니 그가 나를 빤히 보고 있었다.

"얼굴이 굉장히 심각해 보이네. 정말 별일 없는 거야?"

"피곤해서 그래."

"안마라도 해줄까?"

나는 픽 웃었다. 이 남자, 또 이런다. 안마한다고 날 한껏 흥분시켜놓고 맥 빠지게 할 심산인 것 같다.

"됐어."

"장난 안 칠게. 여기 누워봐."

그가 진지하게 말했다. 표정이 하도 진지해서, 난 그가 시키는 대로 소파에 누웠다. 어떻게 나오는지 보려는 생각이었다.

그는 내 다리부터 주무르기 시작하더니, 어깨와 등까지 정성껏 마사지해준다. 뭉쳤던 근육이 풀어지면서 머리가 맑아질 정도로 개운했다.

그는 내가 자신을 의심하는 줄 알고 있을까? 어제 여수에 간 이유를 알면 기절하겠지? 난 이 상황이 우스워 그만 소리 내어 웃고 말았다.

"왜? 간지러워?"

"아니, 그냥 웃겨서."

"뭐가?"

"당신이 나 안마해주는 게. 이런 거 처음이거든."

하긴 죽은 남편과 나 사이의 스킨십은 폭력이 전부였다. 이렇게 안마를 해주는 것은 꿈에도 생각할 수 없는 일이었다.

"과거는 제발 잊자. 지금 잘하고 있잖아? 이렇게 안마도 해주고. 이거 해주니까 시원하지?"

"응, 좋다."

"당신 약이라도 한 제 먹어야 할까 봐. 몸 상태가 별로인 것 같아. 여기저기 뭉친 데가 많네."

"싫어. 나 원래 약 같은 거 안 먹어. 비타민도 안 먹는걸."

"아니면 좀 쉬든가. 그 일 끝나면 우리도 여행 가고 그러자. 아까 여수에서 올라올 때 고속도로 달리니까 여행하는 기분 나더라."

"그 새벽에? 레이싱한 기분이 아니고?"

"내가 좀 달리긴 했지. 당신, 우리 신혼여행 기억나?"

응, 기억나지. 불쾌했던 기억. 그의 급작스러운 신혼여행 얘기에 내 기분은 다시 안 좋아졌다.

"기억 안 나."

"재미없었구나? 그럼 다시 한번 가자. 어때? 좋지?"

남자는 여행 갈 생각으로 들떠 보였다. 하지만 난 죽은 남편이 생각나 유쾌하지 않았다.

"들어가서 자야겠어."

"벌써? 진짜 많이 피곤하구나? 어서 들어가 자. 아, 자기 전에 반신욕이라도 해. 알았지? 잘 자."

"당신도."

2층 침실로 올라왔다. 난 그의 말대로 뜨거운 물을 받아 욕조에 몸을 담근다. 상반신만 내놓고 욕조에 앉아 있으려니 온몸이 노곤해졌다. 계속 의심할 수밖에 없는 상대이지만, 지금은 그 남자의 자상함이 고마웠다. 그러나 그가 잘해줄수록 자꾸 죽은 남편이 떠올라 서글퍼진다. 남편은 왜 그렇게 나를 미워했을까? 정말 나의 모든 것이 싫었던 것일까? 우리도 다른 부부들처럼 평범한 사이였다면, 내가 그를 죽이는 일은 없었을 텐데. 아마 필주 씨와도 사귀지 않았겠지. 오현철 팀장을 경계할 필요도 없었을 것이다.

모든 것이 다 엉망이었다. 이것저것 다 꼬여 있다. 이 엉킨 실타래를 어디서부터 풀어야 할지 모르겠다. 게다가 문제는 이것만이 아니다. 죽은 남편의 여동생은 내가 모르는 비밀이 있는 것 같고, 죽은 남편에 대해 알아보려 할 때마다 내 앞을 가로막는 누군가 있다.

우발적으로, 정말 의도치 않게 남편을 죽인 것인데, 예기치 못한 일들이 자꾸 벌어지고 있다. 이러다 내 범죄가 드러나는 것은 아닐까? 무섭다.

내가 살기 위해서는 죽은 남편과 그 남자에 대해서 꼭 알아내야 한다. 하지만 내 능력으로는 한계가 있다. 난 아무것도 해결하지 못할 거라는 불안감에 몸을 떨었다. 갑자기 싸늘한 기운이 내게 덮쳐오는 것 같다. 욕조 안의 물은 차갑게 식고 있었다.

아침 일찍 출근하니, 텅 빈 분양관에 출근한 이는 경수 씨 하나였다. 난 조용히 슬리퍼를 갈아 신었다. 인기척에, 나를 발견한 그가 반색한다.

"누님, 어서 오십시오. 어제는 잘 들어가셨어요?"

"덕분에요. 어제 몇 차까지 갔어요? 분위기 좋던데?"

"저는 3차요."

"그런데도 일찍 나오셨네요?"

"집이 바로 요기라. 이거 하나 드세요."

경수 씨가 숙취 해소 음료 한 병을 건넸다. 필요가 없었지만 일단 고맙다고 인사를 하며 받아뒀다.

"박 본부장님도 늦게까지 계셨나요?"

"이사님, 팀장님과 함께 아마 끝까지 갔을걸요? 그분들, 어휴, 잘 놀고 잘 마시는 분들이던데요?"

그의 말이 끝나기 무섭게 문이 열리더니, 사람들이 분양관 안으로 들어온다. 어제 인사한 사람들도 있고, 팀이 달라 처음 보는 얼굴도 있다. 그 무리에는 정주 언니와 오 팀장도 끼어 있었다. 상담사들의 본격적인 출근이 시작된 것이다.

"안녕들 하십니까?"

"좋은 아침이에요!"

인사하는 목소리가 우렁찼다. 상담사들의 표정은 밝고 열의에 넘쳤다.

분양관의 오픈 시간은 10시. 그러나 그전에 할 일은 많았다. 삐끼 이모에게 상가 홍보에 대해 간략히 설명을 해줘야 했고, 아르바이트생 교육을 시켜야 했으며, 팀끼리 모여 전략 회의도 짜야 했다. 우리 팀도 홀에 비치된 테이블에 둘러앉아 회의를 시작했다. 오 팀장이 입을 열었다.

"여러분들이 잘하시니까, 제가 할 말은 별로 없습니다. 단 어제 상담하시는 거 들었는데 경전철 말씀 많이 하시더라고요. 하지만 이 부분은 말씀하시되, 되도록 어물쩍 넘어가시고 상가 선점에 대한 얘기를 더 많이 해주십시오."

"고객들이 가장 신경 쓰는 건 교통일 텐데요?"

"물론 정보를 주긴 줘야죠. 언제 개통된다, 이런 확언만 하지 마시라는 부탁입니다. 아시다시피 경전철이 확정됐다고 착공 시기를 장담할 수 있는 건 아니지 않습니까? 괜히 나중에 과대광고 얘기 듣느니 얼버무리는 게 나은 거죠."

"약국 같은 독점 상가는 이미 정해져 있잖아요. 그런데 고객들에게 상가를 선점할 수 있다고 말해도 될까요?"

"됩니다. 우리가 선점이라고 말하는 건, 먼저 분양받아 먼저 임대하시란 얘깁니다. 어차피 이 상가를 이용하는 사람들은 오피스텔과 사무실 직원 아니겠습니까? 상가 역시 대부분 근린 업종이 들어올 겁니다. 일찍 분양받으신 분이 편의점이나 카페, 구내식당 등을 먼저 오픈할 수 있다는 일종의 말장난인 거죠."

"공인 중개소 통해 오는 분들은 어떡합니까? 제가 알아서 진행할까요?"

"우리와 거래하는 곳 외의 분들은, 제게 연결해주십시오."

"저희에게 오피스텔 문의를 하는 분들은 어떻게 하죠?"

웃음이 터져 나왔다. 확실히 지식산업센터를 찾는 고객들은 오피스텔과 사무실 수요자들이 더 많았다. 그래서 간혹 상담사가 부족해 우리 쪽으로 오는 고객이 더러 있었다.

"우린 상가 분양팀이니까 그분들을 잘 꼬셔서 오피스텔 대신 상가를 분양받게 하시면 됩니다."

"팀장님, 나이스입니다."

"자, 1, 2주 지나면 오픈발 떨어지니까, 그때까지 부지런히 뛰어봅시다."

우리는 오 팀장을 따라 '파이팅'을 외치고 자리로 돌아왔다. 나는 그가 신경 쓰였지만, 그는 회의하는 내내 내가 앉은 곳을 쳐다보지 않았다. 혹시라도 그가 무슨 얘기를 할 새라 가슴을 졸였던 나는 자리로 돌아오자 그제야 긴장이 풀린다.

아르바이트생 교육이 끝났는지, 단체복을 맞춰 입은 여자들이 출입구 쪽에 1열로 죽 늘어섰다. 난 목을 축이고, 거울을 보며 마지막 단장을 마쳤다.

드디어 오픈 시간. 이제부터 치열하게 일해야 하는 시간이다. 분양관 문이 열리자 이른 시간부터 고객들이 들이닥쳤다. 예상했던 대로 눈코 뜰 새 없이 바빴다. 인근의 다른 지식산업센터도 비슷한 시기에 분양하므로 대부분의 고객은 상가의 장단점을 꼼꼼히 비교 분석해주길 바랐다. 그 욕구를 충족시키기 위해 우리는 혀가 마르고 단내가 날 때까지 설명해야 했다.

정신없이 일하다 보니 어느덧 분양관 문 닫을 시간이 됐다. 그 와중에도 늦게까지 남아 상담하는 고객을 내보내고 나니 오후 6시 20분. 종료 시간이 훌쩍 넘었다.

지칠 대로 지친 우리는 젖은 빨래처럼 의자에 축 늘어졌다. 전쟁 같은 시간이 끝나고 찾아온 휴식은 초콜릿처럼 달콤했다.

"아……, 누가 요즘 불경기라고 해요? 이렇게 잘 되는데."

"투자할 곳을 잃은 자금이 시중에 떠돌아서 그렇죠. 진짜 돈 있는 분들은 경기에 영향을 받지 않잖아요? 게다가 지금 오픈 초기이고요. 팀장님 말대로 오픈발 떨어지면 잠잠해질 거예요."

"여기 공실률은 어떨까요?"

"글쎄요, 전 지산은 처음이라."

"저도 이런 데는 처음이에요."

"공실이 있기는 할 거예요. 그걸 줄이는 게 우리의 일이죠."

"과장님은 이 일, 얼마나 되셨어요?"

"10년 정도? 왜요?"

"아니, 본부장님과도 친하시고 팀장님과도 잘 아시는 것 같아서요. 어제도 둘만 나가서 얘기하셨잖아요?"

감시하는 눈은 어디에나 있었다. 항상 주의해야 한다는 걸 새삼스레 느낀다. 하지만 경수 씨까지 경계할 필요는 없는 것 같아 나는 상냥하게 대답했다.

"전화하러 나갔다가 마주친 거지, 친하진 않아요."

"우리 팀장님이 개인적으로 얘기하고 그러시는 분이 아니어서 희한하다 했는데, 역시나 그렇군요."

그가 알았다는 듯 고개를 끄덕였다. 실망한 눈치였다. 그는 대체 뭘 기대했던 걸까?

"빨리 정리하고 퇴근합시다."

"네? 박 본부장님이 우리 셋이서 한잔하자고 하시던데?"

"전 집에 가야 해요. 나름 주부거든요."

"아, 그럼 둘이 마셔야 하나……?"

난 곤란해하는 그를 두고 자리에서 일어났다. 혹시라도 오 팀장에게 잡힐까 봐 퇴근을 서둘렀다. 오늘, 같이 싸운 전우들에게 인사를 하고 제일 먼저 분양관을 나선다.

차에 시동을 걸었다. 톨게이트를 빠져나오니 퇴근 시간이라 그런지 차가 막혔다. 빨리 집에 가고 싶었다. 피곤하기도 했지만, 그 남자와 시원한 맥주나 한 캔 마시면서 넋두리를 늘어놓고 싶었다.

얘기해도 못 알아듣는 답답한 고객들과 나를 감시하는 것 같은 오 팀장에 대해 이런저런 얘기들을 털어놓고 나면 오늘 회사에서 받은 스트레스가 싹 풀릴 것만 같았다.

그러다 문득, 스스로가 어이없어 웃음이 나온다. 이럴 때 그 남자가 생각날 줄이야. 정체도 모르는 그와 밥을 먹기 위해 내가 칼퇴근을 하다니…….

막혔던 도로가 점차 풀리면서 차는 속도를 내기 시작했다. 5분 정도 지나면 집에 도착할 터였다.

효신 이야기 #29 **걸리적거리는 것들**

날은 벌써 어두워져 있었다. 나는 삼거리의 공터를 지나 좁은 비탈길을 올라간다. 얼마 가지 않았을 때, 반대 방향에서 내려오는 택시 한 대와 마주쳤다. 시골길이라 폭이 워낙 좁아 두 대의 차가 동시에 지나갈 수는 없는 길이었다. 내 차와 택시는 서로를 마주 보며 잠시 대치했다. 뒤로 조금 빠져주면 편하련만, 택시는 비켜줄 생각이 전혀 없어 보였다.

할 수 없이 내가 후진을 했다. 죽은 남편의 차는 명색만 BMW이지, 워낙 오래된 구형 모델이라 후방카메라가 없었다. 그래서 후진할 때는 룸미러나 사이드미러로 후면을 확인해야 하는데, 어두운 비탈길을 후진으로 내려간다는 것이 쉽지 않았다. 난 택시 기사와 그 택시를 이용했을 누군가를 속으로 욕하면서 간신히 차를 뒤로 뺐다. 올라올 때는 금방이었는데, 내려가는 데는 시간이 한참 걸렸다. 삼거리에 간신히 도착하자 택시는 고맙다는 인사로 깜빡이를 몇 번 켜더니 금세 사라져버린다.

다시 집으로 향했다. 좁고 긴 집 두 채가 보인다. 우리 집과 옆집 모두 불이 환히 켜져 있었다. 옆집 여자의 빨간 티볼리를 보니 그녀가 택시를 이용한 것 같지는 않았다. 저 위에 사는 막다른 집 할아버지가 택시를 이용했을 거라는 생각을 하며, 계단을 올라 현관문을 열었다. 생각보다 집이 조용했다. 거실로 올라가 주방 쪽을 쳐다보니 테이블 위는 깨끗이 치워져 있다. 남자가 근사한 저녁을 준비했을 거라고 기대했는데, 그래서 일찍 퇴근했는데, 나는 조금 실망하고 말았다.

"벌써 온 거야?"

남자의 목소리에 뒤를 돌아보니, 1층 욕실에서 막 샤워하고 나온 그가 보였다. 그는 벗은 몸에 수건 한 장만 허리에 두르고 있었다. 물기를 촉촉이 머금은 그의 나신을 보니 괜히 무안해진다. 이런 모습은 두 번째이지만 여전히 익숙하지가 않다. 예의상 시선을 돌렸다.

"생각보다 일찍 왔네? 저녁 준비 못 했는데. 밥 안 먹었지?"

"괜찮아. 배 안 고파."

"거짓말하네. 얼굴에 다 쓰여 있어. 배고프다고."

"집에 밥 없잖아?"

"라면이라도 끓여 먹어야지. 왜? 아쉬워? 내가 해주는 거 기대했어?"

"아, 아니야."

"빨리 씻고 내려와. 나도 배고파."

그의 말에, 난 고분고분 2층으로 올라갔다. 옷을 갈아입고 거실로 내려오니 그는 벌써 라면을 끓여 테이블에 차리고 있었다. 오랜만에 맡아보는 라면 냄새가 좋았다. 입안에 군침이 돈다. 난 테이블에 앉자마자 젓가락을 들고 라면을 흡입했다. 그런 내 모습을, 맞은편에 앉은 그가 흐뭇하게 보고 있다.

"어디 갔다 온 거야?"

"응?"

남자는 내 질문에 모르는 척 시치미를 떼려 한다. 물론 그걸 넘어갈 내가 아니다.

"택시 타고 왔잖아? 내가 봤는걸."

"아아……, 걸렸구나."

"어디 갔다 왔어?"

"아, 이거 비밀로 하려고 했는데. 사실은 나, 이력서 내볼까 해."

뜬금없는 얘기에 난 젓가락질을 멈췄다. 아니, 이력서라니?

"취업하려고? 어디에?"

"얼마 전에 병원 갔다가 공고를 봤어. 전자 대리점 같은 데서 직원 구하더라고. 처음 해보는 일이지만, 자동차나 전자제품이나 다 같은 세일즈니까 일이 비슷하지 않을까 해."

"어디에 있는 대리점인데?"

"테크노상가. 거기 매장 여러 군데에서 사람 구하더라고. 그래서 쭉 둘러보고 왔어. 어디가 좋을까 미리 탐방 갔다 온 거야. 우린 부부인데, 당신에게만 부담 지울 순 없잖아?"

이 남자, 말은 참 예쁘게 한다. 하지만 그가 취업하려는 곳이 테크노상가라는 게 마음에 안 든다. 전자제품을 많이 취급하는 곳이고 그런데 익숙하다면, 도청기나 몰래카메라, 위치 추적기 등을 손쉽게 구할 수 있지 않을까? 생각이 여기에 미치자 그에 대한 경계심이 다시 작동한다. 물론 그런 티를 낼 수는 없었다. 그를 좀 더 지켜보기로 했다.

"병원 갔던 건 어때?"

"솔직히 차도는 없는데, 마음은 편해졌어. 기억을 빨리 찾으려고 조급해할 필요도 없는 것 같고. 같이 가볼래? 의사가 당신과 같이 치료받으면 효과가 더 좋을 거라던데?"

"됐어. 당신이나 혼자 다녀."

"나 기억 못 하는 거……, 해결할 수도 있지 않을까?"

웃겼다. 나를 정신병자로 몰 작정인가? 설마 아니겠지. 남자가 날 진짜 걱정하는 건지도 모른다. 그랬으면 좋겠다.

"난 병원은 별로야. 웬만큼 아파도 안가."

"아파도 끙끙 앓고 마는 타입이구나? 그러니 비실비실하지. 비타민이라도 좀 먹어."

스스로 건강 체질이라 생각했는데, 그의 눈에는 내가 부실해 보였나 보다. 라면 국물까지 싹 비우니 비로소 허기가 채워졌다.

"후식 먹을래?"

"있어?"

"사과 먹자. 차도 마시려면 마시고. 당신은 가만 앉아 있어."

그가 테이블을 치운다. 그의 손등에 난 상처가 내 눈에 들어왔다. 마치 누군가와 싸운 것 같은 흔적이었다. 아무래도 오늘 그가 수상하다.

"손등은 왜 그래?"

"손등? 아아, 이거? 아까 아침에 산에서 운동하다가 부딪쳤어."

"무슨 운동을 하는데 그래?"

"내가 말 안 했나? 복싱 연습한다고?"

남자가 두 주먹을 쥐고 훅 날리는 모습을 연출해 보인다. 어설퍼 보였지만 믿어주기로 했다.

그가 사과와 티백이 담긴 머그잔을 가져왔다.

"사과 맛있네. 어디서 샀어?"

"몰라. 옆집 여자가 사다 줘서."

"옆집 여자?"

"내가 차가 없잖아. 걸어서 어떻게 마트를 가겠어? 버스 정류장도 먼데."

또 옆집 여자란 말인가? 태연하게 말하며 사과를 먹는 그를 보니 어이가 없었다.

"앞으로는 그러지 마."

"그럼 당신이 같이 가줄 거야?"

"그러든가 아니면 내가 차를 두고 갈게. 옆집에 자꾸 신세 지지마."

"왜?"

"몰라. 나 그 여자 마음에 안 들어."

마치 남자와 여자의 대화가 바뀐 것 같았다. 그는 이웃과 친하게 지내려는 아내 같았고, 난 그게 못마땅한 남편인 것 같다. 참 웃긴 상황이다.

"차는 가지고 다녀. 회사가 멀잖아. 내가 다른 대책을 찾아볼게."

"차도 없는데 어떻게 하려고?"

"엄마한테 한 대 뽑아달라고 하거나, 아니면 테크노상가에 취업해서 퇴근할 때마다 장 봐오지, 뭐. 바로 밑에 대형마트 있거든."

무사태평한 그의 말에 치솟았던 경계심이 살짝 누그러졌다. 이 남자, 수상한 점은 많지만 나를 속이는 것 같지는 않다.

"내일도 일찍 올 거지?"

머릿속으로 스케줄을 체크해본다. 분양관 일 외에는 별다른 일정이 없었다. 그러나 필주 씨가 떠오른다. 수요일에 정신요양원으로 출근한다는 필주 씨. 화요일에는 청송으로 내려가야 한다는 말인데, 그렇다면 우리가 만날 시간은 내일밖에 없다. 아마 지금쯤 그는 내 연락을 목 빠지게 기다리고 있을 것이다. 빨리 연락을 해줘야 한다.

"내일? 아……, 늦을지도 모르겠다. 이사님과 VIP 식사 대접이 있거든."

거짓말은 쉽다. 나에겐 얼마든지 변명거리가 있었다.

"많이 늦어?"

"어려운 자리라서 빨리 일어나지 못할 거야. 언제 끝날지 장담 못 하겠다."

"분양 상담사라는 게 생각보다 쉽지 않은 일이네."

"모든 일이 다 그렇지. 나 먼저 올라가 볼게."

내가 테이블에서 일어섰다. 그가 의외라는 반응을 보인다. 아마 내가 더 늦게까지 여기에 앉아 그와 시간을 보낼 줄 알았나 보다.

"벌써? 아직 9시도 안 됐는데?"

"나 하루 종일 떠들고 사람 상대해서 너무 피곤해."

"그래, 올라가서 푹 쉬어. 잘 자고."

"당신도."

2층 침실로 올라오자 난 재빨리 문을 걸어 잠갔다. 하지만 이전처럼 탁자로 문을 괴어놓지는 않았다.

침대 위에 앉아 필주 씨에게 전화를 걸었다. 신호음이 채 울리기도 전에 그가 전화를 받았다.

"안녕하세요, 사장님. 정효신입니다."

[퇴근했어? 말투가 왜 그래?]

난 그 남자가 혹시라도 엿듣고 있을지 모른다는 생각에 연기를 한다. 유치하지만 어쩔 수 없었다. 테크노상가에서 일하겠다는 남자의 말도 계속 마음에 걸렸다. 설마 도청장치 따위는 하지 않았겠지.

"이사님께 연락받으셨나요?"

[집이구나? 옆에 그 자식이 있어?]

"아니요. 그건 아니고요, 일정 확인차 연락드린 거예요. 화요일에 현장으로 나가시는 거죠?"

[으응……. 그래야 할 것 같아. 당신 두고 가기 싫지만.]

"이사님이 내일 저녁 괜찮으신지 궁금해하셨어요."

[난 당연히 되지. 집으로 올 거지? 아니면 내가 쇼핑몰로 데리러 갈까?]

"네. 식당 예약해서 내일 오전 중으로 다시 연락드리겠습니다."

[자기, 보고 싶다.]

"내일 뵙겠습니다. 안녕히 계십시오."

필주 씨와 전화를 끊고 침대에 누웠다. 오늘 하루는 어떻게든 잘 마무리 지었다. 하지만 내일은 어떤 일이 생길지 모른다. 오현철 팀장과 될 수 있으면 마주치지 말아야 하고 그 남자 모르게 필주 씨도 만나야 한다. 머리가 복잡해져 온다. 시간이 흐를수록 정리되어야 할 일이 오히려 얽히고 있었다. 아침이 오는 게 정말 두렵다.

오늘도 변함없이 일찍 출근했다. 분양관 주차장은 텅 비어 있었다. 주차하고 차에서 내리는데 뒤통수가 따가웠다. 뒤를 돌아보니 눈앞에 오현철 팀장이 서 있다. 내 얼굴이 나도 모르게 굳어진다. 절대 만나기 싫은 사람을, 하필 출근 전 주차장에서 만나다니. 오늘 하루는 글렀다는 생각이 들었다. 누군가에게 도움을 청하고 싶지만 이른 시간이라 출근하는 상담사도, 지나가는 사람들도 없었다.

그가 특유의 졸린 눈으로 나를 쳐다봤다.

"정효신 씨, 얘기 좀 하죠."

팀장의 말이라 차마 무시할 수 없어 나는 시계를 본다. 아직 출근 시간까지는 여유가 있었다. 하지만 그와 얘기하기는 싫었다.

"출근 시간인데 나중에 말씀하시면 안 될까요?"

"지금 하죠. 시간 얼마 안 걸리니까."

그가 너무 강경해서 물러설 수가 없었다. 나는 당당하게 나가기로 한다.

"좋아요. 무슨 일이시죠?"

"다음 주 금요일까지만 나오시는 거죠?"

"일단은 그래요. 하실 말씀이 일정 확인 건인가요?"

"아닙니다. 부탁드릴 말씀이 있습니다."

"뭔데요?"

"주제넘은 참견인 거 알지만……, 이필주 씨, 당신이 생각하는 사람이 아닐지도 몰라요. 만나지 마세요."

진짜 주제넘은 참견이었다. 그가 뭔데 나에게 이래라저래라란 말인가.

"그 근거는요?"

"자세히 말씀드릴 수는 없지만……."

"지금 무턱대고 사람 깎아내리는 건가요? 팀장님, 그런 분이셨어요?"

"전 그저, 정효신 씨가 걱정돼서 그럽니다."

걱정? 내가 걱정된다고? 진짜 내가 걱정된다면 입 다물고 있어야 하는 거 아닌가? 나는 화가 났다. 목소리가 저절로 커졌다.

"팀장님이 무슨 생각을 하고 계시는지는 모르겠지만, 사람 그렇게 헐뜯는 거 아니에요. 팀장님이 뭘 안다고 그러세요?"

"왜들 그래? 왜들 큰 소리야?"

정주 언니가 나타났다. 출근하던 그녀는 내 목소리를 듣고 주차장으로 발길을 돌린 것이다.

"무슨 일이야? 오 팀장, 무슨 일 있어요? 정 과장과 지금 무슨 얘기 중인 건데?"

"아, 아닙니다."

"아닌데 언성이 이렇게 높아져? 효신아, 오 팀장과 무슨 얘기 했니?"

"별말 아니에요. 분양 전략 놓고 의견이 엇갈려서 얘기를 하다 보니……."

정주 언니가 정색하고 화를 내자 나도 모르게 거짓말을 둘러댔다. 그런 나를, 오 팀장이 힐끗 본다.

"진짜야? 진짜 그런 거야?"

"네, 정말이에요."

"그런 거로 말싸움할 거면, 두 사람 앞으로 분양관 안에서 해. 지나가는 사람들 눈도 있는데, 여기서 이러면 어떡해?"

"죄송합니다."

"앞으로 주의할게요."

"오 팀장, 정 과장, 모두 조심해줘요. 이러면 정말 곤란해."

"명심하겠습니다. 본부장님 이제 들어가시죠."

"둘 다 진짜 알아들은 거지?"

"그럼요, 앞으로 조심한다니까요."

정주 언니는 오 팀장의 말에도 마뜩잖은 표정이었다. 아침부터 그와 내가 싸우는 것을 목격해 기분이 나빴는지 언니의 안색은 좋지 않았다.

우리는 그런 언니를 살살 달래 분양관으로 들어갔다. 오 팀장과 내가 얘기하는 걸 다른 사람에게 들키지 않은 게 얼마나 다행인지. 난 속으로 안도의 한숨을 쉬었다. 그건 아마 오 팀장도 마찬가지였을 거다. 그가 나를 향해 살짝 웃어 보인다. 오 팀장과 알고 지낸 지 5년이 넘었지만, 나한테 미소를 보인 것은 처음이었다.

분양관에 들어가니 아르바이트생들은 이미 오픈 준비를 마친 상태였다. 초조하게 시계를 들여다보니, 오픈 시간 10분 전. 곧 있으면 우리 앞에 전쟁터를 방불케 하는 상황이 펼쳐질 것이다.

월요일은 쉬어가는 날이었다. 분양관을 찾는 고객은 눈에 띄게 줄었고, 특히 상가 매물은 오늘따라 인기가 없었다. 그나마 오피스텔에 관심 있는 고객의 발길이 끊어지지 않아, 겉으로 보기에 분양관은 잘 돌아가는 듯 보였다. 갑자기 여유가 생긴 우리는 각자 자리에 앉아 단체 홍보 문자를 보낸다. 그 대상은 다른 분양관에서 일할 때 얻은 고객이었다. 이런 단순한 과정이 지루했는지, 경수 씨가 말을 걸어온다.

"상가 분양은 원래 이래요? 어떻게 며칠 만에 고객이 급격히 떨어지죠?"

"매번 달라요. 특히 여기 지산은 상가 규모가 작다 보니까 고객 관심도 적은 거죠. 너무 걱정 말아요. 앞으로 드문드문 올 거예요."

"맥이 빠지네요. 그렇게 바쁘더니."

"아파트나 오피스텔만 해봤나 봐요?"

"아파트만 했어요. 누님은 언제까지 나오신다고 그랬죠?"

"다음 주 금요일이오. 평일에 이렇게 고객이 없고 주말에만 몰린다면 며칠 더 나와야 할지도 모르겠네요."

"얼마 안 남았네요. 이번 주말에는 사람이 좀 있겠죠?"

"그러길 바라야죠."

난 속으로 내가 가진 VIP 고객 명단을 체크해본다. 아직 비기를 꺼내 들 단계는 아니지만, 이사나 팀장은 다음 주가 되기 전에 이걸 써달라고 할 것이다. 어차피 기본급에 인센티브를 받는 거라, 내 자산인 VIP를 동원하는 건 나쁜 수는 아니다. 하지만 그들이 아직은 생소한 지식산업센터 투자에 관심을 가질까? 나로서는 그게 의문이었다.

"여쭤볼 게 있는데요."

경수 씨가 또 말을 걸어왔다. 무슨 얘기를 할지 슬쩍 겁이 난다. 그는 오 팀장과 내가 아직도 친하다고 생각하는 듯했다.

"VIP는 어떻게 모아요?"

예상을 벗어나는 순진한 질문에, 난 그만 맥이 풀린다. 오 팀장을 너무 신경 쓴 나머지 점점 예민해지고 있나 보다.

"시간이 필요해요. 서로 간에 신뢰가 쌓여야죠. 아무리 돈 있는 분이라도 우리를 믿지 못하면 연락을 받지도 않거든요."

"그 신뢰라는 거요, 만들기 어렵지 않아요?"

"저 같은 경우는 그래요. 고객이 관심 있는 매물보다 더 나은 매물을 추천해드리기도 하고, 세금 같은 문제 등을 대신 처리해 드리기도 하죠. 분양과 관련해 문제가 생기면 해결 방법을 같이 찾아보기도 하고요."

"집사 역할을 해야 한다는 거네요."

"우리가 법무사, 세무사를 왜 끼고 일하겠어요? 그런 데 써먹는 거죠."

"그럼 돈 있는 분들은 어떻게 알아봐요?"

"대부분 있어 보여요. 차림새에서 티가 나죠. 하지만 수수한데 진짜 돈 많은 사람도 있어요. 경수 씨도 사람을 많이 겪어보면 알 거예요. 중요한 건 분양받아서 장기 임대할 사람인가, 피 받고 팔 사람인가를 구별하는 거예요."

"임대 사업자와 갭투자자를 구별해라, 이 말씀인 거죠?"

"그렇죠. 그분들 목적에 따라 우리의 추천 매물도 달라지고, 접근법도 달라져야 해요. 경수 씨도 조금 더 일하다 보면 언젠 가 그런 감이 올 거예요."

"누님은 이렇게 경력이 오래되셨는데 왜 아직까지 과장이신 거예요? 10년 정도 되면 본부장 같은 직함을 다셔야 하는 거 아 니에요?"

"글쎄요, 몇 년 전에 부장을 달아봤는데 반응이 그저 그렇더 라고요. 다들 계속 정 과장이라고만 부르세요. 제 고객들에게 는 이 직함이 제일 잘 먹히는 것 같아요. 저도 과장이라고 불리 는 게 좋고요. 너 아직도 과장이니? 하면서 가끔 동정표도 주거 든요."

"괜찮네요. 고객 반응에 따라 직함도 달라지는 거구나."

경수 씨가 고개를 끄덕이며 진지하게 듣는다. 그나마 그가 옆 자리여서 다행이었다. 우리는 분양과 관련된 수다를 떨고 정보 를 나누면서 오후 시간의 대부분을 보냈다. 내가 상담한 고객은 두 팀에 불과했고, 계약 건수는 제로였다.

우리가 한가할수록 오 팀장은 바빠졌다. 이효숙 이사, 정주 언니와 함께 시행사를 만나러 가거나 VIP를 차에 태우고 직접 현장에 나가기도 했다. 덕분에 오 팀장과 마주치지 않아도 되는 나로서는 오늘 하루가 평온했다.

드디어 퇴근 시간. 실적은 없었으나 난 족쇄에서 풀려난 것처럼 기분이 상쾌했다. 이사와 팀장이 자리를 비운 터라 주위의 눈치도 살피지 않고 제일 먼저 분양관에서 나왔다. 그리고 쇼핑몰에 주차를 하고 필주 씨에게 전화를 걸었다.

"나야. 끝났어."

[벌써? 지금 어딘데?]

"쇼핑몰."

[출발하기 전에 전화하지. 그럼 내가 먼저 가서 기다렸을 텐데.]

"괜찮아. 천천히 와."

[20분만 기다려. 늘 만나던 곳으로 갈게.]

필주 씨를 기다리는 동안 나는 함께 먹을 스페셜 초밥 2인분을 포장했다. 소박하지만, 초밥을 유독 좋아하는 그를 위해 준비한 마지막 만찬이었다. 그리고 CCTV가 없는 길거리에서 그를 만났다.

차에 오르자마자 그는 나를 덥석 끌어안았다.

"보고 싶었어."

"합격 축하해. 자기 좋아하는 초밥 샀다. 빨리 가서 먹자."

내가 그의 품에서 빠져나오며 초밥 봉투를 들어 보였다. 필주 씨 얼굴에서 행복한 웃음이 번진다. 우리는 그가 사는 원룸으로 향했다. 오래된 디젤 엔진의 윙윙대는 소리가 귀에 거슬릴 정도로 크게 들려왔지만, 그는 개의치 않고 빠른 속도로 차를 몰았다. 퇴근 시간이었지만 필주 씨의 집까지는 20여 분밖에 걸리지 않았다.

차를 주차하고 2층에 있는 그의 원룸으로 들어간다. 현관문을 열자마자 방향제의 달콤한 향과 섞인 퀴퀴한 냄새가 풍겨왔다. 속이 울렁거렸다. 창가에 있는 반려 식물 행운이가 보인다. 빨리 환기를 시키고 싶다. 그나마 이 원룸에 베란다가 있는 게 다행이었다.

창문을 열려고 하는데, 그가 뒤에서 나를 안았다.

"초밥 마르겠다. 밥부터 먹자."

"이게 먼저야."

그가 떼를 썼다. 웃으며 밀어내려 했지만, 그의 손이 막무가내로 내 셔츠 속으로 밀고 들어온다. 그는 성급하게 내 가슴을 움켜쥐고 귓가에 뜨거운 숨을 내뿜는다. 나는 그의 품에서 빠져나오려고 몸을 비틀었다. 하지만 그럴수록 그는 더 거칠게 나를 더듬었고, 치마 속으로 손을 집어넣었다. 그의 손이 치마 속에서 부지런히 움직일수록 내 기분은 점점 야릇해진다. 사실 오늘은 섹스하고 싶지 않았다. 하지만 그의 적극적인 공세에 나는 그만 무너져 내린다. 마지막 날인데, 필주 씨에게 이 정도의 온정은 베풀어야 한다는 생각이 들었다.

머리를 뒤로 젖혀 그의 어깨에 기대고 가쁜 숨을 내쉬었다. 그가 내 몸을 돌려 키스를 한다. 나는 입을 벌려 매끄럽고 축축한 그의 혀를 받아들였다. 그리고 이내 몸이 뜨거워진 나는 가만히 서 있지 못할 것 같아 허벅지로 그의 다리를 감았다. 몸을 밀착시키자 그의 단단한 무엇인가가 내 둔덕 부위에서 꿈틀대는 게 느껴진다.

　그의 바지에 손을 갖다 댔다. 허리띠를 풀고 지퍼를 내렸다. 그 역시 내 치마를 내리고 블라우스와 브래지어를 동시에 벗겼다. 알몸이 된 상태로 그의 침대에서 서로의 몸을 탐했다. 우리의 키스는 계속됐고 천천히, 그리고 오래도록 섹스를 했다.

　섹스가 끝나자 바로 허기가 찾아왔다. 우린 알몸 상태로 누가 먼저랄 것도 없이 초밥을 먹기 시작한다. 초밥은 조금 말랐지만 여전히 맛있었다. 난 좋아하는 연어 초밥을 가장 먼저 입에 넣으며 옆에서 허겁지겁 먹는 그를 본다. 당분간은 필주 씨와 이런 시간도 갖지 못하겠지, 생각하니까 그가 괜히 안쓰러웠다.

　"내일 몇 시에 내려가?"

　"아침에 떠나려고. 차 가지고 갈 거야."

　"거기 가면 어디에서 살 건데? 집은 구했어?"

　"기숙사에 들어갈 거야."

　"기숙사?"

　"워낙 외진 데 있잖아. 집 못 구했다고 하니까 방 하나 내준다던데?"

　"잘됐네. 이제 우리 자기 보고 싶어서 어쩌나."

　"주말이면 올라올 건데, 뭐."

　필주 씨 말에 가슴이 덜컥한다. 그가 주말마다 올라오면 곤란해질 것만 같다. 분명 같이 있자고 고집을 부릴 테고, 난 필주 씨와 그 남자 사이에서 오도 가도 못 하게 될 것이다. 그리고 그 남자가 우리 관계를 안다면 어떻게 나올까? 생각하기도 싫었다.

"주말마다?"

"거기 주 5일제야. 휴가도 있고. 페이가 짜서 그렇지, 할 만하다던데?"

"그래, 다행이네. 하지만 매주 올라오지는 마."

"왜?"

"사람들과 빨리 친해져야 정보를 빼 오지. 거기 오래 있고 싶지는 않잖아? 기숙사에 있는 사람들과 주말에도 같이 어울려 다니고 그래."

"그런 건 근무 시간 끝나고도 충분할걸? 6시면 끝날 텐데, 뭐."

"자기는 치매 병동이잖아. 그 남자가 있었던 곳이 정신 병동이었던 것은 알지? 그쪽 사람들과 친해져야 한다고."

"꼭 그래야 할까?"

"응. 꼭 그래야 해. 그리고 정보를 하나라도 얻기 전까지는 절대 올라오지 마."

"그렇게까지 해야 해?"

"우리, 지금 상황 심각한 거 몰라? 난 정체도 모르는 남자랑 함께 살고 있다고. 하루하루가 살얼음판 걷는 기분이야. 늘 누군가에게 감시받는 것 같고. 게다가 그거 알아? 오 팀장이 우리 관계를 알고 있어."

"……!"

"나더러 그러더라. 아직도 자길 만나냐고. 아니라고 딱 잡아뗐지만 계속 의심하고 살피는 눈초리야."

"역시…… 그랬구나."

필주 씨의 반응은 무덤덤했다. 놀란 건 오히려 나였다. 오 팀장이 우리의 관계를 눈치챘다는 것을, 그는 이미 알고 있었다는 말인가? 그런데 왜 나한테 말을 하지 않았지? 부아가 치밀었다.

"알고 있었어? 그런데 왜 나한테 말을 안 했어? 응?"

"자기 괜히 신경 쓸까 봐."

"뭐야? 신경? 그걸 변명이라고 해? 그런 중요한 얘길 왜 안 한 거야? 언제 알았어? 오 팀장이 우리 관계를 언제 알았냐고!"

"2년 전일 거야."

"2년 전? 그렇게 오래됐어?"

하늘이 무너지는 것 같았다. 그 사실을 미리 알았다면 지금 일하는 분양관에는 가지 않았을 거다.

"어떻게 걸린 거야? 언제, 어디서?"

"2년 전에, 자기 하남에서 오피스텔 분양할 때 미사리 모텔에 몇 번 갔었잖아. 그때 나오다가 근처 카페에서 마주친 것 같아. 아니면 식당이나. 미안해. 난 오 팀장인지 긴가민가해서 그때 말 안 한 거야. 자기 걱정할까 봐."

"난 그것도 모르고……."

"미안해. 난 그가 우릴 못 본 줄 알았어. 그냥 오 팀장 닮은 사람이 지나가는구나, 했을 뿐이라고. 그리고 진짜 오 팀장인 줄 알았어도 그가 나를 기억할 줄은 상상도 못했을 거야. 오 팀장과는 5년 전에 잠깐 일했을 뿐이니까."

날벼락 같은 얘기였다. 앞으로 회사에서 어떻게 처신해야 할지 눈앞이 막막하다. 그동안 난, 오 팀장이 그저 나를 못마땅하게만 생각하는 줄 알았다. 왜 주변에 그런 사람 있지 않은가. 보기만 해도 왠지 싫은 사람. 이제껏 나는 오 팀장에게 그런 범주에 속하는 사람이라고 생각했다. 그런데 그게 아니라니.

오 팀장은 2년 전부터 나와 필주 씨의 관계를 알고 있었고, 내가 유부녀였기 때문에 업계 내에서 문제가 생기기 전에 충고해주려 했던 것이다. 단순히 그런 거다. 그렇게 생각하니 화가 더 났다. 이 바닥은 좁다. 점조직처럼 연결, 연결해 일거리가 주어지기 때문에 한 번 밉보이면 일자리를 구하기 쉽지 않다.

필주 씨가 내 눈치를 봤다. 내 화가 누그러지지 않을 거로 생각한 듯 기가 팍 죽어 있다.

"오 팀장이 그 말만 했어? 둘이 사귀는 거 안다는 말만?"

"자기 만나지 말라더라."

난 욱하는 심정에 솔직히 말해버렸다. 필주 씨가 기분이 나쁘건 말건, 내 화가 진정되지 않았는데 어떻게 좋은 얘기가 나오겠는가.

"그리고 이런 말도 했어. 자기랑 나랑 안 어울린대."

"뭐라고? 미친놈, 뭘 안다고 지껄이는 거야? 자긴 그 말 듣고 가만히 있었어?"

"내가 거기서 흥분하면 더 이상한 거 아냐? 아무 사이 아니라고 잡아뗐는데?"

"또, 또 무슨 소릴 했어?"

"자기가 내가 생각하는 사람이 아닐지도 모른대."

"아, 나쁜 놈. 만나면 죽여버릴 거야! 날 뭘로 보고."

필주 씨가 폭주했다. 그는 분을 못 이겨 주먹으로 베개를 몇 번이고 내리쳤다. 시뻘게진 얼굴로 고함도 질렀다.

난 그런 그를 싸늘히 바라본다. 나이는 30세를 훌쩍 넘었지만 아직 10대 소년 같은 필주 씨. 오현철 팀장의 말이 틀린 얘기는 아니었다. 죽은 남편과 그를 저울질한다면, 조건은 여러모로 죽은 남편이 나았다. 정신적으로나 물질적으로 필주 씨에게 의지하기에는 아직 많이 부족하다. 직업도 불안정하고 앞으로 더 나아질 거라는 희망도 없다. 게다가 그는 너무 감성적이고 집착이 심하다. 감정의 기복도 컸다. 5년이 넘는 시간 동안 함께해왔지만 미덥지 못한 건 사실이지 않은가? 그때 그 일만 아니었더라면, 우린 진작 헤어졌을지도 모른다.

"오 팀장 그 새끼, 자기에게 관심 있는 거 아냐?"

"관심? 나한테?"

"집적대려고 그런 말 한 건 아닐까? 아니면 왜 그런 소리를 했겠어?"

"아냐, 그럴 리가 없어. 날 좋아했다면 벌써 들이댔겠지."

"자기가 눈치 못 챈 건지도 몰라. 개새끼, 음흉하게 생겨서."

홍분은 진정됐지만 필주 씨 속의 분노는 계속 이글대고 있었다. 그가 그럴수록 나도 화가 치밀어 오른다. 왜 내 입장을 먼저 생각해주지 않는 거지? 왜 이렇게 이기적인 거야? 필주 씨는 여기를 떠나면 그만이지만, 난 다음 주까지 오 팀장과 머리를 맞대고 일해야 한다. 아닌 척 뻔뻔하게 나가는 것도 한계가 있다. 그동안 오 팀장만 보면 긴장됐는데 이제는 숨이 막혀버릴지 모른다. 그리고 그가 혹시라도 우리 관계에 대해 입을 열까 봐, 난 늘 조마조마하게 살아야 할 것이다. 앞으로는 일자리도 그를 피해 알아봐야 하겠지.

나는 바닥에 떨어진 옷을 주섬주섬 입기 시작했다.

"벌써 가려고?"

"가봐야 해. 의심받지 않으려면."

난 애써 화를 억누르며 말했다. 오늘은 그가 청송 정신요양원으로 떠나기 전날이다. 어르고 달래야 할 판에 화를 내서는 안 된다. 그렇게 생각하며, 아무렇지 않은 듯 웃어 보였다.

"나…… 자기 두고 청송 가기 불안하다. 매일 전화해줄 거지?"

그가 간절하게 나를 보며 손으로 내 엉덩이와 허벅지를 쓰다듬었다. 기분이 나빴다. 아까처럼 몸이 달아오르지 않았다. 하지만 그런 티를 낼 수 없었다. 난 몸을 뒤로 살짝 빼면서 상냥하게 말한다.

"그럼, 매일 밤 전화할 거야. 사랑해."

그리고 필주 씨를 꼭 안았다.

효신 이야기 #31 **예상하지 못한 일**

집으로 돌아와 현관문을 열자마자 잘 차려입은 그 남자와 맞닥뜨렸다. 그는 현관 입구에 있는 전신 거울로 자신의 모습을 비춰보며 나에게는 눈길도 주지 않는다. 그동안 트레이닝복을 헐렁하게 입은 모습만 봐서 몰랐는데, 이 남자 '슈트발'이 꽤 괜찮았다.

"야밤에 웬 패션쇼야?"

"어때? 괜찮아 보여?"

"잘 어울리네. 그 옷 산 거야?"

"응. 오늘 취업했거든. 그 기념으로 몇 벌 샀어."

"취업? 벌써?"

"이력서를 내러 갔더니 바로 출근하라고 하더라고. 근데 파트타임이야. 정직원은 아니고."

"그게 어디야? 축하해. 이제 사회생활 시작이네. 무슨 매장이야? 뭐 파는 데야?"

"오디오나 스피커 같은 거? 사장이 매장을 두 개 운영해서 어디 배정될지는 몰라."

"양복까지 입고 출근하는 걸 보면 다루는 브랜드가 비싼가 봐?"

"매장에 오디오 룸도 갖췄더라고. 꽤 근사해. 일할 맛이 나던데?"

"그런 데는 전문가만 뽑는 거 아냐?"

"파트타임이잖아. 경력은 크게 신경 안 쓰더라고. 신분증 확인도 안 하던데?"

"잘 됐다. 어쨌든 취업 축하해."

"내가 샴페인 사났어. 싸구려지만 축배는 들어야지?"

남자는 현관에 늘어놨던 쇼핑백들을 주섬주섬 챙겨 들었다.

나도 그를 도와 쇼핑백 하나를 챙겨 들고 거실로 올라간다.

그는 냉장고에서 샴페인을 꺼내더니 슈트를 입은 채로 코르크 마개를 열었다. 펑 소리와 함께 샴페인 병에서 하얀 김이 올라온다. 남자가 잔에 샴페인을 따르자 작은 기포가 보글보글했다. 난 한껏 폼을 잡은 그의 모습이 귀여워서 분위기를 최대한 맞춰준다. 그렇게 우리는 우아한 척, 옷을 차려입은 상태로 샴페인을 마셨다. 집에 안줏거리가 없어서 생라면을 대신 부숴 먹었다. 1만 원도 안 되는 싸구려 샴페인이라 생라면을 곁들여 먹는 것도 나쁘지 않았다.

"아, 오늘 당신 사고 난 것도 처리했어."

남자의 말에 여수 갔던 일이 떠올랐다. 다리를 저는 죽은 남편의 여동생, 그리고 사고를 낸 두 명의 남자. 아마 그는 내가 여수에 간 이유를 모르겠지. 그런데 사고 처리까지 도맡아 하다니. 그에게 미안했다.

"얼마나 달래? 많이 요구했지?"

"각자 알아서 처리하기로 했어."

"진짜? 그렇게 하자고 해? 그 사람들이 동의했어?"

"차근차근 설명했더니 알아듣던데?"

"우와……, 나한테는 그렇게 살벌하게 나오더니 여자라고 무시한 거였구나?"

"당신 차에 블랙박스 꺼져 있더라. 앞으로는 켜놓고 다녀. 무슨 일이 생길 줄 알고 그래?"

"알았어, 주의할게. 아, 그 사람들, 생각할수록 진짜 열 받네."

"당신 경찰서에 보낸 거 미안했나 보지. 좋게 합의 봤으니까 더 이상 스트레스받지 마."

"그래도 기분은 나쁘다. 자동차 보험은 이제 다시 가입해야 하나?"

"나 무효 신청하면."

"아직 안 했어? 오늘이라도 하지."

"법원 갈 시간이 없었어. 빨리할게. 아⋯⋯, 그리고 이거."

남자가 쇼핑백에서 작고 네모난 상자를 꺼내 나에게 내밀었다. 상자를 받아든 나는 열어보지도 않았는데 뭔지 알 것 같았다.

"뭐야, 이건?"

"열어 봐. 취업 기념으로 샀어."

포장을 풀고 상자를 여니 붉은색 반지갑이 나온다. 예상치 못한 선물에 난 어떻게 반응해야 할지 몰라 난감했다.

"당신 지갑 잃어버렸잖아. 그래서 하나 샀지."

"취업 선물은 내가 해줘야 하는데⋯⋯."

"당신도 취업한 거나 다름없잖아. 새로운 회사 나가는데. 안 그래? 빨간색이 돈 들어온다고 해서 이 컬러로 샀어. 마음에 들어?"

난 남자의 작은 호의에 감격했다. 죽은 남편에게는 결혼반지 외에 선물이란 것을 받아본 적이 없었다. 붉은색 반지갑을 들여다보며, 나도 그에게 뭔가를 해주고 싶다는 생각이 들었다. 이런 기분은 처음이었다.

"당신은 뭐 갖고 싶은 거 없어?"

"없는데."

"필요한 거는?"

"글쎄……. 그거 쿠폰처럼 다음 기회에 쓰면 안 돼? 내가 필요할 때, 그때 들어주면 되잖아?"

난 대답 대신 샴페인이 든 잔을 들어 그와 건배를 했다. 그의 제안을 받아들이기로 한 것이다. 나중에 머리 아픈 일이 생길지 모르겠지만 그건 그때 가서 생각하기로 했다. 지금 이 순간은 이 남자가 무슨 얘기를 해도, 어떤 행동을 해도 다 받아주고 싶었다. 그러나 시계는 이미 11시를 가리키고 있었다.

"그럼 내일부터 출근하는 거야? 빨리 자야겠네."

"난 당신보다 출근이 늦어. 파트타임이래도."

"그래도 준비할 것 있지 않아? 패션쇼도 아직 안 끝났잖아."

"당신 올라가면 마저 해야지."

그가 기분 좋게 웃었다. 난 그런 그를 뒤로하고 2층으로 올라온다. 옷을 갈아입지 않은 상태로 침대에 누웠다. 문은 잠갔지만 탁자로 막지는 않았다. 그리고 그 남자가 선물한 붉은색 반지갑을 들여다본다. 안에는 5만 원 권 한 장이 들어 있었다. 지갑에서 지폐를 꺼내 한참을 쳐다보다 탁자 서랍에 있던 다이어리에 꽂아 넣었다. 왠지 쓰기가 아까웠다.

다음 날 아침. 출근 준비를 마치고 거실로 내려오니 남자가 또 보이지 않았다. 아마 아침 운동을 하러 갔을 것이다. 조금 기다려서 그를 만나 인사를 나누고 싶었지만, 러시아워에 막혀 늦을세라 서둘러 집을 나섰다.

차는 예상대로 막혔고 분양관에는 8시 50분쯤 도착했다. 슬리퍼로 갈아 신고 먼저 출근한 사람들에게 인사를 한 다음 자리에 앉았다. 옆자리의 경수 씨가 박카스 한 병을 내밀었다.

"이거 드세요."

"고마워요. 근데 왜 이런 걸 자꾸 줘요?"

"힘내시라고요. 그리고 어차피 탕비실에 있던 건데요, 뭐."

난 경수 씨 말에 웃었다. 탕비실에 있는 물품을 야금야금 자신의 자리로 가져와 쟁여두는 것을 보면 참 욕심이 많은 사람이구나 하는 생각이 든다. 그는 주변을 살피더니 목소리를 낮춰 조용히 속삭인다.

"오늘 본부장님 못 나오신대요."

"왜요? 무슨 일 있어요?"

나도 어느새 그에게 맞춰 소곤대고 있었다. 경수 씨는 심각한 표정으로 정주 언니 결근을 알려줬지만 왠지 신이 나 보였다. 입이 근질근질했는데, 이런 얘기를 나에게라도 말할 수 있어 다행인 듯싶다.

"술병 났나 봐요. 그것 때문에 이사님 지금 화나셨어요. 하지만 다른 사람들에게는 VIP 미팅 간 거예요. 그렇게 알고 계세요."

술을 좋아하는 정주 언니는 가끔 결근하는 사고를 치곤 했는데, 그날이 바로 오늘이었다. 분양 초기라 한창 바쁠 때여서 이사가 예민해질 만했다. 두 배로 뛰라고 일부러 영입한 경력자가 술병이 나서 나오지 못한다니 화가 날 만하지 않은가.

"어제 누구랑 마셨는데 그런대요? 경수 씨랑 둘이 마셨어요?"

"아뇨, 오 팀장님이랑 셋이요."

"셋이서?"

"두 분이 어제 언쟁을 좀 하셨거든요."

오 팀장 얘기가 나오자 나도 모르게 인상을 썼다. 둘이 싸웠다면 확실하다. 아마 그 일 때문일 것이다. 나와 필주 씨가 함께 있는 것을 오 팀장이 목격한 그 일 말이다. 오 팀장은 술김에, 나와 필주 씨의 관계를 정주 언니에게 말했는지도 모른다. 게다가 정주 언니는 나와 그가 언쟁한 것을 목격하기도 했잖은가.

"무슨…… 일로요?"

"몰라요. 제가 알지도 못하는 사람 얘기를 하던데요? 그래서 그냥 듣고 흘렸어요."

"다른 얘기는 없었어요?"

"전 2차에서 빠져서 잘 모르겠어요. 두 분이 더 마신 것 같긴 하던데. 어쨌든 과장님, 이거 다른 사람들은 몰라야 해요. 이사님 엄명이에요."

이사와 회의 후, 오 팀장이 VIP실에서 나오는 것이 보였다. 경수 씨와 난, 자세를 바로 하고 바쁘게 업무 보는 척을 한다. 그는 우리 쪽을 힐끗 보더니 아무 말도 하지 않고 자신의 자리로 돌아갔다.

혹시라도 무슨 얘기를 할세라 조마조마했던 난 가슴을 쓸어내렸다. 제발, 제발 둘이 별말 안 했기를. 난 정주 언니에게 어제 일과 안부를 물을 겸 메시지를 넣었지만 언니는 답이 없었다. 메시지 창에서 1이 없어지지 않는 것을 보면서 괜스레 불안해졌다.

아침 회의는 열리지 않았다. 만약 옆자리의 경수 씨가 주의를 주지 않았다면 난 분양관이 오픈했는지도 몰랐을 거다. 그만큼 정주 언니의 결근에 신경이 쓰였다.

그날도 오전부터 내내 바빴다. 계약 건수는 장담할 수 없어도 상담하는 고객이 어제보다는 많았다. 난 오전 상담 업무를 다른 사람에게 미루고 앞으로 연락할 VIP 리스트를 체크했다. 위에서 말이 나오기 전에 먼저 선수 치는 게 나을 것 같았다. 우리가 상대하는 VIP는 상가나 오피스텔을 고작 몇 개 가진 사람들이 아니었다. 수십 채씩 보유한 사람들이 그 대상이었는데, 그래서인지 VIP들은 상가 하나, 오피스텔 하나쯤 더 사는 건 문제가 아니었다. 임대와 세금, 대출, 이 문제만 해결되면 즉석에서 몇 채라도 구입하는 게 큰손들이었다. 그래서 매물이 괜찮다 싶으면 까다롭게 재지 않고 계약을 한다. 문제는 지금 분양하는 지식산업센터 상가가 그들의 입맛에 맞느냐는 거다.

내가 아는 VIP 고객 중에서 지식산업센터의 상가에 관심을 가질 만한 사람들을 골라내는 게 쉽지 않았다. 난 안정적인 매물을 선호하기보다는 공격적인 투자를 하는 고객들 위주로 연락처를 뽑았다. VIP 리스트를 작성하다 보니 김호중 사장의 이름도 나왔다.

　김호중 사장. 그와 연락하지 않은 지 벌써 6년이 다 되어간다. 그와 시어머니의 권유로 남편을 만나고 결혼한 이후, 난 시어머니와 연결되는 게 싫어서 일부러 그의 연락을 피했었다. 하지만 지금은 묻고 싶은 게 많았다. 그때 왜 그렇게 적극적으로 나에게 결혼하라고 권했는지 궁금했고, 시어머니와의 관계에 대해서도 알고 싶었다. 김호중 사장의 연락처를 보면서 연락을 해볼까 말까 잠시 망설인다. 그러나 차마 휴대폰 버튼을 누르지 못한다. 몇 년 동안이나 그의 연락을 피해왔는데, 이제 와 연락한다면 무례하다고 생각하겠지.

　난 그의 이름을 VIP 리스트에서 지우고 다른 고객들에게 연락을 돌렸다.

　"사장님, 안녕하세요? 정효신입니다."

　[어머 이게 누구야? 정 과장 아니야? 잘 지냈어? 요즘 일은 뭐 하고?]

　"용인 지식산업센터에서 상가 분양 일을 맡고 있어요."

　[용인? 우리 집에서 가깝네. 위치가 어디야? 놀러 한번 나갈게.]

　대부분의 VIP는 내 전화에 호의적인 반응을 보였다. 분양관에 오겠다는 약속을 한 이들도 더러 있었다. 그러나 매물에는 큰 관심을 갖지 않았다. 지식산업센터에 근무하는 대부분의 사람들이 오후 6시 이후에는 퇴근하는 터라 상권 메리트가 없다고 생각하는 것 같았다. 아파트와 오피스텔이 함께 있다고 말했

지만 공실률을 걱정하는 눈치였다. 당장 계약하겠다고 나서는
VIP는 없었다.

점심을 먹고 오후에는 일반 고객 상담에 나섰다. 난 삐끼 이
모에게 전단지를 받고 온 고객을 위주로 상담을 했다. 대부분
뜨내기였지만, 그중에서 간혹 오피스텔이나 상가를 계약하는
사람도 있었기 때문이다. 그들에게 분양 계약 의지가 있는지 없
는지, 판단하는 게 중요했다. 구경 삼아 온 사람이라고 판단되면
대충 설명해 보냈다. 조금이라도 관심 있거나 금전적 여유가 있
어 보이는 사람에게는 이 상가가 얼마나 투자 가치가 있는지 어
필하는 데 주력했다.

한참을 상담하는데, 나를 보는 시선이 느껴진다. 고개를 돌려
보니 낯선 남자가 나를 보고 있었다. 그와 시선이 마주친 난, 숨
이 멎을 듯 놀랐다. 작은 키에 왜소한 몸집, 게다가 안경까지, 죽
은 남편의 회사에서 이력서를 사 갔다는 사람과 인상착의가 너
무나도 비슷했다.

서둘러 상담을 마쳤다. 빨리 이 자리를 벗어나고 싶었다. 하
지만 상담이 끝나자마자 안경 쓴 남자가 내 앞으로 다가왔다.

"저……, 이 상가가 투자 가치가 정말 높은 건가요?"

도망가고 싶었다. 그러나 애써 달아나려는 이성의 끈을 간신
히 잡았다. 이를 악물고 그에게 억지웃음을 지어 보였다.

"잠시 기다리시면 다른 상담사가 올 겁니다."

"이것만 간단히 묻고 갈 거예요."

안경 쓴 남자의 말에, 할 수 없이 자리에 앉았다. 괜히 피했다

가는 오히려 의심을 살 수 있다.

"뭘 물어보고 싶으신 거죠?"

"지식산업센터 상가 분양은 전망이 있나요?"

"전 그렇다고 보는데요? 지식산업센터는 단순한 업무 장소가 아니거든요. 업무와 상업시설, 주거시설이 어우러진 복합비즈니스 센터로 보시면 됩니다. 특히 상가는 공급 비율이 낮아서 희소성이 높고 다른 곳에 비해 임대수익률도 높은 편이에요. 대출 조건도 좋고요. 무엇보다 단지 내 수요가 높아서 수익이 안정적이죠."

난 아는 내용을 기계처럼 달달 읊어댔다. 궁금해하는 걸 빨리 알려주고, 한시라도 서둘러 내보내고 싶었다. 이 남자와는 상담하고 싶지 않았다.

"좋은 입지는 이미 나갔죠?"

"글쎄요, 상가 입지는 어느 게 좋다, 나쁘다고 단언하기 어려워서요."

그의 앞에 상가 배치도를 펼쳤다. 이미 분양된 상가는 X 표시가 돼 있었다. 안경 낀 남자는 배치도에 얼굴을 들이밀고 꼼꼼히 살펴본다. 난 그런 남자를 주의 깊게 관찰했다. 그가 죽은 남편의 뒤를 쫓는 사람인지 아닌지 궁금했다.

그때, 한 여자가 그 남자 옆으로 다가왔다.

"뭐야, 여보 여기 있었어?"

"어, 어……, 상가 좀 보느라고."

"좋은 거 있어?"

"코너 자리는 다 나가고 없어."

"에그, 그거 봐. 일찍 왔어야 한대도. 다른 데 가보자."

여자가 안경 낀 남자를 탓했다. 그는 머쓱했는지 배치도를 나에게 돌려주고 여자와 함께 일어선다. 그가 여자와 함께 이곳을 떠나자 나는 안도의 숨을 내쉬었다. 확신할 수는 없지만, 죽은 남편의 뒤를 쫓던 사람은 아닌 것 같았다. 지나치게 신경 쓴 나머지 노이로제에 걸렸나 보다. 키 작고 안경 쓴 사람만 보면 가슴이 두근거린다. 아주 흔한 인상인데 확인도 하기 전에 지레 겁부터 먹는다. 난 이제껏 내가 이렇게 새가슴인 줄 몰랐다. 믹스커피를 마시고 정신을 차려야지, 이대로 있다간 안 되겠다 싶었다.

자리에서 일어났다. 분양관 안은 상담하려는 고객들로 붐볐고, 다른 상담사들은 정신없이 일하고 있다. 난 고객들 사이를 지나 탕비실로 들어간다. 그런데…… 원수는 외나무다리에서 만난다고 했던가. 그토록 피하고 싶었던 오 팀장이 그곳에 있었다.

탕비실 입구에 서서 나는 그를 멍하니 쳐다본다. 그 역시 얼음처럼 굳은 채, 나를 보고 있었다.

효신 이야기 #32 **그와의 연락**

오현철 팀장은 진짜 마주치기 싫은 사람이었지만, 여기서 돌아나가면 더 어색해질 것이다. 난 고개를 빳빳이 들고 태연한 척 말을 걸었다.

"오 팀장님, 어제 박 본부장님과 늦게까지 술 드셨다고요?"

"아, 네……, 실례하겠습니다. 바빠서."

그가 내 눈을 피했다. 그리고 티백 녹차가 든 종이컵을 가지고 탕비실에서 서둘러 나가버린다. 며칠 전, 나에게 충고하던 그 패기는 어디 갔는지 꽁무니를 빼버린 것이다. 어제 무슨 일이 있기는 분명히 있었나 보다. 아무리 생각해도 정주 언니가 한소리 한 것 같은데, 대체 무슨 소릴 한 걸까? 아니면 그가 무슨 실수를 했던가.

믹스커피를 타며 곰곰이 생각해본다. 이곳에 근무하는 이상 오현철 팀장과는 문제를 일으키면 안 된다는 정주 언니의 말을 떠올렸다. 젠장, 어떻게 이렇게 긴장하며 24시간을 살란 말인지. 집도 편하지 않고 직장도 편하지 않다. 가는 곳곳마다 조심해야 할 사람들뿐이다. 난 믹스커피를 원샷하고 탕비실에서 나왔다.

분양관 홀로 나가니 정주 언니의 모습이 보인다. 뒤늦게 출근한 언니는 마치 외근이라도 다녀온 듯, 자연스럽게 분양관을 누비며 고객을 맞고 있었다.

"언니, 몸 좀 괜찮아요?"

나는 업무를 보고하는 척, 파일 하나를 들고 정주 언니에게 다가간다. 그녀 역시 심각한 표정으로 내가 건넨 파일을 받아들었다. 누가 보면 우리 둘이 진지하게 업무 얘기하는 것으로 보였을 거다.

"죽을 맛이지 뭐, 간신히 정신 차렸어. 이사님은 어때?"

"경수 씨 말로는 열 받았대요."

"아, 꼬이네……. 다음 주까지는 무사히 마쳐야 하는데."

"그러게 왜 그렇게 마셨어요? 오 팀장과는 대체 무슨 얘기를 한 거예요?"

"몰라……. 필름 끊겨서 하나도 기억 안 나."

"하나도?"

"경수 씨 있었던 것까지는 기억나는데……. 어머, 이사님이 부르시나 보다. 이따 봐."

정주 언니는 이사가 눈짓하자 허리를 연신 굽신거리며 VIP실로 따라 들어갔다. 아마 지금쯤 엄청나게 추궁당하고 있을 거다.

난 기억이 안 난다는 언니의 말을 곱씹어본다. 경수 씨가 있을 때까지 기억이 있다면 정신이 2차까지는 멀쩡했다는 얘기다. 다행히 경수 씨는 자세한 내용은 듣지 못한 것 같다. 그렇다면…… 오히려 잘 됐다. 오 팀장이 술김에 무슨 소리를 했는지 모르는 이상, 그녀가 기억하지 못하는 게 나로서는 더 나았다. 그리고 정주 언니가 어제 일로 이사에게 경고를 받으면, 오 팀장과 둘이 술자리를 하는 일도 자제할 것이다.

기분이 다시 좋아진 나는 나이 지긋한 60대 남자를 잡고 상담에 몰두한다. 현재 투자 상황이 좋은지 긴가민가해하는 그를, 임대 가치가 높다는 얘기로 구워삶아 간신히 계약 하나를 따냈다.

시간은 부지런히 흘렀다. 상담 몇 건을 더 하고 나니 벌써 퇴근 시간이다. 난 지친 표정으로 자리에 앉아 숙취 해소제를 마시는 정주 언니 곁으로 갔다.

"언니, 괜찮아요? 많이 깨졌어요?"

"죽어라 깨졌지……. 근데 아직도 안 끝났어. 퇴근 후 좀 보자는데 무섭다. 아, 어제 술은 왜 그렇게 마셔서는."

"한쪽 귀로 흘리다 와요. 내일이면 잊을 텐데."

"그럴 수 있을까? 나한테는 이사님이 업계 스승 같은 분이라."

"오늘 실적은 좀 냈어요?"

"다행히 한 건 했다. 아는 사장님이 와서 도와줬어. 이거 없었으면 난 아마 가루가 됐을 거야. 넌?"

"저도 한 건이요. 운이 좋았어요."

이사가 오 팀장과 VIP실에서 나왔다. 정주 언니가 그들을 따라 나가자 상담사들도 뿔뿔이 흩어졌다. 정리할 일들이 남아 있었지만 내일로 미루고 나도 자리에서 일어섰다.

집에 가려고 차에 시동을 건다. 문자 알람 소리가 들려 확인해보니 그 남자였다.

'첫날이라 늦을 거야.'

하지만 난 답장을 하지 않는다. 그가 늦든 말든 상관하지 않는다는 것을 보여주고 싶었다. 밀당하려는 것은 아니었지만, 그냥 내 마음이 그렇게 흐른다. 속마음을 드러내기 싫었다.

저녁을 해결하기 위해 쇼핑몰로 향했다. 푸드코트에서 간단히 식사하고 아이쇼핑을 한다. 벨트와 지갑을 보고 시계와 옷도 구경했다. 대부분 내 예상보다 비쌌다. 그 남자의 취향을 파악하지 못해 어떤 것을 골라야 좋을지도 모르겠다. 취업한 그에게도 뭔가를 해주고 싶었지만, 아무리 돌아다녀도 눈에 들어오는 물건은 없었다. 결국 난 선물을 고르지 못하고 집으로 돌아왔다.

집에 오니 예상대로 집안은 텅 비어 있었다. 얼마 전까지만 해도 익숙한 광경인데, 불 꺼진 집에 들어가니 왠지 썰렁하게 느껴진다. 그 남자가 어디선가 불쑥 나타날 것만 같다. 왠지 외로운 느낌에 집안의 불을 다 켜놓았다.

2층 침실로 올라가 천천히 옷을 갈아입고, 느긋하게 씻는다. 그러나 아직도 남자는 돌아오지 않았다. 무료해진 나는 필주 씨에게 전화를 건다. 이 허전함을, 그러면 달래줄 수 있을까.

[자기야!]

휴대폰 너머로 필주 씨 목소리가 들려왔다. 그제까지만 해도 만나고 싶을 때 만날 수 있었는데, 이제는 그가 청송에 있다는 사실이 믿기지 않는다.

"잘 지냈어? 요양원은 어때?"

[어르신들이 참 좋아. 다정하시고. 다른 요양사들도 착한 것 같고 일도 생각보다 편해.]

"잘됐네. 기숙사는 마음에 들어?"

[그냥 기숙사지 뭐, 여기가 전에 정신 병동 중 일부였대. 그래서인지 방이 작고 답답해. 창문에는 창살도 있고.]

"으스스한데? 감옥 같겠다. 안 무서워?"

[전해 내려오는 귀신 얘기도 있더라. 다음에 만나면 들려 줄게.]

"사람들은 많이 사귀었어?"

[인사만 했어. 아직은 정신없거든. 기숙사가 2인 1실인데, 나랑 같은 방 쓰는 사람이 휴가 중이야. 그 사람 오면 좀 친해지 겠지.]

필주 씨와 꽤 오랫동안 통화를 했다. 전화를 끊은 후에도 남자는 들어오지 않았다. 난 괜한 걱정을 하며 그를 기다린다. 전화할까 말까, 몇 번을 망설였지만 끝내 휴대폰 버튼을 누르지는 않았다. 그리고 그를 기다리다 지쳐 잠이 들었다.

변함없이 하루가 시작됐다. 난 출근 준비를 빠르게 마치고 1층 거실로 내려간다. 하지만 그의 모습은 보이지 않았다. 아직 들어오지 않았는지, 지하 방에서 자는지 궁금했지만 호기심을 억누르고 집을 나섰다.

운전하면서도 내내 그 남자 생각을 했다. 그와 보낸 시간들, 그가 해준 요리, 그가 선물한 지갑…… 이러면 안 되는데, 난 자꾸 그에게 빠져들고 있었다.

분양관에서의 일과는 지루했다. 어제와 똑같이, VIP에게 연락을 하는 일정으로 하루를 시작했다. 한 손으로는 목을 축일 물병을 쥐고 다른 한 손으로는 리스트를 체크할 볼펜을 쥔 채, 여기저기 연락을 돌렸다.

어제보다 반응이 미지근했다. 여기에 굴하지 않고, 또 연락할 사람은 없는지 VIP 리스트를 다시 확인한다. 그러다 지워버린 김호중 사장의 연락처에 눈이 고정됐다. 한번 연락해볼까? 6년 만인데, 괜히 연락했다 욕먹는 거는 아닐까? 전화하면 이 내용이 바로 시어머니한테 들어가는 건 아니겠지? 난 한동안 고민하다가 큰마음을 먹고 전화 버튼을 눌렀다.

신호음이 몇 번 울린다. 그러나 전화를 받지 않았다. 난 또다시 통화 버튼을 누르고 기다렸다. 신호 대기음을 들으며 전화를 끊으려는 찰나, 통화가 연결됐다.

[여보세요?]

젊은 남자의 목소리가 들리자 난 당황했다. 70대 노인의 목소리를 기대했는데, 너무도 이질적인 목소리다.

[여보세요?]

"아, 저…… 혹시…… 김호중 사장님 휴대폰 아닌가요?"

[그렇습니다만, 누구시죠?]

김호중 사장의 휴대폰이 맞는다는 얘기에 난 마음이 놓였다. 잘못 건 것은 아니구나. 다행이었다.

"아, 예……, 전 분양 상담사인 정효신이라고 합니다. 일전에 사장님께 큰 신세를 져서 인사차 연락드렸어요. 잘 지내시죠?"

[아…….]

휴대폰 너머로 짧은 탄식이 들렸다. 남자는 난감한 듯 말을 잇지 못했다.

"여보세요? 사장님과 통화하고 싶은데요?"

[아버지는 지금 병원에 계십니다.]

"네? 어디가 편찮으세요?"

[몇 년 전 쓰러지셔서 거동이 불편하세요. 말씀도 잘 못 하시고요.]

전화를 받는 남자의 얘기에 난 적잖이 놀랐다. 그 정정했던 김호중 사장이 쓰러져 병원에 입원해 있다니. 시어머니는 내게 이런 얘기를 한 적이 없다. 김 사장과 결혼까지 생각할 정도로 친밀한 사이였는데, 왜 그랬는지 궁금하다. 혹시 나에게 숨기고 싶은 무엇인가 있는 것일까?

3년 전, 나에게 몇 번이나 연락하려 했던 김호중 사장이 떠올랐다. 시어머니와 사이가 좋지 않을 때라 일부러 전화를 받지 않았는데, 지금은 후회가 된다. 김호중 사장을 만나고 싶었다. 그를 만나 무슨 얘기라도 들어야 할 것 같았다. 그때 그가 하고 싶은 얘기는 뭐였을까?

"저, 김 사장님 찾아뵙고 인사드리고 싶은데요."

[글쎄요……. 알아보기는 하실는지.]

"상관없습니다. 괜찮으시다면 꼭 찾아뵙고 싶습니다. 거기가 어딘가요?"

[오셨다가 그냥 가신 분도 많습니다. 그리고 아버지가 사람들 보기를 꺼리세요.]

"전 아닐 거예요. 사장님이 몇 년 전에 저에게 여러 번 전화를 주셨거든요. 확인해보셔도 좋습니다. 그때 제가 사정이 있어 그 전화를 못 받았습니다."

병문안을 극구 사양하는 아들을 상대로 열심히 설득한 끝에, 방문해도 좋다는 허락을 간신히 받아냈다. 난 그가 불러주는 요양병원의 주소를 받아 적었다. 은평구 역촌동에 있는 작은 요양병원이었다. 지금 있는 용인과는 거리가 멀어 내일 찾아뵙겠다고 하고 전화를 끊었다. 그리고 한동안 자리에 앉아 멍하니 있었다. 아무리 70대라 해도 건강했던 사람인데, 어쩌다 요양병원에 입원할 정도로 기력이 쇠해졌는지 안타깝다. 그래도 연락이 닿은 게 어디냐며 스스로를 위로했다.

"무슨 생각을 그렇게 해?"

정주 언니가 말을 걸었다. 언니 얼굴을 보자 그제야 정신을 차릴 수 있었다.

"아, 언니……, 김호중 사장님 아시죠?"

"알지, 알지. 분양 쇼핑하시는 그분? 기분파셨잖아. 왜, 나오시겠대?"

"아니요. 아프시대요. 지금 요양병원에 계신대요."

"뭐? 이런……. 어쩐지 몇 년 전부터 뜸하시다 했어. 이 업계 큰손이셨는데 어쩌다 그렇게 되셨다니?"

"몰라요. 그래서 내일 찾아가 보려 하는데, 오전에 반차 써도 될까요?"

"그럼, 가봐야지. 빨리 반차 올려. 바로 결재해줄게."

오후 내내 일이 손에 잡히지 않았다. 김호중 사장이 갑자기 쓰러졌다는 얘기가, 왠지 불길하게 느껴진다. 발이 그토록 넓은 그였는데, 왜 이 이야기가 알려지지 않았는지 미심쩍다. 그의 존재감은 업계에서 순식간에 사라졌다. 서울 요지에 빌딩을 가지고 있고 상가와 오피스텔을 수십 채씩 가지고 있다는 그가, 사람들 입방아에서 조용히 사라졌다는 게 말이 되지 않았다. 정주 언니조차 그의 소식을 모르고 있었다니 이상하다.

난 시계를 보며 초조하게 퇴근 시간만을 기다렸다.

집에 오니 남자가 기다렸다는 듯 나를 반긴다. 고작 하루 만에 보는 얼굴인데, 반가웠다.

"기다렸어. 배고프지?"

난 그와 함께 테이블에 앉았다. 테이블에는 이미 족발과 보쌈이 세팅되어 있었다. 분주한 일과를 마치고 그와 마주 앉아 먹는 요리와 맥주 한 잔. 평범한 일상인데 그게 참 좋다.

"일하고 오니까 요리하기가 귀찮아져서 시켰어. 일하는 주부의 마음을 알겠더라. 식기 전에 먹자."

맥주를 한 모금 마시고 족발을 먹었다. 별로 좋아하는 음식은 아니었지만 그와 함께 먹으니 맛있었다. 그와 건배를 하고 웃어 보였다. 하지만 그에 대한 감정은 여기까지다. 난 그에게 더 이상 빠져들면 안 된다고 스스로를 다그쳤다. 아직 나는 그에 대해 아무것도 모른다. 어쩌면 그는 위험한 사람일지도 모르지 않는가.

그가 나타나면서 자꾸만 이상한 일들이 벌어진다. 게다가 죽은 남편에 대해 알아보면 알아볼수록 수상한 것투성이다. 시어머니도 의심스럽고 김호중 사장 일도 꺼림칙하다.

"어머니는 요즘 잘 지내셔? 당신 취직한 거는 말했고?"

"진작 말했지. 좋아하시더라. 신용카드 당장 반납하고 월급 받으면 한턱 쏘래."

"여전하시네. 김호중 사장님이시던가? 그때 그 남자 친구랑 도 잘 지내시고?"

난 그를 쓱 떠본다. 이 남자, 김호중 사장을 알고 있을까?

"그러겠지? 엄마 연애야 뭐, 엄마가 알아서 잘 하겠지."

그는 태연하게 서비스로 온 막국수를 먹으며 말한다. 긍정도 아니고, 부정도 아니고 은근슬쩍 잘도 넘어간다.

"엄마가 한번 오라더라. 나 취업했다고 한약 한 제 해주신대. 그 김에 당신 것도 해준다니까, 받으러 가자."

"좋아. 언제 갈까?"

"이번 주 토요일이나 일요일? 당신 시간 돼?"

"시간이 없으면 만들기라도 해야지. 한약을 주신다는데."

"당신 약 싫어한다며? 비타민도 안 먹는다고 그러지 않 았어?"

"나도 나이가 들었나 봐. 체력이 달려. 그러잖아도 한약을 먹 을까 했거든."

잘 됐다고 생각했다. 한약은 먹고 싶지 않았지만, 시어머니를 만나 김호중 사장에 대한 반응을 눈으로 확인하고 싶었다. 그리 고 내일은 김호중 사장에게 시어머니에 대해 물어볼 참이다. 시 어머니가 남편이라는 이 남자와 무슨 연관이 있는지. 번번이 나 를 앞지르는 안경 낀 남자는 누군지, 어쩌면 시어머니의 연인이었던 그가 대답해줄 수 있지 않을까?

난 내 앞을 가로막는, 안개와 같은 이 답답한 상황이 빨리 해소되길 바랐다. 그리고 모든 게 정상을 되찾으면, 지금 내 앞에 앉은 이 남자와 허심탄회하게 얘기하고 싶다. 빨리 내일이 왔으면. 김호중 사장에게 물어보고 싶은 얘기가 너무 많았다.

효신 이야기 #33 **초라한 마지막**

서울 동쪽 옆에 있는 남양주에서 서울 서쪽 끝에 있는 역촌동까지의 거리는 멀어도 너무 멀었다. 게다가 출근 시간대와 겹쳐 북부간선도로와 내부순환로는 모두 꽉 막혀 있었다. 결국 난 예상했던 시간보다 30분 정도 늦게 요양병원에 도착했다. 방문 시간이 딱히 정해져 있지 않는 것 같아 그나마 다행이었다.

요양병원은 오거리의 큰 길가에 있었는데, 5층짜리 건물은 작고 아담했으며 우중충한 회색 페인트로 칠해져 있었다. 내가 아는 김 사장이 있기에는 너무 초라한 곳이었다. 이제껏 그의 씀씀이로 봤을 때는 대학병원 1개 층을 통째로 사용하는 VIP실에 있을 법한데, 이건 뭔가 이상해도 많이 이상했다.

난 간신히 주차를 하고 선물로 준비한 주스 상자를 뒷자리에서 꺼낸다. 그리고 쓸쓸한 기분으로 요양병원으로 들어갔다.

어제 전화로 김호중 사장이 4층에 입원해 있다는 얘기는 들었지만, 혹시 몰라 카운터에서 업무를 보는 간호사에게 병실을 물었다.

"김호중 환자 찾아왔는데요, 4층 몇 호실에 입원해 계시죠?"

내 얘기를 들은 간호사가 눈썹을 살짝 찌푸렸다. 왠지 난처해 보였다.

"아……, 그 환자분, 어젯밤에 운명하셔서 지금 퇴원 상태입니다."

"네? 돌아가셨다고요?"

"안타깝게도 그렇습니다. 연락 못 받으셨나 보네요?"

"그럼 장례식장은? 장례식장은 어디인가요? 어느 병원으로 옮겼죠?"

"잠시만요."

나와 얘기하던 간호사는 옆에 앉은 다른 간호사에게 목소리를 낮추더니 무엇인가를 얘기한다. 드문드문 들리는 단어로 추측할 때, 고인의 가족에게 상의도 없이 장례식장을 알려줘도 되는지 물어보는 것 같았다. 난 그녀가 답해주기만을 기다리며 초조해한다. 손톱 옆의 거스러미를 쥐어뜯으며 기다리고만 있다.

드디어 간호사가 내 쪽으로 얼굴을 돌렸다.

"성모병원 장례식장이에요."

"고맙습니다."

고개 숙여 고마움을 표시했다.

성모병원이라. 이 근처에서 멀지 않은 곳에 있는 대형병원이었다. 난 서둘러 요양병원에서 나왔다. 김호중 사장을 만나지는 못했지만 그곳에 가서 유족이라도 봐야 할 것만 같았다. 그 정도로 마음이 급했다. 곧 얻을 수 있을 것 같던 무엇인가가 이대로 멀리 달아나버릴까 초조하다. 난 주스 상자를 다시 차의 뒷자리에 실은 다음, 간호사가 일러준 성모병원으로 향했다. 어젯밤만 해도 김호중 사장을 만나서 시어머니에 대한 얘기를 들을 수 있을 거라 들떠 있었는데, 일이 이렇게 될 줄 몰랐다.

20분 정도 운전해 성모병원에 도착했다. 장례식장으로 들어가니 내부에는 검은색 정장을 입은 사람들로 가득하다. 그제야 나는, 내가 연한 파스텔톤의 원피스를 입고 있다는 사실을 떠올렸다. 아픈 사람 면회를 하러 가는 거라 일부러 칙칙한 색을 피했는데, 평소대로 입었으면 좋았을 걸 하고 후회했다. 하지만 여기서 발길을 되돌릴 수는 없었다. 어쩔 수 없이 화사한 원피스를 입은 채로 김호중 사장의 빈소로 향했다.

안에 있던 사람들의 시선이 모두 나에게 쏠린다. 이른 시각이라 조문객이 많지 않은 것이 그나마 다행이었다. 나를 보고 상주로 보이는 남자가 다가왔다.

"저…… 누구신지."

"어제 연락드렸던 정효신입니다."

"아……, 제가 경황이 없어 미처 연락드리지 못했네요. 죄송합니다. 이쪽으로 오시죠."

난 상주의 안내를 받아 빈소 안으로 들어갔다. 하얀 국화꽃을 단위에 올리고 김호중 사장에게 마지막 작별 인사를 했다. 네모난 액자 속에서 웃는 그의 얼굴은 한없이 너그럽고 평온해 보였다. 내가 아는 그의 모습 그대로였다. 비록 그의 마지막은 초라

했지만.

"아버지께서 고마워하실 겁니다. 이렇게 잊지 않고 와주셔서 감사합니다."

"여쭙고 싶은 말이 많았는데, 제가 너무 늦었네요."

"아닙니다. 일찍 오셨어도 들을 말씀은 없었을 거예요. 예전에도 병원으로 몇 분 찾아오셨지만 모두 그냥 돌아가셨습니다. 아버지가 사람들을 만나고 싶어 하지 않으셨거든요."

"사장님 몇 년 전만 해도 정말 정정하셨는데, 지병이 있으셨던 거예요?"

"딱히 어디가 아팠다기보다는…… 몇 년 전 사기를 크게 당하셨거든요. 건물과 갖고 계신 상가를 거의 다 잃으셨어요. 그 충격으로 쓰러지시더니 계속 누워 계셨죠."

"어머, 그런 일이 있었는지 전혀 몰랐네요."

"저희 부부도 몰랐습니다. 그동안 외국에 나가 있느라 아버지를 신경 쓰지 못했어요. 혼자 끙끙 앓으셨다는 걸 생각하면……. 제가 곁에 있어 드렸어야 했는데……."

김호중 사장의 아들이 눈시울을 붉혔다. 그의 옆에 있던 아내도 눈물을 닦아낸다.

"이런 말 여쭙는 게 실례인 것 같은데요……."

"괜찮습니다. 말씀하세요."

"김 사장님께서는 어쩌다 사기를 당하신 거예요?"

"사귀던 여자가…… 아, 젊은 여자를 만나셨는데 그 사람에게 사기를 당한 것 같아요. 아버지 친구분께 그렇게 들었습니다."

"여자요? 어떤 여자요?"

난 놀라서 반문한다. 여자라니? 김호중 사장이 사귀었던 여자라면, 설마 시어머니? 시어머니가 지금 사기를 쳤단 말인가? 마치 내가 잘못이라도 한 듯 가슴이 쿵쾅거렸다. 김호중 사장에게 사기를 친 사람이 진짜 시어머니라면, 난 이 사람들을 볼 면목이 없는 것 아닌가. 하지만 아들의 말대로 시어머니가 사기꾼이라고 하기에는 최근 몇 년 동안 그녀의 삶이 너무 평온했다. 늘 돈이 부족하다고 투덜거렸고, 은근히 내게 물질적인 것을 요구하는 건 여전했다. 그런 그녀가 그 큰돈을 사기 쳤을 리가 없다.

"모르겠습니다. 누군지 알면 저희가 소송이라도 걸었겠죠. 하지만 저희가 한국에 들어왔을 때는 이미 정신을 놓으신 터라……."

"사장님께 도움이 못 돼 죄송합니다."

"아, 아닙니다. 아들인 저도 돕지 못했는걸요. 여기까지 와주신 게 어딥니까. 정말 고맙습니다."

"저……, 혹시 사기에 대해 알려주신 사장님 친구분, 연락처를 받을 수 있을까요?"

"아버지 장례 끝나고 집에 가서 찾아보겠습니다. 집 어딘가에 전화번호 적어놓은 게 있을 거예요."

김호중 사장의 아들과는 몇 마디를 더 나눈 다음 명함을 건네고 장례식장에서 나왔다. 검은색 정장을 입은 사람들로 북적대는 긴 복도를 지나 밖으로 나오자 햇빛이 강렬하게 비췄다. 내가 아는 누군가 죽은 날이라고 하기에는 날이 너무 좋았다.

난 햇빛을 받으며 장례식장 근처를 잠시 거닐었다. 머릿속을 정리할 시간이 필요했기 때문이다. 김호중 사장의 마지막은 그만큼 나에게 충격적이었다. 정정했던 그의 6년 전 모습이 떠오른다. 그의 옆에 늘 붙어 있었던 시어머니의 모습도 함께 생각났다.

난 휴대폰을 꺼내 시어머니에게 전화를 걸었다. 그녀에게는 김호중 사장의 죽음을 알려야 했다. 그것이 그에 대한 예의라고 생각했다.

[어머, 애, 효신아. 너 웬일이야? 전화를 다 주고.]

"어머니, 요즘 김호중 사장님과 연락하셨어요?"

다짜고짜 본론부터 꺼냈다. 김호중 사장의 죽음에 대해 시어머니가 들었을 리 만무하지만, 난 모르는 척 물었다.

잠시 침묵이 흘렀다. 휴대폰 너머의 시어머니가 긴장하는 게 느껴졌다.

[몰라, 그 사람. 연락 안 한 지 3년이 넘었어. 그건 왜 묻니?]

"그럼 아직 못 들으셨군요."

[뭘? 내가 무슨 얘길 못 들었다는 거야?]

"어머니, 김 사장님 돌아가셨어요."

[뭐? 김 사장이? 설마……. 너 누구한테 들었니? 그거 사실이야?]

"지금 장례식장에 다녀오는 길이에요."

[진짜 죽었어? 그 사람이 왜?]

곧이어 휴대폰 스피커로 시어머니의 흐느끼는 목소리가 들려왔다. 진짜 우는지 연기인지 짐작할 수 없었지만, 그녀는 정말 서럽게 울었다.

[사람 인생이 이렇게 허무한 거구나……. 그렇게 훅 갈 거, 왜 그렇게 내게 매정했다니…….]

아니, 매정했다니? 시어머니의 예상치 못한 애기에 귀가 쫑긋했다.

"김 사장님과 왜 헤어지셨어요?"

[나 자존심 상해 이 말 안 하려고 했는데……, 김 사장, 어린 년 보더니 바로 넘어가더라. 너 내가 왜 보톡스 맞고 필러 넣는지 알아? 그때 마음에 상처 입어서야. 팔순이 가까운 노인네가 나더러 늙었다잖니. 그런데 내가 안 그러고 배겨?]

"그러면 혹시…… 사귀었다는 여자, 어리다는 그 여자요, 어머니도 아는 사람이에요?"

[알기는. 내가 알았으면 그년을 가만뒀겠니? 상판대기를 확 뜯어놨지? 그걸 왜 물어?]

"사장님이 크게 당하신 것 같더라고요."

[당해? 뭘?]

"사기당해서 건물과 상가를 거의 다 넘기셨대요."

[뭐야? 그년한테? 그 영감, 내가 조를 때는 보증 하나 안 서주더니. 꼴좋다, 그래. 그래서 그렇게 간 거야? 힘들면 나한테라도 오지…….]

시어머니는 또 소리를 내어 엉엉 울었다. 난 한동안 그녀의 하소연을 들어주며, 시어머니가 김호중 사장의 죽음과는 아무런 관계가 없다는 결론을 내렸다. 김호중 사장에 대한 미미한 애정과 그의 재산을 조금이라도 얻지 못한 거에 대한 아쉬움, 분노가 휴대폰을 통해 고스란히 느껴졌던 것이다.

우는 시어머니를 달래 전화를 끊고 분양관으로 돌아갔다. 내가 김호중 사장의 장례식에 갔다는 얘기가 벌써 돌았는지, 분양관에서는 정주 언니와 이사, 오 팀장이 나를 기다리고 있었다. 그들은 호기심으로 눈을 반짝이며 김호중 사장이 왜 죽었는지 알고 싶어 했다.

난 행여나 소문이 이상하게 퍼질까 두려웠다. 김호중 사장이 시어머니와 연인 사이였다는 것은 업계에서 유명한 사실이었고, 그의 권유로 내가 결혼했다는 것을 모르는 사람은 없었다. 그 때문에 그가 여자에게 사기당했다는 얘기를 했다가는 괜히 색안경을 쓰고 나를 이상하게 볼 확률이 높았다. 소문이 원래 그런 게 아니겠는가. 당사자와는 상관없이, 사람들이 듣고 싶은 대로 달콤하게 가공되어 멀리 퍼진다. 내가 희생양이 될 수는 없었다. 난 그의 죽음에 대해 대충 둘러댄다.

"나이가 있으시니까 건강이 안 좋으셨나 봐요."

"하긴 일흔이 넘으셨지."

"아, 저도 조문을 하러 갔어야 했는데."

"대표로 제가 갔잖아요."

"그래, 정말 잘했어. 효신이 너도 진짜 놀랐겠다. 병문안 갔는데 갑자기 돌아가셨다니."

"연락 따로 받으신 거예요?"

"아니요. 우연히 제가 연락했다가……."

"시어머니랑 같이 갔었겠다?"

"요즘 편찮으셔서 저 혼자 갔다 왔어요."

난 말을 얼버무리며 자리로 돌아갈 때를 가늠한다. 얘기를 조용히 듣고 있던 이사가 이상하다는 듯 물었다.

"김 사장님은 왜 연락도 없이 잠적하신 거래? 나 전화 여러 번 했어. 그런데 안 받으시더라고. 나뿐만이 아니야. 다른 사람들 연락도 아예 안 받으셨다던데? 왜 그러셨을까?"

내 생각에, 그는 자존심이 무척 상했던 것 같다. 이 바닥에서 날고 기었던 천하의 김호중 사장이었는데 그가 사기를 당하다니, 창피한 일 아니겠는가. 아마 그래서 사람들의 연락을 피했을 거다. 나에게 연락한 것은, 어쩌면 전 연인이었던 시어머니에게 전화할 용기가 없었던 건지도 모른다. 그렇게 생각하니 김호중 사장이 불쌍하게 느껴졌다. 자신을 사랑하는 여인을 버리고 젊고 예쁜 사기꾼을 택한 남자. 그래서 모든 재산을 한순간 잃어버린 우리의 VIP. 하지만 난 사람들에게 젊은 여자 얘기는 하지 않는다. 어차피 그가 요양병원에 들어간 후로 업계 지인들과 연락을 하지도 않았다고 하니, 내가 들은 얘기를 다른 사람들이 알 리가 없다.

"말씀하시지 못할 정도로 건강이 안 좋으셨대요."

"어머, 저런……."

"그래도 너무 급작스러운데? 아들이 다른 말은 안 해?"

"외국에서 들어온 지 얼마 안 됐대요. 저도 물어봤지만, 전혀 모르는 눈치예요."

"이래서 죽은 사람만 억울하다 하는구나. 김호중 사장님, 정말 좋은 분이셨는데……."

"이제 그 많은 재산은 아들이 다 물려받는 건가? 외동이랬지?"

"맞다, 아들 하나랬어."

"조문할 때 보니까 그런 것 같은데, 자세한 건 못 들었어요. 전 그저 인사만 하고 와서."

난 얘기를 대충 마무리 짓고 자리로 돌아갔다. 사람은 오래 얘기하면 실수를 하기 마련이다. 괜히 사람들 입방아에 오르내릴까 두려워 나는 입을 다물었다. 차라리 바쁜 게 다행이었다. 오늘따라 분양관을 찾은 고객들이 많아서 오후 시간을 정말 분주하게 보냈다. 일도 일이었지만, 그새 김호중 사장에 대한 소문이 퍼졌는지 휴대폰에 불이 날 정도로 많은 전화를 받았다. 예전에 한 번이라도 같이 일했던 사람들은 죄다 연락이 온 것 같다. 난 모르쇠로 일관했지만 사람들의 관심은 멈추지 않았고, 퇴근 이후에도 질문 공세에 시달려야 했다.

그렇게 며칠이 지났다. 김호중 사장에 대한 관심이 뜸해질 무렵, 미리 연락했던 VIP 고객들이 하나둘씩 분양관을 찾기 시작했다. 분양관을 방문하는 VIP 고객이 모두 계약을 하는 것은 아니지만 그들이 한번 행차했다는 사실은 영향력이 꽤 크다. 난 계약에 성공하지 못하더라도 훗날의 기약을 위해 VIP에게 식사 접대를 하거나 함께 현장을 나가는 등 분주한 시간을 보내야 했다. 한마디로 정신없이 일만 했다. 매일 퇴근이 늦어졌고, 밤에는 녹초가 되어 잠들기 바빴다. 다행히 그 남자도 새로운 직장에 적응하느라 바빠서 우리는 서로를 신경 쓸 겨를이 없었다.

물론 필주 씨에게도 전화할 정신이 없었다. 며칠 동안 연락을 하지 못했다. 결국 참다못한 그에게서 전화가 왔다.

새벽 1시, 모두 잠들어 있을 시간이었다. 잠결에 울리는 전화를 받은 난 당연히 화가 났다. 분명 내가 연락할 때까지는 전화하지 말라고 그렇게 일렀건만, 그가 그 룰을 깬 것이다.

"필주 씨, 지금 몇 시야?"

전화를 받은 내 목소리가 방 안에 날카롭게 울렸다.

효신 이야기 #34 **사고**

[자기한테는 몇 시인지가 중요해? 연락 기다리는 사람, 생각도 안 해? 내 생각은 하지도 않고!]

필주 씨가 그동안 참아왔던 서운함을 토해낸다. 화가 나서 씩씩거리는 게 휴대폰으로도 느껴졌다. 잠이 다 깼다.

"그래도 너무 늦었잖아. 지금 새벽 1시야."

[전화 안 한 지 며칠째인지도 모르지? 요새 좋았나 봐? 그 새끼 때문에 나 따위는 잊어버린 거야? 내가 지금 어디 있는 줄 알

아? 어떤 줄 아느냐고!]

"어린애처럼 왜 이래?"

[자기 연락만 기다리고 있는데, 어린애 같다니? 너무한 거 아니야?]

"필주 씨, 무슨 일 있어?"

[마치 내가 무슨 일이라도 있었으면 하는 반응이다?]

"아니야. 왜 그런 생각을 해?"

[자기 말이 그렇잖아.]

필주 씨의 화가 좀처럼 가라앉을 기미가 보이지 않았다. 몇 마디 불평하다 끝날 줄 알았는데, 화가 나도 단단히 났나 보다. 할 수 없이 난 저자세로 나간다.

"미안, 너무 바빴어. 쉴 틈이 전혀 없었다고."

[내가 자기 하는 일을 모르는 게 아니잖아. 아무리 바빠도 전화할 여유 정도는 있잖아!]

"여러 가지 일이 있었어."

[일? 무슨 일? 계약 사고? 아니면 VIP가 까다롭게 구는 거? 분양관이 무너지기라도 했니? 전화를 못 할 정도로 바쁜 일이 대체 뭔데?]

"김호중 사장이 죽었어."

[뭐? 김호중 사장이?]

필주 씨가 놀란 듯 말을 잇지 못한다. 속사포처럼 쏟아지던 그의 불평이 일순간에 잠잠해졌다. 내가 핑곗거리를 제대로 찾아낸 것이다.

"연락이 간신히 닿아서 병문안을 갔었어. 그런데 돌아가셨더라고."

[……]

"근데 자기도 알잖아. 김 사장 영향력이 얼마나 큰지. 나, 아는 사람한테 죄다 연락받았어. 김 사장이 왜 죽었는지, 어떻게 죽었는지, 물어보는 사람들이 얼마나 많았는지 몰라. 내가 알지도 못하는 것까지 꼬치꼬치 물어보더라니까. 어디 그뿐인 줄 알아? 김 사장 안다는 VIP에게도 연락이 왔어. 내가 휴대폰 꺼놓으니 분양관에도 찾아오고 그러더라. 퇴근 후에도 그분들 뒤치다꺼리하느라 정신이 없었지. 게다가 일도 많았고."

[미리 말이라도 해주지 그랬어?]

"그럴 여유가 없었다니까."

[미안, 그런지 정말 몰랐어. 고생 많았겠네.]

"턱이 아프고 말할 힘도 없어. 목이 부어서 침도 잘 안 넘어가."

[전화 끊을까? 마저 잘래?]

내가 오버해서 열변을 쏟아내고 나자, 필주 씨의 화가 누그러졌다. 그가 안절부절 내 눈치를 보는 게 느껴진다. 살짝 미안해졌다. 그가 청송에 가게 된 원인은 어떻게 보면 나 때문인데, 그에게 야박하게 굴면 안 된다고 내 내면의 양심이 소리치고 있었다.

난 상냥하게 말을 이었다.

"아니, 지금은 좀 괜찮아. 자기는 어땠어?"

[나야 잘 지내지. 사람들과는 꽤 친해졌고. 아, 그리고 기숙사 같은 방 쓰는 사람이 정신 병동에서 일한대.]

"잘됐네. 무슨 얘기, 들었어?"

[자기, 기억나? 그 자식 처음 봤을 때, 휠체어 타고 나왔다고 했잖아?]

"응. 그랬었지."

[그때 휠체어 밀고 온 간호사, 누군지 기억나?]

가물가물했다. 남자였는데…… 머리가 다른 남자들에 비해 좀 길었던가? 하지만 이목구비는 생각나지 않았다. 죽은 남편을 사칭하는 남자에게만 관심이 집중돼 미처 그를 신경 쓰지 않은 탓이다.

"남자였는데 머리가 장발이었던 것 같아. 왜?"

[맞구나, 그 사람.]

"그 간호사가 왜? 그 남자와 무슨 연관이 있어?"

[묘한 소문이 돌더라. 그 간호사가 파트타임인데, 정신 병동에서 노숙자들 받기 바로 전에 들어왔대. 자기 남편이라고 우기는 그 자식, 전에 노숙자였던 거 알지?]

"무연고 환자라고 들었어. 그게 문제라는 거야?"

[아니, 이 병원에서는 정기적으로 노숙자를 받는대. 마지막 받은 게 석 달 전이었는데, 그 간호사가 그때 노숙자들과 함께 들어왔다는 거야.]

"그게 그 남자랑 무슨 상관인데?"

[그 자식, 2년 전에 들어왔다는 거 순 거짓말이야. 석 달 전 이

곳에 들어온 사람이라고.]

"필주 씨, 그게 사실일까? 경찰이 병원장, 사무장이랑 서류 확인까지 했는데? 내가 두 눈으로 똑똑히 봤어."

[여긴 돈만 내면 다 되는 데인걸. 서류 조작이 어려운 것도 아니잖아?]

"억측하지 마. 병원이 그럴 이유가 있어?"

[가짜로 입원 날짜 늘린다는 게 병원 입장에서도 나쁠 건 없으니까. 노숙자 1인당 정부에서 지원금을 얼마나 받는 줄 알아?]

"좋아. 그렇다고 치자. 그러니까 자기 말은, 그 남자와 남자 간호사가 한 편이고 같은 시기에 병원에 입소했다 이 말인 거지?"

[퇴소도 같이했대.]

"뭐?"

[그 자식이 당신이랑 병원에서 나온 날, 바로 그만뒀대. 뭔가 있는 것 같지 않아?]

필주 씨의 말에 잠이 완전히 달아나버렸다. 난 침대에서 일어나 자세를 바로잡고 앉는다. 그 남자를 데리러 청송 정신요양원에 갔던 날, 분명히 남자 간호사는 말했었다.

'우연히 김재우 씨 실종 신고 전단을 보고 연락한 거'라고. 우연히라…….

그동안 중요한 것을 놓치고 있었다. 5년 전 배포한 실종 전단지가 그 먼 청송에, 아직 남아 있을 리 만무하지 않은가. 게다가 죽은 남편과 그 남자의 얼굴은 전혀 다른데, 전단지를 보고 연락할 확률이 얼마나 되겠는가.

남자 간호사가 수상하다. 모든 건 그가 조작했을 게 틀림없다. 어쩌면 그 남자의 기억까지도.

"그 남자 간호사에 대해 다른 얘기는 들은 거 없어?"

[아직은 그것뿐이야. 자기가 생각해도 그 간호사 수상하지?]

"병원에 있는 직원 기록을 볼 수 있을까?"

[원무과에 가면 있을 텐데, 잘 모르겠어. 나 같은 사람에게 보여줄 리 없잖아.]

"몰래라도 봐야지."

[일단 소문 좀 모아볼게. 또 무슨 얘기가 나오겠지.]

"고마워. 난 자기만 믿고 있을게."

[오 팀장은 어때? 요즘 안 괴롭혀?]

"별말 없어. 말했잖아, 우리 진짜 바빴다고. 나 따위는 신경 쓸 시간도 없었을걸."

[다행이다. 난 그 자식도 그렇지만, 오 팀장도 자꾸 신경 쓰여. 자기 혼자 그곳에 두고 온 게 불안해.]

"걱정하지 마. 자기 없어도 나 잘 버틴대도."

[보고 싶다……. 나 이번 주말에 올라갈까?]

"아니. 자긴 사람들과 빨리 친해져서 남자 간호사에 대한 정보를 모아야지. 그래야 더 빨리 올라올 수 있는 거 알지? 아쉽지만, 좀 참아."

[알았어, 자기 말대로 할게. 대신 행운이에게 물 좀 줘.]

"이미 주고 왔어. 잘 자라고 있더라."

물론 거짓말이다. 내일 퇴근길에 그의 집에 들러야겠다는 생각을 했다. 혹시라도 차에 위치 추적기가 달려있을까 봐, 쇼핑몰에 차를 주차하고 택시로 이동해야 하는 번거로움을 감수해야 하겠지만. 아, 귀찮게 식물에 물주는 일을 떠맡다니.

[고마워. 보고 싶다, 진짜.]

"내일 출근해야 하니까 이제 끊자. 너무 늦었어."

[잘 자, 사랑해.]

"나도."

필주 씨와 전화를 끊었지만 잠이 오지 않았다. 간호사에 대한 얘기가 충격이어서, 밤새 뒤척거리며 뜬눈으로 밤을 새웠다.

시어머니의 뻔뻔한 얼굴과 희미하게 기억나는 남자 간호사의 장발, 여동생이라는 여자의 분노에 찬 눈빛, 김호중 사장의 죽음 그리고 본적도 없는 안경 끼고 왜소한 남자까지. 남편이라 우기는 그 남자가 나타난 이후로 내 주변에는 이상한 일만 생기는 것 같다. 아니, 그 남자 자체가 미스터리다. 그런데도 난, 왜 그에게 흔들리는 걸까?

밤새 잠을 자지 못한 나는 푸석해진 얼굴로 출근 준비를 서둘렀다. 컨디션이 좋지 못하다 보니 화장이 얼굴에 안 받는다. 난 초췌한 몰골로 옷을 몸에 간신히 걸쳤다.

1층 거실로 내려가니 구수한 커피 향이 풍겼다.

"오랜만이네?"

그 남자가 커피잔을 들고 나를 보며 씩 웃는다. 그러나 난 남자를 보고 웃을 수가 없다. 새벽에 필주 씨와 한 통화가 그에 대한 경계심을 부추긴다.

"못 잤어? 얼굴이 안 좋네?"

"좀 설쳤어."

"이런……. 왜? 당신 스트레스가 장난 아닌가 보다."

피곤한 난, 그와 대화하는 것도 버거웠다. 그래서 그냥 출근하려는데, 그가 나를 불러 세우더니 텀블러를 건넨다.

"이거라도 좀 마셔. 방금 내린 커피야. 빈속이라 좀 그렇지만, 당신 가다가 쓰러지겠다."

"고마워."

"오늘도 늦는 거야?"

난 그에게 힘없이 고개를 끄덕여 보이고 현관문을 나섰다. 잠을 못 자서 그런지 계단을 내려오는데 어지러웠다. 간신히 차에 올라 시동을 걸고 분양관으로 향한다. 출근 시간이라 차가 막혔다. 그가 챙겨준 커피를 마시며 가다 서기를 반복하는 지루한 시간을 보냈다. 그리고 이 분양 대행사와의 계약 기간이 거의 끝나간다는 사실을 상기했다. 이렇게 출근할 날도 이제 얼마 남지 않았다. 오 팀장이 필주 씨와 나의 관계에 대해 말할까 조마조마했던 날들도 곧 끝이 난다. 그리고 일주일쯤 휴가가 주어지겠지. 그때 푹 쉴 수 있다. 피곤이 쌓였는지 눈앞이 흐릿하고 머리가 아팠다. 난 눈을 비비며 커피를 모두 마셔버렸다.

톨게이트를 지나자 정체가 풀렸다. 속도를 내서 분양관으로 향한다. 근무하는 분양관은 기흥 인터체인지와 가까운 곳에 있어 10여 분 정도만 달리면 도착할 예정이었다.

그런데 어디서 요란한 엔진음이 들려왔다. 사이드미러로 확인하니 납작한 스포츠카가 차선을 어지럽게 바꾸며 칼치기 하는 모습이 보였다.

문제는 그 차 한 대가 아니었다. 비슷해 보이는 여러 대의 스포츠카가 연달아 달려오고 있었다. 조심해야 한다는 생각에 바짝 긴장했다. 스포츠카가 비싸기도 했지만, 지금 모는 이 차가 아직 무보험일지도 모른다는 생각에 겁이 났다. 속도를 줄이고 사이드미러를 보며 잔뜩 긴장하고 있는데, 아뿔싸, 바로 앞에서 커다란 덤프트럭이 내 차를 향해 달려오는 게 아닌가.

순간적으로 난 오른쪽으로 핸들을 꺾었다. 급작스러운 방향 전환에 자동차가 미끄러지면서 가드레일을 받았다. 덤프트럭은 내 옆을 스칠 듯 아슬아슬하게 지나갔다. 자칫 큰일 날 뻔했다. 아마 오른쪽으로 핸들을 돌리지 않았다면 대형 사고가 났을지도 모른다. 그러나 가해 차량인 덤프트럭은 아무 일도 없었다는 듯, 유유히 반대편으로 사라져버렸다.

차에서 내려 주변을 둘러봤다. 휑한 도로 위에는 CCTV가 없었다. 무보험 차를 운전하고 있어 경찰에 신고할 수도 없는 내가 뺑소니 사고를 당한 것이다. 누구를 탓할 수도 없었다. 차를 살펴보니 다행히 큰 문제는 없는 것 같다. 오른쪽 펜더가 살짝 찌그러지고 라이트가 깨진 것뿐이다. 목덜미가 조금 뻐근하긴 했지만 크게 다치지 않은 게 어디인가. 이렇게 스스로를 위안하며 운전하는데 손이 덜덜 떨렸다. 아침부터 재수가 없었다. 그러잖아도 좋지 않은 컨디션이 더 나빠졌다.

간신히 주차하고 분양관으로 올라갔다. 오늘 하루는 쉬고 싶다는 생각이 간절했다. 하지만 분양관 문을 열고 들어가니 내부 분위기가 심상치 않았다. 우는 몇몇 상담사가 보였고, 이사님과 정주 언니는 보이지 않는다. 자리에 앉으며 옆에 앉은 경수 씨에게 말을 붙였다.

"경수 씨, 분위기가 왜 이래요?"

"오 팀장님이…… 어젯밤에 사고가 나셨대요."

"네? 오 팀장이오? 사고요?"

난 너무 놀라 눈이 휘둥그레졌다. 오 팀장이 사고가 났다니, 이게 갑자기 무슨 일이란 말인가. 겁이 더럭 났다. 그가 짊어졌던 분양관 업무가 나에게 지워질까 지레 무서웠다. 지금 업무만으로도 하루가 벅찬데.

오 팀장의 안녕보다는 내 안위가 먼저였다. 난 아까의 사고로 뻣뻣해진 목덜미를 손으로 마사지한다. 어깨까지 뻐근했다.

"몸은 어떠시대요? 많이 안 다치셨죠?"

"지금 응급 수술 중이에요."

"아니, 얼마나 다쳤길래……."

"자세히는 못 들었는데 뺑소니 사고래요."

"뺑소니요?"

"경찰 말로는 애매한 데서 사고가 났대요. 여간해서는 사고가 나기 힘든 장소라나? 고의적인 건지, 아니면 가해 차량이 음주 상태인지 지금 CCTV로 확인 중이에요."

경수 씨의 말을 들은 나는 귀를 의심했다. 오 팀장이 뺑소니 사고를 당했다는 말이 심상치 않은 얘기로 들렸다. 그러면서 필주 씨가 떠올랐다. 왜 하필 그는 어젯밤에 전화를 했을까?

그가 오 팀장의 안부를 물었던 게 생각이 났다. 설마⋯⋯ 그가 관련이 있는 건 아니겠지? 나는 고개를 흔들었다. 아니다, 그가 그럴 리가 없다. 그는 지금 청송 정신요양원에 있다. 우리 관계를 아는 오 팀장의 입을 아무리 막고 싶어도, 필주 씨는 그런 짓을 할 사람이 아니다. 갑자기 마음이 불편해졌다.

"수술 결과는 언제쯤 나올까요?"

"곧 나오겠죠? 하지만 기대는 하지 말라고 했대요. 어? 과장님, 괜찮으세요? 안색이 창백해요."

경수 씨의 목소리가 희미하게 들렸다. 난 괜찮다는 의미로 한 손을 들어 보였지만, 괜찮지 않았다. 갑자기 내 몸이 옆으로 기울어지는 게 느껴진다. 그리고 머리가 바닥에 닿는 순간, 나를 둘러싼 세상이 온통 까매졌다.

효신 이야기 #35 **우연일까?**

눈을 떠보니 VIP실 소파에 누워 있었다. 몸을 일으키려 했지만 눈앞이 빙글빙글 돌고 어지러워 소파에 몸을 기댔다. 오 팀장이 어젯밤 뺑소니 사고를 당해 병원에 있다는 얘기가 생각났다. 머리가 지끈지끈 아프다. 목덜미도 뻐근하고 온몸이 쑤신다.

아까 나도 뺑소니 사고를 당했는데, 혹시 오 팀장의 사고와 연관이 있는 건 아니겠지. 이따 필주 씨에게 전화나 걸어봐야겠다.

그나저나 오늘 분양 일은 어떻게 해야 할지 막막했다. 팀장이 병원에 입원해 있고, 본부장인 정주 언니가 그곳에 가 있으니 현장 진행할 사람이 나밖에 없는데, 큰일이다.

노크 소리가 들리고 경수 씨가 들어왔다.

"과장님, 괜찮으세요?"

"아, 네……, 죄송해요. 폐를 끼쳤네요."

"폐라니요, 요즘 너무 무리하셔서 그래요. 그리고 오 팀장님 사고 난 거, 충격적이긴 하잖아요. 이거 드시고 힘내세요."

그가 들고 온 인삼 음료를 내밀었다. 세세한 부분까지 신경 써주는 그가 고마웠다. 난 인삼 음료를 마시며 벽시계의 시간을 확인한다. 10시 40분이다. 분양관 오픈 시간이 훌쩍 넘었다.

"벌써 10시가 넘었네요. 분양관 안은 어때요?"

"평소와 똑같아요. 아직 이른 시각이라 고객은 없고요. 걱정하지 마세요. 오 팀장님 빈자리 티 안 나게 모두 열심히 일하고 있으니까. 과장님은 좀 더 쉬다 나오셔도 돼요."

경수 씨가 듬직하게 말해줬지만, 언제까지 여기에 앉아 있을 수 없었다. 그가 극구 말리는데도 난 일어나 밖으로 나갔다.

그리고 평소와 다름없이 고객과 상담을 하고 아무렇지 않은 척 일을 한다. 정신없이 일하다 보면 아픈 것 따위는 금방 잊어버린다. 그렇게 시간을 보내다 점심때를 놓쳤다. 대신 믹스커피를 연달아 마시며 의자에 머리를 기대고 잠시 쉬었다.

그때 정주 언니가 핼쑥해진 얼굴로 분양관으로 들어왔다. 모든 상담사들의 시선이 언니에게 쏠린다. 오 팀장이 어떻게 됐는지 다들 궁금한 것이다. 하지만 업무에 바쁜 상담사들은 그녀에게 눈인사만 하고 다시 자신의 일에 열중한다.

정주 언니가 쉬고 있던 나에게 다가왔다. 가까이에서 보니 언니의 눈이 퉁퉁 부어 있었다.

"어머, 언니. 괜찮으세요?"

"난 괜찮아. 휴식 시간이지? 시간 좀 내줄 수 있어?"

"그럼요, 오 팀장님 수술은 어떻게 됐어요? 괜찮으세요?"

"무사히 끝났어. 생명엔 지장이 없대. 우리, 사람 많으니까 탕비실에 가서 얘기하자."

난 조용히 정주 언니를 따라 탕비실로 들어갔다. 언니는 그곳에 있는 원형 테이블 의자에 털썩 주저앉았다.

"일정이 다 어그러지게 생겼어."

"수술이 잘 안 된 건가요?"

"아니, 잘 됐대. 문제는 회복하는 데 시간이 꽤 걸린다는 거지. 효신아, 일 조금 더할 수 있지? 우리가 일산 분양관 오픈 전까지는 여기를 맡아야 할 것 같아."

"그건 상관없는데…… 그다음은 어떻게 하고요?"

"대체할 사람 찾아봐야지, 뭐. 아, 팀장은 누구한테 맡겨야 하지……?"

눈치상 오 팀장을 내체할 팀장 업무는 내게 안 주어질 것 같았다. 정주 언니는 내게 1주일을 더 근무시키는 것도 부담인데 팀장직까지 떠맡기면 안 될 거로 생각했나 보다. 다행이었다.

"사고는 어떻게 난 거래요?"

"마주 오던 차와 부딪쳤나 봐. 차가 뒤집힐 정도로 세게 박았대. 보조석이 다 찌그러졌어. 에어백 안 터졌으면 오 팀장 걔, 아마 황천길이었을 거야."

"무사하니 다행이네요."

오늘 아침 사고가 생각났다. 나 역시 오 팀장처럼 맞은편에서 오는 뺑소니 차량을 만났다. 내 차도 보조석 쪽 펜더와 라이트가 부서졌다. 우연의 일치일까?

"가해 차량은 찾을 수 있대요?"

"모르겠어. CCTV가 없는 곳에서 난 사고라. 인근에 설치된 CCTV는 죄다 뒤지고 있다는데, 수상한 차를 발견하지 못했나봐. 너도 조심해. 여기가 고속도로랑 가깝다 보니 차들이 제 속도로 안 달리잖아."

"조심해야죠. 그런데 사고가 이 근처에서 난 거예요?"

"바로 이 앞이래."

"오 팀장님 집, 여기 아니잖아요. 그 늦은 시간에 여길 왜 왔을까요?"

"몰라. 누구를 만난 것 같은데……. 그건 오 팀장만 알겠지."

정주 언니는 많이 지쳐 보였다. 난 언니에게 따뜻한 녹차 한 잔을 타주고 탕비실에서 나왔다. 그리고 분양관 영업시간이 끝날 때까지 열심히 일했다.

그날 오후 팀장은 바로 정해졌다. 사무실 분양팀에서 온 나와 연배가 비슷한 여자였는데, 아주 의욕적인 것을 보니 이곳에서 1주만 더 고생하면 될 것 같았다. 홀가분한 마음으로 퇴근을 하고 인근의 자동차 정비소에 들렀다. 정비소 사장은 내 차를 보더니 인상부터 찌푸린다.

"이거 꽤 나오겠는데?"

"얼마나요?"

"글쎄, 부품을 구해봐야 알지. 펜더는 펴면 그만이지만…… 어휴, 이게 몇 연식이야? 15년도 더 넘었겠네. 한 20년 됐나?"

죽은 남편의 차가 오래됐다는 건 알고 있지만, 그 정도로 낡은 차인지 몰랐다. 사제 라이트도 구하기 힘들어서 폐차장에 가서 알아봐야 한다는 정비소 사장의 말에, 큰돈 깨지겠다 싶어 낙담한다. 그리고 남편은 죽어서도 폐를 끼친다는 생각에 화가 났다. 난 사장에게 잘 수리해달라고 부탁하고 지하철역으로 향했다.

집에 가려면 지하철을 한번 환승하고 버스로 갈아타야 한다. 지하철 안은 생각보다 붐볐다. 사람들 사이에 부대끼며 2시간을 넘게 가야 한다는 사실이 암담했다. 몸도 지쳤고 점심을 거른 터라 허기도 져서, 차량 간 연결통로 입구에 몸을 기대고 간신히 버텼다. 일과가 고됐던 나는 필주 씨 집에 가는 것을 또 깜박하고 말았다.

잠실역에서 택시를 타고 집에 돌아왔다. 버스로 갈아탈 힘이 없었다. 택시를 타고 좁은 비탈길을 올라오는데, 집 주변은 암흑 천지였다. 우리 집도, 옆집도 모두 불이 꺼진 상태였다.

"어휴, 이렇게 외진 곳에 사세요? 여자 혼자 안 무서워요?"

"조금만 나가면 큰길인데요, 뭐."

"가로등도 하나 없고, 뭐 앞이 보여야지. 걸어가기도 힘들 겠네."

택시 기사가 투덜대며 집 앞까지 데려다줬다. 평소 같으면 미 안한 마음에 1~2천 원 더 얹어줬을 테지만, 기사의 불평에 기분 이 나빠져 일부러 정액만 계산을 했다.

그리고 집으로 들어오니 썰렁한 기운이 훅 느껴진다. 봄인데 도 집 안은 추웠다. 난 불을 켜고 주방으로 들어가 라면을 끓였 다. 옷도 갈아입지 않고 바로 라면을 끓일 정도로 배가 고팠다. 정신없이 라면을 먹는데, 현관문 도어록 소리가 들리더니 그 남 자가 들어왔다.

"일찍 들어왔네?"

나를 보자마자 그가 반갑게 말을 건다. 그는 양손에 박스를 들고 있었다. 내 시선이 박스로 향했다.

"어머니가 당신과 내 거 한약 지어줬어."

남자는 자랑스럽게 한약을 내보였지만, 난 그 약을 먹을 생각 이 없었다. 그게 어떤 약인지 알고 내가 순순히 먹겠는가. 시어 머니가 주는 거라면 더더욱 수상하다.

"나 약 같은 거 싫어한댔잖아."

"지난번에 먹겠다고 했잖아? 요즘 당신 건강이 안 좋아 보여.

안색도 파리하고. 이런 것 좀 먹어야 해."

"……."

"왜? 컨디션이 안 좋아? 기분이 안 좋아 보인다?"

"그냥 좀 피곤해."

"이제 일 거의 끝나가잖아. 그거 끝나면 푹 쉬어."

"일을…… 더 해야 할 것 같아."

"왜?"

"거기 팀장이 사고가 났어. 뺑소니 당해서 당분간 못 나와. 새로 팀장을 정하긴 했는데, 아무래도 힘에 부칠 거야. 그래서 한주 더하기로 했어."

"당신 진짜 이거 먹어야겠다."

그가 자상하게도 나를 걱정하는 척한다. 이 틈을 타서 나는 사고 얘기를 꺼내기로 했다.

"나, 또 사고 냈어."

"뭐? 다친 데는 없어?"

"몸은 괜찮은데, 차 수리비가 좀 나올 것 같아."

"얼마나 부서졌는데? 사고가 컸어?"

"앞에서 오는 덤프트럭 피하다가 가드레일 박았는데, 오른쪽 펜더랑 라이트가 깨졌어. 폐차장에서 부품 알아봐야 한대. 당신 차가 오래됐잖아."

"그만하길 다행이네. 덤프트럭은?"

"몰라. 뺑소니쳤어. 미안해, 사고 내서."

"당신 잘못은 아니지. 아, 빨리 보험에 가입해야겠다."

"아직 무효 신청 안 했어?"

"취업하니까 시간 내기가 힘드네. 빨리할게. 그때까지는 당신도 운전하지 마. 알았지?"

난 그의 말에 고개를 순순히 끄덕였다. 어차피 차는 정비소에 들어가 있어 당분간 운전이 힘들다. 하루 왕복 5시간을 거리에서 버려야 한다고 생각하자 앞이 깜깜해진다. 하지만 어쩌겠는가. 사고를 낸 당사자가 나인 것을. 고맙게도 그가 설거지를 자처하는 덕에 난 2층으로 올라와 쉴 수 있었다.

씻고 침대에 몸을 누이니 잠이 저절로 온다. 그러나 오 팀장 얘기를 필주 씨에게 해야 될 것 같아 휴대폰을 들었다.

"나야."

[자기, 목소리에 왜 그렇게 힘이 없어?]

"피곤해서."

[오늘도 일이 많았어? 힘들어서 어떡해?]

"어젯밤 오 팀장이 뺑소니 사고를 당했대."

[뭐? 사고?]

"수술받고 지금 병원에 누워 있어. 큰 사고였나 봐."

[…….]

"우리 난리 났어. 오 팀장 빈자리 채우느라고 평소보다 더 바빴고."

필주 씨가 말을 잇지 못한다. 왠지 그게 수상했다.

"자기는 별일 없었어?"

[어……, 그냥 똑같지. 할아버지 할머니 식사 챙겨드리고 기

저귀 갈아드리고 그랬어.]

"일이 힘들지는 않아?"

[그렇지, 뭐. 견딜 만해. 좀 심심하지만.]

필주 씨의 얘기를 들으면, 그는 오 팀장 사고와는 무관한 것 같다. 다행이라 생각하며 난 가슴을 쓸어내린다. 그가 걱정할까 봐 내 사고 얘기는 꺼내지 않았다.

"간호사 얘기는 또 없어?"

[응. 그런데 그 자식, 2년 전이 아닌 석 달 전에 들어온 건 맞는 것 같더라. 요양사들이 다 알던걸. 요양원에 멀쩡한 사람이 들어왔다고 소문이 자자했대.]

"그 말이 사실인 거구나……."

[자기 주의해. 그 자식, 뭔가 수상해.]

필주 씨의 말이 비수가 되어 가슴에 꽂힌다. 그리고 그 상처는 의심으로 물든다. 남자는 분명히 청송 정신요양원에 2년간 있었다고 말했다. 그런데 그게 거짓이라니. 남자 간호사가 간악한 시어머니에게 넘어가 조작한 게 아니라, 어쩌면 그들은 처음부터 한 팀이었을 거다. 칼을 가는 그들 앞에, 나는 제물로 바쳐진 어린 양이었다. 그동안 나를 얼마나 비웃었을까. 그렇게 생각하니 슬펐다. 그의 미소가 떠올라 괴로웠다. 그 남자만큼은 시어머니와 무관했으면.

그에게 마음이 흔들렸지만, 이거 하나만은 확실했다. 난 당하고만 있지 않을 것이다. 조만간 나노 그들의 꼬리를 잡을 것이다.

평소보다 2시간 일찍 일어나 출근을 서둘렀다. 차가 없는 내가 남양주에서 용인까지 대중교통을 이용하려면 이 정도 시간 소모는 감수해야 한다. 창밖은 아직 어둑어둑했다. 1층 거실로 내려오니 남자는 벌써 일어나 있었다.

"아침부터 힘들겠네. 차는 언제 가지러 가?"

"모르겠어. 부품이 없어서 구하면 연락 준대. 다녀올게."

"이거 마시고 가."

남자가 내 앞을 가로막았다. 그는 김이 살짝 오르는 따끈한 머그컵을 내밀었다. 한약이었다.

"나 이런 거 안 먹는다니까."

"이거라도 마셔야 하루를 버티지. 엄마가 녹용도 넣었대."

"됐어, 싫어."

"마셔. 마실 때까지 나 안 비켜준다."

내 앞을 가로막은 남자는 비켜줄 기미가 없었다. 사약일지도 모를 저 한약을 다 마셔야만 비켜줄 것이다. 할 수 없이 난 머그컵을 받아 들었다. 단숨에 한약을 들이켜자 쓰고 텁텁한 맛이 느껴졌다.

"됐지. 이제 갈게."

"잘 다녀와. 몸조심하고."

그가 만족스러운 얼굴로 길을 터주자, 난 후다닥 현관문을 나섰다. 아직 밖은 어두워서 가로등 하나 없는 길을 조심조심 내려간다. 그리고 집에서 조금 멀어졌을 무렵, 난 손가락을 목구멍에 넣고 조금 전 마신 한약을 게워냈다. 한약을 모두 토하고 마지막 위액이 나올 때까지 여러 번 구역질을 했다. 쓰디쓴, 비릿한 향이 목구멍에서 코로 올라온다. 난 시어머니가 녹용까지 넣어 만들었다는 말을 곧이곧대로 믿지 않았다. 그녀가 무엇을 넣은 줄 알고 이걸 마시겠는가. 내가 이 한약을 순순히 마실 거라 생각하면 오산이다. 나는 물티슈를 꺼내 손을 닦으며 씁쓸하게 웃었다.

사방이 적이다. 우연한 사고로 오 팀장의 입을 막아 다행이다 싶었는데, 이제는 한약이 말썽이다. 남자에게 끌렸던 나 자신에게도 화가 난다. 바보, 멍청이. 하마터면 그 남자에게 넘어갈 뻔했다. 뒤에는 시어머니가 있을지도 모르는데. 난 속으로 투덜대며 좁고 비탈진 길을 내려간다. 큰길까지 걸어가는 것은 생각보다 멀었다. 차를 타고 5분이면 도착할 수 있는 거리였지만, 어두운 새벽길을 휴대폰 불빛에 의지해 걸어가는 것이 쉽지 않았다.

간신히 잠실역 가는 버스를 탔다. 조금만 늦었다면, 아마 30분 넘게 버스를 기다려야 했을 것이다. 버스 안은 이미 만차 상태였다. 사람들 틈에 부대끼며 잠실역까지 가서 다시 신갈오거리로 가는 버스로 갈아탔다. 그리고 또 한 번 버스를 갈아탄 다음, 간신히 분양관에 도착할 수 있었다. 2시간이 넘는 시간 동안 좁디좁은 버스에서 내리 서서 출근하니, 일을 시작하기도 전에 피곤이 몰려온다.

난 분양관에 들어가자마자 자리로 가서 엎드렸다. 잠시라도 자둘 생각이었다. 몇십 분을 정신없이 자다 깨서 고개를 드니 내 앞에 박카스 두 병이 놓여 있다. 경수 씨의 짓이다. 난 옆자리의 그를 보며 고맙다고 웃어 보였다.

"푹 주무셨어요?"

"네, 덕분에요. 아직 오픈 전이죠?"

"15분이나 남았어요. 피곤하시면 좀 더 주무셔도 되는데."

"정 과장, 일어났어? 잠시 나 좀 보지."

정주 언니가 부르는 소리에 나는 그녀의 옆으로 갔다. 그녀는 사무실 분양 팀에서 새로 온 여자 팀장과 함께 얘기 중이었다.

"둘이 서로 아나?"

"아뇨. 얼굴만 뵀어요."

"저도 잘 몰라요."

"인사하지. 이쪽은 정효신 과장, 여기는 사무실 분양팀에서 온 강미진 팀장이야."

"반갑습니다."

"잘 부탁드려요."

"둘이 경력이 비슷하니까 남은 기간 공조해서 오 팀장 빈자리 티 안 나게 열심히 일해보자고. 그리고 이거."

정주 언니가 검은색의 노트 하나를 꺼냈다. 수백 번도 더 뒤 적였을, 겉이 낡고 허름한 노트였다.

"오 팀장 장부야. VIP 리스트는 아니고, 일정이 적힌 스케줄 노트 같은 건데, 이거 보면 이번 주 방문하기로 한 예약자 이름이 적혀 있어."

강미진 팀장과 나는 오 팀장의 노트를 받아들었다. 표지를 열어보니 최근 1~2년간의 일정과 메모가 빽빽하게 들어차 있다. 최근 일자를 확인하니 오늘도 두 명이나 방문 예약이 된 것이 보인다.

난 재빨리 오 팀장의 이틀 전 일정을 확인했다. 상담 건수와 예약 일정 외에도 오후 10시에 '조장현'이라는 이름이 적혀 있고, 그 옆의 가로 안에 필주 씨 이름이 쓰여 있었다. 그리고 그 위로 동그라미가 수도 없이 쳐 있다.

"이름 앞에 작은 별표는 VIP이고, 동그라미는 작업 중인 사람 같아. VIP 최재성은 강 팀장이 담당하고, 2시에 온다는 일반 예약자 지수영은 정 과장이 맡아줘. 오 팀장이 이미 작업해놓은 사람들이니까 괜히 실수해서 계약 날리지 말고. 알았지?"

정주 언니의 말에 일단 고개를 끄덕였다. VIP가 아닌 일반 계약자를 상대하라니 부담이 없었다. 자리로 돌아와 박카스를 마셨다. 머릿속에는 조장현이라는 사람과 필주 씨 이름이 뒤섞여 혼란스러웠다.

사고가 난 그제 밤에, 오 팀장이 만난 이는 조장현이라는 사람이다. 가로 안에 필주 씨의 이름이 적힌 것을 보면 조장현은 그와 관련이 있는 사람일 테고, 오 팀장은 아마 조장현과 늦게까지 얘기를 나누고 헤어지는 길에 사고를 당한 게 분명하다. 그러면 조장현이라는 사람은 누구일까? VIP도 아니고 일반 계약자도 아닌데. 그는 필주 씨와 무슨 연관이 있으며 오 팀장을 왜 만나려고 했던 것일까? 아무리 생각해도 답을 찾을 수 없었다. 기회를 봐서 오 팀장의 노트를 한 번 더 들여다봐야겠다.

이런 상념은 오래가지 않았다. 난 다시 전쟁과 같은 일상으로 던져졌다. 오픈한 지 2주 가까이 되다 보니 분양관을 찾는 사람들의 수는 줄었지만, 관심은 여전히 높았다. 난 가식적인 미소로 사람들을 반기고 그들의 재산을 어떻게 불릴 것인지에 대해 함께 고민했다. 나로서는 평생 가져보지 못할, 10억이 넘는 상가를 사는 이들의 돈 걱정까지 해야 한다는 현실이 우스웠다.

하지만 내 태도만은 진지했다. 열심히 상담하고 잠시 쉬려는 찰나, 경수 씨가 다가온다.

"과장님, 오 팀장님을 찾아오셨다는데요. 본부장님이 말씀하셨다는 그분 아니에요?"

경수 씨가 말하는 쪽을 힐끗 보니 젊고 화려해 보이는 여자가 홀 테이블에 혼자 앉아 있었다. 세상 무심하게 카탈로그를 뒤적이는 그녀의 분위기로 판단할 때, 오 팀장이 노트에 적어놓은 일반 계약자가 분명했다.

난 그녀에게 다가가 활짝 웃으며 말을 걸었다. 그러기 위해서는 바닥에 있는 에너지까지 끌어모아 힘을 내야 했다.

"안녕하세요, 오 팀장님 찾아오셨죠?"

난 그녀의 외모를 재빠르게 훑어보며 어떤 호칭을 써야 할지 고민한다. 일반적으로 남자는 사장님, 여자는 여사님으로 호칭이 통일되어 있지만, 젊은 여자의 경우는 미혼도 많아 호칭이 애매했다. 아무리 고객이 어려도 누구누구 씨라고 부르는 것은 업계 결례로 치부되고 있다.

결국, 난 실장이라는 호칭을 선택했다.

"지수영 실장님이시죠? 그렇게 불러도 될까요?"

"아, 네. 편하실 대로 부르세요."

"반갑습니다, 전 정효신 과장입니다."

"오 팀장님은 지금 안 계시나요?"

"교통사고가 나서 당분간 못 나오실 것 같습니다. 그래서 제가 대신 담당해드리려고 하는데, 괜찮으시죠?"

"괜찮기는 한데…… 미리 말해둔 게 있어서……."

"전해 들었습니다. 후면 출입구 쪽 상가 보고 계셨다고요?"

그녀의 앞에 가지고 온 상가 도면을 펼쳤다. 대외 업무용 도면이었다. 그곳에는 이미 계약된 상가에 X 표가 쳐 있었다. 물론 이것은 보여주기 도면이라 정확한 것은 아니다. 계약이 많은 것처럼 보이기 위해 일부러 X 표를 친 것도 있고, VIP용으로 빼놓은 물건이라 X 표시를 한 것도 있었다.

"오 팀장님이 말씀하신 상가는 이겁니다. 맞나요?"

"예, 전에 이걸 봤어요."

"출입구 쪽을 원하셔서 오 팀장님이 일부러 빼놓으셨다고 하시더라고요."

"전면 출입구였으면 더 좋았을 텐데……. 임대하기에 무리가 없겠죠? 상권은 어떨까요?"

"글쎄요. 사람들이 흐르는 곳이 있고 머무는 곳이 있는데, 상권이라는 게 매장이 다 들어와 봐야 아는 거라서요."

"오 팀장님도 말씀은 그렇게 하시더라고요. 근데 확 안 당겨서……."

"그러세요? 그럼 이 매물은…… 아, 저 잠시만요."

난 심각한 표정으로 지수영 씨를 두고 자리에서 일어났다. 그리고 정주 언니에게로 간다.

"왜? 무슨 일 있어?"

"아니요. 작업 하나 치려고요."

언니와 얘기를 하면서도 내 시선은 언니 책상 위에 놓인 오팀장의 노트에 머문다. 어떻게 하면 자연스럽게 저 노트를 볼수 있을까?

"어딜 추천하게?"

"편의점 옆 상가, 지금 비어 있죠? 도면에는 엑스 표시돼 있던데요?"

"내부용에는 공란이야. 기존 거 엎고 그걸로 계약하게?"

"오 팀장이 추천한 거 마음에 안 든대요. 지금 할까 말까 망설이고 있어요. 계약 따내려면 이렇게라도 해야죠. 그 상가가 입지가 나쁘진 않잖아요?"

"뭐든 따내기만 해."

오 팀장이 추진하던 계약을 엎고 내가 추천한 물건을 그녀가 구매하게 되면, 그 건은 내 것이 될 것이다. 지금 병원에 있는 그에게는 미안하지만 말이다. 계약만 된다면 회사로서는 어느 상가를 팔든 나쁠 것이 없다. 우리가 받는 인센티브는 상가 금액에 따라 달라져서, 몸값을 높이려면 비싼 상가를 많이 팔아야했다.

"후면 출입구 상가가 찜찜하시면, 차라리 이곳을 하시는 게 어떨까요?"

테이블로 돌아간 나는, 손가락으로 도면의 한 상가를 가리키면서 목소리를 낮추고 소곤거리듯 말했다. 그녀에게만 은밀히 알려준다는 뉘앙스를 줘서, 기분을 업시키고 호감도 살 예정이었다. 목소리만 낮추면 사람들은 백발백중 걸려든다. 지수영은 출입구에서 멀지 않은 곳에 있는 상가를 보더니 자신도 목소리를 낮췄다.

"여기는 이미 팔린 매물이잖아요?"

"아직 계약금이 안 들어왔대요. 지금 확인하고 왔어요."

"계약금만 넣으면 제가 살 수 있는 건가요?"

"네. 빨리 입금하시면 계약 가능해요."

"입지는 괜찮은 거죠?"

"이 옆 상가는 약국이 확정됐고요, 여긴 편의점이 계약되어 있어서 아마 사람들이 많이 드나들 거예요. 후면 출입구 상가보다는 금액이 많이 오버되지만, 수익률은 훨씬 높을 겁니다. 공실률도 걱정 없고요. 대로변에 있는 상가 잘 안 나와요. 아시잖아요?"

"그럼 저, 이걸로 하겠어요."

그녀의 얼굴이 발갛게 상기됐다. 예상보다 금액이 오버됐지만 좋은 상가를 얻었다고 생각하는 것 같았다. 대부분의 사람들은 분위기를 맞춰주고 기분을 올려주면 기대 이상의 씀씀이를 보인다. 그녀도 마찬가지였다.

"잠깐 기다려주세요. 계약서 가져올게요."

난 재빨리 상가 분양 계약서에 사인을 받았다. 그녀는 앉은 자리에서 자동이체로 계약금을 입금했고, X 표시가 된 대로변의 상가가 자기 것이 됐다는 사실에 만족해 돌아갔다. 나도 만족스러웠다.

"어떻게 됐어?"

정주 언니가 내 옆으로 다가왔다. 난 그녀를 보며 자신만만하게 말한다.

"따냈죠. 입금 완료됐어요."

"잘했어. 역시 효신이구나. 오 팀장 계약 건, 하나라도 건졌으니 오늘은 성공한 거네."

"VIP는 계약 안 했어요?"

"오 팀장 아니면 계약 안 하겠다고 돌아갔대."

"어머, 저런……. VIP들이 까다롭긴 정말 까다로워요."

"대신 의리도 있지."

계약을 따낸 난, 새로 온 팀장에게 내 저력을 보여준 것 같아 기분이 좋았다. 앞으로도 계속 잘해볼 욕심에, 그리고 아까 조장현이라는 이름과 필주 씨의 이름이 적혀 있던 게 생각이 나서 그 노트를 볼 수 있는지 정주 언니에게 슬쩍 묻는다.

"참, 언니. 저 아까 그 노트, 오 팀장 것 봐도 되나요?"

"노트? 좀 그렇지 않나? 사적인 것도 적혀 있던데?"

"그래도 업무에 도움이 되지 않을까 하는데. 오 팀장님이 어떻게 영업했는지 모르잖아요."

"그건 그런데…… 한번 물어볼게."

"어머, 오 팀장님 깨어났어요?"

"의식은 어제 돌아왔다는데 말을 잘 못 해. 떠듬떠듬하더라고. 그것도 힘들어하고. 이 노트도 간신히 알아듣고 찾은 거야."

난 언니의 말에 고개를 끄덕이면서도, 어떻게 그 노트를 몰래 볼 수 있을까 궁리를 한다. 그 노트에는 그가 나더러 필주 씨와 만나지 말라고 말했던 이유도 적혀 있을 것만 같았다. 하지만 노트를 들여다볼 기회는 주어지지 않았다.

여기저기서 상담을 요청해오고 이사가 VIP실로 부르는 통에 정신없이 바빴다. 그래도 시간은 흘렀고 마감이 다가왔다.

일과를 그렇게 마치고 난 집으로 향한다. 퇴근하는 길은 출근하는 길보다 더 고됐다. 기흥역에서 복정역으로, 다시 복정역에서 잠실역으로 가는 지하철을 갈아타면서 남아 있던 에너지를 모두 방출해버렸다. 이런 식으로 며칠을 더 출퇴근해야 한다는 생각에 힘이 쏙 빠진다. 필주 씨 집에 가서 식물에 물을 줘야 한다는 게 생각났지만, 그냥 넘어가기로 했다. 지금은 내 몸 하나 건사하기도 힘들었다.

언제쯤 차의 부품이 구해질까? 정비소 사장 말로는 며칠 더 기다려야 한다는데. 그때까지 내 체력이 남아나지 않을 것만 같다.

버스에서 내려 집으로 가는 길은 어두웠다. 불빛 하나 없는 좁고 후미진 비탈길은 혼자 걷기에는 정말 으스스했다. 난 두려움을 떨칠 겸 필주 씨에게 전화를 걸었다.

"나야. 통화 가능해?"

[자기? 오늘은 일찍 연락했네? 시간이 좀 났어?]

기분 탓일까? 필주 씨의 말투에서 묘한 빈정거림이 느껴진다.

"오 팀장 사고 났댔잖아. 아무래도 팀 결집력이 떨어지니까, 대충 눈치 보다 마무리 짓고 퇴근했지, 뭐."

[그래? 근데 자기 목소리가 이상해. 차 안 아니지?]

"걸어가고 있어."

[차는 어쩌고?]

"그게……."

나는 필주 씨에게 차 사고를 알릴까 말까 고민한다. 얘기를 했다가는 괜히 말 안 했다고 타박할 것만 같고, 안 하자니 또 거짓말을 해야 돼서 귀찮다. 난 거짓도, 진실도 아닌 사실만을 말하기로 했다.

"차가 고장 났어. 당분간 대중교통을 이용해야 해."

[힘들겠다. 자기 집 교통 아주 불편하던데. 회사에서 집까지는 얼마나 걸려?]

"2시간 반?"

[왕복 5시간이네. 아, 내가 서울에 있었으면 자기 힘들지 않게 출퇴근시켜줬을 텐데.]

"괜찮아, 견딜 만해. 아, 그리고 혹시 조장현이라고 알아?"

난 슬쩍 필주 씨를 떠본다. 오 팀장 노트에 있던 조장현이라는 이름이 계속 신경 쓰였다.

[조장현? 몰라. 왜?]

"아니, 혹시…… 전에 자기와 같이 일한 사람인가 해서."

[같이 일했던 사람 중에 그런 이름은 없어.]

"오 팀장과 함께 일했을 때도?"

[난 오 팀장과 일 오래 안 했어. 5년 전 신입 때 잠깐 일한 게 전부야.]

"그래? 난 또 자기가 오 팀장과 전에도 몇 번 같이 일한 줄 알았지."

[오 팀장과 친하지 않아서 얼굴도 긴가민가한데? 그때 말했잖아. 2년 전 봤을 때 그도 날 못 알아보는 줄 알았다고. 근데 그 사람은 왜? 알아봐 줘?]

역시 필주 씨는 오 팀장의 사고와는 아무 상관없는 것 같다. 미안하게도 내가 과민하게 반응했나 보다. 하지만 이해할 수 없는 건, 그의 노트에 필주 씨 이름이 적혀 있었다는 거다. 왜 오 팀장은 노트에 그의 이름을 적어놓은 걸까?

"아니, 됐어. 업무 확인하려고 오 팀장 노트 봤다가 조장현이라는 이름이 있길래 물어본 거야."

[오 팀장…… 상태는 어때?]

"수술이 잘 돼서 의식을 찾았대. 그런데 아직 말은 잘 못 하나 봐."

[다행이네. 그런데 사람 마음이 참 간사하다. 오 팀장이 사고 난 게 걱정되면서도 자기랑 같이 일하지 않는다고 생각하니까 잘 됐다 싶어. 우리 관계 떠벌려서 자기 곤란해질까 봐 걱정했 거든. 내가 나쁜 걸까?]

"아니. 사람 마음이 다 그런 거 아닐까?"

[뺑소니차는 잡았대?]

"CCTV 분석 중인데, 못 잡을 것 같다나 봐."

"뭘 못 잡는데?"

갑자기 옆에서 굵직한 남자 목소리가 들려왔다. 그 남자였다. 화들짝 놀란 난 서둘러 휴대폰을 꺼버린다. 동시에 바닥에 휴대 폰을 떨궜다. 그 바람에 나는 더 당황했다.

"왜 그렇게 놀라?"

"갑자기 나타나니까 그렇지. 이렇게 어두운데 안 놀라겠어? 인기척이라도 좀 내지, 그랬어?"

난 화를 냈다. 필주 씨와의 통화 내용을 그가 들었을 거라 생 각하니 바짝 긴장됐다. 우리가 혹시라도 관계를 들킬 만한 대화 를 한 것은 아닌지 재빨리 곱씹어본다. 다행히 큰 문제는 없을 것 같았다. 그사이 남자는 자신의 휴대폰 플래시를 비춰 수풀을 뒤지고 있다.

잠시 후, 수풀을 뒤적거리던 그가 내 휴대폰을 찾았다. 난 그 의 휴대폰 플래시에 적나라하게 드러난 내 휴대폰을 보고 마른

침을 삼켰다. 기존에 썼던 갤럭시가 아닌 아이폰이다. 그 남자가 모르는 새로 개통한 폰이었다. 그가 이상하게 생각할까 봐 초조해진 나는 그의 손에서 휴대폰을 재빨리 낚아챘다.

"무서웠나 봐? 겁났어?"

"아니, 놀란 거라니까!"

"하긴 이렇게 어두운 밤길을 여자 혼자 다니는 게 쉽지 않지."

어둠 속에서도 남자가 실실 웃는 게 느껴진다. 기분이 좋지 않았다. 난 그 남자에게 약해 보이기 싫었다.

"누구와 전화를 한 거야?"

"옛 회사 동료."

"그래서 팀장이 사고 났다는 얘기를 한 거구나? 그 사람은 괜찮아?"

"알고 있지 않아? 내 통화 내용 다 엿들어놓고는."

남자가 무안한지 크게 소리 내어 웃었다. 그리고 재빨리 화제를 전환한다.

"차 수리는 언제 끝난대? 아직도 부품을 못 구했대?"

"워낙 구형인 데다 외제차라 부품 조달이 어렵대. 며칠 더 기다려보라는데, 모르겠어."

"그때까지는 출퇴근하기 힘들겠다. 집에 올 때 무서우면 전화해. 내가 데리러 갈게."

"생각해볼게."

친절한 남자의 말에 난 말끝을 흐렸다. 경계해야 하는데, 이 남자가 상냥하게 나올 때마다 나는 어찌할 바를 모르겠다.

남자와 단둘이 집으로 가는 길은 어색했다. 그날따라 날이 맑은 탓에, 하늘에는 별빛이 무수하게 빛났고 바람은 상쾌했다. 우리는 말없이 비탈길을 걸어 올라간다. 확실히 혼자보다는 둘이 덜 무서웠다.

드디어 눈앞에 집이 보였다. 그와 할 말이 없었는데, 때마침 잘 됐다는 생각을 한다. 집으로 돌아와서 그가 미리 사둔 샌드위치와 빵으로 대충 끼니를 때웠다. 그 남자 역시 업무로 지쳐서인지 평소보다 말이 없었다.

식사 후에, 난 그가 챙겨주는 한약 파우치를 들고 일찍 2층 침실로 올라왔다. 당연히 한약은 먹지 않았다.

다음 날 아침. 난 어제보다도 일찍 출근 준비를 한다. 어제 버스에 시달린 기억이 너무도 끔찍해서 회사까지 지하철을 타고 갈 생각이었다. 1층 거실로 내려가니, 그 남자도 막 지하 방에서 올라오는 참이었다.

"이런, 벌써 가? 한약 못 데웠는데."

"앞으로는 회사 가서 먹을게. 어제 약 먹고 버스 타니까, 주변에 냄새 풍기는 것 같아 좀 그렇더라."

"그래, 그럼. 한약 먹는 동안은 당분간 술 먹지 말래. 커피도 안 마시는 게 좋고. 알고 있지?"

다정하게 나를 챙겨주는 저 남자의 진짜 얼굴이 궁금하다. 시어머니와 한 편일까, 아니면 단순히 이용당하는 사람일까? 그가 어떤 가면을 쓰고 있든 빨리 벗기고 싶다.

"먼저 갈게."

난 인사를 하고 후다닥 집에서 나왔다.

어깨에 멘 크로스백 안에는 어제 안 먹은 한약 파우치가 하나 더 있었다. 한약 파우치는 분양관에 가서 버릴 생각이었다. 비탈 길을 내려가다 보니 어제 아침에 한약을 토해냈던 수풀이 보인 다. 수풀 주변은 누렇게 말라 있었다. 설마 한약 한 번 토한 거로 저렇게 되지는 않았겠지. 진짜 독극물을 넣었겠어? 그렇게 생각 하면서도 난 소름이 끼친다. 아무리 생각해도 시어머니가 한약 을 지어줬다는 것 자체가 의심쩍다. 이런저런 생각을 하며, 출근 시간에 늦지 않도록 부지런히 발길을 재촉했다.

오늘도 간신히 만원 버스를 타고 잠실역에 내렸다. 이른 시간 인데도 지하철역은 수많은 사람으로 북적거린다. 난 사람들 틈 에 끼어 8호선 방향으로 향한다. 출근하는 사람들에게 떠밀리다 보니 어느새 복정역으로 가는 승강장에 도착했다. 그곳에도 줄 을 서서 지하철을 기다리는 사람들로 가득했다. 나는 가장 짧다 고 생각되는 줄 뒤에 선다.

드디어 차량이 도착했다. 줄을 서 있던 사람들이 분주히 움 직인다. 내 앞의 줄도 점점 짧아지기 시작했다. 그러나 이내 차 안은 꽉 차서 줄을 선 사람들을 미처 다 태우기도 전에 한도가 초과됐다. 문이 제대로 닫히지 않을 정도였다. 난 바로 앞에서 그렇게 차량을 놓쳤다. 할 수 없이 다음을 기약하며 음악을 듣 는다.

그때, 갑자기 누군가 내 등을 툭 쳤다. 그 바람에 발이 삐끗하면서 몸이 비틀거린다. 선로 바로 앞에 있던 내가 몸의 중심을 잃고 떨어지려는 찰나, 뒤에 있던 아줌마 두 명이 내 몸을 잡았다. 그녀들이 힘주어 내 몸을 당긴 탓에 우리는 셋 다 바닥에 나동그라졌다.

"아가씨, 괜찮아? 사람 많을 때는 조심해야지."

"어휴, 그렇게 넋 놓고 있으면 어떡해?"

아줌마들은 나를 잡고 일어서면서, 밀치고 간 누군가가 아닌 선로에 떨어질 뻔한 나를 나무랐다. 난 급작스러운 일에 얼이 빠져서 미처 고맙다는 말도 하지 못했다. 하지만 나의 두 눈은 나를 밀친 누군가의 뒷모습을 똑똑히 봤다. 마르고 안경을 쓴 남자였다.

며칠 전 있었던 뺑소니 사고, 그리고 이번에는 지하철에서 선로에 떨어질 뻔했다. 이게 모두 우연히 일어난 일일까? 우연이 겹치면 더 이상 우연이 아니다. 누군가 나를 노리는 것일지도 모른다. 죽은 남편의 흔적을 지우는 누군가 나를 위험에 빠트리려는지도 모른다. 심장 박동이 요동쳤다. 난 놀란 가슴을 진정시킬 수 없었다.

간신히 분양관에 도착했다. 시계를 보니 9시가 넘어 있었다. 지각이다. 너무 놀란 나머지 지하철역 벤치에 앉아 한동안 쉬다 왔기 때문이다. 내 안색이 무척이나 창백했는지 정주 언니도 화를 내기보다는 걱정부터 해준다.

"효신아, 어디 아파? 건강 안 좋으면 미리 말해."

"좀 쉬면 나아질 거예요."

"요즘 같은 비상 상황에 과장님마저 아프시면 안 되는데."

옆자리의 경수 씨가 대화에 끼어들었다. 그는 평소에도 그랬듯, 박카스를 챙겨주며 걱정을 했다.

"요즘 과장님 많이 피곤하신가 봐요. 엎드려 계실 때도 많고. 무리하시면 안 됩니다."

"저, 진짜 괜찮아요."

"설마, 너……. 얘, 잠깐 얘기 좀 하자."

정주 언니가 탕비실로 나를 데려갔다. 나는 기력을 회복하기 위해 달달한 믹스커피 두 잔을 탔다. 정주 언니는 테이블에 앉아 팔짱을 낀 채로 그런 나를 보고 있다. 난 언니의 화를 어떻게 풀어야 할까 고민하면서, 믹스커피가 든 종이컵을 내밀었다.

"언니, 죄송해요. 차 타고 다니다 갑자기 대중교통 이용하려니까……."

"너, 임신했니?"

"네?"

뜬금없는 언니의 질문에 난 당황한다. 임신? 갑자기 임신이라니?

"그렇잖아. 요즘 얼굴도 계속 안 좋고 피곤해하잖아. 임신한 거 아냐?"

"아, 아녜요. 그럴 리가 없어요."

말은 그렇게 했어도 머릿속으로는 날짜를 계산하고 있었다. 내가 필주 씨와 언제 관계를 맺었더라……? 조심한다고 했는데, 임신한 것은 아니겠지? 난 다시 불안해진다. 만약 내가 임신을 했다면 상황이 복잡해진다. 죽은 남편이라고 집에 들어와 있는 그 남자에게 무슨 변명을 할 것이며, 필주 씨에게는 또 뭐라고 할 것인가.

"언니, 절대 아니에요. 제가 요즘 피곤해서 그런다니까요. 그래서 저 요새 한약도 먹고 있어요."

"진짜야?"

"이따 갖고 다니는 한약 보여드릴게요. 그거 지은 지 얼마 안 됐는데, 임신이면 진작 알았겠죠."

"그래도 혹시 모르니까, 이따 테스트기 사다 검사해봐. 알았지?"

웃으며 고개를 끄덕였으나, 내 속은 타들어 가는 듯했다. 솔직히 검사하기가 두렵다. 언니를 달래고 자리로 돌아왔지만 일은 손에 잡히지 않았다. 그렇다고 주어진 업무는 내 사정을 봐주진 않았다. 어제와 다름없이, 내 하루는 분주했다.

난 일반 고객과 상담을 하고 오 팀장의 VIP와 함께 현장에 나가 부지를 둘러봤다. 원래 오 팀장이 담당했던 VIP는 강미진 팀장이 맡기로 했지만, 상가에 대해서는 내가 더 잘 안다는 상사의 판단 때문이었다. 까다로운 VIP의 기분을 거스르지 않기 위해 비위를 열심히 맞추다 보니 시간은 잘도 갔다.

VIP를 배웅하고 분양관으로 들어오자 강미진 팀장이 나에게 다가온다.

"과장님, 저 좀 보시죠."

VIP를 뺏긴 그녀가 내게 한마디 할 기세였다. 뾰족한 그녀의 얼굴이 평소보다 더 날카로워 보인다. 그러나 내 눈에는 그녀의 얼굴이 아닌, 손에 든 노트가 들어왔다. 오 팀장의 노트였다.

병문안

"곧 그만두신다죠?"

강미진 팀장이 담배에 불을 붙이며 묻는다. 오 팀장의 노트를 보고 싶다는 욕심에, 선뜻 그녀를 따라 분양관 밖으로 나온 나는 곧 후회를 했다. 그녀의 목소리에는 적대감이 가득했다. 오 팀장이 관리하던 VIP를 나에게 넘긴 것에 자존심이 상했던 것이다. 하지만 난 문제를 만들고 싶지 않았다.

"이번 주까지만 있을 거예요."

"그럼 우리 업무, 조율하죠."

강 팀장의 눈에서 레이저 빔이 쏟아지는 것 같았다. 그런 그녀를 똑바로 쳐다보기에는 눈이 아파 난 고개를 돌린다. 그녀의 손에 들린 오 팀장의 노트가 보였다.

"조율이라뇨?"

"오 팀장님 VIP는 제가 다시 맡을게요. 전, 정 과장님과 달리 마지막까지 가야 하는 멤버니까요."

어차피 오 팀장의 VIP에 미련은 없었다. 이미 나와 겹친 리스트도 많았고, 고작 VIP 몇 명 더 확보하고자 그와 엮이긴 싫었다.

강 팀장이 입에서 담배 연기를 길게 뿜어낸다. 한쪽 눈을 살짝 찡그린 표정에서 초조함이 엿보였다.

"팀장이시니까 그렇게 하면 되지 않나요? 굳이 제게 물을 것까지야."

"합의하자는 거죠. 나중에 제가 강압적으로 바꿨다고 말이 나오면 안 되니까."

세상 참 피곤하게 사는 여자다. 이러니까 사무실 분양 팀에서 제일 먼저 배제되어 상가 분양팀으로 온 거겠지. 아마 실적도 저조했을 거고, 아는 VIP도 몇 명 없을 거다.

"합의했으니까 이제 들어가도 되죠?"

"본부장님이 물으시면 꼭 그렇게 대답해주세요. 안 그러면 제가 마치 빼앗아 간 것처럼 보이니까."

"네, 그러죠. 그리고 그 노트, 한번 봐도 될까요?"

"여기에 VIP 연락처는 없어요."

"상관없어요."

"그냥 업무 일정표예요. 봐도 정 과장님에게 도움 될 만한 내용은 없을 거예요."

강 팀장이 내게 노트를 내밀었다. 별 시답지 않다는 표정을 지으면서. 그녀는 이 노트가 내게 어떤 의미를 지니는지 모를 것이다. 노트를 받아든 나는 분양관으로 발길을 돌렸다. 퇴근 시간도 다 되어 가니 빨리 업무를 마무리 짓고 싶었다.

하지만 강 팀장의 목소리가 내 발목을 잡는다.

"내일 오전 일정이 없으시죠?"

"네?"

나는 걸음을 멈추고 뒤돌아섰다. 그녀가 무슨 얘기를 하는가 싶었다.

"오전에는 보통 상담 대기하시잖아요?"

"그렇게 하죠, 보통은."

"내일 오 팀장님 병원에 가보시면 어떨까요? 노트 보시면 알 겠지만 연락이 필요한 몇몇 VIP가 있어요. 그분들 연락처, 받아 오시면 어때요?"

"제가요? 오 팀장한테 가서요?"

"팀장으로서 부탁드리는 겁니다."

"전화로 해도 되는 일 아닌가요?"

"직접 만나서 양해 구하고 받아오세요. 내일 오전, 현지 출근 하는 거로 알고 있을게요."

기가 막혔다. 담배를 발로 비벼 끄고 먼저 분양관으로 들어가 는 강 팀장의 뒷모습을, 난 멍하니 본다. 당했다. 그녀가 하고 싶 은 진짜 얘기는 바로 이거였던 거다. 자기는 하기 싫으니까, 나 더러 오 팀장의 VIP 연락처를 받아내 오라는 것이다. 폐를 끼치 기 싫은 오 팀장은 내가 부탁하면 어쩔 수 없이 연락처를 내어 줄 거다.

난 속으로 욕을 퍼부었다. 약아빠진 년. 부아가 치밀었다. 남 의 VIP를 뺏는 그런 구린 짓을 하기도 싫었지만, 오 팀장을 마 주 볼 용기도 없었다.

퇴근 후, 난 다시 만원 버스와 지하철에 시달리며 집으로 향했다. 2시간 30분이나 되는 긴 시간을, 그저 멍하니 아무것도 보이지 않는 까만 창밖만을 응시했다. 음악을 듣고 싶었지만 음 하나하나가 뇌를 찔러대는 통에 들을 수가 없었다. 신경이 예민해진 탓이다.

난 아까 본 오 팀장의 노트를 떠올렸다. 강미진 팀장의 말대로 거기에는 별 내용이 없었다. 페이지마다 주 단위로 나뉜 네모난 박스 안에는 하루 일정이 빼곡히 적혀 있을 뿐이었다. 누구를 만나 미팅을 하고 현장에 나갔다는 그런 평범한 일정 말이다. 사적인 생활이라고는 조기 축구회 활동이 전부였다. 집과 회사, 회사와 집, 노트에 적힌 그의 일과는 단조로웠다.

그런데 왜, 여기에 필주 씨 이름이 등장한 것일까? 필주 씨는 조장현이라는 사람을 모른다고 했다. 하지만 그의 노트에는 분명 조장현이라는 이름 뒤에 괄호 치고 필주 씨 이름이 적혀 있었고, 오 팀장은 사고가 난 날 밤에 조장현이라는 사람을 만났다. 그리고 그들, 두 사람의 이름이 노트에 등장한 것은 그날 하루뿐이다. 대체 무슨 연관성이 있는 걸까? 아무리 생각해도 답을 찾을 수 없었다.

이런저런 생각을 하는 사이 잠실역에 도착했다. 나는 혼잡한 지하철역을 벗어나 버스로 갈아탄다. 지하철 안보다는 나았지만 버스 안도 여전히 복잡했다. 버스에 몸을 맡기고 30여 분 가량을 더 달리자 집 근처에 도착했다. 사람들 틈을 헤집고 버스에서 내렸다. 가로등 하나만 썰렁하게 서 있는 버스 정류장에서 그 남자가 나를 기다리고 있었다.

"드디어 왔군. 기다린 보람이 있네."

남자가 환하게 웃어 보였다. 가로등 불빛 아래 선 그의 모습이 새삼 반가웠다. 저 어둡고 비탈진 언덕을 어떻게 올라가나 했는데. 하지만 내 말은, 마음과는 항상 반대로 나간다.

"언제부터 기다린 거야? 내가 언제 올 줄 알고?"

일부러 새침하게 말했다.

"퇴근 시간이야 뻔하잖아? 밥 먹었어?"

"아니."

"배고프겠다. 가서 국수라도 해 먹자. 나도 안 먹었어."

남자가 자연스럽게 내 손을 잡았다. 난 흠칫 놀랐지만 손을 빼지는 않았다. 우리는 손을 잡고 불빛 하나 없는 비탈길을 나란히 올라간다.

"우리가 이 길을 함께 걸은 적이 있던가?"

"어제, 저 앞 삼거리에서 만났잖아."

"그전에는 안 그랬다는 얘기네. 왜 그랬을까?"

"그야 사이가 안 좋았으니까."

난 퉁명스럽게 대답한다. 그의 손을 잡고 있지만 경계심을 늦추지 않을 거다.

"의사한테 물어봤어. 당신이 날 자꾸 다른 사람이라고 한다고 말했더니, 아마 당신이 나에게 거부감이 있는 걸 거래. 그래서 부정하고 싶은 마음이 큰 거라고."

"요즘 당신이 다닌다는 그 정신과 의사? 그 사람 말을 믿어?"

"전문의니까. 아주 틀린 말은 아니겠지."

"그런 생각은 안 해봤어? 내 기억이 아니라, 당신 기억이 잘 못 됐다고? 그걸 의사한테 말해보지."

"또, 또, 이런다. 당신이랑 말을 하면 자꾸 도돌이표야. 이러니까 우리가 전에 자꾸 싸웠나 보다."

내가 그의 말을 받아들이지 않자 남자가 삐죽거렸다. 하지만 나는 그의 불평이 싫지 않았다. 그래도 이 남자하고는 대화가 되니까. 죽은 남편과는 말을 두 번 이상을 섞기가 힘이 들었다. 저 멀리 자동차의 헤드라이트 불빛이 비쳐온다. 곧 빨간 티볼리가 나타나더니 우리 곁을 지나 바로 사라졌다. 옆집 여자였다.

"요즘도 옆집 여자에게 신세 지고 그래?"

"아니. 그럴 시간이 어디 있어? 바빠서 고맙다는 인사도 제대로 못했네."

"왜 첫 월급 받거든 사과라도 한 상자 사다 주지?"

"그럴까? 그런데 내가 그러면 당신 싫어할 거잖아?"

"당연히 싫어하지. 사실 나, 저 여자 맘에 안 들어."

"왜? 친절하고 도움도 많이 주는데. 애도 귀엽던걸?"

"나한테는 절대 친절하지 않거든. 남자한테만 잘하나 봐."

"당신 질투하는구나?"

남자가 큰 소리로 웃었다. 나는 그 말에 반박하지 않았다. 그의 말이 맞다. 난 옆집 여자가 싫고 그녀를 질투한다. 외국에 있다지만 어쨌거나 남편이 있어 일도 하지 않고 편히 살고 있으며 애도 있다. 한 마디로 모든 걸 다 가진 여자다. 또 세상 사람들은 그녀에게 모두 친절한 것 같다. 심지어는 죽은 남편까지도.

"이렇게 같이 걸으니까 참 좋다. 그치?"

그가 내 손을 꼭 쥔 채 힘을 주며 흔든다. 다정하게 나를 내려다보는 것 같아 기분이 살짝 묘해졌다.

"차 고칠 때까지 매일 마중 나올게."

내 손을 감싼 남자의 손은 따뜻했다. 우리는 사이좋은 부부처럼 함께 걸었다. 남자와 손을 잡고 집으로 가면서 난 이래도 되는지 혼란스러웠다. 당장이라도 그의 손을 뿌리치는 게 평소의 나다운 모습일 거다. 그러나 지금 이 순간만은 이대로 있고 싶었다. 다정한 그의 모습에, 나도 모르게 자꾸 마음이 약해진다. 그리고 머릿속으로 상상을 해본다. 아이를 낳고 이 남자와 함께 사는 미래를. 아이의 옆에는 필주 씨보다 이 남자가 있는 게 그림이 더 나았다. 내가 진짜 임신을 했으면…… 어떡하지? 다시 마음이 불안해져, 난 남자의 손을 꼭 쥐었다.

오랜만에 늦잠을 잤다. 눈을 떴지만 침대에서 팔다리를 쭉 펴고 아무 생각 없이 누워 있다. 분양관으로 출근하지 말고 병원에 들렀다가 오라는 강 팀장의 지시에, 어제는 반발심이 들었는데 오늘 생각하니 꽤 만족스러운 제안이었다. 출근길에 사람들과 부대끼지 않아도 되고 무엇보다 아침 시간을 느긋하게 보낼 수 있으니 말이다.

난 천천히 출근 준비를 하고 1층으로 내려갔다. 남자는 이미 출근을 했는지, 거실에는 희미한 커피 향만 남아 있었다.

오현철 팀장이 입원한 구의동 병원으로 향했다. 거리는 생각보다 가까워서 버스를 탔는데도 30분 만에 도착했다. 난 병원 앞 편의점에서 예의상 주스를 한 상자 산다. 주스를 보니 내 차에도 전하지 못한 주스 상자가 있다는 것이 생각났다. 그리고 김호중 사장이 떠올라 씁쓸해진다. 초라했던 그의 마지막이 찜찜한 여운을 남긴다. 몇 년에 한 번 갈까 말까 한 병원을 요즘 따라 자주 찾는데 좋은 조짐이 아닌 것 같다.

병원에 들어가 간호사가 알려준 대로 오 팀장의 병실을 찾았다. 6명의 환자가 공용으로 쓰는 병실은 대부분 비어 있었고, 오 팀장은 창가 쪽 침대에 누워 주사 줄을 주렁주렁 달고 있었다.

"오 팀장님, 안녕하세요?"

주스 상자를 내려놓으며, 난 가급적 밝게 인사했다. 내 목소리에 그가 놀라 몸을 일으키려 한다. 얼굴에는 당황한 티가 역력했다. 아마 내 등장이 달갑지 않았을 것이다.

그가 힘겹게 입을 열었다.

"아, 과장님, 여긴 어쩐 일이십니까?"

단어 하나하나를 힘겹게 뱉어내는 그의 모습을 보고 있으려니 조금 안쓰럽기도 하다. 그렇다고 동정이 가는 건 아니었다. 예상보다 대화 시간이 길어지겠구나, 하고 생각했을 뿐이다.

"심부름 왔어요. 몸은 어떠세요? 괜찮으세요?"

"보다시피 이렇습니다."

"좋아 보이시는데요?"

실없는 내 말에 그가 그만 피식 웃었다. 나도 내 안의 상냥함이란 상냥함은 죄다 짜내어 살갑게 군다.

"팀장님 스케줄표 봤어요. 아주 오랜만에 쉬시는 거던데요? 이럴 때 푹 쉬어두세요."

"죽겠습니다. 아주 몸이 근질근질해요."

"곧 퇴원하시겠죠. 조금만 참으세요."

"분양관은 어떻습니까? 잘 굴러가고 있나요?"

"뭐, 그럭저럭요. 사무실 분양팀에서 팀장이 새로 왔어요. 강미진 팀장이라고."

"아……, 미진 씨?"

"잘 아시나 보네요?"

"같이 여러 번 일했죠. 우리 쪽이 다 그렇지 않습니까?"

"전 처음 뵙는 분이라."

"잘 안 맞으시나 보네요."

그가 눈치 빠르게 말했다. 하지만 난 긍정도, 부정도 하지 않는다.

"미진 씨가 보냈습니까? 뭘 받아오라고 하지 않던가요?"

"바로 아시네요."

"한두 번 일한 게 아니라니까요. 제가 담당하는 VIP 연락처를 물었죠?"

"몇 분의 연락처가 필요하대요. 그분들 연락처, 강 팀장에게 알려줘도 될까요?"

"하아, 드려야죠. 제가 민폐만 끼치는데. 휴대폰 좀 집어주시겠어요?"

오현철 팀장은 VIP 연락처 제공을 흔쾌히 수락했다. 우리 같은 사람들에게 VIP와의 연줄은 자금줄이나 다름없는데, 겉으로는 태연한 척해도 안으로는 아마 속이 꽤나 쓰렸을 거다.

난 한시라도 빨리 이곳에서 떠나고 싶어 연락처가 필요한 명단을 알려줬다. 그리고 휴대폰으로 연락처 공유를 부탁했지만 그는 단번에 거절했다. 그는 아날로그형 인간이었다. 왜 강미진 팀장이 여기로 나를 보냈는지 알 것 같았다.

몸이 불편한 그가 휴대폰을 보고 부정확한 발음으로 느릿느릿 연락처를 전해주면, 내가 받아 적고 확인하는 식으로 연락처를 받았다. 단 한 사람의 전화번호만 빼고 말이다.

"조장현이라는 분의 연락처는요?"

"그 사람은 고객이 아닙니다."

"스케줄표에 있던데요?"

"잠시 같이 일했던 친구예요. 신경 쓰지 마십시오."

오 팀장의 얼굴이 굳었다. 이건 분명히 뭔가 있구나 싶었다.

"전 알고 싶은데요? 조장현 씨 이름 옆에 괄호 치고 필주 씨 이름이 적힌 것을 봤어요. 왜 그런 거죠?"

"……!"

"전화해봤더니 필주 씨는 그런 사람 모른다고 하더라고요. 조장현이라는 사람이 대체 누구죠?"

"업무와 상관없는 사람입니다. 제가 사적인 것까지 말해야 하나요?"

"상관이 없다고요? 네, 그러시겠죠. 그럼 필주 씨는 무슨 상관인데요?"

"네? 무슨 말씀하시는지…….."

"필주 씨 이름 적힌 거, 제가 똑똑히 봤어요."

"잘못 보신 겁니다."

"왜 이러세요, 팀장님. 그 노트 팀장님 거예요. 모르실 리가 없잖아요."

"제가 다른 사람과 착각해서 잘못 적었나 보죠."

아니다. 그는 거짓말을 하고 있다. 오 팀장의 눈과 얼굴은 지금 내게 거짓말을 하고 있다고 자백하고 있다.

"그만 돌아가 주세요. 쉬어야겠습니다."

그가 피곤한 듯 눈을 감았다. 그의 창백한 얼굴을 보니 아무리 옆에서 졸라대도 조장현이라는 사람에 대해서는 입을 열지 않을 것 같았다. 할 수 없이 난 가방을 챙겨 들고 일어선다.

"그 얘긴 다음에 듣도록 하죠. 몸조리 잘 하세요. 나중에 뵙겠습니다."

돌아서려는데, 뒤에서 그의 목소리가 들려온다. 참을 만큼 참다 쥐어짜는 목소리였다.

"필주 씨와 아직 만나는 거죠?"

"그게 팀장님과 무슨 상관이에요?"

"그 사람 믿지 마세요. 필주 씨는 당신이 생각하는, 그런 사람이 아닐 거예요."

"본인 걱정이나 하세요. 남 걱정하지 마시고요. 네?"

나는 냅다 고함을 지르고 병실에서 나왔다. 병실 앞을 지나가던 사람들의 시선이 따갑게 느껴졌지만 신경 쓰지 않았다. 화가 머리끝까지 치밀었다.

오 팀장……, 나에게 뭔가 숨기는 게 있어. 그런데 왜 말을 안 하는 거지? 진짜 날 생각한다면 알려줘야 하는 거 아니야? 그리고 뭐야, 마지막 저 말은. 필주 씨가 내가 생각하는 그런 사람이 아니라고? 그건 마치 필주 씨가 자신의 사고와 관련이 있다고 말하는 거 같잖아? 내가 그의 노트를 본 게 화가 나서 일부러 저러는 걸까? 그러면 날 걱정하는 척이나 하지 말지. 오현철 팀장의 가식이 역겨웠다.

병원에서 나와 버스 정류장까지 걸어가면서 나는 분을 못 이겨 부들부들 떨었다. 오현철 팀장에게 좀 더 쏘아주지 못한 게 한스럽다. 그가 마지막으로 한 말이 자꾸 귀에 맴돌아서 더 분했다.

'그 사람, 믿지 마세요. 필주 씨는 당신이 생각하는 그런 사람이 아닐 거예요.'

처음에는 오 팀장이 나를 걱정해 충고한 거로 생각했다. 그런데 아무리 머리를 써도 그건 아닌 것 같다. 설마 필주 씨 말대로 그가 나에게 특별한 감정이 있는 것은 아니겠지. 그가 무엇을 숨기는지 모르겠지만, 분명한 것은 필주 씨와 나의 사이를 자꾸 이간질한다는 거다. 그가 필주 씨를 왜 나쁘게 말하는지, 조장현이라는 사람이 대체 누군지 알 수가 없다.

내가 필주 씨와 알게 된 지 벌써 5년이 넘었다. 그동안 주변에서 그를 나쁘게 말하는 사람은 아무도 없었다. 오 팀장의 충고를 수용하기에는 타당하지 않다. 하지만 그건 오 팀장도 마찬가지다. 그가 빈말 안 하기로 유명한 사람이라 기분이 더 더럽다. 바닥에 고여 있던 꺼림칙한 기운이, 차마 들여다보지 않고 외면했던 불길함이, 내 안에서 퍼져나가는 것 같아 불안해진다. 난 그가 한 말을 지워버리려고 애를 썼다. 잊자, 잊어버리자. 그냥 개가 짖었다고 생각하자.

그때, 누군가 뒤에서 내 팔을 세게 잡아당겼다. 그 바람에 난 낯선 사람의 가슴에 안겼다. 동시에 오토바이 한 대가 요란한 소리를 내며 전속력으로 내 앞을 지나갔다. 천만다행이었다. 자칫하면 오토바이에 칠 뻔했다. 너무 놀라서 다리에 힘이 풀렸다. 바닥에 주저앉으려는 찰나, 나를 구해준 누군가 내 몸을 안고 잡아 일으켰다.

"당신 괜찮아? 안 다쳤어?"

난 내 귀를 의심했다. 고개를 돌려 나를 안은 사람을 올려다본다. 그 남자였다.

"앞 좀 제대로 보고 다녀. 큰 사고 날 뻔했잖아. 사람이 왜 그렇게 주의력이 없니?"

그가 왜 여기에 있지? 놀라고 당황한 나는 상황을 제대로 파악할 수 없었다. 남자는 심각한 얼굴로 나를 들여다본다.

"무슨 안 좋은 일 있었어?"

"아, 아니. 너무 놀라서."

"저기 잠깐 앉았다 가자. 지금 얼굴이 너무 안 좋네."

남자가 거리에 있는 작은 카페를 가리킨다. 나는 고개를 흔들었다.

"아냐, 나 바로 들어가 봐야 해. 외근 나온 거라 오래 지체할 수 없어."

"외근? 여기로?"

"팀장이 사고 났다고 했잖아. 병원에 자료 받으러 온 거야. 당신은 여기 웬일이야?"

"나도 병원 왔지. 정신과 다닌다고 했잖아."

난 그제야 상황을 이해했다. 그가 일부러 날 따라다닌 것도 아닐 텐데, 그에 대한 의심이 너무 지나쳤나 보다.

"갈게. 당신도 당신 볼일 봐."

"나 볼일 다 봤어. 버스 타고 갈 거지? 정류장까지 데려다줄게."

"됐어. 혼자 갈게."

"데려다준다니까! 당신 또 넋 놓고 다닐까 봐 걱정돼서 안 되겠어."

그가 투덜대며 내 손을 잡았다. 난 이번에도 손을 빼지 않고 가만히 있었다. 그의 손에서 따뜻한 온기가 전해져 기분이 괜히 안정되는 듯했다. 그리고 나는 남자의 손에 이끌려 정류장을 향해 걷기 시작한다.

"팀장이라는 사람은 어때? 상태가 괜찮아?"

"응. 멀쩡해. 당분간 일은 못 할 것 같지만."

"그럼 멀쩡하지 않은 거네. 참, 사람 인생도 한순간이야. 당신도 운전 조심해. 아무리 방어해도 사고는 언제 날지 모른다니까."

정류장에 도착한 우리는 시시콜콜한 얘기를 하며 버스를 기다렸다. 주로 그가 얘기했고 난 듣고만 있었다. 그리고 버스가 올 때까지 그는 내 손을 꼭 잡고 있었다. 마치 연인이나 진짜 부부처럼.

아쉽게도 이 상황을 충분히 만끽하기도 전에 타야 할 버스가 왔다. 난 부부놀이에 취한 나머지, 버스에 타기 위해 그의 손에서 내 손을 빼낼 때 약간의 아쉬움마저 들었다.

차창 밖으로 멀어지는 그의 모습을 본다. 분명히 내게 뭔가를 감추고 접근한 그이지만, 나를 괴롭힐 사람은 아니라는 생각이 든다. 오늘 그는 나를 구해줬다. 나에게 해를 가할 생각이었다면 아까 그 상황에서, 일부러 나를 밀어버렸겠지. 아니면 오토바이가 치고 지나가게 내버려 두거나. 작은 호의에, 그를 향한 내 의심이 다시 쪼그라들었다.

분양관으로 돌아와서 강 팀장에게 VIP 연락처를 넘기고 자리에 앉았다. 아까의 놀란 마음이 아직도 진정되지 않았는지 일에 집중하기 힘들었다. 그래도 모니터를 보면서 계속 일하는 척을 하고 있다. 졸려서 껌이라도 씹을까 가방을 여니, 한약 파우치가 눈에 들어왔다.

웬일로 시어머니가 내 건강을 생각하며 녹용까지 넣어 챙겨 준 한약이다. 난 파우치를 만지작거리며 먹을까 말까 망설였다. 그 남자를, 아니 시어머니를 믿을 수 있을까? 오토바이 사고를 당할 뻔한 순간에 나를 구해줬던 그의 모습이 떠올랐다. 하지만 그 뒤로, 어딘지 음흉해 보이는 시어머니 얼굴도 떠오른다. 한참 을 고민한 끝에 나는 한약 파우치를 쓰레기통에 버렸다.

"과장님, 그거 한약 아니에요?"

경수 씨의 급작스러운 질문에 난 뜨끔한다. 옆자리에서 그가 내 행동을 보고 있을 거로는 생각하지 못했기 때문이다.

"어제도 버리시던데, 그거 아깝게."

"아……, 이거, 제가 다이어트 중인데, 시댁에서 살찌는 한약 을 보내와서요."

난 아무 말이나 대충 둘러댄다.

"어른들이야 다 그렇죠. 아무리 배가 나와도 여위어 보이나 봐요. 저희 엄마도 저 살이 더 쪄야 한다고 자꾸 그러시거든요."

"맞아요. 그런데 다시 살 빼려면 다이어트 비용도 만만치 않 잖아요."

"모든 게 다 돈이죠. 믹스커피만 줄여도 빠질 텐데."

"아, 그건 또 끊을 수가 없잖아요?"

내가 실없이 웃어 보였다. 쓰레기통에서 한약 파우치를 꺼내 야 할지 망설인다.

"과장님, 앞으로 그거 안 드실 거면 저 주세요."

"네?"

"아깝잖아요. 저라도 마시게요."

"여자 건데요?"

"뭐 어때요? 건강에 좋은 건데. 설마 가슴이 나오기라도 하겠어요?"

뜻밖의 얘기에 난 제대로 대꾸하지 못한다. 혹시라도 저 한약에 극약이 섞여 있다면, 경수 씨 건강에 이상이 생길 게 뻔하다. 그가 마시겠다고 주장해도 말려야 한다. 그러나 내 의심을 그에게 말할 수 없었다.

내가 주저하는 사이, 그가 쓰레기통에서 한약 파우치를 꺼냈다.

"살이 찌는지 안 찌는지는 제가 먹어보고 판단해드릴게요. 과장님도 결과를 알아야 시어머니께 뭐라고 말할 수 있지 않겠어요?"

경수 씨는 물티슈로 파우치의 겉면을 슥슥 닦더니, 아무렇지도 않은 듯 귀퉁이를 잘라내어 한약을 마신다. 미처 말릴 새도 없이 눈앞에서 일이 벌어진 것이다. 난 그저 입을 벌리고 멍하니 그를 보고 있을 뿐이다. 그는 파우치에서 한약의 마지막 한 방울까지 빨아 마셨다.

"음……, 녹용도 들어갔나 봐요. 이거 비싸겠는데? 과장님 진짜 안 드실 거예요?"

경수 씨가 만족스러운 표정을 지었다. 그런 그를 보자 내 안의 못된 생각이 고개를 쳐들었다. 그래, 안 좋은 결과는 생각하지 말자. 한약은 경수 씨가 먹는다고 했고, 난 그가 그걸 먹고 어떻게 되는지 보기만 하면 돼. 혹시 알아? 진짜 녹용이 든 한약일지? 행여 문제가 생긴다고 해도 그건 내가 아닌 그의 탓이다. 한약을 먹겠다고 먼저 말한 건 경수 씨니까. 난 그가 달라고 해서 준 것뿐이다.

"계속 드신다면 아침마다 드릴게요."

"진짜요? 고맙습니다, 과장님."

경수 씨가 싱글벙글 웃는다. 내 생각도 모르는 채.

다시 업무에 집중하려고 하는데, VIP실로 오라는 정주 언니의 호출이 왔다. VIP실로 들어가니 언니가 팔짱을 끼고 소파에 앉아 있었다.

"부르셨어요?"

"여기 앉아봐."

정주 언니의 표정이 심상치 않았다. 난 최대한 언니의 기분을 거스르면 안 된다고 생각해 그녀의 말대로 고분고분 따랐다.

"시키실 거 있으세요?"

"너 오전에 어디 갔다 왔니? 오 팀장 병원에 갔다 온 거야?"

"네. 여쭤볼 일이 있어서."

"그거 VIP 연락처 빼내려고 갔다 온 거잖아? 아니야?"

"빼낸다기보다는……."

"미진이 걔가 시켰지?"

"업무상 연락할 일이 있다고 해서요."

"그럼 지가 가면 되지, 그걸 널 왜 시켜? 웃긴 애네."

"……."

"너도 자꾸 걔한테 휘둘리지 마. 그깟 번호 받으러 거기까지 갔다 오니?"

"어차피 전 이번 주까지만 나오고 그만둘 거잖아요."

"얄미워서 그래. 얄미워서. 그 계집애가 사람 부려 먹으면서 지만 편히 일하려고 하고 있잖아."

정주 언니의 심기가 불편해 보였다. 웬만해서는 사람들과 잘 지내는 언니인데, 그녀가 밉보여도 단단히 밉보인 듯했다.

"그리고 이거."

언니가 작은 봉투 하나를 내밀었다. 난 얼결에 그 봉투를 받아 들었다. 봉투 안에 든, 길고 네모난 박스가 만져졌다.

"임신 테스트기야. 너 검사도 안 했지?"

"아, 언니, 저 임신 아니에요."

"지금 당장 해봐. 얼굴이 샛노랗게 떠가지고는, 어떻게 일하려고 그래? 픽픽 쓰러지기나 하고."

정주 언니의 강압에 할 수 없이 봉투를 들고 화장실로 갔다. 변기에 쪼그리고 앉아 소변을 보면서 테스트기를 갖다 댔다. 가슴이 두근거린다. 임신인지 아닌지 바로 확인할 수 있었지만, 보고 싶지 않았다. 혹시 임신이면 어떡하지? 만약 임신이라면 그 여파를 내가 감당할 수 있을까? 난 아이를 원하지 않는다. 남편이 아닌 다른 남자의 아이를 가졌다는 가혹한 현실을 받아들일 준비가 되어 있지 않다.

한동안을 망설이다 테스트기를 들여다봤다. 작고 네모진 하얀 창에 빨간 줄 하나가 그어져 있다. 다행이었다. 임신이 아니다.

난 가슴을 쓸어내리며 화장실에서 나와 VIP실로 들어갔다. 정주 언니는 팔짱을 낀 채로 들어오는 나를 심각하게 바라본다.

"어떻게 됐어?"

"임신 아니에요."

"아니야? 진짜지?"

"참 언니도. 저 그럴 일 없었다니까요."

"아, 다행이다. 나 너 진짜 걱정했어. 의심해서 미안하다. 기분 나쁜 건 아니지? 그렇게라도 해야 너도, 나도 안심될 것 같았어."

"알아요. 언니가 저 많이 걱정하고 챙겨주시는 거."

"난 네가…… 아, 아니다. 이제 나가봐야지?"

언니가 말을 얼버무렸다. 어투에서 묘한 이질감을 느꼈지만 난 더 이상 묻지 않았다.

"어쨌든 고맙습니다. 걱정해주셔서. 저 먼저 나가볼게요."

난 싹싹하게 인사하고 VIP실에서 나왔지만 기분이 개운하지 않았다. 자리로 돌아와 앉아도 머릿속은 복잡했다. 언니는 무슨 말을 하려 했던 것일까? 설마 오 팀장에게 나와 필주 씨에 대한 얘기를 들은 건 아니겠지? 만약 그렇다면 가만히 있을 정주 언니가 아닐 텐데. 이런 생각을 하니 또 신경이 곤두선다.

"과장님, 고객 오셨는데, 상담 부탁드려도 될까요?"

아르바이트생의 목소리에 간신히 정신을 차렸다. 물을 한잔 마시고 옷매무새를 만진 다음 홀로 나갔다. 아르바이트생이 안

내한 테이블에는 노부부가 앉아 있었다. 난 목소리를 가다듬고 상냥하게 인사를 한다.

"안녕하세요, 정효신 과장입니다. 어떤 물건 보셨나요?"

역시 일이 최고였다. 노부부에게 상가의 입지와 장점에 대해 설명하다 보니 오 팀장에 대한 의구심도, 정주 언니에 대한 찜 찜함도 싹 사라졌다. 그저 상가를 어떻게 팔 수 있을까 하는 생 각뿐이다.

"고속도로와 가깝고 경전철도 곧 생기니까, 교통 입지는 말할 게 없죠. 지금 투자하시면 결코 후회하진 않으실 거예요."

"괜찮은 자리는 있습니까?"

"하나 남긴 했는데……."

난 목소리를 최대한 낮췄다. 노부부는 내 말에 귀를 기울이며 더 집중한다. 상가 도면을 펼친 나는 X 표시가 된 상가 하나를 가리켰다.

"사실 가계약이 된 물건이에요."

"그럼 안 되겠네. 계약이 된 거나 다름이 없잖아요?"

"아직 계약금이 들어오지 않아서, 먼저 입금하시면 바로 매입 할 수 있으세요."

"지금요?"

"빠를수록 좋죠. 사실 아까 다른 분도 보고 가셔서 제가 장담 할 수는 없지만요."

"그럼 지금 계약금을 입금하면 이 상가를 살 수 있다는 얘긴 거죠?"

"네, 먼저 입금하시는 분이 계약하시는 겁니다."

노부부의 얼굴이 기대감으로 부풀었다. 두 사람은 머리를 맞대고 조곤조곤 상의한다. 계약금을 당장 넣어야 할지, 아니면 다른 곳도 둘러봐야 할지 판단이 안 서는 듯했다. 난 그런 두 사람을 물끄러미 바라보면서 미끼를 물기만 기다리고 있다. 차림새를 훑어보니 그들은 노후 자금을 모두 모아 이 상가에 투자할 생각인 것 같았다. 그러기에 이곳은 적당한 물건이 아닐 텐데. 난 그렇게 생각하면서도 그들의 결정만을 기다린다. 그들의 수익보다는 내 인센티브가 먼저였다.

효신 이야기 #40 두 남자 사이

오늘도 퇴근길은 험난했다. 버스와 지하철을 여러 번 갈아타면서 간신히 집 근처 버스 정류장에 도착했다. 하지만 정류장에 그 남자의 모습은 보이지 않았다. 길에는 뜨문뜨문 서 있는 가로등 몇 개뿐이었고, 바람마저 부니 외진 길가가 더 황량해 보인다. 난 셔츠 깃을 세우고 발걸음을 재촉했다. 혹시나 그가 마중 나오길 기대했던 나 자신이 우스웠다.

왜 난 그를 기다렸던 걸까? 며칠 전만 해도 그 남자를 경계해야 한다고 스스로를 다그쳤는데, 그가 조금만 다정하게 굴어도 감정을 주체하지 못하겠다.

집으로 가는 길은 매우 어두웠다. 휴대폰 플래시에 의지해 비탈길을 오른다. 삼거리 부근에 다다를 즈음, 후미진 공터에 서 있는 낯익은 차를 발견했다. 구형 회색 쏘렌토였다. 설마 필주 씨 차는 아니겠지, 하는 생각으로 지나치는데 차 문이 벌컥 열렸다.

"자기야."

필주 씨의 목소리가 들렸다. 난 그의 얼굴을 보기보다는 주변을 먼저 살폈다. 누가 볼까 두려웠다.

"자기야, 나야."

"차에 타자, 빨리!"

필주 씨를 재촉해 급히 차에 올라탔다. 눈치 없는 그는 차에 앉자마자 나를 와락 안으려 한다. 난 그를 밀쳐냈다.

"여긴 웬일이야?"

"걱정돼서 왔지."

"걱정?"

"며칠 전 갑자기 전화를 끊어버렸잖아. 그 후론 연락도 없고, 내가 걱정이 되겠어, 안 되겠어?"

"필주 씨……."

"자기에게 무슨 일이 생겼을까 잠도 못 잤어. 걱정돼서 참을 수가 없었다고."

"그래도 여기에 오는 건 아니지."

"자기가 진작 연락했으면 내가 왔겠어? 회사가 어디 있는 줄 몰라서 찾아갈 수도 없고, 그럼 내가 어떡해야 해?"

난 목소리를 낮췄다. 혹시라도 지나가는 누군가 우리의 대화를 들을까 걱정됐다.

"그 남자에게 들키기라도 하면 어쩌려고?"

"이 상황에도 그놈 생각이야?"

"그게 아니잖아. 자기가 왜 청송까지 가서 일을 하는 건데, 우리의 계획 잊었어? 자기는 거기서 그 사람에 대해 알아보고, 난 여기서 죽은 남편을 조사하기로 한 거잖아."

"뒷조사는 열심히 하고 있어. 나오는 게 없어서 그렇지."

"간호사에 대한 애기는 더 없어?"

"특별실에 있던 놈이라 그런지 정보 빼 오기가 쉽지 않네."

"특별실? 그게 뭔데?"

"정신 병동에서도 따로 분류하는 병실이 있어. 우리끼린 특별실이라고 하는데, 거기 간호사들은 다른 간호사들과 어울리지 않아. 당연히 요양사와도 교류가 없고."

"그럼, 그 간호사가 특별실 소속 간호사라는 거야?"

"응. 그리고 그놈도 특별실에 입원한 환자였어."

"그럼 특별실이라는 데가 무연고 환자가 있는 곳이야? 노숙자 말이야."

"그건 아닌 듯해. 나도 잘 모르겠지만. 사실 특별실에 대한 정보 자체가 없어. 우리끼리 그러나 보다 하는 거지."

그 남자에 대해 조사하면 조사할수록 정체가 오리무중이다. 처음에는 그저 죽은 남편의 대역인가 했는데, 시간이 흐를수록 그의 주변 사람들이 수상하다. 시어머니는 말할 것도 없고 남편을 찾아줬다는 그 간호사도 의심쩍다. 하지만 왠지, 그를 의심하기 싫었다.

"알았어. 사람들 이야기를 계속 모아봐. 그러다 보면 뭔가 정보가 나오겠지."

"그렇게 생각하며 버티고 있어."

"자기, 수고했어. 정말 고마워. 이제 빨리 내려가야지. 늦겠다."

"이대로?"

어둠 속에서도 필주 씨가 입을 삐죽거리는 게 보였다. 그가 내 손등을 쓰다듬었다.

"나 청송에서 왔어."

그의 목소리가 뜨겁다. 손등을 어루만지던 그의 손이 내 팔로, 가슴으로 올라간다. 단추를 두 개 풀고 내 셔츠 속에 손을 집어넣은 그가 키스를 한다. 가슴을 애무하는 그의 손길에 난 흥분했다. 그가 내 몸을 구석구석, 좀 더 잘 만질 수 있게 몸을 비틀었다. 그리고 나도 그의 몸을 쓰다듬는다. 내 손이 움직일수록 그의 숨소리가 거칠어졌다. 섹스한 지 오래되어서인지 몸이 금방 들썩거렸다. 나는 손을, 그의 바지 속에 더 깊숙이 넣었다.

"자기, 나 해도 되지?"

숨을 헐떡이는 필주 씨의 말에, 나는 정신이 번쩍 들었다. 차 유리창은 이미 뿌옇게 김이 서려 있었고, 성욕에 눈이 먼 그는 내 바지를 벗기려던 참이었다. 아니다. 여기서 이러는 건 정말 아니다. 난 서둘러 그의 바지에서 손을 뺐다. 그러자 그가 내 손을 잡아 다시 바지 속에 집어넣으려고 했다.

414

"더 이상은 안 돼. 이러다 걸리면 어떡해?"

그렇다. 여기서 그만둬야 한다. 더 이상은 안 된다.

"이렇게 어두운데 누가 본다고 그래?"

필주 씨가 내 몸을 안았다. 그리고 필사적으로 나의 가슴을 애무하기 시작한다. 그러나 식어버린 내 몸은 다시 데워지지 않았다. 나는 화를 내며 그를 밀쳐냈다.

"정신 좀 차려. 우리가 이럴 때가 아니라고. 어린애처럼 왜 이래?"

"내가 여길 몇 시간이나 운전해 왔는지 알아?"

"누가 오랬어?"

성을 버럭 냈다. 이 미련한 남자 같으니라고. 당신 때문에 우리의 일이 발각되면 어쩌려고 그래?

"진짜 너무한다. 난 자기 보고 싶어서 그런 건데……."

"나도 보고는 싶었어. 하지만 이건 아니지. 조심해야 할 때라고 계속 말했잖아."

"자기……, 그 자식한테 마음 있는 건 아니지?"

"필주 씨, 정말 왜 이래?"

난 속으로 뜨끔했다. 그 남자에게 점차 끌리는 나 자신을 부정할 수 없기 때문이다. 그렇지만 필주 씨에게 속마음을 말할 수는 없었다.

"자기, 조금만 참아. 응? 부탁이야."

난 애원하는 말투로 그를 달래본다. 잠시 시무룩하게 있던 그는 체념한 듯 바지 지퍼를 올리고 의자에 똑바로 앉았다.

"필주 씨, 내가 자기 사랑하는 거 알지? 조금 더 참을 수 있지?"

이번에는 내가 그의 손등을 쓰다듬으며 말한다. 이렇게 해서라도 그를 달래 보내야 뒷일이 걱정되지 않을 거다.

"갈게."

그가 힘없이 말했다. 아까의 그 왕성했던 생기는 사라지고 없었다.

"그래, 운전 조심하고."

나는 주변을 살핀 다음 차에서 재빠르게 내렸다. 내가 차에서 내리자마자 필주 씨는 뒤도 안 돌아보고 떠났다. 그의 낡은 쏘렌토의 후미등이 점차 멀어지는 것을 보면서 나는 안도의 한숨을 내쉬었다. 다행히 우리를 본 사람은 없는 것 같았다. 그가 토라진 게 마음에 걸렸지만, 며칠만 지나면 다시 괜찮아질 거다.

집으로 향했다. 어둡고 외진 그 길이 오늘따라 더 을씨년스럽게 느껴진다. 멀리 보이는 우리 집에 불이 환히 들어와 있다. 반가운 마음에 난 집까지 한달음에 달려간다. 현관문을 여니 집에서 맛있는 냄새가 풍겨왔다.

아, 그 남자가 집에 있구나.

"늦었네?"

남자의 목소리가 들렸다. 1층으로 올라가니 그가 요리를 하고 있었다.

"마을회관 쪽에서 온 거야?"

"응? 으응……."

"난 또. 그쪽에서 왔구나. 큰길까지 나갔다가 당신 안 오길래 기다리다 먼저 올라왔는데. 다음에는 버스 어디서 내릴지 알려 줘. 데리러 갈게. 밥은 먹었어?"

요리하던 그가 나를 돌아봤다. 나와 눈이 마주치자 씩 웃는다.

"뭐해? 씻고 빨리 와서 앉아. 밥 먹어야지."

난 그가 시키는 대로 고분고분 따른다. 손을 씻고 테이블에 앉았다. 테이블에는 누룽지탕과 유산슬 등 각종 중국요리가 차려져 있었다.

"이걸, 당신이 한 거야?"

"내가 했겠어? 레토르트야. 퇴근길에 마트에서 잔뜩 사와 데우기만 했지."

그가 어깨를 으쓱하며 작은 술잔에 술을 따른다. 중국요리에 맞게 고량주를 준비한 것이다. 이 남자, 먹는 데는 남다른 센스가 있다. 하지만 아쉽게도 술잔은 그의 앞에만 하나 있다. 내가 한약을 먹기 때문인 듯했다.

"아까 놀란 건 이제 진정됐어?"

난 그제야 아침에 있었던 일이 떠올랐다. 내가 오토바이에 치일 뻔한 걸 그가 구해줬지. 너무 당황해서 그때는 고맙다는 말도 못 했는데.

"고마웠어."

"말로만? 표정 보면 어째 하나도 안 고마운 거 같다?"

"진짜야. 당신 아니었으면 나 크게 사고 날 뻔했어."

그가 고량주를 기분 좋게 들이켰다. 그리고 잔이 찰랑거릴 때까지 술을 또 따른다.

"내가 생명의 은인인 거 인정하나 보네?"

그의 말에 미소만 지었다. 좀 전에 필주 씨를 만난 일로 신경이 곤두섰던 난, 지금도 마음이 편하지 않다. 그를 마주 보고 즐거워하는 데 가책을 느낀다. 일부러 말을 돌렸다.

"의사는 뭐래? 당신 상태 좋아지고 있대?"

"하는 말이 매번 비슷해. 기억은 돌아오지 않는데, 점차 나아지고 있다나?"

"병원에서 어떤 식으로 치료하는데?"

"주로 심리 상담 같은 거야. 문진도 하고, 필요하면 약도 처방해줘."

"약? 당신도 약을 먹어?"

"여기 온 후로 계속 먹고 있어."

"몰랐네. 그런데 이렇게 술을 마셔도 돼?"

"아침에 먹는 건데, 뭐. 상관없을걸?"

"나더러는 마시지 말라더니."

"당신도 한잔 줄까?"

"아니, 됐어. 그래가지고 퍽이나 약 효과가 나겠다."

그가 어깨를 또 으쓱했다. 그러더니 잔에 술을 따른다.

"지금 다니는 병원, 요양원에서 받던 치료와 비슷해?"

"아무래도 같은 정신과니까."

"나 궁금한 게 있어. 우리 같은 경우는 VIP를 따로 관리하거든. 병원도 그래? 특별히 관리하는 사람들이 있어?"

난 그의 입에서 정신요양원 특별실에 대한 얘기가 나올까 기대하며 물었다. 필주 씨가 말해준 내용이 계속 마음에 걸렸다. 이 남자와 그 간호사, 그들은 어떤 관계일까?

"글쎄, 아마 그러지 않을까?"

"당신도 요양원에서 VIP 대접받았어?"

"내가? 설마."

그가 피식 웃었다. 남자는 건배도 하지 않고 단숨에 술을 들이켰다.

"내 요양원 생활이 궁금한가 본데, 진짜 별거 없었어. 자고 먹고 자고의 반복이었고, 틈틈이 볕만 조금 쬐었을 뿐이야. 약을 많이 먹어서인지 그것도 가물가물하고. 됐어?"

그가 내 눈을 똑바로 바라봤다. 왠지 그 눈빛이 강렬하게 느껴져 몸 둘 바를 모르겠다. 내 머릿속을 그에게 통째로 읽힌 느낌이었다.

"내 얘긴 재미가 없어. 병원 얘기가 뭐 흥미롭겠어?"

난 말 없이 요리를 먹는다. 그에게 대꾸할 마땅한 말이 생각나지 않았다.

"나도 뭐 하나 물어봐도 돼?"

"뭐?"

"오 팀장이라는 사람, 어때?"

"아까 말했잖아, 상태 멀쩡하다고. 자꾸 그 사람 얘기는 왜 물어?"

"같은 회사 사람이라고 해도 연락처 하나 받으러 거기까지 가는 건 좀 그렇지 않아?"

그가 예상 밖의 얘기를 꺼내자 내 기분이 묘해진다. 설마 이 남자, 질투하는 건 아니겠지?

"우리 팀장이야. 그가 하도 VIP 연락처를 안 내놓으니까 내가 받으러 간 거라고."

"당신 전부터 그 사람 얘기만 많이 했어. 그거 알아?"

"주로 불평이었잖아?"

"그게 이상한 거지. 그 오 팀장이라는 남자, 당신이 관심 가진 건 아니지?"

술을 마시지도 않았는데 실없이 웃음이 나왔다. 난 웃음을 참지 못하고 큭큭 댔다.

"아니면 됐고. 오해했다면 미안해."

"아, 웃겨. 그런 생각을 왜 한 건데?"

"가끔 당신과 거리감을 느껴. 그때마다 나 말고 다른 누군가 있지 않을까 생각했거든."

"거리감? 아니, 내가 당신과 만난 지 얼마나 됐다고 바로 가까워지겠어. 안 그래? 그래도 그렇지, 하필 오 팀장이라니. 어휴, 생각만 해도 싫어."

"그럼 당신, 다른 남자는 없는 거야?"

"없어. 정말이야."

난 그를 똑바로 보며 거짓말을 한다. 거짓말 따위는 늘 쉽게 한다.

"믿어도 돼?"

"그럼. 당연히 날 믿어야지."

내 말이 끝나기 무섭게 그가 몸을 일으켰다. 그리고 테이블 너머로 몸을 기울였다. 급작스러운 그의 행동에 난 멈칫한다. 그의 얼굴이, 그의 손이 내게로 점점 가까이 다가온다. 나도 모르게 얼굴이 달아올랐다.

"아까부터 이거 거슬리더라."

그가 내 어깨에서 긴 머리카락을 떼어내며 말했다. 난 안도하는 동시에 실망했다. 솔직히 아쉬웠다. 아까 필주 씨가 달궈놓은 내 몸은, 키스 이상의 것을 바라고 있었다. 전율의 잔상이 입술에 전해져 나도 모르게 입이 벌어진다. 그 작은 틈을 통해 뜨거운 한숨이 새어 나왔다.

그런 날, 그가 웃으며 바라본다. 남자의 표정은 진지했다.

효신 이야기 #41 **오해**

"왜? 하고 싶어?"

남자의 눈이 가늘어졌다. 입으로는 웃고 있었지만 눈은 웃지 않았다. 하지만 그의 말을 부정할 힘이 없었다. 나도 어쩔 수 없는 내 몸은 그의 시선만으로도 달떠, 가슴이 벌렁거리고 아래가 뜨거워졌다. 팬티도 이미 축축해져 있었다.

"그럼 말해봐. 날 원한다고."

그가 여전히 차갑게 웃으며 나를 본다. 하고 싶었다. 그를 간절히 원했다. 지금, 이 순간만큼은 그 남자가 누구이든 상관이 없었다.

"당신을 원해……."

난 숨을 가쁘게 몰아쉬며 입을 달싹였다. 부끄럼 따위는 신경 쓸 여력이 없었다. 숨이 넘어갈 것만 같았다.

내 말에 그의 눈이 드디어 웃었다. 의자에서 일어난 그는, 나의 허리를 안아 일으켰다. 그리고 망설이지 않고 한 손은 내 셔츠 속으로, 다른 한 손은 내 바지 속으로 집어넣었다. 난 아무 저항도 하지 않고 그의 손을 받아들인다. 내 가슴과 어깨, 등과 엉덩이를 그의 손이 훑고 지나가자 손이 닿았던 곳마다 세포 하나하나가 탄성을 질러댔다. 그가 허벅지 안쪽을 쓰다듬자 나도 모르게 다리가 벌어진다.

그의 입술에 내 입술을 먼저 갖다 댔다. 부드럽고 말랑한 그의 입술을 빨아대자 그의 입이 서서히 열린다. 긴 키스가 이어졌다. 혀와 혀가 부드럽게 엉키다가 서로의 입술을 탐한다. 숨이 저절로 헐떡거렸다. 감미로운 손길에 눈을 감아버렸다. 필주 씨와는 전혀 다른 느낌에, 온몸이 녹아버릴 것만 같다. 그가 내 귓불을 핥자 신음이 터져 나왔다.

순간, 그가 멈칫했다. 그리고 내 몸에서 손을 뗐다. 아쉬운 마음에 나는 눈을 뜨고 남자를 바라본다. 웬일인지 그의 얼굴은 차갑게 굳어 있었다.

애가 탔다. 아, 여기서 멈추면 싫은데.

"왜 그래?"

나는 꺼진 불씨를 다시 태우려 그를 안는다. 하지만 그는 나를 밀쳐냈다.

"그만하자."

"왜? 내가 뭘 잘못했어?"

난 그를 바라보며 애달프게 묻는다. 목소리가 떨렸다.

"아니야. 피곤해서 그래. 먼저 들어갈게."

남자는 옷매무새를 추스르지도 않고 지하 방으로 내려갔다. 나는 그런 그의 뒷모습을 보며 멍하니 거실에 서 있었다. 옷을 거의 벗다시피 한 어지러운 상태로 한동안 그렇게 서 있었다.

남자의 얼굴을 볼 수가 없어 새벽같이 출근했다. 텅 빈 분양관 홀에 앉아 어제 일을 생각하며 혼자 분을 삭인다.

그가 대체 왜 그랬는지 모르겠다. 내가 잘못한 것은 없는 것 같은데, 대체 나의 어떤 점이 마음에 들지 않은 것일까? 그의 몸과 마음이 차가워진 것도 모르고 혼자 달떠 있었던 걸 생각하면 부끄러워진다. 나를 가벼운 여자로 볼 거라 생각하니 참담했다.

동시에 어젯밤 느꼈던 황홀한 감각이 되살아나 기분이 묘해진다. 내 몸을 훑고 지나던 그의 입술과 손길, 거기에 반응하던 내 몸과 마음. 몸 안쪽이 다시 뜨거워지는 것 같다. 그러나 이런 상상도 잠시, 문이 열리며 정주 언니와 경수 씨가 들어왔다.

"어? 효신이 일찍 나왔네?"

"누님, 좋은 아침입니다."

"안녕하세요, 일찍들 오시네요."

"어휴, 세상에 비밀은 없다더니. 이렇게 들키네."

"네? 무슨 말이세요?"

"나중에 알려주려고 했는데, 그냥 말해야겠다."

알쏭달쏭 한 정주 언니의 말에 난 의중을 파악하려 애쓴다. 언니가 말한 비밀이라는 것을 짐작할 수 없었다.

"너 이거, 아직 다른 사람들에게 말하면 안 돼. 알았지?"

"약속 지킬게요. 무슨 비밀인데 그래요?"

"나, 경수 씨 영입했어."

"영입이오? 경수 씨를요?"

"우리 일산 돌아갈 때 함께 가려고. 어때? 괜찮은 생각이지?"

"저야 좋지만…… 이사님이 아시면 가만히 계실까요?"

정주 언니는 이효숙 이사가 자신의 스승과도 같은 사람이라고 말했다. 그런데 이렇게 배신이라니. 가뜩이나 사람이 모자라는 분양관에서 일 잘하는 사람을 빼간다는 건 양심상 할 짓은 아니다. 물론 이 업계에서는 배신이 판을 치고 있지만 말이다.

"그러니까 비밀로 하라는 거지."

"누님, 꼭 약속은 지켜주시는 겁니다."

옆에서 경수 씨마저 살살거리며 말을 덧붙인다. 내가 떠벌리고 다닐까 심히 걱정되는 눈치다.

"말 안 할게요. 내 일도 아닌데요, 뭐. 그건 대체 언제 결정된 거예요?"

"좀 전에 최종 확답을 받았지. 난 우리 둘이 같이 들어오는 거

보고 네가 눈치챈 줄 알았는데."

"감쪽같이 잘 속이셨습니다. 언니, 티 하나도 안 났어요."

"이번 기회에 나도 팀을 하나 꾸리려고. 내 나이가 몇인데 언제까지 뜨내기로 살겠어? 제대로 된 회사 하나 만들어서 돈을 벌어야지. 효신이 너도 들어올래?"

"저도요?"

"지금 물색 중이야. 경수 씨는 일단 얼굴마담 격으로 뽑은 거고."

"제가 마담인 겁니까? 남자인데요?"

"자기는 미모가 되잖아."

"언니, 제가 어떻게 얼굴로 경수 씨에게 밀릴 수가 있죠? 확 불어버릴까 보다."

"야, 야. 너 약속한 거 잊으면 안 돼."

농담 반, 진담 반 정주 언니에게 투덜거리며 수다를 떨고 있는데, 상담사들이 하나둘씩 출근하기 시작했다. 우리는 각자의 자리로 돌아갔다. 난 가방에서 한약 파우치를 꺼내 경수 씨에게 건넨다. 그가 반색하며 한약을 받아들더니 단숨에 마셨다.

"어휴, 진하고 좋네요. 잘 마셨습니다. 나중에 보답해드릴게요."

경수 씨는 만족스러운 표정이었다. 나는 며칠째 약을 먹고도 멀쩡한 그를 보면서, 시어머니가 해준 한약이 진짜인가 보다 생각한다.

분양관 오픈에 앞서 강미진 팀장 주최로 회의가 열렸다. 팀장

경력이 거의 없어서인지 회의는 별 내용이 없었다. 그저 상가 판매에 매진해 달라는 당부의 말뿐이었다. 대신 그녀는 회의가 끝난 후 나를 따로 불렀다.

"정 과장님, 오늘 미팅 일정 잡힌 게 있나요?"

"오후에 일반 계약자 한 명이 잡혀 있는데요."

"그게 몇 시인가요?"

"2시입니다."

"그럼 4시에 상담 예약 하나 더 잡아도 되죠?"

"큰 무리는 없을 것 같습니다. 어떤 분이시죠?"

"한상호 사장이라고 VIP에요. 아세요?"

한상호 사장이라……, 언젠가 한 번 들어본 적이 있는 이름이었다. 업계 VIP는 거기서 거기인 터라, 한두 다리 건너면 다 아는 사람들이다.

"성함은 들어본 것 같습니다."

"잘됐네요. 오늘 4시에 한 사장님과 상담하시면 됩니다. 오 팀장님이 물밑 작업은 끝냈다고 하니까 계약을 꼭 끌어내야 해요."

저 여우 같은 것. 계약 따기가 그렇게 쉽다면 강미진 팀장 자신이 하지, 왜 나한테 미루는 거야? 자신은 없지만 성과를 내고 싶어 나한테 떠넘긴 속내가 훤히 보였다. 하지만 곧 떠날 몸이라 나도 모르게 관대해진다. 물론 그녀와 말을 길게 섞기 싫었던 탓도 있었다.

"노력해볼게요. 이만 자리로 돌아가겠습니다."

난 자리로 돌아와 홀을 둘러봤다. 청소 이모가 문 앞의 슬리퍼를 가지런히 정리하는 모습이 보였고, 오픈 준비를 마친 아르바이트생들이 두 줄로 나란히 늘어서 있다. 이제 며칠 뒤면 이곳과도 안녕이다. 단 3주였지만 나름 배운 것도 많고 성과도 거뒀던 일터다. 오 팀장의 노트에 적혀 있던, 필주 씨와 조장현이라는 사람의 관계가 신경 쓰이기는 했지만 그래도 작은 빌미를 잡았다는 게 어디인가. 조장현이라는 사람에 대해서는 천천히 알아봐도 된다.

내 앞의 가장 큰 문제는 집에 있는 남자와 도저히 실마리를 찾을 수 없는 안경 낀 남자의 존재다. 둘 다 실체가 보이지 않는다. 특히 그 남자에 대해서는 알다가도 모르겠다. 난 한숨을 길게 내쉬었다.

드디어 분양관 문이 열리고 서너 명의 사람들이 들어왔다. 아르바이트생들은 허리 굽혀 고객들에게 공손히 인사를 한다. 나의 하루는 또 그렇게 시작됐다.

오전 타임의 분양관은 한산했다. 그러나 고객이 있는 한 노닥거리는 모습을 보이면 안 된다. 난 심각한 얼굴로 인터넷 뉴스를 검색하며 시간을 보냈다. 매체별로 주요 뉴스를 다 읽고도 시간이 남아, 오랜만에 카드게임도 했다. 혹시라도 상담이 들어오면 언제라도 일어나야 했기 때문이다. 일반 예약 손님이 2시 약속을 취소하는 바람에 나의 오후 일정도 여유가 있었다. 식당 가서 느긋하게 점심을 먹고 정주 언니, 경수 씨와 차를 마시고 들어와도 눈치가 안 보일 정도로 일이 없었다.

"오늘만 같으면 이 일도 참 편해요. 그렇죠?"

옆자리에 앉은 경수 씨가 기지개를 켜며 말했다. 아마 그도 오늘은 할 일이 없었을 거다.

"시행사들 다 망하게요?"

"그런가? 아, 누님……, 일산 분양관이요, 거기 분위기는 어때요?"

"사람들이 다 바뀌어서 뭐라고 할 수가 없어요. 경력자 위주로만 뽑아서 다시 팀을 꾸렸다던데, 가보면 알지 않을까요?"

스카우트라는 것을 처음 경험한 경수 씨는 궁금한 게 많았다. 살짝 귀찮았지만, 이것저것 물어오는 그에게 나는 성실히 답해준다.

한참을 얘기하고 있는데 아르바이트생이 나에게 다가왔다.

"정 과장님, 예약 고객 오셨습니다."

"VIP실로 안내했나요?"

"네. 곧 커피도 갖다 드릴게요."

부랴부랴 VIP실로 갔다. VIP실 소파에는 트렌치코트를 멋스럽게 입은 70대의 노신사가 앉아 있었다. 한상호 사장이었다.

"안녕하세요, 오래 기다리셨나요?"

"아니, 아니, 지금 왔어. 오 팀장은 건강한가?"

"걱정해주신 덕에 다행히 건강합니다. 몇 달만 고생하면 다시 복귀할 거예요."

"그만하다니 안심이 되네."

나는 그에게 공손히 명함을 내밀었다. 하얗고 딱딱한 종이에

회사 로고와 이름, 연락처만 달랑 있는 밋밋한 명함이었다.

한상호 사장은 트렌치코트 안주머니에서 돋보기안경을 꺼내더니 내 명함을 꼼꼼하게 들여다본다.

"정효신 과장이라……, 낯이 많이 익어. 오래됐나?"

"10여 년 됐습니다."

"프로겠구먼. 시작해봐."

난 스크린에 PPT 파일을 띄웠다. 상가 도면을 설명하고 개발 호재를 부각하면서, 지금 분양하는 지식산업센터 상가의 입지가 좋고, 투자 가치가 높은 매물이라는 것을 거듭 강조했다.

그러나 한상호 사장은 내 말을 듣고 있지 않았다. 그는 내 명함을 뚫어지고 보고 있을 뿐이다. 그러다 갑자기 뭐가 생각났는지, 자신의 무릎을 탁, 쳤다.

"정효신? 임 여사 며느리인가?"

또 시어머니 얘기가 나왔다. 돋보기안경을 코에 걸친 채로 그가 나를 올려다본다. 눈빛이 날카로웠다. 나는 시어머니의 평판을 익히 아는지라 그의 알은체가 반갑지는 않았다. 하지만 피해 갈 수 없었다.

"네, 맞습니다. 저희 어머니를 아세요?"

"암, 알지. 한때 많이 어울려 다녔는걸. 그래, 임 여사는 요즘 뭐 하시나?"

"그냥 집에 계세요. 가끔 친구분들과 놀러 가시기도 하고요."

"잘 사신다니 됐네. 난 갑자기 임 여사 연락이 끊어져서 뭔 일이 났나 했어."

한상호 사장이 돋보기안경을 벗었다. 그는 상가 설명에는 전혀 관심이 없는 듯 보였다.

"김호중 사장 얘기는 들었나?"

"장례식장에도 다녀 왔습니다."

"임 여사와?"

"아니요, 어머니께는 나중에 말씀드렸어요."

"뭐라시던가?"

VIP실에 그와 나, 단둘만 있다는 게 다행이었다. 김호중 사장이 당한 사기에 대한 소문과 어쩌면 시어머니에게 쏟아질지도 모를 의심과 비난을, 듣는 사람이 없을 때 막아내야 했다.

"아……, 거의 실신하시다시피 하셨어요."

"실신?"

"충격이 크셨나 봐요. 헤어지신 지는 좀 됐다는데, 오래 사귀셨으니까 그만큼 놀라셨겠죠."

"장례식 다녀왔다면 당연히 김 사장 뒷얘기도 들었겠구먼. 사기당했다는 얘기도 들었지?"

"자세히는 모르고요. 얼핏 들었습니다."

"시어머니에게는 얘기했고?"

"자세히 말씀드리지 않았습니다. 하도 우서서 그럴 경황이 없었어요."

"흐음……."

한상호 사장이 길게 숨을 내쉬었다. 그리고 잠시 무엇인가를 생각하더니, 천천히 입을 열었다.

"임 여사가…… 오해를 한 거야."

"오해요?"

귀가 쫑긋했다. 뜻밖의 장소에서, 뜻밖의 사람에게 이런 대박 정보를 낚을 줄이야. 난 그가 이야기를 이어가기만 기다렸다.

기억의 잔상

"임 여사를 안 본 지도 벌써 3년이 넘었나? 김 사장과 왜 헤어졌는지는 들었겠지?"

"두 분이 헤어지신 것은 알고 있지만, 어머니가 자존심이 상하셨는지 자세히 말씀하진 않았어요."

김호중 사장의 장례식 날, 전화기를 통해 들려오던 시어머니의 울음소리를 떠올렸다. 그녀는 자신보다 젊은 여자에게 그를 빼앗겼다는 사실에 자존심이 무척 상해 있었다.

"김 사장이 양다리 걸쳤다는 얘기가 있던데, 모두 거짓이야. 하긴 떠버리들이 뭘 알겠어? 김 사장의 진심은 생각하지도 않는 족속이니 말이야."

"저희 어머니도 그렇게 생각하실까요?"

"오해래도. 임 여사가 오해해서 김 사장과 헤어진 거야. 임 여사가 곁에 있었으면 그런 일은 안 일어났을 텐데."

"김 사장님께 무슨 일이 있었나요?"

한상호 사장은 눈을 감고 머리를 소파에 기댔다. 내게 얘기해

쥐야 할지 말아야 할지 고민하는 눈치다. 난 잠자코 기다렸다.

"자네도 알아두는 게 좋겠지. 언제인가는 알게 될 테니까. 김 사장이 몇 년 전에 어떤 젊은 여자를 만났어."

시어머니가 했던 말을 떠올렸다. 어린 여자에게 홀딱 넘어갔다던 김호중 사장.

"어떻게 만나셨는데요?"

"그것까지는 나도 잘 몰라. 임 여사가 소개해줬다는 말도 있고, 김 사장 건물로 그 여자가 찾아왔다는 얘기도 있지. 그런데, 그 애가 죽은 딸이랑 그렇게 똑 닮았더래."

"따님이오?"

"외국에 사는 아들 말고도 애지중지하던 딸이 하나 더 있었어. 그런데 애를 낳다 죽었지 뭐야. 김 사장이 그렇게 예뻐했는데 말이야."

"안타깝네요. 김 사장님이 많이 슬퍼하셨겠어요."

"자식 먼저 여의는 부모의 속은 당해보지 않으면 몰라. 사정이 이러니까 김 사장 눈에 그 여자가 자꾸 밟힌 거지. 게다가 김 사장, 젊을 때 부인 먼저 보내고 애들을 혼자 키워냈잖아? 그 여자도 마침 아이를 혼자 키우는 거라, 김 사장 마음이 더 짠했던 거지."

"그래서 후원을 해주셨던 거군요?"

"암, 후원자로 자처하고 나섰지. 그런데 임 여사가 그걸 오해한 거야. 약속 있다고 하고 자꾸 젊은 여자 만나고 다니니까 양다리라 생각한 거지. 하지만 정 과장, 딸 같은 애한테 김 사장이 무슨 연인 같은 감정을 느꼈겠어?"

오호라, 얘기가 이렇게 흘러간 거구나. 난 이제야 그들의 사정이 이해가 갔다. 죽은 딸을 닮은 여자에게 홀딱 넘어가 김호중 사장은 전 재산을 날린 거다. 그의 재산을 조금이라도 바랐던 시어머니는 닭 쫓던 개 심정이 된 것이고.

시어머니가 조금만 더 현명했더라면, 조금 더 참을성이 있었더라면, 그녀는 지금쯤 부잣집 사모님으로 떵떵거리고 살았을 텐데.

"김 사장이 사람은 참 좋잖아. 임 여사가 토라지고 화를 내도, 그 여자 후원을 못 끊더라고."

"시어머니와는 그렇게 헤어지셨고요?"

"그게 패착이야. 김 사장 옆에는 임 여사같이 야무진 사람이 있었어야 했어."

"그러면 김 사장님은 그 여자한테 얼마나 이용당하신 건가요?"

"거의 전 재산을 날렸다지. 농락이야. 사기당한 거라고. 그 영악한 것이 김 사장의 호의를 잘못 받아들이고 남의 재산에 탐을 냈어."

"사태가 그렇게 되도록 김 사장님은 아무것도 모르셨나요?"

"알았지. 눈앞에서 야금야금 먹어대는 게 보이는데 왜 모르겠어? 그런데도 자꾸 죽은 딸이 생각나서 어쩔 수가 없는 거야. 그 와중에도 얘를 다시 못 보면 어쩌나 그런 생각만 들었대. 사람 인생이 뭔지……. 참 허망하지? 김 사장, 그렇게 보고 싶어 하던 죽은 딸을 이제는 실컷 볼 수 있겠네."

말하는 이도, 듣는 이에게도 모두 씁쓸한 얘기였다. 난 6년 전 만났던 김호중 사장을 떠올리며 그를 잠시 애도했다. 감정에 북받쳤는지, 눈가가 촉촉해진 한상호 사장은 자리에서 일어날 채비를 한다.

"임 여사에게 괜찮으면 전화하라고 일러줘. 내 번호는 알지?"

"죄송하지만, 모릅니다."

한상호 사장은 트렌치코트 안주머니에서 긴 장지갑을 꺼내더니, 나에게 명함을 한 장 건넨다. 순백의 종이 위에는 그의 이름과 연락처만이 적혀 있다. 비싼 종이를 쓴 덕에 그의 명함은 고급스러워 보였다.

"저, 사장님…… 계약은요?"

조심스럽게 운을 뗐다. 오 팀장의 작업을 헛되이 해서는 안 된다.

"아, 계약……. 나는 상가를 하나 더 사도 상관없는데, 여기가 그다지 득도 실도 없는 매물 같아서 말이야. 별로 매력이 없어. 그리고 자네한테 미안하지만 계약은 오 팀장과 하고 싶어. 일전에 신세 진 게 있거든. 우린 다음 기회에 만나세."

다정하면서도 냉철한 한상호 사장의 말에, 난 작업을 걸 수 없었다. 그는 VIP이니 언젠간 또 만나게 될 것이다. 그때 성과를 거두기 위해서 지금은 좋은 기억을 남겨두는 게 중요했다.

"알았습니다, 사장님. 나중에 꼭 연락 주세요."

"암, 암, 그러지. 임 여사에게 내 얘기 꼭 전하고."

계약을 하지 않았지만 난 주차장까지 따라가 그를 배웅했다.

그가 탄, 검은색 벤츠가 멀리 사라질 때까지 난 허리를 굽혀 인사했다. 분양관으로 다시 들어오니 강미진 팀장이 쪼르르 달려온다.

"어떻게 됐어?"

"못 땄어요. 계약할 생각이 아예 없으시던데요?"

"어머, 오 팀장이 작업 다 해놓은 건데, 왜?"

흥, 계약하지 않을 거 뻔히 알고 있었으면서. 그래서 나에게 상담을 미뤄놓고 이제 와서 발뺌이라니. 강미진 팀장이 얄미웠다. 그녀는 걱정하는 투로 얘기했지만 얼굴은 오히려 신이 난 듯 보였다. 괜한 싸움을 하기가 싫어, 욱하는 마음을 다스리며 그녀를 피해 자리로 돌아왔다. 분위기가 심상찮다고 느꼈는지 경수 씨가 박카스 한 병을 내 자리에 쓱 올려놓는다. 그의 돌발 행동에 웃음이 나 기분이 조금 풀어졌다.

박카스를 마시며 한상호 사장과 했던 얘기들을 다시 떠올려본다. 죽은 딸과 닮은 젊은 여자에게 사기당해 재산을 잃고 건강도 잃었다는 김호중 사장. 그것도 모르고 시어머니를 조금, 아주 조금 의심했던 게 미안해진다. 한상호 사장의 안부를 전할 겸 시어머니에게 전화나 걸어볼까.

[효신이니? 너 회사 아니야? 전화해도 되는 거야?]

벨이 울리기도 전에, 기다렸다는 듯 전화를 받은 시어머니가 말을 쏟아냈다.

"잠시 짬이 나서요. 어머니, 저 오늘 김호중 사장님 얘기 들었는데 궁금하지 않으세요?"

[그 사람 얘기하려고 전화한 거니? 됐다, 얘. 죽은 거 알면 됐지. 더 들을 것도 없어.]

"어머니께서 사장님 오해했다고 그러던데요?"

[오해? 무슨 오해?]

난 시어머니에게 한상호 사장에게 들은 얘기를 전해줬다. 잠잠히 얘기를 듣고 있던 그녀의 목소리가 차분해진다.

[죽은 사람 변명을 더 들어서 뭐해? 유쾌한 얘기도 아닌데. 그 얘기 계속할 거면 전화 끊어. 난 우울해지기 싫다.]

"아, 그리고 어머니, 이 얘긴 한상호 사장님이 알려주신 거예요."

[한상호 사장? 어머, 반갑네. 오늘 만난 거야? 분양관에 찾아왔어?]

시어머니의 목소리는 다시 호들갑스럽게 바뀌었다. 하이톤으로 높이 올라간 목소리에서 반가움이 묻어난다.

"어머니 안부 묻더라고요."

[그 사람이? 나 휴대폰 바꾸면서 연락처 다 지워져버렸는데……. 혹시 번호 있어?]

"명함 받아놨어요."

[어머, 얘, 잘했다. 문자로 그 번호 공유해줘. 바로 전화해봐야겠어. 참, 너 한약은 잘 먹니?]

"잘 먹고 있어요. 고맙습니다."

[꼭 챙겨 먹어. 그거 비싼 거야. 내가 큰맘 먹고 해준 거 알지?]

"알죠, 감사해요. 어머니 조만간 뵐게요. 전화 끊겠습니다."

시어머니와 전화를 끊고 나니 이제는 필주 씨 생각이 났다. 엄마에게 혼난 어린애처럼 풀이 죽어 있던 필주 씨. 어제 그를, 그렇게 돌려보내면 안 되는 거였다. 내가 걱정된다고 3~4시간이나 걸려 올라온 그였는데. 씁쓸했던 그의 표정과 초라한 마지막이 생각난다. 지금이라도 전화를 걸어 그를 달래야 할까.

난 휴대폰 버튼을 누르기에 앞서 주변을 살펴봤다. 옆자리는 비어 있고, 다들 각자의 일로 바빠 보였다. 전화하기 괜찮은 타이밍이다. 조용히 휴대폰 버튼을 눌렀다. 하지만 필주 씨가 전화를 받지 않는다. 다시 전화를 해봤지만, 계속 그와 연락이 닿지 않았다.

그를 달래기 위해 문자라도 넣어볼까 생각하는데, 전화가 울렸다. 모르는 번호였다.

"여보세요?"

[정효신 씨? 여기 카센터.]

"사장님, 안녕하세요? 차는 다 고쳐졌나요?"

[그럼, 완벽하게 고쳐놨지. 부품 구하느라고 경기도 폐차장은 죄다 돌았어. 이따 차 가지러 와서 보라고.]

"수고하셨습니다."

[아, 그리고 범퍼가 살짝 찌그러졌던데 내가 손봐 놨어. 여기 저기 많이 부딪치고 다녔대? 라이닝 갈 때가 됐는데 이것도 바꿀까?]

난 머릿속으로 재빨리 돈 계산을 한다. 이번 달은 씀씀이가 좀 컸다.

"아니에요. 그건 다음에 고칠게요."

[많이 달았던데? 패드가 종잇장처럼 얇아졌어. 오래 운전하면 위험할 거야.]

"다음 달에 꼭 바꿀게요."

[알았어. 서비스로 세차까지 싹 해놓을 테니까 퇴근할 때 들러.]

서비스로 세차까지 해준다니. 정비소 사장이 수리비를 내게 얼마나 요구할지 걱정이 됐다. 하지만 길게 생각하지 않았다.

필주 씨의 화를 풀어주는 게 우선이었다. 아직까지 우리는 한 팀이고, 그가 알아낼 정보가 나에겐 꼭 필요했다. 안부 문자를 넣었다. 내킨 김에 오늘은 필주 씨 집에 가서 식물에 물을 주리라 다짐한다.

퇴근 후, 정비소에 들렀다. 정비소 사장이 건넨 어마어마한 수리비에 난 쓰러질 듯 놀랐다. 펜더를 교체하지 않고 판금, 도색만 했다는데도 비용이 1백만 원을 넘었으며, 폐차장에서 구했다는 라이트 비용도 엄청났다.

"세상에……. 수리비가 이렇게 나와요?"

"이거 공식 센터에서 받으면 8백짜리야. 우리니까 이 정도지. 그리고 라이트는 서비스가로 적었어. 내가 말했지? 경기도 내 폐차장이란 폐차장은 죄다 뒤졌다고."

당당한 정비소 사장의 말에, 나는 할 수 없이 카드 할부로 계산한다. 손이 부들부들 떨렸지만 반박할 지식이 없어 입도 뻥긋

못했다. 당분간은 허리를 졸라매고 살아야 할 것 같다. 죽은 남편의 허세가 원망스러웠다. 수입차가 뭐가 좋다고 이 낡은 중고차를 사서 몰고 다닌 건지.

정비소 사장은 차에 시동을 거는 나에게 한마디를 더한다.

"라이닝 꼭 갈아. 큰 사고 나기 전에. 알았지?"

나는 조언인지 저주인지 모를 그의 말을 뒤로하고 정비소를 빠져나왔다. 그리고 필주 씨 집으로 향한다. 천호동에 있는 그의 집은 다세대 주택이 빽빽이 몰린 곳에 있었다. 주차장은 이미 만차 상태라 비좁은 골목길에 간신히 주차를 하고 필주 씨의 집으로 올라갔다.

익숙하게 도어록 비밀번호를 누르고 집 안으로 들어가니 퀴퀴한 냄새가 풍겨온다. 방향제와 섞인 그의 냄새였다. 창문을 열고 환기를 시키면서, 난 그와 여기서 보낸 시간들을 생각했다. 게임을 하고 TV를 보고 만화책도 읽으며 라면을 끓여 먹었던 수많은 시간들.

이 방에서 그와 첫 섹스도 했던가. 그가 너무 서두르는 바람에 미처 팬티도 벗지 못하고 했던 기억이 떠오른다.

* * *

6년 전, 필주 씨는 분양 업계 막 발을 들인 신참이었다. 어리바리하고 순한 인상에, 나는 처음부터 그에게 호감이 갔다. 그는 과장이라는 직함 대신 선배라는 존칭을 또박또박 썼으며, 내 말이라면 신의 계시처럼 믿고 따를 정도로 충실한 후배였다.

그런 모습이 난 너무 귀여웠다. 간식거리를 자주 챙겨주고 분양 관련한 정보나 팁도 아낌없이 내줬다. 퇴근 후에 가끔 술도 마셨다. 죽은 남편과는 사이가 안 좋았던 터라 집에 일찍 들어가기 싫었고, 그때만 해도 분양 경기가 좋아서 회식이 잦을 때였다.

그렇게 여름의 초입에 다다른 6월의 어느 날, 아마 그때였을 거다. 우리 사이가 뜨거워지기 시작한 것이. 그날도 난 남편과 심하게 싸우고 회사에 출근했다. 아무렇지 않은 듯 일을 했지만 내 자존감은 바닥을 치고 있었으며, 우울함에 당장이라도 죽고만 싶었다. 집에 들어가기 정말 싫었다. 그의 폭력과 모욕에서 벗어날 수만 있다면, 영혼까지 팔고 싶다고 생각했다.

그때, 필주 씨가 먼저 술을 마시자고 청해왔다.

"선배님, 오늘 시간 괜찮으세요?"

"시간? 시간이야 늘 있지. 왜?"

"오늘 술 한잔 사드리고 싶어서요."

"필주 씨가? 왜?"

"매일 얻어 마시기만 해서 오늘은 꼭 대접하고 싶습니다."

그의 뜻밖에 제안에, 퇴근 후 갈 곳 없었던 나는 흔쾌히 승낙했다. 그리고 단둘이 술자리를 가졌다.

"웬일이야? 이렇게 술도 다 사주고?"

"선배님이 외로워 보여서요."

그 말을 들은 난, 멈칫했다. 다른 사람들에게는 꽁꽁 숨겨왔던 내 상태를 그는 알아채고 있었다. 그렇게 그가 따라주는 술에 난 그만 봉인 해제되고 말았다.

나도 모르게 하소연을 하며 엉엉 울었다. 지금도 내 머릿속에는, 그때 우는 나를 보며 어쩔 줄 몰라 하던 필주 씨의 모습이 영화 속 한 장면처럼 남아 있다.

"그런 사람이랑 살지 말아요. 이혼해요."

"이혼? 내가 이혼해서 어떻게 하게? 난 아무것도 없어. 집도 없고 가족도 없고, 아무것도 없다고!"

"제가 있잖아요."

"뭐?"

"제가 옆에 있어 드리면 되잖아요. 왜 기댈 곳을 멀리서 찾아요? 바로 여기 있는데?"

그다음 우리가 어떤 얘기를 나눴는지는 기억이 나지 않는다. 술에 잔뜩 취해 그의 집으로 가 서로의 몸을 탐했던 기억만이 남아 있다. 그리고 부부 싸움이 잦아질수록 그와 퇴근 후 술 마시는 일이 늘어났고, 우리는 결국 깊은 사이가 되어버렸다.

* * *

필주 씨는 내 동료이자 가족이며 친구였다. 그런 그를 홀대하다니, 내가 나빴다. 난 필주 씨를 생각하며 그가 덮었던 이불을 쓰다듬어 본다. 앞으로는 조금 더 그를 신경 쓰리라 생각하면서. 그러나 계속 추억에 젖어 있을 수는 없었다. 더 늦기 전에 집으로 가야 했다.

난 그의 반려 식물에 물을 주기 위해 물뿌리개에 물을 담았다. 그런데 창가에 있어야 할 식물이 보이지 않는다. 그가 소중히 키워왔던 행운이가 그의 집에 없는 것이다. 아, 필주 씨에게 뭐라고…… 말하지?

효신 이야기 #43 숨기고 싶은 마음

필주 씨가 전화를 받지 않는다. 계속 번호를 눌러봤지만 신호음만 갈 뿐이다. 초초하다. 그에게 반려 식물 행운이가 없어졌다는 얘기를 빨리 알려야 하는데. 이 사실을 알면 그가 화를 낼 게 불 보듯 뻔했다.

하지만 매도 먼저 맞는 매가 낫다. 당장 알리고 그의 화를 바로 푸는 게 여러모로 유리하다. 또 전화를 했다. 역시 전화를 받지 않는다. 이번에는 문자를 넣었다. 벌써 10통째 문자다. 애원하기도 하고, 화도 내봤지만 그의 반응은 없었다.

이쯤 하니 슬슬 약이 오르기 시작했다. 이미 퇴근 시간이 지났는데 전화를 받지 않은 것을 보면, 무슨 일이 생겼거나 아니면 나를 골탕 먹이려는 것이겠지. 아무리 생각해도 후자다.

화가 났다. 될 대로 되라는 심정으로 필주 씨의 집에서 나왔다. 집으로 오는 내내 차 안에서 분통을 터트렸다. 도청이 되건 말건, 신경 쓰지도 않고 악을 쓰고 욕지거리를 해댔다.

그리고 나니 속이 좀 풀려서 집에 도착할 즈음 마음의 안정을 되찾았다. 그래, 필주 씨도 사정이 있을 거다. 기숙사 동료들과 마실 나가면서 휴대폰을 두고 나갈 수도 있잖아? 그의 상황을 알지도 못하면서 화부터 낸 것은 내가 너무 성급했다.

집에 도착해, 주차를 하고 현관문을 여니 맛있는 냄새가 풍겨온다. 침이 꼴깍 넘어갔다. 하지만 어제 일을 떠올리니 남자의 얼굴을 볼 자신이 없었다. 그와 마주치기 싫지만 2층 침실로 가려면 어쩔 수 없이 거실을 거쳐야 했다. 평소에도 마음에 안 들었지만 아, 이 집 구조가 정말 싫다.

난 천천히 1층 거실로 올라간다. 테이블 위에는 이미 만찬이 준비되어 있었고 남자가 현관에서 올라오는 나를 보고 있다.

"많이 늦었네? 연락 좀 하지."

이 남자, 마치 어제 아무 일도 없었다는 표정이다. 그 뻔뻔함이 그나마 다행이라는 생각이 든다. 좋아, 나도 모르는 척해주지.

"어, 일이 좀 있어서."

"어서 손 씻고 와. 음식 다 식겠어."

손을 씻고 테이블에 앉았다. 오늘의 메뉴는 내가 좋아하는 파스타였다. 빵을 먼저 뜯어 먹고 있자니 그가 따뜻한 수프를 내 앞에 놓아준다.

"수프도 만들었어?"

"아니, 샀지. 수프는 오뚜기가 아니겠어?"

오랜만에 듣는 아재 개그에 웃음이 나왔다. 내가 실없이 픽 웃자 그의 눈이 가느다래진다. 그런 그의 얼굴을 보고 있자니 괜히 무색해져 테이블 위로 시선을 돌렸다. 평소와 달리 테이블에 술이 없다. 그가 매일 마시던 술 말이다.

"웬일로 술이 없네. 안 마셔?"

"오늘은 좀 진지해지려고."

"진지?"

"부부간의 건설적인 이야기를 할까 싶어서."

"뭐야, 괜히 분위기 잡지 마. 웃겨."

"난 진심인데."

그가 술 대신 물을 벌컥벌컥 마신다. 그를 보면 항상 마실 게 필요한 사람 같다.

"나 또 병원 갔다 왔어. 어제 일 때문에."

파스타를 입으로 가져가려다 포크를 내려놓았다. 설마, 섹스를 중단한 그 일 때문에?

"나름 충격이었거든."

"내가 매력이 없었나 보지, 뭐."

난 대수롭지 않다는 듯 말했다. 하지만 솔직히 지금도 아쉬웠다. 이 남자와의 섹스가 어떨지, 내 안에 들어오면 어떤 느낌을 줄지 진짜 궁금했는데.

어제 그의 손길은 황홀했다. 그와의 관계를 생각하는 것만으로도 내 안이 조여드는 것 같아 숨이 막힌다.

"나도 하고 싶었는데, 모르겠어. 내 안에서 자꾸 뭔가가 멈칫거려. 꽉 막힌 기분이야."

"너무 신경 쓰지 마."

"지금도 당신을 안고 싶어. 키스하고 싶고 만지고 싶어. 하지만 이러다 당신에게 상처만 줄 것 같아."

"나 어제 상처 안 입었어. 걱정하지 마. 의사는 뭐래?"

"강박 같대. 지난 몇 년간 나에게 무슨 일이 있었는지 모르지만, 나를 억누르는 뭔가가 있나 봐. 그래서…… 당분간 못할 수도 있어, 나."

내가 먼저 그에게 손을 내밀었다. 그리고 부드럽게 그의 손을 쓰다듬었다.

"괜찮아. 차차 나아지겠지. 아, 오늘 같은 날이야말로 술이 필요한데."

"역시 그렇겠지?"

내 말에, 그가 웃으며 와인을 한 병 꺼내왔다. 그가 코르크 마개를 따고 잔에 와인을 따른다. 나는 그를 웃기려고 일부러 자조적으로 말했다.

"그거 봐. 우리 쇼윈도 부부랬잖아."

"그래서 안 됐던 건가?"

"아마도?"

"그럼 쇼윈도 부부를 위하여."

건배를 했다. 그 이후로 우리의 분위기는 화기애애하게 흘렀다. 난 그가 시어머니가 보낸 감시자일지 모른다는 의심을 접고 그를 한 남자로만 봤다. 그는 재밌고 매력적이었다. 말이 잘 통했고, 내 얘기에 귀를 기울일 줄 안다. 내 마음을 어떻게 하면 설레게 할지, 그 포인트도 알고 있다. 빨리 그의 품에 안기고 싶다……. 이대로라면 그와 부부 생활을 지속해도 좋겠다는 생각이 들었다. 술을 마시고 얘기를 나누며 우리의 밤은 빨리 흘렀다. 혹시나 기대를 했지만, 섹스는 하지 않았다.

술에 취해 2층으로 올라오니 12시가 거의 다 됐다. 불을 끄고 자리에 누웠는데 잠이 오지 않는다. 그제야 필주 씨 생각이 난 것이다.

뒤늦게 다시 전화를 해봤지만 그는 전화를 받지 않았다. 단단히 삐졌거나 정말 무슨 일이 생겼나 보다. 필주 씨 걱정이 됐다. 휴가를 내서라도 청송에 꼭 들러야겠다고 생각했다. 어차피 2일 후면 용인 일은 끝이다.

분양관에 출근해서 정주 언니부터 찾았다. 근무 마지막 날에 무사히 휴가를 내려면 조력자가 필요했다. 이른 시간이라 분양관에 출근한 사람은 거의 없었고, 정주 언니는 또 숙취 해소 음료를 마시고 있었다.

"본부장님, 말씀드릴 게 있어요."

"중요한 일이야?"

내가 고개를 끄덕이자 정주 언니의 표정이 심각해진다. 우리는 비어 있는 VIP실로 들어갔다. 분양관 홀에 있는 사람 수는 적었지만 듣는 귀가 무서웠기 때문이다.

"무슨 일이니? 미진이, 걔 때문에 그래?"

"아, 아니에요"

"그럼? 무슨 사고 터졌어? 아니면 어제 한상호 사장이 뭐라고 하디?"

"그런 게 아니고요, 언니. 이런 말씀 드려서 죄송한데, 저 내일 하루 쉬어도 될까요?"

"뭐? 갑자기 왜?"

"집에 일이 좀 생겼어요."

"신랑한테?"

"아니요. 그이 문제는 아니에요. 지금은 말씀드릴 수 없지만, 다 해결된 다음에 꼭 알려드릴게요."

"너……, 진짜 임신한 거 아니지?"

"아이, 언니는. 저번에 테스트했잖아요."

"그래, 네 말을 믿어야지. 이사가 뭐라고 하겠지만, 그냥 휴가 내. 일산 가서 쉬느니 여기서 확 쉬어버리는 게 낫지. 그리고 미진이 걔 혼자서 고생 좀 해봐야 돼. 그래야 사람 고마운 거 알아."

언니의 얘기는 내 걱정으로 시작해서 강미진 팀장의 욕으로 끝났다. 내가 휴가 내는 것에는 크게 신경 쓰지 않는 눈치였다. 반면에 강미진 팀장은 난리가 났다. 나에게 불성실하다느니, 상도가 없다느니 온갖 악담을 늘어놨다. 결국, 이사의 한 소리에 말을 멈췄지만 분에 찬 듯 하루 종일 나를 노려봤다. 그 살벌함에 옆에 앉은 경수 씨가 한마디 한다.

"어휴, 저 일산 가는 거 알면 뒤집히겠어요."

"정주 언니가 그래서 일주일 늦게 출근하라는 거예요. 우리가 동시에 빠지면 눈치채고 난리 날 거 뻔히 아니까."

"그래도 나중에는 걸리겠죠?"

"무슨 상관이에요? 시간 지나면 다들 그런가 보다 해요. 아마 과거에 본인들도 그랬을걸요?"

내 말에 경수 씨의 표정이 한결 밝아졌다. 경력이 아직 2년도 안 된 친구라 역시 소심하다. 2년이라 해봤자 일한 기간으로 따지자면 1년이 채 안 될지도 모르지만.

오늘은 분양관을 찾은 고객 수가 적어 상담도 거의 하지 않고 시시하게 일이 끝났다. 난 팀원들에게 간단히 작별 인사를 하고 분양관에서 나왔다. 후련했다. 고작 3주였지만, 가장 바쁜 시기에 집약적으로 일한 터라 좀 쉬고 싶었다.

하지만 내일은 필주 씨를 만나러 청송에 가야 한다. 분명히 집에 늦게 들어올 텐데 그 남자에게 뭐라고 거짓말을 해야 할지 고민이 됐다. 업무 마지막 날이라 회식을 했다는 고전적인 핑계를 대야 하나?

이런저런 생각을 하며 집으로 향했다. 남자를 볼 생각에 서둘러 왔는데 집은 텅 비어 있었다. 거실에 앉아 그를 기다렸지만 좀처럼 들어오지 않는다. 그가 어디를 간 것인지 궁금했다. 전화를 할까, 말까 한참을 망설이다 결국 그만뒀다. 그에게 살갑게 전화를 한다는 게 어쩐지 낯간지러웠다.

배가 고파 라면을 끓인다. 그 남자가 있었다면 저녁을 맛있게 먹을 수 있었을 텐데. 물을 제대로 맞추지 못해 맛이 싱거워진 라면을 먹으며, 난 그의 요리를 그리워한다.

잠시 후, 그에게 문자가 왔다.

'오늘 늦을 거야, 미안.'

그의 문자를 보고, 또 들여다봤다. 네 단어로 이루어진 간략한 문장이었지만 여기에 그의 마음이 들어 있다고 생각하니 가슴이 설렌다. 어떻게 답변을 보내야 할지 고민한 끝에 그냥 '알았어.'라고만 보냈다. 그 이상의 내 마음을 보여주기 싫었다.

그날 밤, 남자는 늦도록 집에 들어오지 않았다. TV를 보며 자정이 넘은 시각까지 그를 기다렸지만 그는 더 이상의 문자도, 전화도 하지 않았다. 혼자였던 밤이 나의 일상이었는데, 오늘은 왠지 외로웠다.

눈을 뜨니 해가 훤히 밝았다. 화들짝 놀라 일어났다. 어젯밤 늦게까지 TV를 보다가 거실 소파에서 잠들었던 기억이 난다. 내가 이불을 덮은 것을 보면 그가 밤늦게 집에 돌아왔나 보다. 하지만 일찍 출근했는지 그의 모습은 보이지 않았다. 지하 방에 노크를 해봤지만 반응이 없었다. 오늘 늦는다고 쓸데없는 거짓말을 하지 않아도 되니 다행이었지만, 그를 보지 못한 나는 아쉽고 공허하다.

청송으로 가기 위해 집을 나섰다. 출근 시간이라 막혔던 차는 고속도로에 진입하자 속도를 내기 시작했다. 길은 시원하게 뚫렸고 피크닉을 가도 될 만큼 날이 좋았다. 3시간이 채 안 되어 청송에 도착했다. 필주 씨가 근무하는 정신요양원으로 가려면 시내에서 외곽으로 빠져 30분을 더 가야 했다. 그러나 그의 상황이 어떤지 몰라 일단 차를 주차하고 근처 국밥집으로 들어갔다.

국밥 한 그릇을 시키고 그에게 전화를 걸었다. 역시나 전화를 받지 않는다.

'나 지금 청송에 와 있어. 전화 줘.'

그에게 문자를 보냈다. 그러자 전화벨이 바로 울린다. 필주 씨였다. 나는 씩 웃는다. 역시, 그럴 줄 알았어. 그는 뛰어봤자 내 손바닥 안이다.

"여보세요?"

아무렇지도 않게 전화를 받았다. 그러나 휴대폰 너머의 필주 씨 목소리는 적잖이 당황한 것 같다.

[자기야, 어디야? 진짜 청송이야? 진짜 여기 온 거야?]

"응. 좀 전에 도착해서 국밥 먹고 있어."

난 때마침 나온 국밥을 한술 뜨며 태연히 말했다. 뜨끈뜨끈한 국밥이 맛있었다.

[왜 여길 와? 오는데 안 힘들었어?]

"차 타고 오니까 금방이던걸? 3시간도 안 걸렸어."

[어휴, 연락하고 오지.]

"어제 그렇게 전화하고 문자도 남겼는데, 그 정도면 많이 연락한 거 아냐?"

[……미안해.]

"별일 있었던 건 아니지?"

[……응.]

필주 씨 목소리가 점점 작아진다. 힘없는 말투에서 정말 미안해하는 게 느껴졌다.

"언제 끝나?"

[오늘 정상 근무야.]

"그래? 자기 얼굴만 보고 바로 올라가야겠다. 오늘 얼굴은 볼 수 있으려나?"

난 괜히 심술궂어진다. 어젯밤 그가 내 속을 태운 거에 대한 복수라고나 할까.

[아니, 기다려 봐. 다른 사람이랑 시간 바꿀 수 있는지 알아볼게.]

"갑자기 바꿔줄 사람이 있을까?"

[있을 거야. 분명히 있어.]

"너무 무리하지 마. 힘들 거 같으면 나 그냥 올라갈게."

[아니야, 잠깐만 기다려. 알아보고 바로 전화할게.]

필주 씨가 서둘러 전화를 끊었다. 그의 순진함에 난 미소를 짓는다. 아, 착하고 성실한 필주 씨. 그를 다루기는 정말 쉽다.

통화한 뒤 마음이 놓인 난, 남은 밥을 마지막 국물 한 방울까지 맛있게 먹었다.

효신 이야기 #44 **균열**

"자기야, 많이 기다렸어?"

카페에서 차를 마시는데 필주 씨가 헐레벌떡 뛰어 들어왔다. 그와 통화를 한 지 1시간 만이다. 그는 얼굴에 기쁜 기색을 숨기지 못했다. 어렵게 나온 티가 역력한데도 표정이 밝았다.

"근무 중이라며 어떻게 나왔어?"

"휴일 근무인 친구와 시간을 바꿨어."

"그래도 괜찮아?"

"휴일에 대신 일하면 되지, 뭐. 자기 오느라고 힘들었지? 맛있는 거 먹으러 갈까?"

"좀 전에 밥 먹었잖아."

"그러면 케이크 먹을래? 자기 치즈 케이크 좋아하잖아. 사 올까?"

필주 씨는 나를 보자마자 좋아서 어쩔 줄을 몰라 했다. 마치 퇴근한 주인을 반기는 강아지처럼.

"요양원에서 별일 있었던 건 아니지?"

"무슨 일이 있겠어? 할아버지 할머니 틈에서 조용히 수발만 드는데. 자기, 진짜 보고 싶었어. 여기까지 와줘서 정말 고마워."

필주 씨는 역시 순진하다. 힘들게 선점한 나에 대한 우위를 너무도 쉽게 내려놓는다. 그의 단순함에, 그걸 알면서도 걱정이 돼 여기까지 한달음에 온 나 자신에 대해, 실소가 나온다.

"왜 웃어? 내 얼굴에 뭐 묻었어?"

"아니. 그냥 웃겨서. 간호사에 대해 들은 건 없어?"

"없어. 가끔 파트타임으로 일한다는 정도만 들었어. 그 간호사, 예전에도 그랬대. 갑자기 들어와서 몇 달만 일하고 나가고 그러나 봐."

"그 남자와는 무관하다는 거야?"

"단정할 수 없지만 그런 것 같아. 행정팀에 줄만 있으면 누구나 가능한 일이래. 아무래도 여기가 외졌잖아? 간호사의 손이 달리니까 어쩔 수 없지."

"흐음……."

"여기는 일하는 사람들도 자주 바뀌어. 얼마 전에 원무과 직원도 그만둔걸. 또 새로 올 거야. 조선족 간병인들 빼놓고는 직원들이 분기별로 바뀐다는 소리도 있어."

"특별실 얘기는? 새로운 거 없어?"

"알아보고 있는데 소문만 무성하지, 딱히 뭐라고 할 게 없네."

"소문? 어떤 소문인데?"

"조폭이 들어왔다, 귀신이 나왔다, 뭐, 이런 얘기. 도움이 될 만한 게 없어."

"정보를 얻기가 쉽지 않구나."

"응. 같이 방 쓰던 친구도 나간다고 하니까."

"정신 병동에서 일한다는 그 친구? 그럼 정신 병동에 티오가 나는 거야?"

"이미 채워졌지. 치매 병동에서 정신 병동으로 옮기는 게 은근히 쉽지는 않더라. 그 일에도 노하우가 필요한가 봐."

내가 테이블 위에 올린 그의 손을 잡았다. 행여 그가 그만둔다고 말할까 봐, 두툼한 그의 손등을 어루만지며 위로를 한다.

"자기, 힘들겠지만 여기서 조금만 더 고생해줘."

"더 있어야지. 아직 알아낸 게 없잖아?"

씩씩한 그의 말이 흡족하다. 정보는 알아내면 좋고 못 알아내면 할 수 없다. 다만 필주 씨는 여기서, 나는 집에서, 각자의 생활을 즐기며 열심히 살면 되는 거다.

"자기, 언제 올라갈 거야? 오늘…… 자고 가도 돼?"

필주 씨는 간식을 원하는 강아지처럼 애처롭게 나를 본다. 그의 두 손이 내 손을 감싸 쥐었다. 손가락이 부드럽게 엉켰다가 풀어지기를 반복하며 그의 손이 내 손을 희롱한다.

"저녁에는 가야지. 내일 일도 있는데."

오늘 볼일은 끝났다. 난 머릿속으로 빨리 집으로 갈 수 있는 핑계를 구상한다.

"그러면, 잠깐 쉬다 갈래? 3시간이나 운전해서 왔다며? 자기 힘들잖아."

"나 여기 오래 못 있어."

"그러니까 잠깐만. 응? 바로 운전하면 위험할 거야. 나…… 당신 안고 싶어."

그의 애원에 할 수 없이 난 고개를 끄덕였다. 필주 씨를 달래러 온 이상, 이런 요구가 있을 거라는 걸 예상은 하고 있었다. 우리는 카페에서 나와 근처에 있는 모텔로 들어갔다. 혹시라도 내 행적을 누군가 쫓을까 봐 차는 카페 앞에 세워둔 채였다.

모텔 방문을 열자마자 필주 씨가 나를 안는다. 우리는 허겁지겁 키스를 했다. 난 그가 좀 더 수월하게 애무할 수 있도록 스스로 옷을 벗었다. 대낮에, 싸구려 모텔 방에서 내 나체를 그에게 보이는 게 전혀 부끄럽지 않았다. 빨리하고 빨리 끝냈으면 하는 마음이었다. 하지만 그는 내 도발에 더 흥분해서 아랫도리를 집중공격해 온다.

내 마음과 달리 내 아래가 촉촉이 젖는다. 그리고 그가 들어왔다. 필주 씨를 느껴보려 애썼지만 오늘따라 내 마음은 무덤덤해서 기계적으로 움직였다. 아무것도 느껴지지 않았다. 나는 시선을 옆에 있는 화장대로 돌렸다. 화장대의 큰 거울 속에는 벌거벗은 두 개의 허연 몸체가 하나의 몸뚱이가 되어 규칙적으로 들썩이고 있었다.

마치 내가 제3자가 되어 타인의 섹스를 훔쳐보는 것 같다. 그 장면은 야릇하기보다는 지루했다. 그만큼 그와의 섹스는 시시했다. 몸이 달아오르지 않았다. 하지만 흥분하는 척을 해야 했다. 그래야 빨리 끝낼 수 있을 테니까. 아마 그도 이런 내 상태를 알았을 것이다. 그래서 평소보다 더 오래, 더 집요하게 내 몸을 탐했다.

섹스가 끝난 후, 난 침대에 기대어 앉았다. 목이 말랐다. 콜라나 사이다 같은 탄산수를 시원하게 들이켜고 싶었다. 그러나 필주 씨가 내 허리를 안은 채 말없이 누워 있어 갈증을 참는다. 난 그의 머리를 쓰다듬으며 그와의 약속을 지키지 않은 것을 고백하고 빨리 이곳에서 나가야겠다는 생각을 한다.

"자기, 나 미워하지 않을 거지?"

"당연하지. 왜 자길 미워해?"

"진짜지? 내가 아무리 잘못해도?"

"자기 이상하다. 대체 왜 그러는데? 무슨 일 있어?"

"대답이나 해."

"안 미워해. 됐지? 이제 말해봐. 당신이 뭘, 얼마나 잘못한 거야?"

필주 씨가 웃었다.

그리고 장난스럽게 내 가슴을 만지작거린다.

"사실…… 행운이가 없어졌다? 자기 집에 물 주러 가보니까 없어."

"아, 내가 가져왔어."

그의 무심한 대답에 맥이 탁 풀렸다. 난 관리 소홀로 도둑맞았을 거라 생각했는데, 그가 청송으로 갖고 왔다니. 가슴을 졸였던 걸 생각하면 화가 날 지경이다. 그의 몸을 밀어냈다.

"언제? 우리 집 앞에 온 날?"

"아니, 며칠 더 됐어."

"진작 말해주지 그랬어? 나 놀랐잖아. 그리고 자기, 청송에서 안 올라왔다고 하지 않았어? 여기에만 있었다며?"

"잠깐 들렀어."

필주 씨가 대수롭지 않은 듯 말했다. 그리고 이번에는 내 가슴을 핥기 시작한다. 그의 태도에 정말 화가 났다. 다시 그의 몸을 밀어냈다.

"올라와서 오 팀장 만났니?"

"안 만났어."

"그걸 어떻게 믿어? 언제는 올라오지 않았다며?"

"자기 신경 쓸까 봐 말 안 했지."

"거봐. 거짓말했네. 오 팀장 안 만났다는 것도 거짓말이지?"

"내가 안 만났다잖아! 왜 나를 못 믿어? 자기야말로 오 팀장, 그 새끼랑 뭔 일 있었어? 왜 자꾸 날 몰아대?"

"말 돌리지 마. 조장현은 누구니? 오 팀장 그리고 너와 무슨 관계냐고!"

"몰라. 모르는 사람이야!"

"하, 몰라? 그래, 그럼 집에는 왜 온 거야? 어? 언제, 왜 올라왔냐고?"

"행운이 가지러 왔었어. 걱정돼서 집에 갔더니 걔가 누렇게 시들어가고 있더라. 자기, 물은 준 거야? 단 한 번이라도 물 준 적 있냐고!"

그의 고함에 난 움츠러들었다. 갑자기 행운이 얘기로 화제가 전환되자 말을 더듬는다.

"물? 줘……줬어."

"흥! 줬어? 흙이 바짝 말라 있던데?"

"내가 물을 적게 줬나 보지. 아니면 날씨가 따뜻해서 빨리 말랐거나."

"물 한 번 주는 게 그렇게 어렵던? 자기한테는 그냥 식물일지 몰라도 나한테는 행운의 부적 같은 애야. 나 나갔다 오면 그 좁고 어두운 방에서 유일하게 나를 반겨주는 생명체였다고! 그런데 자기가 걔를 말려 죽이려고 했어. 알아?"

"자기는 그게 문제야. 아직도 그딴 애들 감수성에서 못 벗어나고 있는 거. 풀 따위에 이름을 왜 붙여? 행운이가 뭐니? 행운이가."

"뭐? 그딴? 애들?"

"몰랐어? 자신을 그렇게 몰라? 자기 어린애야. 이제까지 나,

457

자기 만날 때마다 애 하나 키우는 기분이었다고."

"날 사랑했던 게 아니고?"

"어디 사랑이 그렇게 쉽니? 아무나 다 사랑하게?"

"이제 대놓고 마음을 드러내는구나. 아……, 그러셨어? 즐길 만큼 즐겼다 이거네. 그럼 이젠 내 탓하지 말고 솔직히 말해봐. 오 팀장이니? 아니면 그 남자니?"

"뭐? 무슨 개소리야?"

"딴 놈한테 맘 간 거 아니야? 내가 모를 줄 알아? 아까 나랑 하면서도 머릿속으로는 그놈 생각했잖아!"

"내가? 네가 그랬겠지. 여기 와서 딴 년 생겼나 보네. 그래놓고 누구를 더러운 년으로 몰아?"

"왜, 아니야?"

"내가 미쳤지. 저 정도밖에 안 되는 사람 달래준다고 여기까지 내려오다니. 악, 지긋지긋해!"

우리는 처음으로 언성을 높여 싸웠다. 난 그가 오 팀장 사고에 연관이 있을 거라 의심했고 그는 내가 행운이를 말려 죽이려 했다며 원망했다. 그 오해는 서로에 대한 불신과 악담, 분노로 이어졌다. 난 화가 난 나머지 샤워도 하지 않고 혼자 모텔에서 나왔다.

치미는 화를 주체할 수가 없어 제한 속도도 신경 쓰지 않고 마구 차를 몰았다. 괜히 왔다. 여기 온 것은 시간 낭비였다. 이제 그가 나를 안 본다고 해도 상관하지 않을 거다. 나 역시 보고 싶지 않으니까. 차라리 잘 됐다. 그러잖아도 오현철 팀장의 얘기 때문에 찜찜했는데, 그 불길함을 털어냈으니 오히려 잘 된 거다. 정보는 내가 직접 알아내면 된다. 간호사는 의심할 대상이 아닌 것 같고, 그 남자에게 궁금한 게 있다면 구슬려 알아내면 되겠지. 나 혼자로 충분하다. 더 이상 필주 씨는 필요가 없다.

죽은 남편에 대해 그와 비밀을 공유하고 있다는 게 핸디캡이지만, 뭐, 그는 어떤 상황에서도 그 이야기를 절대 꺼내지 못할 것이다. 우리는 공범이니까. 내 죄의 반을, 그도 짊어지고 있다.

3시간 30분을 꼬박 달려 집에 도착했다. 좁고 길쭉한 우리 집을 올려다보니 반갑다. 지금쯤 그 남자가 집에 돌아와 있겠지. 서둘러 집에 들어간다. 그런데 문득 걱정이 되어 발을 멈췄다. 필주 씨와의 섹스 후 씻지 않고 모텔을 나온 것이 생각나서였다. 몸에서 비릿한 호르몬 냄새가 풍기는 것 같았다.

난 주저하며 현관문을 열었다. 거실에서 나를 기다리고 있던 남자는 환대의 의미로 장난스럽게 양팔을 벌리고 있다. 가까이 오면 당장이라도 안아버릴 기세다. 그를 피했다. 재빨리 2층 침실로 올라가려는데 그가 내 옷자락을 잡는다.

"잠깐, 인사도 안 하고 올라가?"

"피곤해서 그래."

"맥주 한잔 못 할 정도로 피곤해?"

그가 다정하게 말했다. 그의 말에, 잊고 있었던 아까의 갈증이 다시 타오른다. 하지만 난 혹시라도 호르몬 냄새를 풍길까 걱정되어 그의 손에서 옷자락을 잡아 뺐다. 그가 제발 눈치를 못 챘으면.

"바로 쓰러져 잠들 정도야?"

"아……, 그렇지는 않아."

"그럼 씻고 내려와. 기다릴게."

난 고개를 끄덕였다. 그리고 재빨리 침실로 가서 옷을 벗고 샤워를 했다. 그 남자에게 잘 보이고 싶은 욕심에 몸에는 샤워 코롱을 뿌렸다. 머리는 일부러 덜 말린 채 1층으로 내려갔다.

테이블 위에는 맥주와 과자 등이 간단하게 차려져 있었다. 밥을 먹지 않아 배가 고팠다. 그러나 그에게 티를 내지 않고 맥주를 마신다.

그가 물었다.

"당신, 매일 바쁘네. 내일도 출근해?"

"아니. 이틀 쉴 거야. 용인 일이 끝났거든."

"잘됐네. 그럼 내일 시간 낼 수 있어?"

"일단 할 일은 없어. 왜?"

"내일 닥터 오와 밥 먹기로 했거든. 내 정신과 담당 의사 말이야. 같이 가자."

"내가? 당신 의사와 밥을? 왜?"

"고마워서 내가 한턱낸다고 했어. 나도 단둘이 만나기는 좀 그랬는데, 같이 가면 좋잖아? 당신도 내 담당 의사 궁금하지 않아?"

"궁금하기야 한데……."

"나, 그 의사 만나서 마음이 편안해졌어. 밤에 잠도 잘 자고 컨디션도 아주 좋아. 같이 가줘. 나를 위해서. 응?"

난처해졌다. 뜻밖의 그 요청을 받아들여야 할지 말아야 할지 고민이 된다. 그의 상태를 치료한다는 정신과 의사가 궁금하기는 했지만 업무와 상관도 없는 낯선 누군가를 만나 밥을 먹기는 싫었다.

"솔직히…… 내키지 않아."

"왜?"

"내가, 병원이니 의사니 약이니 이런 거를 싫어해."

"나를 위해서라니까. 안 돼?"

거듭된 그의 부탁에 난 어쩔 수 없이 승낙하고 만다. 이틀간 푹 쉴 수 있을 거로 생각했는데 내일 업무용 서비스 미소와 멘트를 날려야 한다고 생각하니 벌써 피곤하다.

"내가 의사를 만나면, 당신 증세에 호전이 있는 거야? 확실해?"

"그러지 않을까? 빨리 좋아졌으면 좋겠어. 과거 우리의 일이 생각 안 나는 게 힘들어. 당신이 나를 왜 못 알아보는지 몰라 괴롭고. 당신은 자꾸 내가 바뀌었다고만 하잖아."

"사실인걸. 내 눈에는 그렇게 보여."

솔직히 말했다. 하지만 속으로는 그의 말에 호응하지 못한 게 미안하다. 그래서 괜히 겸연쩍어진 난, 아무렇지 않은 듯 새 맥주 캔을 땄다. 갈증은 이미 사라졌지만 계속 맥주를 마신다.

"그래서 내가 무서워?"

"아니."

"그럼 나 어때?"

급작스러운 질문에 웃음이 나왔다. 갑자기 저런 질문을 받으면 누구나 당황할 수밖에 없을 것이다.

"취했어? 왜 그래? 너무 감성적이잖아?"

"술 마신 김에 솔직히 말하는 거야. 당신, 나 별로야?"

빈속에 술을 마셔서인지 얼굴이 달아올랐다. 왠지 덥다. 그는 여전히 진지한 표정으로 나를 보고 있다. 그런 그를 보고 있으려니 또 웃음이 났다.

"그럭저럭 봐줄 만해."

"괜찮다는 얘기네. 생각보다 후한걸."

그 남자의 얼굴에도 웃음이 번졌다.

이번에는 내가 새로운 맥주 캔을 따서 그에게 내밀었다. 그가 맥주를 마시자 목울대가 리드미컬하게 움직였다. 그 모습이 섹시해 보였다.

"잘됐네."

단숨에 맥주 캔을 비운 그가 말을 이었다.

"우리, 처음부터 다시 시작하자."

내 심장이 뛰기 시작했다. 진지한 그의 눈빛과 마주치자 가슴이 설렜다. 몸이 붕 뜨는 기분이었다. 아무 얘기나 하고 싶었지만 말이 나오지 않았다.

그의 입술이 내 얼굴 가까이 다가온다. 나도 모르게 입이 벌어져 그의 입술을 받아들인다. 키스를 했다. 그 키스가 너무 달콤해서 그와 사랑에 빠진 것 같았다. 이 순간만큼은 그가 누구래도 좋았다.

효신 이야기 #45 **닥터 오**

다시 시작하자, 다시 시작하자, 다시 시작하자……. 그가 했던 말을 떠올리며 밤새 뒤척거렸다. 그와 했던 키스보다 그가 했던 말들이 나를 더 흥분시켰다.

당연히 늦잠을 잤다. 눈을 뜬 후에도 이불 속에서 몸을 꼼지락거리며 오전 내내 나른한 시간을 보낸다. 오랜만에 느껴보는 여유다. 커튼 사이로 들어오는 햇살을 보며 난 앞으로 전개될 그와의 미래를 상상했다. 그는 항상 친절하고 변함없이 다정할 것이다. 그리고 날 행복하게 해주겠지. 그의 품에 안긴 나 자신을 생각하자 야릇한 기분에 빠졌다. 아, 섹시해지고 싶다. 그를 유혹할 수 있을 만큼. 그가 선뜻 나를 안지 않아서인지 더 애가 탔다. 며칠 전, 섹스할 뻔했던 순간을 생각하자 또 몸이 달아오른다. 나도 모르게 파자마 속으로 손을 넣었다. 내 몸을 손으로 천천히 훑으며 그를 떠올린다. 이게 그의 손이었으면.

똑- 똑-. 노크 소리에 화들짝 놀라 일어났다. 그는 운동을 가서 집을 비웠을 텐데, 벌써 온 건가? 부랴부랴 옷매무새를 바로 잡았다. 얼마 전부터인가 난 밤에도 문을 잠그지 않는다.

"당신이야?"

[일어났어?]

그 남자였다. 난 안도의 숨을 내쉰다.

[들어가도 돼?]

"잠깐만."

거울을 보며 머리를 급히 매만졌다. 이 정도면 추하지 않은 것 같다. 난 립글로스를 재빨리 바르고 다시 침대에 가서 앉았다.

"들어와."

내 말이 끝나기 무섭게 그가 방문을 열고 들어왔다. 그는 들어오자마자 커튼부터 활짝 젖혔다. 햇살이 창문을 통해 방안으로 쏟아져 들어온다. 눈이 부신 난, 인상을 찌푸렸다. 남자는 자연스럽게 내 침대에 걸터앉았다.

"잘 잤어?"

"덕분에."

그의 시선이 내 가슴께에 머물렀다. 아까 흥분한 탓에 내 가슴 한가운데가 살짝 도드라져 있다. 파자마의 실크 천 위로 드러난 그 돌출 부위를, 남자가 보는 게 느껴진다. 또 몸이 짜릿해졌다.

"오늘, 닥터 오 만나기로 한 거 알지?"

"점심이던가? 어디서 만나는 거야?"

"이 근처 레스토랑이야. 어쩌면 엄마가 올지도 모르는데, 괜찮겠어?"

"어머니가 오셔?"

"엄마가 닥터 오 소개해준 거잖아. 만난다는 얘기가 귀에 들어갔나 봐. 부득부득 오겠다네."

"할 수 없지. 오랜만에 어머니도 뵙고, 좋네, 뭐."

"그럼 씻고 준비해."

그가 침대에서 일어났다. 하지만 그를 이대로 내보내기가 싫었다. 난 아쉬움에 휴대폰으로 시간을 확인해본다.

"벌써? 아직 12시 되려면 멀었는데?"

"날이 좋아. 우리 집 근처 산책하다 가자."

그제야 창밖으로 시선을 돌렸다. 하늘은 구름 한 점 없이 파랬다. 그의 말대로 날이 진짜 좋았다.

그가 침실에서 나가자 부랴부랴 옷을 벗고 샤워를 했다. 그리고 온몸에 샤워코롱을 뿌리고 거울을 보며 벗은 내 몸을 점검했다. 가슴이 조금 처지고 허리에 살이 붙기 시작했지만, 뭐 아직까지 이 정도면 괜찮은 것 같다. 살이 더 찌지 않도록 신경 써야지.

메이크업이 잘 받도록 얼굴에 마스크 시트를 붙이고 입고 갈 옷을 골랐다. 차분한 회색 원피스와 살구색 원피스 사이에서 갈등하다 결국 살구색을 선택했다. 여기에 구두까지 맞춰 신으면 좀 더 날씬해 보일 거란 계산에서였다.

메이크업을 마치고 1층으로 내려가니 그는 휴대폰을 검색하며 커피를 마시고 있었다.

"갈까?"

그가 나를 보며 환히 웃는다. 창가에서 들어오는 햇살이 그를 감싸, 그의 모습은 평소보다 더 빛나 보였다. 단색의 슈트가 정말 잘 어울렸다. 몸에서 풍기는 은은한 스킨 향도 좋았고 내 손을 잡아 이끄는 그 남자의 손길도 좋았다. 그렇다. 난 그에게 지금 반한 거다. 한껏 단장한 내 모습에 아무 말도 해주지 않는 게

서운하지만 그런 무뚝뚝한 점까지도 좋다. 평소 같으면 절대 하지 않았을, 그의 담당 의사를 만나러 가는 것도 싫지 않았다. 우리는 다정한 부부처럼 손을 잡고 집에서 나왔다.

내가 구두를 신은 터라 천천히 비탈길을 내려갔다. 삼거리에 다다르기 전, 맞은편에서 오던 막다른 집 할아버지를 만났다.

"안녕하세요?"

그와 나는 반갑게 인사를 했다. 할아버지는 80세가 넘은 나이에도 정정해 보였다.

"잘 있었나? 두 사람 모두 오랜만이네. 같이 어디를 가는가?"

막다른 집 할아버지도 친근하게 말을 건넨다. 우리 둘이 같이 있는 것을 처음 봤으면서 잘 알고 있다는 듯 말이다. 난 할아버지조차도 죽은 남편과 그를 같은 사람으로 생각한다는 게 신기했다. 정말 이 남자를, 내 남편으로 아는 걸까? 설마 예의상 아는 척해준 거겠지.

"저 아래 식당이요. 할머니는 건강하시죠?"

"그 할마탱이야 뭐, 늘 골골하지. 다음에 같이 놀러 와. 상추 좀 뜯어줄게."

"고맙습니다. 다음에 뵐게요."

남자가 할아버지에게 싹싹하게 인사를 하고 돌아섰다. 난 그가 할아버지를 정말 기억하는지 궁금했다.

"저 할아버지, 알아?"

"기억이야 나지. 이 집 분양받을 때부터 봤으니까. 어휴, 그때 얼마나 텃세를 부렸는데."

"텃세?"

"분양받고 이사 올 때 난리였어. 길 막으면 안 된다고 이삿짐 차를 빼라지 뭐야. 아직 짐도 안 내렸는데. 막걸리값 쥐여드리고 간신히 이사했어."

"당신한테만 그런 거야?"

"옆집한테도 그랬겠지. 나보다 먼저 이사 와서 자세한 얘기는 못 들었지만."

"그래? 아, 근데…… 요즘 옆집 여자 안 보이더라? 차도 없고. 밤에 불도 꺼져 있고."

"그러게. 어디 갔나 보지."

"애가 어린이집 다닐 텐데 그렇게 오래 집을 비워? 그게 가능해?"

"여행 갔을 수도 있잖아. 당신 언제부터 그랬다고, 남의 집 일에 왜 이렇게 신경을 써?"

그가 장난스럽게 잡은 손을 흔들어댔다. 그 바람에 난 의심을 멈춘다. 옆집 여자의 부재가 신경 쓰였지만 일단은 잊기로 했다.

날은 화창했고 그와의 산책은 즐거웠다. 집에서 멀지 않은 곳에 있는 레스토랑에 도착하자, 웨이터가 우리를 야외 테이블로 안내했다. 그곳에는 이미 닥터 오가 앉아 있었다.

깔끔한 회색 슈트 차림에 약간 수염을 길러서인지 꽤 지적으로 보이는 사람이었다. 어딘지 낯이 익었다. 잠깐, 저 사람 어디서 봤더라? 분명 그를 어디에서 마주친 것 같았다. 하지만 이런 나의 궁금증은 뒤로한 채, 우리는 간단히 인사를 하고 자리에 앉았다.

"날이 참 좋네요. 오래 기다리셨어요?"

"저도 방금 왔습니다. 레스토랑이 숲속에 있는 것 같아서 아
주 좋은데요?"

닥터 오의 말대로 야외 테이블은 숲이 우거진 정원 한가운데
있어, 마치 자연 속에 있는 것 같았다. 남자가 미리 주문한 요리
가 나오자 우리는 와인을 곁들여 맛있게 먹고 신나게 떠들었다.
닥터 오는 내가 생각한 것처럼 딱딱하지 않았다. 오히려 유쾌해
서 그 남자와 오랜 친구였던 것처럼 장단이 잘 맞았다.

나는 두 남자가 얘기를 나누는 동안 그를 어디서 봤는지 곰곰
이 생각해본다. 그를 어디에서 봤더라? 생각이 나지 않았다. 기
억을 더듬으며 와인을 마시는데 그가 내 쪽으로 시선을 돌렸다.

"사모님은 요즘 어떠세요?"

"네? 저요?"

닥터 오가 말을 걸자 허둥댔다. 난 늘 이런다. 갑자기 누군가
말을 걸면 쉽게 당황한다. 그런 나를, 그가 옆에서 보고 웃는다.

"밤에는 잘 주무시나요?"

"그, 그게……. 제게 왜 그런 걸 묻죠? 전 환자도 아닌데요?"

"아, 기분 나쁘셨다면 죄송합니다. 제가 워낙 습관이 되어놔
서. 말을 붙인다는 게 사람들에게 꼭 환자 대하듯 물어요. 주책
맞게."

닥터 오의 말에 남자가 소리 내어 웃었다. 그 웃음에 내 경계
심도 단박에 사라진다.

"선생님도 직업병은 어쩔 수 없나 봐요."

"누구나 그렇지 않겠습니까? 재우 씨는 어떠세요? 직업병이란 게 있나요?"

"제 일이 세일즈다 보니까, 본의 아니게 사람들에게 막 친절해져요."

"그건 직업병이 아니라 본성 아닐까요? 성품이 좋으신 겁니다."

"제가 지난 몇 년간 기억이 없잖아요. 그래서 선생님을 찾은 거고요. 그런데 이상하게, 회사에서 기억력이 좋다는 말을 자주 듣습니다. 이런 것도 직업병일까요?"

"그럴 수도 있죠. 하지만 이것은 분명해요. 잃은 기억과 최근 기억 간에 상관관계는 없다는 거요. 치매 환자를 예를 들면, 최근 기억은 없지만 예전 기억은 또렷하잖아요? 재우 씨의 경우도 그것과 비슷하다고 볼 수 있겠죠."

닥터 오가 말하는 것을 듣고 있으려니 가물가물하던 기억이 또렷해진다. 누군지 알았다. 그의 입매를 보니 어디서 본 얼굴인지 생각이 났다. 그는 TV에서 본 배우를 닮았던 것이다. 궁금증이 해소되자 나도 모르게 미소가 지어졌다.

"기분 좋은 일이 있으세요?"

닥터 오가 재빨리 나를 살핀다. 그는 와인을 따르며 친근히 말을 걸었다.

"이 사람, 늘 이래요. 도대체 무슨 생각하는지 모르겠다니까요?"

"내가 뭘?"

"당신, 자주 멍해 있잖아. 그럴 땐 당신이 옆에 있어도 멀리 있는 것처럼 느껴지거든."

"생각이 많은 편이라 그러실 거예요."

닥터 오가 날 보며 싱긋 웃는다. 하지만 난 그의 미소 뒤에 있는 날카로운 눈빛을 봤다. 그는 작은 틈을 놓치지 않고 내 심리를 물고 늘어지려 한다. 딱 질색이다. 난 누가 내 속을 들여다보는 게 싫다.

"어디서 뵌 것 같아서 생각하고 있었어요."

"저를요?"

"네. 낯이 익어서요."

"전 처음 뵙는 것 같은데……. 우리, 어디서 만났던가요?"

닥터 오가 진지하게, 아니 심각하게 물었다. 그 역시 기억을 더듬는 것 같았다.

"배우를 닮으셨더라고요. 왜 얼마 전에 종방한 드라마에서 실장으로 나왔던."

"아, 아……."

닥터 오의 얼굴이 다시 환해진다. 배우를 닮았다는 말에 기분이 좋았나 보다.

"누군지 알겠습니다, 그 배우. 이 수염 때문일 거예요. 수염 기른 후부터 닮았다는 얘기를 가끔 듣거든요. 고맙습니다. 그런 얘기는 아무리 많이 들어도 질리지가 않아요."

닥터 오가 웃으며 잔을 들었다. 기분 좋은 그의 웃음에, 우리는 건배를 한다. 남자도 즐거운 듯 보였다. 그가 웃고 있으니 나도 흐뭇해진다. 남자와 닥터 오가 이야기를 나누는 동안, 난 와인이 맛있어서 몇 잔 더 마셨다. 날이 따뜻하고 술기운도 올라와 몸이 노곤해진다.

삐리리리- 삐리리리-. 휴대폰 벨 소리가 울렸다. 남자가 전화를 받았다.

"엄마? 왜?…… 내비 없어? 여길 왜 못 찾아?"

시어머니 전화였다. 남자는 답답한지 인상을 쓰고 있다. 그는 우리에게 양해를 구하고, 통화를 하며 레스토랑 출입구 쪽으로 나간다. 이 근처에서 헤매고 있을 시어머니를 마중 나간 것이다. 그리고 야외 테이블에는 닥터 오와 나, 단둘이 남았다.

"재우 씨, 집에서는 특별한 점이 있나요?"

그가 와인을 마시며 조용히 물었다. 아까 남자와 있을 때보다 한결 차분해진 분위기다.

"특별한 게 뭔데요?"

"갑자기 화를 버럭 낸다던가, 기억이 왔다 갔다 한다던가, 그런 예전에 못 보던 행동들요."

"글쎄요? 그걸 왜 제게 물어보시는 거죠?"

"재우 씨 얘기만으로는 치료에 한계가 있으니까요."

그의 치료를 위해서라니, 할 말이 없어진다. 앞으로 닥터 오가 묻는 말에 고분고분 답을 해야 하는 걸까? 와인을 들이켰다. 그가 다시 와인을 잔에 채워준다.

"그래서 한번 뵙고 싶었습니다. 여러 가지 묻고 싶은 게 많아요."

"기회가 좋네요. 궁금한 것은 시어머니 오시기 전에 빨리 물어보세요. 어머니, 말씀이 진짜 많거든요. 얘기하실 틈이 없을 거예요. 알고 계시겠지만요."

"좋습니다. 그럼 단도직입적으로 여쭤볼까요? 그날 말입니다. 재우 씨는 그날, 왜 그렇게 화가 났던 것일까요?"

"그야 부부 싸움을 했으니까요."

"부부 싸움은 자주 하셨다고 들었어요. 별거 중이시라는 얘기도 들었고요. 그런데 하필 왜 그날 집을 나간 걸까요? 평소와는 뭔가 다르지 않았을까요?"

"글쎄요. 생각을 해봐야겠는데요?"

"집을 나가고 기억을 잃었다면, 그 정도로 트라우마가 생겼다면, 평범한 부부 싸움을 한 날은 아니었을 겁니다. 그걸 알아야 제가 재우 씨를 도울 수 있어요."

술이 오른다. 진지한 그의 눈빛을 보자 입이 간질간질해졌다. 의학을 탐구하는 의사에게 먹잇감을 던져주고 싶었다. 그래서 그 남자에게 도움이 되고 싶다. 하지만 위험하다는 걸 안다. 작은 틈이, 큰 구멍이 될 수 있다.

"꼭 그날의 일이 트라우마일까요? 다른 문제일 수도 있잖아요."

"재우 씨의 기억에는 효신 씨가 없었습니다. 전 거기에 주목한 거죠. 누군가의 존재가 통째로 도려내졌다면, 원인은 어디에 있다고 생각하십니까? 그날 있었던 일이, 재우 씨가 기억을 되찾을 수 있는 열쇠예요."

"……."

"부부 싸움했던 것을 다시 생각해주십시오."

닥터 오를 똑바로 바라봤다. 그의 관심은 오직 그 남자뿐인 것 같았다. 그래, 이 의사는 내가 한 일에는 관심이 없을 것이다. 그건 확실하다. 그렇다면 작은 단서쯤이야 괜찮지 않겠는가. 내가 남편을 죽였다는 이야기만 아니면 된다. 게다가 이렇게 친절하고 좋은 사람인데, 별일이야 있겠어?

"그날…… 부부 싸움을 좀 심하게 했어요. 그래서 남편이 화가 많이 나고 분했을 거예요."

"심하게요? 어떻게 한 게, 심하게입니까?"

"제가 한 대 쳤어요."

"쳐요? 때린 건가요? 어떻게요?"

닥터 오가 호기심 가득한 눈으로 나를 본다. 남자의 트라우마를 한 번에 알아낼 수 있을 거라는 기대감이 엿보인다. 난 다시 와인을 마셨다.

"……혹시 물건을 사용했나요? 무엇으로 재우 씨를 쳤죠?"

말할까 말까 망설였다. 그러나 그의 눈을 보자 웃음이 나왔다.

"……화병이오."

나는 소리 내어 웃고 말았다. 그의 눈빛이 날카로워졌지만 내 웃음은 멈추지 않았다.

"눈에 화병이 보이길래 화병으로 그만……."

화병으로 죽은 남편의 머리통을 내려친 순간이 눈앞에 스쳤다. 바보 같은 인간. 나 같은 여자에게 당할 거라고 단 한 번도 생각하지 못했다는 표정이었지. 그 얼빠진 표정은 지금 생각해도 우습다. 머리에 화병의 파편을 꽂은 채, 놀라서 멍하니 나를 보던 그 눈빛이란. 눈물이 나올 정도로 웃음이 나왔다.

이런 나를, 닥터 오가 이상하게 보고 있다. 아마 날 미쳤다고 생각할지도 모른다. 하지만 내 속은 후련했다. 임금님 귀는 당나귀 귀라고 외친 이발사처럼, 가슴에 담아뒀던 말을 쏟아내고 나니 기분이 상쾌했다. 단, 이발사와 나의 차이가 있다면 그는 비밀을 말한 것이고 나는 아직 말하지 않은 것이다.

효신 이야기 #46 **실언**

"어머, 효신아. 너 대낮부터 뭔 술을 그렇게 마셨니?"

시어머니는 야외 테이블로 다가오자마자 얼굴부터 찌푸렸다. 벌게진 내 얼굴이 심히 마음에 들지 않는 눈치다.

"어머니 오셨어요?"

"뭐야, 혀도 꼬부라졌네. 저 여기, 찬물 좀 갖다 줘요."

그녀가 큰 소리로 웨이터를 부른다. 하지만 난 시어머니가 주는 무안에 개의치 않았다.

"이미니도 좀 드셔보세요. 여기 와인이 참 맛있네요."

난 비틀거리며 일어나 어머니의 잔에 와인을 따르려고 했다.

그 바람에 내 앞에 놓인 와인을 쏟았다. 하얀 테이블보가 붉게 물들었다. 남자가 옆에서 나를 만류한다. 그는 나의 손에서 와인 병을 뺏더니 시어머니 잔에 와인을 대신 따랐다.

"내가 할게. 당신 너무 많이 마셨나 보다."

"많이? 이제 시작인데?"

난 다시 깔깔거리고 웃는다. 웃기지도 않은데 이상하게 웃음이 나고 즐거웠다. 시어머니는 인상을 찌푸렸고, 닥터 오는 그런 날 흥미롭게 보고 있다.

웨이터가 얼음물을 가져오자 난 벌컥벌컥 마셨다. 아, 시원하다.

"어휴, 정신 상담을 받아야 할 사람은 재우 네가 아닌, 쟤야."

시어머니가 혀를 끌끌 찼다. 남자는 웨이터 보기가 민망했는지 그저 웃으며 어깨만 으쓱해 보인다. 난 또 그걸 만회해보겠다고 닥터 오에게 말을 걸었다.

"선생님, 우리가 어디까지 얘기했죠?"

내 귀에도, 내 목소리가 혀 꼬부라진 것처럼 들렸다. 이상하다. 정신은 이렇게 말짱한데.

"그날 있었던 일에 대해 얘기하고 있었죠."

"그날 일? 재우 얘가 집을 나갔다는 그날이오?"

어머니가 나와 닥터 오의 대화에 끼어들었다. 마음에 들지 않았다.

"네. 부부 싸움을 심하게 하셨다더군요."

"저 정신에 무슨 말을 했을까……. 쟤가 한 말을 믿을 수나 있나 몰라."

"어머니, 저 그날 일 또렷하게, 아주 또렷하게 기억하고 있다고요."

난 괜히 울컥해서 큰소리를 쳤다. 시어머니가 나를 무시하는 것 같아 기분이 나빴다.

"그래, 그럼 말해봐. 재우가 왜 집을 나갔니?"

"제가 쳤어요. 화병으로 머리를, 이렇게 내려쳤어요."

난 제스처까지 곁들여 열심히 설명을 했다. 시어머니의 반응은 냉랭했다.

"뭐? 얘가 미쳤구나, 아주? 지아비 머리를, 응? 뭐, 화병으로 때려?"

"엄마, 진정해."

"내가 지금 진정하게 됐니? 그래서, 그 뒤엔 어떻게 했는데?"

"그게 끝이에요."

"얘 좀 봐. 왜 얘기를 하다 말아?"

"정말 그게 끝이라고요. 한 대 맞고 끝!"

순간 정적이 흘렀다. 그 남자와 시어머니, 닥터 오가 나를 보고 있다. 모두 싸늘한 눈빛으로. 아차 싶었다. 난 그저 닥터 오에게 약간의 팁만 주려 했는데, 얘기가 자꾸 이상하게 흐른다. 이러다가 내가 임금님 귀를 발설한 이발사가 될 것만 같다. 안 되겠다. 쓸데없는 말을 내뱉으면 안 된다. 난 포크를 테이블 밑으로 가져가 무릎을 찍었다. 아팠다. 하지만 정신이 번쩍 들었다.

"효신 씨는, 재우 씨가 자꾸 남편이 아니라고 말씀하시잖아요?"

"생각을 바꿨어요. 이제 내 남편이다, 생각하려고요."

닥터 오의 물음에 나는 성실하게 대답했다. 하지만 옆에서 남자가 실소하는 게 느껴진다. 시어머니는 앞에서 어이없다는 표정을 짓고 있다.

"다행이네요. 그렇게라도 생각을 바꾸셨다는 게. 그렇지만 우리 다시 돌아가서 생각해봅시다. 효신 씨는 왜 처음에 재우 씨를 알아보지 못한 거죠?"

"제가 눈이 나쁜가 봐요."

내 말에 남자가 쿡쿡대며 웃었다. 술에 취한 난, 그가 웃자 기분이 좋아져 따라 웃었다. 닥터 오도 재밌다는 듯 나를 보며 알 듯 말 듯 한 미소를 짓는다. 시어머니만 표정이 좋지 않았다.

"처음에 효신 씨가, 재우 씨에게 갖고 있던 부정적인 생각 말입니다……."

"저, 이제 그런 것 없어요. 다 긍정이에요. 남편의 모든 게 다 마음에 든다고요."

내가 또 웃었다. 그러자 시어머니는 지긋지긋하다는 듯 말을 내뱉었다.

"선생님, 아, 그만하죠. 얘 너무 취했어요. 더 이상 얘기 듣는 건 무리예요."

"그럴까요? 기회는 다음에도 있으니까요."

"재우야, 그리고 너, 쟤 술 좀 작작 마시게 해. 한약도 먹으면서 뭔 술을 그렇게 마신다니? 어휴, 바쁜 분 모셔다 놓고 이게 뭔 추태야."

"괜찮습니다."

"선생님, 진짜 죄송해요. 낯부끄러워서, 어휴⋯⋯."

시어머니는 연신 한숨을 내쉬었다. 그리고 그녀는 손부채질을 하며 와인과 물을 번갈아 가며 들이켰다. 몹시 목이 말랐나보다. 하품이 나왔다. 날도 좋은데 이대로 잠들었으면. 난 갑자기 쏟아지는 졸음을 이기기 힘들어 꾸벅꾸벅 졸기 시작했다. 남자와 시어머니, 닥터 오의 말소리가 점점 작아지더니 아득히 먼어디론가 사라져버렸다.

눈을 떠보니 주변이 깜깜했다. 난 깜짝 놀라 몸을 일으킨다. 다행히 내가 누운 곳은 내 방, 2층 침실이었다. 정신을 차리고나니 아까 레스토랑에서 벌인 내 만행이 고스란히 떠올랐다. 젠장, 너무 취했어. 얼마 마시지도 않았는데 대체 내가 왜 그랬을까? 난 아무리 술을 많이 마셔도 속내를 말하는 스타일이 아니다. 하지만 이번에는 이상했다. 정신과 의사라는 사람에게 홀려, 그만 술술 불고 말았다.

좀 전의 상황을 더듬어본다. 죽은 남편의 머리를 화병으로 내려쳤다고 얘기한 것까지는 기억이 난다. 이 입이 거기서 멈췄어야 했는데, 혹시 말실수라도 했으면 어떡하지? 설마 남편을 죽였다고 자백한 건 아니겠지? 마지막 한 말이 생각나지 않았다. 그래서 불안했다.

난 분위기를 살피기 위해 걱정스러운 마음을 안고 거실로 내려갔다. 불이 환히 켜진 거실에는 남자와 시어머니가 커피를 마시고 있었다.

"이제 일어났니?"

"잘 잤어?"

나를 본 그와 시어머니가 동시에 말한다. 하지만 두 사람의 표정은 정반대였다. 남자는 재밌다는 듯 웃고 있었고 시어머니는 단단히 뿔이 난 듯했다.

"죄송해요……."

"알긴 아는구나. 원, 창피해서……."

"엄마, 그만해. 당신도 커피 마실래?"

난 고개를 끄덕이며 얌전히 그의 옆에 앉았다. 시어머니가 여전히 나를 째려보고 있었다.

"닥터 오는 이미 갔어. 다음에 다시 보자고 하더라."

글쎄, 내가 닥터 오를 다시 만날 수 있을까? 그를 볼 자신이 없다. 창피하다. 난 남자가 따라주는 커피를 마시며 조용히 눈치를 본다.

"당신, 괜찮아?"

그가 걱정스러운 표정으로 물었다. 그러잖아도 머리가 아팠다.

"두통이 조금 있는 것 같은데, 곧 괜찮아질 거야."

"얼굴도 빨개."

"술이 안 깼나 보지. 그렇게 마셨는데."

"엄마도 참, 사람 아프다는데."

남자가 내 이마를 손으로 짚어본다. 미열이 있었는지 그의 손이 닿은 부분이 시원했다.

"그게 아픈 거겠니? 술병이지!"

"엄마, 제발."

"창피해서 이제 닥터 오를 어떻게 보냐고, 내가!"

"아, 엄마 자꾸 그럴 거면 집에 가. 다음에 얘기하자니까."

"어머, 지 와이프라고 편드는 것 좀 봐. 그래, 간다, 가. 더 있으라고 해도 안 있어."

"어머니, 저……."

"따라 나오지 마! 술 냄새나!"

시어머니를 배웅하려던 난, 그녀의 히스테리에 의기소침해 자리에 주저앉았다. 그사이 그녀는 집에서 나가버렸고, 곧 시어머니가 차에 시동 거는 소리가 창문 너머로 들렸다.

"신경 쓰지 마. 엄마 성격, 알잖아?"

"내가…… 많이 실수했어?"

난 스스로를 원망하며 물었다. 그의 표정에 묘한 미소가 서렸다.

"실수? 그걸 실수라고 해야 할까? 난 덕분에 새로운 걸 하나 알았는데?"

군침을 삼켰다. 내가 분명 무슨 실수를 한 게 틀림없다.

"새로운 게 뭔데?"

"당신이 그날에 대해 말해주지 않은 것."

"내가? 뭐라고 얘기했는데?"

"기억 안 나?"

"화병으로 내리쳤다는 걸 말하는 거야?"

"응. 그리고 그거 말고 또 있잖아?"

"……."

다시 군침을 삼켰다. 행여 내가 남편을 죽였다는 얘기를 했을까 봐 더럭 겁이 났다. 난 남자의 눈을 똑바로 보며 의중을 파악하려 애썼다. 남자의 긴 눈이 가늘어져, 눈동자가 보이지 않았다.

"없는데?"

"기억이 안 난다고?"

남자의 입꼬리가 살짝 위로 올라갔다. 웃고 있지만 싸늘했다. 그 미소가 나에게 경고를 하고 있다. 전환이 필요했다.

"당신이, 날 목 조른 거?"

"목? 내가?"

"날 죽이려 했었잖아. 내가 그걸 말한 거야?"

그가 침묵했다. 위로 들렸던 입꼬리도 다시 제자리를 찾았다.

"당신에게 말 안 하려고 했는데…… 그걸, 내가 말해버렸구나."

난 가련한 척, 연기를 한다. 가해자와 피해자의 입장을 바꾸는 것은 아주 쉬웠다.

"미안. 그냥 잊어. 좋은 일도 아닌데. 우리 다시 시작하기로 했잖아."

이번엔 그에게 달콤한 당근을 내준다. 새 출발을 계기로 그의 입을 막을 심산이었다. 하지만 그는 아니었던 듯싶다. 남자는 내가 원하는 대답을 하지 않았다.

"내가 들은 건…… 당신이 끝이라고 말한 거야."

이제 기억이 났다. 다행히 실수는 하지 않았다. 끝이라는 단어에는 죽음만 포함된 게 아니니까.

"그래, 끝. 그렇게 당신이 집을 나가면서 우리의 관계도 끝난 거야. 그걸 얘기한 거였어. 미안해, 말하지 않아서. 나에겐 정말 떠올리기 싫은 기억이었어."

실수를 잘 봉합했다. 집요하게 그날 일을 들춰내려는 그의 입을, 나는 사과로 미리 막아냈다.

"그게, 끝인 거였구나……."

그가 알쏭달쏭하게 말끝을 흐린다. 그리고 한참 동안 생각에 잠겼다. 난 아까의 해프닝을 무마하고 어제의 우리로 돌아오길 바랐지만, 그의 분위기상 쉽지 않을 것 같다. 할 수 없이 자리에서 일어났다.

"컨디션이 안 좋아서 다시 누워야겠어."

"그래, 올라가서 쉬어."

그와 다시 남남처럼 어색해졌다. 2층으로 올라온 뒤에도 레스토랑에서 있었던 일이 자꾸 떠올라 괴로웠다. 왜 그렇게 내가 취했는지, 왜 그런 실수를 했는지 도무지 이해가 가지 않았다. 후회와 외로움이 밀물처럼 밀려들었다. 나를 외면하는 남자의 싸늘한 얼굴이 무섭다. 그와의 관계가 한 발자국 진전했다고 생각했는데 오히려 두 발자국 퇴보해버렸다. 이대로 멀어질 수 있다는 생각이 들었다. 아쉽지만 할 수 없는 거겠지. 항상 그랬다. 내겐 원하는 것은 쉽게 주어지지 않았다. 그래서 항상 차선책만 선택해왔는데 이번에도 그래야 하나.

필주 씨가 생각났다. 내가 전화하면 그가 받아줄까? 마지막까지 나를 버리지 않을 사람은 그래도 필주 씨뿐이라는 생각이 들었다. 외로울 때, 힘들 때, 나의 곁에 있어 줄 사람은 역시 그 사람밖에 없다. 누가 뭐라 해도 우린 공동의 짐을 짊어지고 있으니까.

난 주저하다 그에게 전화를 걸었다. 전화벨이 한참 울린 후에야 그가 전화를 받았다.

"나야……."

[웬일이야?]

휴대폰 너머 필주 씨의 목소리가 퉁명스러웠다. 이런 적은 처음이었다. 아마 화가 단단히 났나 보다.

"아직, 화 안 풀렸어?"

[……]

"그동안 나 걱정하지도 않았나 보다? 내 연락 기다리지 않았어?"

[잘 있었으니까 이제 전화했겠지.]

그가 비꼬는 투로 말했다. 어떻게 해야 그의 화를 풀 수 있을지 고민이 된다.

"행운이 물 안 준 거 미안해. 자기 의심한 것도 내가 나빴어. 하지만 나도 사정이 있었잖아. 이해해주면 안 될까?"

[…….]

"내가 자기만 사랑하는 거 알잖아. 화 풀어. 응?"

[날 사랑하지 않는다며? 난 자기에게, 아무나가 아니었어?]

"그건 홧김에 한 얘기지. 싸울 때 한 말을 다 믿어?"

[자기 요즘 변했어. 내가 모르는 다른 사람 같다고. 그거 알아?]

"미안. 그렇게 느꼈다면 정말 미안해."

[그 자식 온 다음부터 자꾸 날 무시하는 것 같아.]

"아니야, 자기. 그거 오해야. 내가 왜 자길 무시해?"

[나도 느낌이란 게 있어.]

"절대 아니야. 자기가 그렇게 느꼈다면 내가 뭘 잘못한 거겠지만, 실제 내 마음은 그렇지 않다는걸 알고 있잖아?"

[모르겠어…….]

"예민해져서 그래. 자기도 나도, 모두 예민해진 거라고. 문제가 해결되면, 우리 다시 괜찮아질 거야. 화 풀어, 필주 씨. 응?"

난 매달리다시피 필주 씨를 달랜다. 그가 옆에 있지 않아 답답했다. 말로만 달랜다는 게 쉽지 않았다.

"보고 싶다……. 이번 주, 올라올래?"

[이번 주?]

그의 목소리가 가늘게 떨렸다. 됐다. 그의 마음이 돌아서는 게 느껴진다. 조금만 더 그를 구슬리면 화가 풀릴 것 같다.

"자기에게 안기고 싶어."

[시간…… 낼 수 있어? 주말인데?]

"어떻게든 내야지. 내가 자기 집으로 갈게."

필주 씨와 간신히 화해를 했다. 전화를 끊고 나니 복잡했던 마음이 다시 평온해진다. 난 동지와 척을 지면 안 된다고 스스로를 다독였다. 앞으로도 필주 씨와는 잘 지내야지. 사람 마음이 참 간사한 게, 내 상황에 따라 자꾸 마음이 뒤집힌다. 필주 씨와는 다시는 보지 않을 것처럼 헤어졌는데 지금은 그가 필요하다. 화해를 하고 마음이 가벼워져서인지 그렇게 많이 자고 커피를 마셨는데도 잠이 또 왔다. 침대에 누웠다.

그리고 그날 밤, 처음으로 악몽을 꾸었다.

효신 이야기 #47 **다시 시작하자**

긴긴 꿈을 꾸었다. 꿈속에서 난 허리까지 올라온 풀숲을 헤매고 있었다. 풀에서는 필주 씨 방에서 나던 고약한 냄새가 풍기고 있었는데, 덤불 일부가 내 다리를 휘감아 옴짝달싹 못 하게 만들어 앞으로 나가는 게 힘들었다. 그래도 나는 꿋꿋하게 풀숲을 헤치고 걸어갔다. 하늘은 와인처럼 빨갰고 멀리 길고 뾰족한 우리 집이 보였다. 그러나 가까이 다가가려 할수록 집은 점점 멀어져서 난 마치 러닝머신 위를 달리는 기분이었다. 어서 빨리 집으로 가 남자를 만나고 싶은 마음에, 난 기를 쓰고 걸었다. 날은 점점 어두워졌고 창문에는 드디어 불이 들어왔다. 그리고 남자의 그림자가 창가에 슬쩍 비쳤다. 반가운 마음에 난 그를 부른다. 대답이 없었다. 계속 그를 불렀다. 집으로 갈 수 없는 난, 그렇게 해서라도 그를 만나고 싶었다. 하지만 문을 열고 나온 것은 그가 아닌 죽은 남편이었다.

"당신이 왜 여기 있는 거야!"

난 죽은 남편을 향해 고함을 질렀다. 그를 다시 보는 게 끔찍했다. 죽은 남편은 날 보며 비열하게 웃더니 현관 옆의 기둥을 가리켰다. 그곳에는 몸의 일부가 시멘트 기둥이 되어버린 남자가 보였다. 죽은 남편은 남자의 위로 시멘트를 천천히 덧바르기 시작한다.

"그만해. 그를 놔줘!"

내가 외쳐봤지만 죽은 남편은 들은 척하지 않았다. 신발을 벗어 그에게 던졌다. 던져진 신발은 그의 발치에도 못 미친 곳에 떨어지고 만다. 그사이 수풀은 내 몸을 점점 죄어오고 있었고, 이제 남자의 얼굴은 시멘트로 덮일 차례였다.

"안 돼! 그만해!"

난 계속해서 고함을 질러댔다. 버둥거리고 싶었지만 몸을 움직일 수가 없었다. 죽은 남편은 마지막 시멘트를 그의 얼굴에 바른다. 그리고 나를 돌아보며 웃었다.

"당신이 이랬잖아?"

"아아악~!"

나는 있는 힘을 다해 고함을 질렀다. 그러자 수풀은 내 얼굴을 휘감고 내 목을 조른다. 점점 숨이 막혀왔다. 죽은 남편의 웃음소리가 멀리서 들려왔다.

"정신 차려! 효신아, 눈 좀 떠봐!"

누군가 내 몸을 흔들며 나를 깨우고 있다. 눈을 간신히 떠보니 남자의 얼굴이 보였다. 내 몸은 식은땀으로 온통 젖어 있었다.

"당신, 괜찮아?"

그가 나를 걱정스럽게 들여다보고 있다. 고개를 끄덕였다. 몸은 멀쩡했다. 하지만 꿈속에서 본 죽은 남편의 모습이 떠올라 흠칫 몸을 떨었다.

"악몽을 꿨어? 무슨 꿈을 꿨길래 그래?"

"언제부터 여기 있었어?"

난 그제야 남자가 침대에 앉은 걸 깨달았다. 내가 허락하지도 않았는데 방에 들어온 것이다. 하지만 화가 나지는 않았다.

"방금 왔지. 고함을 그렇게 질러대는데 어떻게 안 와봐?"

"내가 고함을 질렀어? 뭐라고?"

"안 된다고 하고, 그만하라고도 하고……. 하여튼 있는 힘껏 지르더라. 무서운 꿈이었어?"

"어, 아주 무서운 꿈이었어."

남자가 나를 안았다. 난 기진맥진해서 얌전히 그에게 안겼다.

"앞으로 무서우면 말해. 같이 자줄게."

난 마치 어린애가 된 기분이 든다. 엄마도 아빠도, 나에게 이렇게 상냥한 적이 없었는데. 그에게 매달려 어리광을 부리고 싶다. 남자가 나에게 머그잔을 내밀었다. 컵에서 진한 한약 냄새가 풍겨왔다.

"엄마 말대로 당신 몸이 허약해졌나 봐."

난 잔을 받아들고 어찌할 바를 모른다. 그에게 티를 내지 않았지만 이 한약을 진짜 마시기 싫었다. 아, 옆에 경수 씨가 있었다면. 이 한약을 단숨에 마셔버렸을 텐데.

"이따 마실게."

"지금 마셔. 따뜻할 때 마셔야 덜 써."

남자는 내가 머그잔을 탁자에 내려놓으려는 걸 막았다. 그리고 한약 복용을 종용한다.

"이거 마시고 드라이브 가자. 당신, 오늘이 마지막 휴일이잖아."

내일 일산 분양관으로 출근해야 한다는 사실이 떠올랐다. 그의 말대로, 당분간 내게 주어지는 마지막 휴일일지도 모른다. 할 수 없이 난 그가 시키는 대로 머그잔을 들었다. 마치 사약을 받아 든 기분이었다. 그는 내가 마지막 한 방울을 다 마실 때까지 나를 지켜봤다. 그리고 흡족하게 말했다.

"씻고 거실로 내려와. 기다리고 있을게."

남자가 침실에서 나가자 난 화장실로 달려갔다. 변기에 머리를 박고 손가락을 목구멍 깊숙이 넣었다. 속을 몽땅 게워냈다. 검고 진한 초록색의 끈적한 액체가 투명한 물에 뚝뚝 떨어졌다. 입안에는 비릿하고 쓴맛과 향이 맴돌았다. 노란 위액이 나올 때까지 구역질을 하고 나니 힘이 빠진다.

몸을 일으켜 거울을 봤다. 토하는 바람에 얼굴에는 빨간 반점이 올라와 있다. 남자에게 들키지 않기 위해서는 오늘 메이크업은 두껍게 해야겠다고 생각했다. 서둘러 샤워와 양치를 하고 옷을 갈아입었다. 편하게 청바지에 흰 셔츠를 입고 거실로 내려갔다. 남자가 나를 보고 활짝 웃었다.

"오래 기다린 보람이 있네. 당신, 오늘 예쁜데?"

예쁘다……. 오랜만에 들어보는 말이었다. 예의상 던진 빈말에 가슴이 또 쿵쾅거린다. 남자는 차에 탈 때 매너 있게 보조석 문을 열어줬다. 난 영화 속 주인공처럼 우아하게 차에 올라탔다.

"어디 가는 거야?"

"두고 보면 알아."

그는 씩 웃더니 비탈길을 익숙하게 내려갔다. 그리고 근처 쇼핑몰로 향했다. 난 살짝 긴장했다. 이곳은 하필이면 필주 씨와 만날 때 늘 애용하던 장소가 아닌가. 그가 왜 나를 이곳에 데리고 왔는지 저의가 궁금했다.

"드라이브 간다는 거 아니었어?"

"그거 하기 전에 들를 데가 있어."

남자는 무슨 대단한 비밀이라도 있는 듯 말을 아꼈다. 싱글벙글 웃는 모습에 난 그가 무엇을 하려는지 종잡을 수 없었다. 식사라면 예약된 곳이 있었고, 굳이 차를 마시러 오기에 이곳은 적당한 장소가 아니었다. 하지만 난 잠자코 그를 따랐다. 그의 기분을 거스르고 싶지 않았다. 어제 본 차가웠던 표정을 두 번 다시 보고 싶지 않았다.

그는 내 손을 잡고 화려해 보이는 1층 주얼리숍으로 들어갔다.

"어서 오십시오."

문이 열리자마자 높고 발랄한 목소리가 들려온다. 화사하게 꾸민 세련된 외모의 여자 마스터가 반갑게 우리를 맞았다.

"주문한 물건 찾으러 왔는데요."

"김재우 님이시죠? 잠시만 기다리십시오."

마스터는 거울로 된 뒤쪽 장식장 문을 열더니 작은 박스를 꺼냈다. 그리고 그 작은 박스를 내 앞에 소중히 내려놓는다. 난 뜻밖의 상황에 얼떨떨해서 그를 쳐다봤다. 그는 여전히 말없이 웃고만 있다. 마스터가 장갑을 끼더니 박스를 열었다. 그 안에서 금목걸이를 꺼냈다. 내 이름의 첫 번째 이니셜인 'J' 형태를 띤 목걸이였다.

"주문하신 상품 맞으시죠?"

마스터는 목걸이를 상자에서 빼내어 우리 앞에 자세히 보여준다. 숍의 조명을 받아 목걸이는 반짝반짝 아름답게 빛났다.

"해볼래?"

그가 내 귓가에 작게 속삭였다. 당황한 난, 그저 목걸이만 보고 있을 뿐이다. 그가 마스터에게 목걸이를 받아들었다. 눈치 빠른 그녀는 목걸이를 건네주고 재빨리 자리를 피했다. 남자는 만족스러운 얼굴로 목걸이를 내 목에 걸어준다. 그리고 이니셜 장식이 더 잘 보이도록 내 셔츠의 단추를 한 개 더 풀었다. 거울을 통해 셔츠 사이로 내 가슴골이 보였고, 그곳에 고이 안착한 목걸이가 반짝였다. 난 거울을 황홀하게 들여다봤다. 남자에게 목걸이를 선물 받은 것은 처음이었다.

"당신 이름과 내 이름이 겹치는 알파벳이야. 일부러 주문했어. 이게 무슨 의미인 줄 알지?"

일부러 주문한 거라니……. 내가 특별한 사람이 된 것 같았다. 너무 감동한 나머지 고맙다는 말도 나오지 않았다. 그저 얼어붙어 거울만 들여다보고 있을 뿐이다. 남자가 고개를 숙여 내 머리에 가볍게 입맞춤을 했다. 덕분에 난 간신히 마법에서 풀려났다.

"고마워. 이런 걸…… 내가 받을 자격이 있을까?"

그를 의심했던 숱한 나날을 떠올렸다. 물론 아직도 그 의심을 지워버린 것은 아니지만, 그와의 새 출발을 꿈꿨는데 이렇게 풀릴 줄이야.

"말했잖아. 다시 시작하자고. 이게 그 증거야. 볼 때마다 다짐할 수 있게 매일 하고 있어줘."

"난, 아무것도 준비 못 했는데?"

"괜찮아. 당신은 내 옆에 있기만 하면 돼."

주얼리숍에 들어갈 때 내 손을 잡고 있던 그의 손이, 나올 때는 내 어깨를 감쌌다. 그의 그런 당당함이 싫지 않았다. 난 그에게 거의 안기다시피 한 상태로 주차장으로 향했다. 자세가 조금 불편했지만 불평하지 않았다. 아니, 더 세게 끌어안아 줬으면 했다. 그가 주변의 눈치를 살피지 않아 더 좋았다. 내 가슴 위에는 그가 선물한 목걸이가 반짝이고 있고, 그는 가끔씩 내 가슴께를 훔쳐보며 만족스럽게 웃어 행복했다.

쇼핑몰에서 나온 우리는 고속도로를 타고 강릉으로 향했다. 2시간 30분이나 걸리는 먼 거리를, 나는 투정 한번 하지 않았다. 평소의 나 같으면 거기까지 왜 가냐고 쉬지 않고 투덜댔겠지만 오늘같이 좋은 날, 모든 게 좋고, 모든 게 다 만족스러웠다. 휴게소에 들러 군것질을 하고 커피를 마시는 행동 하나하나가 다 새롭고 즐거웠다. 그리고 그가 예약했다는 레스토랑에 들어선 순간, 난 탄성이 쏟아져 나왔다. 카페에서 푸른 바다가 시원하게 보였다.

우리는 종업원의 안내를 받아 예약된 자리로 갔다. 그가 예약한 곳은 바다가 제일 잘 보이는 테이블이었다. 한쪽 벽 전체를 차지한 폴딩도어가 접혀 있어, 우리는 마치 테라스에 있는 것 같았다. 시원한 바람이 불어왔고, 짭짤한 바다 냄새와 쏴아 소리를 내며 부서지는 파도 소리도 들렸다. 이 근사한 자리에서, 난 내가 꿈꿔왔던 대로 멋진 식사를 즐겼다. 해산물 전채 요리는 신선했고 랍스터를 곁들인 메인요리는 훌륭했다. 우리는 와인으로 건배를 하고 운전을 해야 하는 그 대신 내가 와인을 마셨다. 오늘 같은 날이 영원히 계속되길, 난 속으로 간절히 바랐다.

그는 내 옆에 바짝 붙어 앉았고 평소보다 더 상냥했다. 후식으로 나온 커피를 마시던 그는 내 쪽으로 몸을 기울이더니 귓가에 대고 이렇게 속삭였다.

"내가 당신에게 말한 거 얘기해봐."

"다시, 시작하자고?"

흥분한 내 목소리가 가늘게 떨린다. 며칠 전, 밤새 되뇌었던 그 말을 내가 어떻게 잊을 수 있겠는가. 어제의 실수로 수포가 되었다 생각했는데, 내 생각이 틀렸던 것 같다.

"우리, 과거는 모두 잊자. 앞으로의 일만 생각하는 거야."

그의 말에 고개를 끄덕였다. 좋다, 난 찬성이다. 그와 새 출발을 할 수 있다면 무엇이든 좋았다.

그때 레스토랑 종업원이 케이크를 들고 왔다. 하얀 케이크 위에는 초가 하나 켜져 있었다.

"오늘이 우리의 새로운 결혼기념일이야."

남자의 말이 너무나 달콤했다. 그 달콤함에, 난 눈물을 글썽거린다. 그리고 그와 눈이 마주치자 그의 입술에 입을 맞췄다. 그도 기다리고 있었다는 듯 입을 벌렸다. 우리는 천천히, 그리고 부드럽게 혀를 뒤섞었다. 누가 보든 말든 신경 쓰지 않았다. 그의 손이 내 허벅지를 쓰다듬었고 내 몸은 달아올랐다. 하지만 남자가 입술을 뗐다.

"시작이잖아. 천천히 하자."

그가 나를 저지하며 웃는다. 그러면서도 그의 손은 내 허벅지를 계속 어루만지고 있었다. 그의 손이 내 중심부로 향할수록, 나를 안은 다른 손이 내 가슴을 만질수록 내 몸은 뜨거워져 어쩔 줄을 모르겠다. 난 그의 어깨에 머리를 기대고 간신히 숨을 내쉴 뿐이다. 노파심에 눈을 가늘게 뜨고 주변을 살폈지만 우리를 보는 사람은 없었다. 그나마 다행이었다. 그도 이 사실을 아는 것 같았다. 그의 손은 점점 과감해져서 내 바지의 지퍼를 내리더니 슬쩍 손을 집어넣는다. 난 누가 볼세라 두 손으로 그의 손 위를 가렸다.

"하고 싶어?"

그가 속삭인다. 난 애타는 마음에 입술에 침을 축이며 고개를 끄덕였다. 이상하게 그의 앞에 있으면 내 감정에 충실해진다.

"그럼, 말로 해봐. 하고 싶다고, 날 원한다고."

"하고 싶어…… 당신을 원해. 흐윽……."

나도 모르게 신음이 살짝 흘렀다. 그러자 그가 웃으며 바지에서 손을 뺐다. 그리고 내 지퍼를 올린다.

"안 되겠다. 당신 쓰러지겠어. 우리, 쉴 수 있는 곳으로 가자."

서로를 부둥켜안은 채 레스토랑에서 나왔다. 차로 향하는 동안에도 여러 번 입맞춤을 했고, 차에 올라타 운전하면서도 흥분을 감추지 않았다. 결국 우리는 가장 가까운 모텔로 들어갔다. 사람들의 눈을 피해 마음껏 사랑을 나눌 수 있다면 어디든 상관없었다.

효신 이야기 #48 **낯선 이의 방문**

모텔 엘리베이터 안에서도 우리의 키스는 계속됐다. 몸이 미칠 듯이 타올라 가만히 있을 수 없었다. CCTV가 우리를 지켜보고 있다는 걸 알았지만 신경 쓸 여력이 없었다. 한시가 급했다. 빨리 그와 몸을 섞고 싶었다. 그의 마음도 마찬가지였는지, 모텔 방에 들어서자 문을 닫기도 전에 나를 안았다. 우리의 몸은 하나가 되어 파도처럼 굽이친다. 하나의 고비가 지나면 더 높은 환희가 찾아와 움직임을 도저히 멈출 수 없었다. 주체할 수 없을 정도로 허리와 엉덩이가 들썩였다. 절정의 순간에 도달하자, 나는 마치 하늘 위로 붕 뜬 것 같았다. 허리를 한껏 휜 채 정신을 못 차리던 나는 절정을 맛보고 탈진하듯 쓰러졌다. 황홀감을 맛보면서 난 그와의 이 순간이 영원하길 바랐다. 그의 마음 역시 나와 같기를 원했다.

집으로 돌아온 우리는 한 번 더 섹스를 했고, 처음으로 한 침대에서 잠이 들었다.

아침에 눈을 뜨니 나는 혼자 침대에 누워 있었다. 출근하기에는 아직 이른 시간이었다. 늦게 자고 일찍 일어났지만, 몸이 개운했다. 난 느긋하게 샤워를 하고 거울을 보며 몸 상태를 점검해본다. 어젯밤 일을 떠올리니 나도 모르게 얼굴이 붉어졌다. 너무 도발적이었다. 난 남자의 손길을 생각하며 기분이 야릇해진다. 꿈은 반대라더니, 그와 난 해피엔딩으로 끝날 것 같다. 정말 그랬으면. 하지만 상상은 여기까지다. 일산으로 출근하려면 언제까지 이렇게 여유 부리고 있을 수 없다.

출근 준비를 하고 1층으로 내려갔다. 그는 주방 테이블에 앉아 커피를 마시고 있었다. 마치 아무 일도 없었다는 듯이. 그리고 평상시와 똑같이 인사를 건넸다.

"잘 잤어? 커피 마실래?"

남자의 웃는 얼굴에 나도 웃었다. 내가 테이블 옆으로 가서 앉자, 그가 커피를 따라준다. 커피는 갓 내렸는지 향이 진하고 풍부했다.

"일산으로 출근하는 거야?"

"응. 오늘이 첫날이야."

"첫날부터 회식 있는 것은 아니지?"

"글쎄? 가봐야 알겠는걸."

"될 수 있는 대로 일찍 들어와. 맛있는 거 먹게."

"오늘도 외식하는 거야?"

"이런, 내가 준비할 건데? 그동안 내 요리가 외식만 못 했어?"

그가 호탕하게 웃었다. 난 괜히 미안해져서 어쩔 줄 모른다. 그리고 우리는 신혼부부답게 모닝 키스라는 것을 했다. 그가 챙겨주는 한약을 가방에 넣고 집에서 나왔다. 첫 출발부터 좋았다. 오늘 하루가 아주 순조로울 것 같았다. 난 필주 씨와 화해한 것을 후회하며, 어젯밤의 감미로운 기분에서 헤어 나오지 못한 채 일산으로 향했다.

분양관 주차장에 도착하니 8시가 조금 넘었다. 이른 시각이라 아무도 없을 줄 알았는데, 벌써 출근한 사람들로 분양관 내부는 북적이고 있었다. 먼저 출근한 몇몇 사람들이 나를 알아보고 반긴다. 소장 말대로 예전에 함께 일했던 나종범과 김영조가 출근해 있었다.

"이야, 이게 누구야?"

"야, 정효신! 후딱 뛰어들어 와!"

두 사람은 나를 보자 짓궂게 외쳐댄다. 오랜만에 보는 얼굴이라 반가웠다. 굳이 연락해가며 만나는 사이는 아니었지만, 나이가 같은 터라 친구처럼 편했다. 게다가 여러 번 같이 일해 죽이 잘 맞았다. 두 사람 모두 각자 가정을 꾸리고 있다는 걸 알면서도 난 장난스럽게 농담을 던진다.

"뭐야, 아직도 둘이 붙어 다니는 거야? 사귀어?"

"무슨 소리야? 애가 날 쫓아다니는 거야. 지겨워 죽겠어."

"어쭈? 누가 할 소릴?"

늘 붙어 다니며 투덕거리는 그들의 모습은 여전했다. 난 이번에 맡은 일이, 분양 실적은 차치하더라도 하루하루가 즐거울 거로 생각했다. 여기에 경수 씨까지 합류한다면 더 재밌지 않을까? 때마침 정주 언니도 출근했다. 나를 둘러싸고 수다 떨던 종범과 영조는 그녀를 보더니, 그쪽으로 우르르 달려간다.

"어휴, 누님 못 본 새 더 예뻐지셨네."

"요즘 연애하시나 봐요. 물이 오르셨어."

"야, 너희 그동안 아부만 늘었구나?"

정주 언니도 반가운 눈치다. 말은 그렇게 해도 얼굴에는 함박웃음이 피었다. 종범과 영조는 그 틈을 놓치지 않았다.

"오는 말이 그냥 곱네. 오늘 술 한 잔 콜?"

"첫날인데, 낮술 해야 하는 거 아냐? 안 그래요, 누님?"

"낮술은 좀 그렇고, 끝나고 우리끼리 뭉칠까?"

"저휜 무조건 따르죠."

"누님이 사신다는 데 굳이 마다할 이유가 없죠."

"효신아, 넌 어때?"

정주 언니가 화제를 급작스럽게 나에게 돌리자, 난 당황해서 말을 더듬거린다. 오늘은 그가 일찍 들어오라고 했는데.

"아, 저 그게…… 오늘 그이와……."

"그이? 남편이 집에 돌아왔어?"

"설마, 그사이 우리 모르게 재혼한 건 아니지?"

장난치며 떠들던 종범과 영조의 표정이 진지해졌다. 그리고 눈은 곧 호기심으로 반짝거렸다. 5년 전에도 함께 일했던 그들은 남편의 실종 소식을 알고 있었던 것이다. 난처했다. 어디서부터 얘기를 해야 좋을지 판단이 서질 않는다. 내 얘기를 마치 인터넷 가십거리로 받아들일지도 모르는 그들에게 뭐라고 말을 해야 하는 걸까?

그때 정주 언니가 구세주처럼 나섰다.

"집을 나갔으면 들어오고 싶은 게 인지상정이지, 안 그래? 너희는 그런 경험 없어?"

"오호~, 결국 집으로 돌아왔구나? 하긴 우리 같은 남자들이 밖에 나가서 쉴 데가 어디 있겠어?"

"맞아. 결국 불쌍한 건 남자지."

"뭐야, 얘기가 왜 그렇게 흘러?"

"안 그래요, 누님? 받아주니까 들어온 거잖아요."

"우리 효신이가 참 너그럽고 착해. 그래서 요즘, 부부 사이는 괜찮냐?"

"쟤, 제2의 신혼을 살고 있어. 아마 그래서 오늘도 일찍 들어가야 할걸?"

정주 언니의 말에 종범과 영조가 짓궂게 날 놀리기 시작했다.

아마 소장이 출근하지 않았다면, 그들의 실없는 농담은 오픈 전까지 계속됐을 것이다.

분양관이 오픈하자 우리는 바빠졌다. 현장 인근에 공장이 많아서인지 상가를 보러 오는 고객보다는 오피스텔과 비슷한 근린생활시설을 찾는 사람들이 더 많았다. 소장과 정주 언니는 VIP를 모시고 현장에 나가야 했기에 분양관 내부 일은 나와 종범, 영조가 나눠서 맡았다. 그 둘은 서비스 마인드와 고객을 가늠하는 촉이 좋다고 나를 치켜세우며 모델하우스 소개 업무를 떠넘겼다. 단정하게 차려입은 아르바이트생이 대부분의 고객을 안내하는 터라, 그 업무는 시간의 여유가 많은 편이어서 나로서는 마다할 이유가 없었다. 오픈 초기라 고객은 많았지만, 매물을 사려는 진짜 고객은 흔치 않았다. 진짜 고객을 가려내어 상담석까지 안내하는 게 내 임무였다. 축구로 따지면 미드필더의 역할이다.

난 눈을 예리하게 뜨고 분양관을 드나드는 고객을 살폈다. 돈이 많아 보이거나 매물 사러 온 것이 확실하다고 판단되면 철저하게 그들을 마크했다. 그리고 고객의 성향에 맞춰 상담사를 연결했다. 넉살 좋은 종범에게는 나이가 지긋하거나 돈이 많은 고객을 소개했고, 사람 다루는 데 능한 영조에게는 분양관을 홀로 찾은 이나 젊고 공격적으로 투자할 것 같은 고객을 안내했다.

잠시 후, 출장 나갔던 정주 언니가 돌아왔다. 난 하고 있던 모델하우스 소개 업무를 언니에게 넘기고 다시 상담사 업무로 컴백했다. 한참 상담하고 잠시 쉬는데, 전화 업무를 담당하는 아르바이트생이 조용히 다가온다. 그녀는 난처한 얼굴로 나에게 물었다.

"저어……, 과장님 찾는 전화가 걸려왔는데요."

"날? 분양관 대표 번호로?"

"네. 어떻게 하죠? 바꿔드릴까요? 아니면 핑계 대고 끊을까요?"

아니, 휴대폰이 아닌 분양관으로 나를 찾는 전화가 오다니. 의아했지만 일단 전화를 받기로 했다.

"자리로 연결해줘. 고마워."

아르바이트생에게 미소를 보냈다. 첫날이어서 그녀에게 좋은 이미지를 주고 싶었다. 곧 내 자리의 전화가 울렸다. 난 심호흡을 하고 바로 전화를 받았다.

"정효신입니다."

"안녕하십니까, 전 조장현이라는 사람입니다."

조장현? 오현철 팀장의 노트에서 봤던 바로 그 조장현? 숨이 턱 막혔다. 다리가 부들부들 떨리는 게 느껴진다.

"잠시 뵙고 싶은데요, 시간 내주실 수 있습니까?"

오늘은 바쁜 날이었다. 그 말은 실적을 올리기에 가장 적당한 날이라는 뜻이다. 하지만 나에게 인센티브 따위는 중요하지 않았다. 그토록 궁금했던 조장현이라는 인물이 나를 보자고 하는데 어떻게 거절하겠는가. 당장이라도 그를 만나고 싶었다. 그가 왜 나를 보자고 하는지 이유도 묻지 않았다.

"지금, 바로요?"

"가능하십니까? 전 지금 정효신 씨가 일하시는 곳 근처의 카페에 와 있습니다. 즉시 오실 수 있습니까?"

"지금 당장 갈게요."

난 긴말하지 않고 전화를 끊었다. 그동안 날 압박해오던 사람의 정체를 밝힐 수 있는 절호의 기회를 놓칠 수 없었다. 정주 언니에게 적당히 둘러대고 분양관을 나섰다.

카페로 향하는 발걸음이 무거웠다. 초조해진 난 손톱을 물어뜯는다. 그는 누굴까? 왜 나를 찾아온 거지? 서두르고 긴장했던 나머지, 지갑도 휴대폰도 자리에 놔두고 빈손으로 나왔다. 카페 앞에 도착해서야 그 사실을 깨달았다. 하지만 돌아가기엔 귀찮았다. 그를 확인해야겠다는 마음이 더 급했다.

심호흡을 크게 하고 카페 안으로 들어갔다. 난 그곳에 앉은 사람들을 죽 둘러본다. 내 시선은 한곳에서 멈췄다. 카페의 가장 구석진 자리에, 마르고 안경 낀 남자가 혼자 앉아 있었던 것이다.

저 남자다! 나보다 한발 앞서 죽은 남편의 이력서를 사 간 사람, 오현철 팀장이 사고 나기 전에 만났다는 그 남자다! 난 조장현이라는 사람을 한눈에 알아볼 수 있었다. 주저하지 않고 그에게 다가갔다. 떨렸지만 아무렇지 않은 척 말을 걸었다.

"전화 거신 분이죠?"

서류를 보고 있던 남자가 고개를 들었다. 그리고 자리에서 일어서더니 인사를 한다. 중고차 매매 사무실 경리의 말처럼 그는 키가 작았다. 나이도 50세가 넘어 보였다. 희끗희끗한 앞머리가 마음에 들지 않았다.

"정효신 씨입니까? 반갑습니다. 앉으시죠."

"무슨 일이시죠?"

"긴히 여쭤볼 일이 있어 찾아왔습니다. 바쁘실 텐데 시간 내주셔서 고맙습니다."

"용건만 간단히 말씀해주셨으면 해요. 업무 중이라서요."

"아, 네……, 죄송합니다. 혹시 박종대 씨라고 아십니까?"

처음 들어보는 이름이었다. 나도 모르게 눈살이 찌푸려졌다. 이 사람, 지금 헛다리를 짚고 있다. 난 괜한 시간을 낭비하는 것 같아 짜증이 났다.

"아니요. 모르는 사람인데요? 이름을 들어본 적도 없어요."

"그럼 김재우 씨를 아십니까?"

"네. 제 남편이에요."

"이번에는 사진을 확인해주시겠습니까?"

안경 낀 남자가 사진 한 장을 내밀었다. 무심코 받아 든 나는 사진을 보고 차갑게 얼어붙어 버렸다. 아니, 이 사람이 여기 왜? 남편과 그가 어떻게……. 사진 속에는 죽은 남편과 그 남자가 어깨동무를 하고 있었다. 술에 취해 얼굴이 벌게진 두 사람은 누가 봐도 친한 사이처럼 보였다.

"두 분 중 어느 분이 남편분입니까?"

그의 질문에 난 대답을 할 수 없었다. 손이 덜덜 떨리기 시작했다. 말도 안 돼. 아니야. 이럴 리가 없어. 두 사람이, 서로 아는 사이일 수가 없어. 머리가 혼란스럽다. 모든 게 뒤죽박죽 엉망이었다. 혼돈에 빠진 나에게, 안경 낀 남자가 명함을 한 장을 내밀었다.

"제 소개가 늦었군요. 전 보험조사원 조장현입니다."

〈2권에서 계속〉

죽은 남편이 돌아왔다 1

2023년 11월 20일 초판 1쇄 | 2024년 10월 22일 2쇄 발행

지은이 제인도
펴낸이 이원주 **경영고문** 박시형

디자인 정은예 **교정교열** 노은정
기획개발실 강소라, 김유경, 강동욱, 박인애, 류지혜, 이채은, 조아라, 최연서, 고정용, 박현조
마케팅실 양근모, 권금숙, 양봉호, 이도경 **온라인홍보팀** 신하은, 현나래, 최혜빈
디자인실 진미나, 윤민지 **디지털콘텐츠팀** 최은정 **해외기획팀** 우정민, 배혜림
경영지원실 홍성택, 강신우, 김현우, 이윤재 **제작팀** 이진영
펴낸곳 팩토리나인 **출판신고** 2006년 9월 25일 제406-2006-000210호
주소 서울시 마포구 월드컵북로 396 누리꿈스퀘어 비즈니스타워 18층
전화 02-6712-9800 **팩스** 02-6712-9810 **이메일** info@smpk.kr

© 제인도(저작권자와 맺은 특약에 따라 검인을 생략합니다)
ISBN 979-11-6534-827-4 (03810)

쌤앤파커스(Sam&Parkers)는 독자 여러분의 책에 관한 아이디어와 원고 투고를 설레는 마음으로 기다리고 있습니다. 책으로 엮기를 원하는 아이디어가 있으신 분은 이메일 book@smpk.kr로 간단한 개요와 취지, 연락처 등을 보내주세요. 머뭇거리지 말고 문을 두드리세요. 길이 열립니다.